U0075344

魔王學院的不適任者

MAOH GAKUIN NO FUTEKIGOUSHA

～史上最強的魔王始祖，
轉生就讀子孫們的學校～

作者 † 秋
Illustration † しずまよしのり

5

Kadokawa Fantastic Novels

§ 序章　【～創造之月～】

神話時代——

雪晶翩翩飄落遙遠的地上，反射著天上灑落的溫煦光芒，閃爍著瑰麗光彩——

不，這麼說有點不正確。這些雪晶是光變化而成的模樣。

在夜空中，除了平時的月亮之外，還高掛著另一顆「創造之月」亞蒂艾路托諾亞。那顆帶著白銀光輝的滿月照耀大地，降下翩翩雪晶。這些誕生自月光的夢幻雪晶狀似花朵，故稱為雪月花。

沐浴到「創造之月」的光芒，一切生命帶有作為源頭的魔力。而因此誕生的，是一切的原始、根本，以及生命的根源。

這裡是奪走許多生命的戰場。在白銀月光的照耀下，不論荒地還是屍骸，從斷裂的樹木到枯萎的花草，一切都像時間靜止般凍結，然後化為烏有。

古老的事物毀滅，新的事物就會誕生。

所謂當迎來數千個毀滅之夜，那個月亮就會照耀天際，引發新生的奇蹟。亞蒂艾路托諾亞會讓喪失的生命循環，維持著這個世界的秩序。

白銀的雪月花飄落。在這塊屍橫遍野、萬物靜止的大地上，唯有一樣事物在動。

那就是一名魔族男子。一身黑衣的他，獨自佇立在等同遭到壓倒性破壞蹂躪的此地，其名正是惡名昭彰的暴虐魔王阿諾斯・波魯迪戈烏多。

魔王緩緩踏步，以染成滅紫色的魔眼瞪向天空。隨後，深邃黑暗當場形成一塊板狀的踏腳處。接著又出現更高一階黑暗板狀物，然後上方又再出現一塊。黑暗在轉眼間鋪成階梯，一路朝著照耀夜空的「創造之月」亞蒂艾路托諾亞延伸。

他走上懸掛在空中的漫長漆黑階梯。「創造之月」遠在天邊，即使地上的高山已小如石子，依舊不見盡頭。

就時間來說，到底經過了多久呢？儘管覺得早已經過七日，但世界仍是夜晚。

只要「創造之月」在天空照耀，白晝就不會來臨。即使又過了七日，白銀之月依舊遠在天邊。魔王繼續往上走，雪月花開始飄落在他創造的漆黑階梯上。這些雪月花才剛發出格外耀眼的光芒，一名銀髮少女就出現在高十階的階梯上。

少女的頭髮長及腳踝，眼瞳透著銀輝，身上穿著一套純白禮服。

「回去吧。」

僅此一句，少女如此說道。

「我拒絕。」

魔王如此回答後，繼續踏著階梯往上走。只不過，不論他前進多少步，與少女之間的距離都毫無縮減。

「目的？」

「擊墜那顆月亮。」

不帶感情、無生命力般的視線瞪向魔王。

「這點辦不到。」

「對我而言沒有什麼是不可能的。」

魔王這麼說完，少女就忽然消失無蹤。

他不在意，繼續踏著階梯往上走，然後又過了七日。雪月花再度耀眼地飄落，接著出現銀髮少女的身影。

「你為什麼想擊墜『創造之月』？」

「我不懂祢為何要這麼問。」

少女不發一語地注視著魔王。

「每當迎來晨曦，『破滅太陽』就會毀滅生命；每當夜晚降臨，『創造之月』就會誕生新的生命。為殺害而生，為誕生而殺；我們可不是祢們的玩具。」

「此乃這個世界的常理。」

「既然如此就毀滅吧。」

少女驚訝地瞠圓了眼。

「如果說這種不講理是世界的常理，那就乾脆毀滅吧。」

「毀滅常理，秩序就會崩壞——這個世界也會滅亡。」

魔王帶著殺氣瞪向淡然說道的少女說：

「溫柔嗎？這種世界。」

祂沒有回答這句詢問。或許是無言以對也說不定。

「這種世界值得去守護嗎？互相殘殺、彼此毀滅，希望老早就破滅了。這裡是名為世界的巨大拷問室。只要遵循這道規則，就照不到一絲光明，只有地獄哀號四處迴蕩。」

魔王佇足向從高處注視而來的少女說：

「不知名的神，祢仔細記好了。『世界會毀滅』這種陳腐的威脅，是無法讓我永遠遵從祢們所制定的規則。」

全身籠罩著靜謐的祂，就像要打破這股靜謐般地說：

「米里狄亞。」

在魔王投以疑問的眼神後，少女接著說：

「我是創造神米里狄亞，創造這個世界的秩序。你的名字是？」

「魔王阿諾斯。」

他回答。

「阿諾斯。」

這道聲音的語調十分淡然，卻不知為何令人印象深刻。

「……這個世界，一點也不溫柔……」

留下雪月花，少女消失無蹤。

魔王佇立不動，凝視著祂留下的雪月花。或許是想到了什麼吧，他沒有繼續往上走；而是像在思索般瞪向遠在天邊的「創造之月」窺看深淵，始終站立在原地。

一小時經過、四小時經過、十小時經過、一整日經過。在仍然文風不動的他面前，有如月光般的雪月花再度飄落。

階梯上方再度出現銀髮少女的身影。創造神米里狄亞以不帶任何情感的眼瞳窺看魔王的深淵。

「唔嗯，這次很早呢。」

「因為在等。」

米里狄亞倏地指向魔王。大概是指他在等祂的意思吧。

「明白嗎？」

「明白。」

「原來如此，不愧是創造神。」

魔王轉過身，坐在漆黑階梯上。他不再對高掛天空的「創造之月」發出敵意，而是眺望著下方的世界露出些許憂鬱的表情。

或許是覺得很不可思議，米里狄亞走下階梯。

兩人之間的距離首次縮短。

「我有事想問祢。」

魔王沒有轉身，只是把臉朝向米里狄亞。

「世界的事？」

「是祢的事。」

米里狄亞微微瞠圓了眼。

「仔細想想，我也從未去試著理解神族呢。米里狄亞，讓我聽聽祢的想法。」

祂以不帶感情的語調回答：

「神是秩序。我們沒有憤怒、沒有悲傷、沒有溫柔，也沒有榮耀。只是作為秩序而生，實行自身的職責。此身乃不滅，因此甚至沒有活著。」

「也就是說，祢沒有任何想法嗎？」

「不滅的存在不需要有想法。這是只賜予生者、為了生存下去的權能。」

以無生命般的語調，米里狄亞這樣說道。魔王朝地上看去，思索片刻後說道：

「神並非不滅。」

其話語中帶著明確的意志。

「在我眼前，不可能有不滅的存在。」

魔王再度向創造神詢問：

「能跟我說說祢的事嗎？」

米里狄亞依然面無表情地反問：

「說什麼？」

「什麼都好。」

有著少女模樣的神沉默了好一陣子。在經過悠久漫長的時間後，祂總算開口說：

「我有妹妹。」

「哦？感情好嗎？」

「不曾見過。」

「為何？」

「因為是秩序。」

當祂這麼說時，東方天際開始隱約泛起紅光；漫漫長夜即將天明。

「『創造之月』消失，我在地上的時間結束了。」

「那麼在最後，能讓我問一件事嗎？」

米里狄亞點點頭，接著魔王問道：

「祢妹妹的名字是？」

夜空中帶著白銀光輝的月亮漸漸消逝，相對地太陽升起。米里狄亞化為反射光芒閃爍的雪月花忽地當場消失，僅在原地留下了妹妹的名字。

時光飛逝。

地上的生命一如往常地毀滅，數千萬性命消亡。

自那天起七年後的夜晚——

天空再度升起「創造之月」。在彷彿時間靜止般的清淨世界裡，漆黑階梯朝著白銀之月延伸而去。

有人踏著這道階梯往上走，他是暴虐魔王阿諾斯·波魯迪戈烏多。當他走了七天七夜、高山小如石子時，透著白銀光輝的雪月花翩翩飄落在這道階梯上。

光輝漸漸增強，化為人形。

創造神米里狄亞以一如過往的銀髮少女模樣現身。

「唔嗯，米里狄亞，好久不見。」

「七年不見了。」

米里狄亞走下階梯。

「今天我帶了伴手禮。」

魔王從懷中拿出一封信，交到少女手上。

「令妹寫給祢的。」

魔王這麼說完，米里狄亞就拆開信封，從中取出信紙。

信紙上畫著一道魔法陣。在少女用手輕輕碰觸後，留言就在祂的腦海中重新播放。

米里狄亞在傾聽留言一會兒後，露出些許微笑。

「上頭寫了什麼？」

祂的眼瞳直望著魔王。

「你沒看？」

「寫給祢的信我怎麼能看。」

米里狄亞說道：

「上面寫著『我的魔王就拜託祢了』。」

「唔嗯。也好，要讓祂寫上這封信，可費了我不少工夫。」
魔王一坐在階梯上，米里狄亞就跟著站在他身旁。
「我作了夢。」
「哦？神也會作夢啊？」
米里狄亞靜靜地搖搖頭。
「第一次。」
「是怎麼樣的夢？」
「神轉生了。」
彷彿讓思緒馳騁向遙遠的地上，米里狄亞說道。
「然後怎麼了？」
「即使轉生了，秩序就是秩序，神依舊是神。」
祂淡然地說：
「然而在夢中，神成為秩序以外的生命。我將自己的一切，全都讓給了妹妹。」
「將一切讓出去後，祢怎麼了？」
祂直盯著魔王說道：
「不知道。」
魔王想了想後問祂：
「那麼，祢想怎麼做？」

「想讓冰冷的世界變得溫柔。」

創造神若無其事吐露的話語，讓魔王揚起笑容。

「奇怪嗎？」

「不會。是覺得我還真是愚蠢呢。」

他彷彿自嘲地說道。

「神族也有各式各樣的人啊。」

「是各式各樣的秩序。神沒有生命。」

魔王泛起淺笑問道：

「今晚還有時間嗎？」

「有一點。」

「那就繼續七年前的夜晚，讓我們暢談到天明吧。」

在白銀之月的照耀下、雪月花翩翩飄落的夜晚，創造神與魔王在懸掛於空中的漆黑階梯上斷斷續續地聊著天。

§1 【向魔王請願】

朝陽有如針扎地照著眼皮，使我清醒了過來。

總覺得好像作了個兩千年前的夢——米里狄亞有個妹妹，而我跑去見那個妹妹，並收下祂寫給米里狄亞的信。

然而，我想不起來祂叫什麼名字、跟祂說過什麼話，就算潛入記憶深處，耀眼的光芒也使我看不清楚。

關於阿貝魯猊攸的事情也一樣。為了奪取破壞的秩序，我將其打倒，使其殞落在這塊土地上。破壞神阿貝魯猊攸成為魔王城德魯佐蓋多，「破滅太陽」莎潔盧多納貝則化為理滅劍貝努茲多諾亞。

只不過，理由真的只有這樣嗎？除了奪取破壞的秩序，我就沒有其他目的了嗎？

我為何沒有消滅破壞神？我不認為我無法消滅祂。

我知道破壞神的力量——理滅劍貝努茲多諾亞對神族有效。

所以我是為了增加對抗神族的手段嗎？還是跟天父神一樣，要是完全消滅破壞的秩序，就有讓世界毀滅的危險性？

既然我無法回想起米里狄亞的妹妹與破壞神，也能認為兩者是同一人物。也就是說，創造神米里狄亞的妹妹或許就是破壞神阿貝魯猊攸。創造神的權能是「創造之月」，而其妹的權能是「破滅太陽」。月亮升起，太陽就會西沉；反之則亦然。

倘若如此，就能理解米里狄亞為何見不到妹妹了；然而我沒有確證。

目前能確認的線索只有魔王城德魯佐蓋多一個。將魔王城從魔法具變回原本的模樣，恢復成破壞神阿貝魯猊攸；只要能跟破壞神直接對話，就能接近真相了吧。

只不過，要是辦得到的話我早就做了。讓破壞神阿貝魯猊攸在世上顯現，即意味著要讓破壞的秩序完全恢復原狀。

世界會朝毀滅靠近一步。一切的生命會變得容易死去，那些因為破壞神不在才能存活的生命將會消逝。要是能一面完全封住那傢伙的力量一面與祂對話就好了，可惜沒辦法這麼順利——這未必不是神的策略。

也就是說，也能認為神為了讓我將德魯佐蓋多恢復成阿貝魯猊攸而奪走了我的記憶。

儘管我不記得曾經被神趁虛而入過，但不怕一萬，只怕萬一，說不定我連這件事也忘了。不過，只要一度注意到自己的記憶不完整，就會接二連三地回想起來。

或者就是在那個瞬間也不一定。「破滅太陽」莎潔盧多納貝毀滅了施加在我記憶上的暗示，讓我因此注意到轉生不完全的事。

破壞神是友方嗎？還是說只是偽裝成友方？至少能確定有人試圖妨礙我轉生，只不過對方只成功了一半，讓我以不完全的狀態轉生了。

還是說，目前這種狀況是那個某人特意造成的？

「唔嗯。算了，不過是件小事。」

跟阿伯斯·迪魯黑比亞那時相差無幾。既然還有人在策劃某種陰謀，到時就會自然現身吧。至於恢復記憶的方法，只要慢慢思考就好。

我起身畫起魔法陣，將身上的睡衣換成制服。離開房間、走下階梯，才來到一樓就聽到媽媽激動的吶喊聲。

「然後呢、然後呢，小諾不是當上魔王大人了嗎？讓我覺得小諾已經離我遠去了。不過我絕對不會妨礙他的前程，心想著送別時必須面帶笑容。」

廚房傳來烤麵包的香氣。

「於是我就對小諾說，偶爾也要想起媽媽喔。然後呢、然後呢，妳知道小諾他怎麼說嗎？妳覺得他說了什麼！」

一走進廚房，就看到在準備早餐的媽媽與在一旁幫忙的米夏。

她在魔王學院的白制服上套了件圍裙。看來已經幾乎都準備好了，米夏正在將麵包、沙拉、炒蛋還有培根裝盤。

她看向母親，語氣淡然地說：

「『媽媽，今天的晚餐我想吃焗烤蘑菇。』」

「沒錯，就是這樣喲！」

媽媽邊說邊用力揮下緊握的拳頭。

「小諾他願意回來呢！明明都變得這麼偉大了，卻還是願意說自己是媽媽的孩子喲。不過也是呢，小諾雖說是魔王大人，但也才六個月大，還是需要媽媽陪伴呢。」

要說到米夏為何知道我當時說了什麼，是因為這件事媽媽已經說過好幾遍了。儘管覺得也差不多要聽膩了，但米夏每次都會老老實實地配合媽媽。

「阿諾斯很溫柔。」

「真的，真的就是這樣！他太溫柔了，讓我好擔心他會不會被人騙了呢！」

米夏困惑地微歪著頭，而媽媽毫不在意地繼續說道：

「真不愧是小米，很懂呢。小諾不僅溫柔，力氣又很大，不論再怎麼說也是魔王大人。在那場魔王再臨的典禮上，小諾的演講真是太帥了。」

「嗯。」

米夏一面應聲一面轉頭過來，長長的白金秀髮輕盈晃動。她在看到我之後，感覺好像露出了一抹淺淺的微笑。

「當時啊，我其實非常緊張喔。」

「為什麼？」

「我擔心小諾能不能在這麼多人面前好好講話，擔心他會不會在臺上忘詞呀。不過啊，小諾果然很厲害呢！有好好把演說講完，沒有說錯呢！」

米夏面無表情地直眨著眼。

她這是把魔王再臨典禮的演講當成第一次的才藝發表會了。媽媽果然還是棋高一著啊。她這是在警惕我，絕對不能認為那場演講說得很好吧。那可是經過兩千年的時光，暴虐魔王所發表的演講。不論內容是什麼，迪魯海德的民眾都會接受吧。

我確實就只是好好把臺詞講完，沒有說錯而已。迪魯海德的未來與今後的和平，還得仰仗接下來的行動。也就是要我勤奮努力，不要驕傲自滿。

必須得銘記在心才行。

「早安。」

聽到米夏打起招呼，媽媽就轉身過來。

「呵呵，小諾早安。早餐剛準備好呢。能先到客廳等一下嗎？」

「爸爸呢？」

「已經吃飽去工作室開工了。說是無論如何都想拜託爸爸打造典禮用劍的人太多了。拜小諾所賜，生意非常興隆喲。」

這可是魔王父親鍛造出來的劍。外加上我才剛轉生，倘若想討個吉利，沒有比這更好的東西了。

米夏用雙手捧著裝盛好的大盤子走來。

「去用餐？」

「好啊。」

我與她並肩前往客廳。

叩叩叩——店門傳來聲響，有人在敲門。米夏大概也聽到了吧，她困惑地微歪著頭。

「很少有客人在大清早來。」

我從客廳來到店內，解鎖把店門打開。

「啊…………」

站在店外的是一名褐髮褐眼的少女——艾米莉亞。

「唔嗯，真是稀客。有何要事嗎？」

她垂著頭，緊抿著唇瓣。

「……那個，你現在……有事嗎？」

「正好要吃早餐。」

「……這樣啊……」

「咦？小艾米？」

媽媽從我背後出現。

「您好。」

艾米莉亞點頭問好。見狀，媽媽就開心地握起雙手。

「妳來得正好，要不要一塊兒用餐呀？今天因為小米在練習，所以煮了很多喲。」

「不了……那個……今天有急事……不好意思。」

艾米莉亞匆匆忙忙地掉頭離去。

「艾米莉亞。」

被我叫住後，她轉過身來。

「妳有事找我吧？我陪妳。」

「……可是，你不是要用早餐……？」

「妳都忍辱來找我了，我不會說這比不上早餐的價值。」

接著我轉頭向米夏說：

「米夏，抱歉了。」

她忙不迭地搖頭。

「去吧。」

「小諾，慢走喲。工作要加油喲。」

媽媽面帶笑容送我離開。

來到店外，我向艾米莉亞問道：

「要到城裡談嗎？」

「不了……邊走邊談就好……」

「那就這麼辦。」

我慢步走在通往德魯佐蓋多的道路上。艾米莉亞跟在我身後不遠處，微低著頭，無精打采地走著。她有好一陣子不發一語。

我沒有特別催促，只是放慢腳步。最後就像做好覺悟似的，艾米莉亞擠出聲音對我說：

「……我想謁見暴虐魔王……」

聲音中混雜著屈辱、羞恥以及痛苦。即使到了真相大白的現在，她也依舊難以承認我是本尊吧。

她在理性上是理解的，不然不會稱我為暴虐魔王。

然而在情感上卻無法認同。在至今為止的漫長人生裡，皇族這個虛構的存在一直都是她的一切。

「准。」

在如今的迪魯海德，想要謁見我，即意味著希望我能將她從悲劇之中拯救出來的意思。

艾米莉亞的願望，我大致猜得到。

「……這裡沒有我的容身之處……到處都沒有……」

「或許吧。」

「既然你說……不允許人民發生悲劇，就請你……救救我吧……」

我停下腳步，艾米莉亞也跟著佇足。

「……求求你了……」

要請求視為眼中釘的我施捨，應該是非比尋常的屈辱吧。她臉上滿是悔恨與悽慘之情；但是比起這些，艾米莉亞更加無法忍受現在的自己。

「既然你自稱是真正的暴虐魔王的話。」

「艾米莉亞。」

我轉身直視她。

「妳真的想要獲得救贖嗎？」

「……這是當然的……」

「只要能被救贖，妳就絕對不會有一絲怨言嗎？」

思考了一會兒，艾米莉亞點頭。

「……是的……」

「我不允許妳發生悲劇。但妳要牢牢記住，能救贖妳的，就只有妳自己。因為能譴責妳的，也就只有妳自己。」

艾米莉亞一副不懂我在說什麼的表情回看著我。

「妳喜歡教師的工作嗎？」

「……我不討厭……有做下去的工作，就只有這個……」

她十分羞愧地說道。

「那我就幫妳安排復職吧。不過，妳要去的是勇者學院亞魯特萊茵斯卡。」

「……去蓋拉帝提……？你要我去教人類的學生？」

「這不成問題。而且在蓋拉帝提，不會有人在意妳是皇族還是混血。」

「……可是在那種地方，光是魔族出身就肯定會被差別待遇吧！」

「沒錯。只要身為魔族，就一律平等。不論是魔王，還是沒沒無聞的混血魔族。」

啞口無言了片刻，艾米莉亞唾罵似的說道：

「就算是這樣好了……做這種事……我……」

「妳說過不會有怨言吧？」

我的話讓艾米莉亞陷入沉默。

「只要妳能在那裡擔任一年教師，或是取得相當的成果，我就讓妳榮調回魔王學院，並幫妳準備等同於七魔皇老的地位。」

「…………真的嗎？」

「君無戲言。」

「相當的成果，是指什麼樣的成果呢？」

「詳情我之後再告訴妳，但勇者學院目前在國民之間的信用一落千丈，學生們也相當自暴自棄的樣子。就盡可能讓他們更生吧。」

艾米莉亞思考了一會兒後說：

「我知道了。請好好遵守約定。」

她大概是覺得最壞也只要忍受一年，處境就能變得比現在還要好吧。覺得只要取得地位與名譽，就能恢復成從前的自己。只不過，這種天真的想法是行不通的。

就讓我來告訴妳，向暴虐魔王尋求救贖是怎麼一回事吧。

「艾米莉亞，既然妳向我尋求救贖了，我就不許妳半途而廢，從救贖之中逃走。」

我像是在威脅似的，露出殘虐的表情警告她：

「千萬別忘了——不論要施加多麼殘酷的試煉，妳都絕對會獲得救贖。」

§2 【睡昏頭的魔女】

與艾米莉亞分別後，我以「意念通訊(Leaksu)」向梅魯黑斯傳達她的事情。他應該會立刻安排好讓艾米莉亞赴任勇者學院的相關事宜。

只不過，時間多出來了。原以為會再多耗一點時間，沒想到她竟然變得這麼老實。也就是說，她至今以來的生活就是這麼殘酷吧。

「阿諾斯。」

我回頭就看到米夏站在那裡，手上還提著竹籃。

「早餐。」

說完，米夏以雙手遞出竹籃。

「裝成便當了。」

「還真是感謝，讓妳費心了呢。」

米夏開心地輕聲笑了笑，同時還搖搖頭。

「要去德魯佐蓋多？」

「去是要去，但今天有點早出門。」

我將竹籃收進魔法陣裡，腦中突然浮現一個想法。

「唔嗯，我想到了一個好主意。就去米夏家吧。」

米夏眨了眨眼，困惑地微歪著頭。

「忘了是什麼時候，我們不是說好了嗎？要去叫莎夏起床。」

記得是在與勇者學院進行學院交流不久前，我們和早上爬不起來、鬧起彆扭的莎夏約好這件事。

「雖然因為各種事情耽擱了，但現在是個好機會。」

米夏點點頭，朝我伸出手。

「莎夏會很高興。」

一牽起米夏的小手，她就施展起「轉移（gatomu）」。眼前的視野染成純白一片，不久後顯現不同的景色。

寬廣的房間中，有挑高的天花板，並搭配好幾根雕上裝飾圖案的柱子。以紅色為基調的窗簾隨風輕拂，陽光自窗外流洩而入。附有大型頂篷的床鋪被照得耀眼，但是躺在床上的人卻絲毫沒有要醒來的跡象。

穿著粉紅色連身裙睡衣、披頭散髮的莎夏睡得正甜，發出感覺很舒服的鼾聲。

「完全睡死了呢。」

「回籠覺。」

米夏指著窗戶。

「唔嗯，也就是儘管開了窗，卻又睡著了啊？」

米夏點點頭。

「說不定回籠第二次了。」

我走近莎夏，坐在床鋪上。

「莎夏。」

儘管呼喚了她，卻完全沒有反應。這麼貪睡還能每天準時上學、沒有遲到，還真是不可思議。

我把手放到她頭上，輕輕搖晃著。

「快點醒來，不然我會連同房子一起搖晃喔。」

用帶有魔力的話語叫喚後，莎夏微微睜開眼睛。

「……米夏？天亮了……？」

莎夏以茫然的語調問道。竟然把我看成米夏，看來她還沒睡醒啊。

「妳忘了主君的長相了嗎？」

莎夏愣愣地朝我看來。只不過，她的視線沒有焦點。

「主君是……阿諾斯……？我的魔王大人。」

「沒錯，就是妳的魔王。我來叫妳起床了。」

「咦……？奇怪……阿諾斯不可能會在這裡吧……」

大概是還沒睡醒吧，她說話語調輕飄飄的。

「以前跟妳約好了吧？我可是特地來叫妳起床的，妳也差不多該醒來了吧？」

「……啊，是夢啊……」

沒在聽我說話。

「這不是夢，給我起來。」

「……就連在夢中，阿諾斯都好冷淡……」

莎夏抓著被單，轉身背對我。

「莎夏。」

「人家還想睡啦。」

我一伸出手，莎夏就一把抓住我的手，想把我拖到床鋪上。

「……嗯～那好吧……阿諾斯也能一起睡喔……我的床很大呢……」
「我以前也說過，在我面前妳別想睡。」
「……哼、哼～……」
莎夏就像個任性小孩似的撒嬌說道：
「……這是在作夢，阿諾斯才不會對我做這種事呢……」
她說著莫名其妙的話。原以為她會漸漸醒來，看來完全沒有這種跡象。
「別太任性了。」
「……想要人家聽話，就好好遵守自己說過的話……」
莎夏再度翻身過來。此時被單凌亂，她露出單薄的連身裙睡衣。
「要我遵守什麼？」
「……明明說好不讓人家睡的……」
莎夏鬧彆扭地說道：
「……既然是夢，就稍微抱一下人家也沒關係吧……」
「唔嗯，真拿妳沒辦法。」
我把手伸向莎夏，接著碰觸她的身體。
「……啊，呵呵……再靠近一點……過來……」
莎夏很開心地笑著。
「好啊。」

我就這樣把莎夏輕輕抱起。

「……呀……！」

用雙手將莎夏抱在懷裡，把她帶離床鋪。

「如何？我抱妳起來了喔。真受不了妳，居然沒辦法自己一個人起床，說這種跟小孩子沒兩樣的話。」

我用眼角餘光瞥到米夏正在頻頻左右搖頭。

唔嗯，有什麼不對嗎？我才剛這麼想，米夏就像忽然想到了什麼，這次改成不斷地頻頻點頭。

看來我並沒有搞錯的樣子。

「……咦……阿諾斯……？」

在我懷中的莎夏眨了眨眼，直盯著我瞧。當茫然的眼神漸漸清醒過來之後，她嘟嘟噥噥地說：

「……剛剛那是怎麼回事？奇、奇怪……？那是……夢……？可是為什麼……阿諾斯會在這裡……？」

莎夏驚慌失措地說道。

「之前約好了吧？我來叫妳起床了。」

「……咦，啊……是這樣啊……謝、謝謝……」

莎夏以仍舊滿頭問號的模樣向我道謝。

「話說回來，那個……阿諾斯……能問你一件事嗎……？」

莎夏戰戰兢兢地問道。

「什麼事？」

「那個……我剛剛，有說什麼奇怪的話……嗎……？」

我不明白這句話的意思，莎夏隨即接著說道：

「……雖、雖然是夢……雖然是在作夢。沒錯，我、我剛剛作了一個怪夢，所以……想說我……有沒有說什麼奇怪的話？」

「哎，妳是說了很多莫名其妙的話，任性地要我抱妳下床，不然就不肯醒來呢。所以我才會像這樣叫妳起床。」

莎夏在露出鬆了口氣的表情後，歪頭困惑起來。

「……不過，為什麼聽到我要你抱，你會覺得我是想要你抱我下床啊……我又不是小孩子了……」

就在莎夏無意間這樣抱怨起來時，她立即張大嘴巴，一副陷入危機的表情；就好像在說自己自掘墳墓了一樣。

「我沒想到那些全是夢話，還以為妳想要我這樣叫妳起床，但居然是夢啊？」

「是、是啊，就是這樣。是、是夢，我在作夢。不過這種事怎樣都好，你別放在心上。話說回來——」

「妳作了什麼樣的夢？」

莎夏啞口無言。

「……咦，呃……那個……」

「是相當美好的夢吧？我看妳一臉挺幸福的表情。」

莎夏滿臉通紅，就像不想理我似的別開視線。

「……是、是啊……是一場好夢……」

「妳喊了我的名字，是我有在夢裡登場嗎？」

莎夏緊抓著我的袖子。

「……對……」

「哦？過去曾是惡夢代名詞的我，如今也能在好夢裡登場了啊？」

「是、是這樣啊。惡夢的代名詞，哼～嗯～」

「然後呢？夢裡的我做了什麼嗎？」

「做、做了什麼！」

莎夏就像嚇了一跳似的叫道。

「怎麼了？」

「……沒事……」

我直盯著她看，總覺得她的表情有些不安。

「唔嗯，我問太多了呢。妳也有不想說的事吧。我不會勉強妳說。」

「啊……」

我正要放下莎夏，她就像不想離開似的緊抓著我的袖子，隨口發出微弱的聲音說：

「……抱著我……」

「嗯？」

「我要阿諾斯抱著我。」

聽到她這麼說，我快活地笑了笑。接著就像在抓亂那頭尚未綁起的金髮一般，我撫摸著她的頭。

「妳還真是死要面子耶。這不就還是個小孩子嗎？」

「你、你很煩耶。又沒關係。」

莎夏緊緊抱著我，米夏見狀呵呵笑了笑。

「真是的。妳笑什麼啦，米夏。」

「莎夏很幸福的樣子，我好高興。」

聽到她這麼說，莎夏露出一臉難為情的表情。

「咯哈哈，妳們還是一樣，不知道誰才是姊姊呢。」

「莎夏是姊姊。」

莎夏板著臉喃喃低語。

「既然如此，米夏就再多一點妹妹的樣子啦。」

米夏歪著頭。

「要怎麼做？」

「怎樣都好，像是展現一下妳比我還不像樣的地方。」

米夏很為難地當場愣住，但要不了多久，她就像是想到什麼似的答道：

「身為妹妹很不像樣。」

「腦筋急轉彎嗎！」

莎夏尖銳地吐槽。

「好了啦。」

莎夏在半空中踢腳掙扎，所以我就把她放到地上。

她在腳邊畫起一道魔法陣。魔法陣逐漸升上頭頂，將連身裙睡衣換成魔王學院的黑制服，眨眼間莎夏就換裝完畢。

「傷腦筋。」

說完米夏抬頭望著我。被說沒有妹妹的樣子，讓她很在意吧。

「哎，我覺得妳不用這麼在意。」

「……好在意……」

「那麼，就偶爾說一句任性的話如何？」

「任性？」

「會稍微有點妹妹的樣子。」

米夏深思了一會兒，並且向莎夏說道：

「好寂寞。」

「……怎、怎麼了嗎？突然說這種話。」

莎夏一臉擔心地來到米夏身旁。

「阿諾斯不會來上課了。」

「啊……」

莎夏恍然大悟地叫了一聲。

「……嗯，也是呢……雖然是這樣，但說到底，他是暴虐魔王這件事已在迪魯海德徹底傳開了，要是跑去上課的話，只會引起軒然大波吧。」

「……嗯……」

「我也有點寂寞……但這是沒辦法的事。」

莎夏一面這麼說，一面若無其事地牽起米夏的手。

「阿諾斯也很可憐。」

「很可憐？」

莎夏一臉不可思議地看著我。

「可是，他都已經證明自己是暴虐魔王了，而且阿諾斯也不是很想上課吧？」

莎夏向我問道。

「我去上課沒有太大的意義。不過，那些無聊的課程也挺不錯的。況且還有妳們在。」

莎夏開心地綻開笑容。

「……是、是這樣嗎……？那麼，雖然好不容易才被認同是真正的魔王，但也並不全是好事呢……」

米夏有點難過地點頭。

「這沒什麼，別這麼沮喪。我有做好許多準備，就在今天大功告成了。」

「咦？那個……你給我等等，那是什麼意思？」

兩人一臉不可思議地盯著我。

「還用說，就是我要再次就讀魔王學院的意思。」

「啥！」

莎夏露出就像在說「這也太亂來了吧」的表情大聲喊道。

§3 【神祕轉學生登場】

德魯佐蓋多魔王學院第二訓練場——

伴隨著上課鐘聲，咯咯咯地響起彷若狂人的笑聲。用力推開教室大門後，熾死王耶魯多梅朵來到講臺上。他身穿長風衣，頭戴大禮帽，手上拿著一根手杖。

「早安，我的學生們。本熾死王為了教導各位何謂魔王，重返講臺了喔！」

被認為是暫時停職一段時間的熾死王，開口第一句話就把學生們嚇得半死。

「……喂、喂喂，耶魯多梅朵老師是不是變了啊？」

「是、是啊，沒錯。總覺得他的表情變豐富了……」

當學生們偷偷打量起他的樣子後，耶魯多梅朵就「咯、咯、咯」地發出莫名興高采烈的笑聲。

「……也變得太豐富了吧……？」

「只不過，他之前就有點怪怪的……是不是還宣稱自己是神啊……？」

「好像是有這麼說過……」

「話說，為什麼我們會真心相信那種鬼話啊？」

在諾司加里亞消失後，祂所說出的話語效力也跟著消散，學生們已不再相信耶魯多梅朵是神；留下來的，就只有他自稱為神的怪人這件事。

如今的耶魯多梅朵具備天父神的權能──讓秩序誕生的秩序。照他的性格來看，只要一不注意，就很有可能搞出比諾司加里亞還要棘手的事態出來，所以我決定安排他在德魯佐蓋多認真地從事教職。

當然，倘若只是命令他擔任教師，這個男人也不會接受。他會像這樣站在講臺上是有理由的。

「那麼，各位聽好。今天在上課之前，就讓我來介紹一名轉學生吧！」

耶魯多梅朵用手杖指向教室大門。

「進來吧。」

他用魔力嘎啦嘎啦地把門推開。我踏進教室內，筆直地走向講臺。

「……咦？」

「……呵呵，好小一隻呢……」

「他幾歲啊？」

「或者該說，這點年紀能上學嗎？」

「說不定就只是個子很小吧？」

「而且不是說了，今後的魔王學院只要被判定是可造之材，不論是誰都能獲准就讀？」

我停下腳步後，轉身面向嘈雜的學生們，堂而皇之地說道：

「我名叫阿諾蘇．波魯迪柯烏羅，今年六歲。」

我施展了「逆成長(kurusura)」魔法，將身體縮小到六歲左右。

莎夏傻眼的表情映入眼簾；米夏隔著一個座位，在一旁露出淡淡的微笑。

「哇～嚇了我一跳喔……」

不知道這件事的艾蓮歐諾露在脫口說出這句感想後，隔壁桌的潔西雅眼睛就亮了起來。

「潔西雅，是姊姊……呢……」

「那、那個，雷伊同學，你知道嗎？」

米莎悄悄對雷伊咬耳朵問道。

「我也沒聽說喔。」

「叩叩」兩聲，耶魯多梅朵用手杖敲著地板。等到學生們注視過來後，他開口說道：

「阿諾蘇，你再稍微自我介紹一下如何？」

「唔嗯，也是呢。」

我向前走出一步。

「我在來這裡之前是個旅行藝人，特技是模仿暴虐魔王。愛吃的食物是焗烤蘑菇，沒有特別不擅長的魔法。說不定會有點欠缺常識，還請大家多多指教。」

耳邊傳來鼓掌聲，拍手的人是米夏。接在她之後，教室內的學生們就像很歡迎我似的鼓掌起來。

「老師，可以向阿諾蘇弟弟發問嗎？」

「好啊，大家就隨便問吧。」

得到許可後，一名白制服的女學生就向我問道：

「阿諾蘇弟弟今年六歲，也就是轉生者嗎？」

「我沒有轉生，是貨真價實的六歲。」

「咦～太厲害了。那你是六歲就通過轉學考嗎？」

接著一名黑制服的男學生說道：

「……這有可能嗎……？我聽說轉學考相當困難耶……？」

「是啊。我雖然是轉學生，但那實在不是小孩子能通過的考試。」

教室頓時嘈雜起來。就像要大家安靜似的，耶魯多梅朵開口說：

「咯咯咯，這沒什麼好驚訝的。這是因為阿諾蘇・波魯迪柯烏羅！」

熾死王「唰」的一聲用手杖直指著我。

「他可是無庸置疑的天才啊！」

即使設定成轉生者，也必須考慮到前世是誰等許多問題。要讓設定維持一致性很麻煩，也可能會被人質問不使用「成長（kurusuto）」的理由。既然愈是想補破洞，洞就會愈補愈大，不如就逆向思考。

乾脆全都用天才來強辯到底。

「原來如此……是天才少年啊……」

「哎，也是會有這種事吧……？」

「就算迪魯海德有一個這種天才，也不奇怪吧？」

儘管他們露出有點疑惑的表情，但還能接受的樣子。

「那麼，你就坐到空位上吧。」

當我邁開步伐時，其他學生就紛紛說道：

「阿諾蘇弟弟，這裡、這裡。這裡有空位喲～」

「阿諾蘇，來這邊坐啦。讓我們好好相處吧。」

唔嗯，感覺相當親切。跟還是不適任者的時候相比，大家的反應截然不同。

話雖如此，我的座位早就決定好了。

「啊，對了，耶魯多梅朵老師，愛蓮她們好像還沒來耶……？」

「我收到了魔王聖歌隊今日有公務在身的通知，等結束之後就會過來了吧。」

「公務啊？她們在不知不覺中成為名人了呢。」

一名學生不自覺地說出這種感想。

自從魔王再臨典禮以來，魔王聖歌隊的人氣就扶搖直上，邀請她們去唱魔王讚美歌的委託絡繹不絕。

這大概也跟擁有王權的暴虐魔王親自迎為麾下，使得她們屬於魔王直屬部下這點有很大的關係吧。

雖說委託方也有著各種意圖，但是讓和平之歌流傳開來正合我意。於是我就請愛蓮她們在不影響學業的範圍內勤於公務了。

「喂、喂喂。等等，那傢伙……」

看著我的背影，學生們倒抽了一口氣。

「他該不會，打算去坐那個位置吧？」

「……糟、糟糕。喂、喂喂，阿諾蘇，你不能坐那個位置！」

我朝向我搭話的學生看去。

「這個位置有人坐嗎？」

「那個，雖然沒人坐……」

「既然沒人坐，那就沒問題了。」

我不以為意地邁開步伐，走向莎夏與莎夏之間的位置。

「……他、他年紀還小，所以不知道吧……？」

「就是不知道才糟糕啊。那個位置……是阿諾斯大人的……？」

「可是，阿諾斯大人已經沒來上學了……」

「不過，就算是這樣……我之前曾開玩笑地坐在那個座位上喲。」

「你做過這種事啊！」

「我鬧著玩的啦，稍微鬧著玩的！」

「……然後呢，結果怎麼了？」

「很不湊巧地莎夏大人正好回到教室，在我隔壁坐了下來。她笑吟吟地浮現出『破滅魔眼』，連看都不願意看我一眼。」

「畢竟以那種狀態對上眼的話，你鐵定就死了呢……」

「不只如此，米夏同學也直盯著我瞧。面無表情、不發一語地一直盯著我瞧耶！」

「能惹到米夏同學生氣可不簡單啊。」

「最後是艾蓮歐諾露同學！朝著我悠悠哉哉地說道：『坐在這個位置上，就算被殺掉也沒辦法抱怨喔。』像這樣威脅我耶！」

「你也趕快離開那個位置啦。」

「我就腿軟站不起來啊！」

整間教室的視線集中在我身上。

「總之，那個位置比這傢伙說得還要危險……開玩笑地坐看看這種行為，未免也太輕率了吧？簡直就像在說快殺了我一樣。」

另一個學生也說出這種話。

「看看鄰桌的人，那可是勇者加隆、勇者學院的學生、前虛假的魔王，再加上涅庫羅姊妹吧？是我就絕對不想靠近……」

「咦～他們都那麼親切，所以沒問題吧？」

「不不不，那個組合怎麼想都很糟糕吧？勇者加隆真的成為同伴了嗎？虛假的魔王也是一樣。大致上來說，那兩個人還有必要上學嗎？」

一名學生凝重地說道。

「他們是雷伊同學和米莎吧？直到最近大家都還很要好不是嗎？」

「……不不不，你的腦袋也天真了吧？這絕對是有什麼企圖。你仔細想想，像他們這種人，哪裡會乖乖當個普通學生啊？他們是要潛伏在魔王學院，打算等時機成熟時背叛暴虐魔王吧……？」

「沒錯……大概就是為了警戒他們，莎夏大人和米夏同學才會坐在那裡監視……」

「不然的話，那邊才不會盡坐著那種怪物呢……那個位置附近就像火藥庫一樣啊。儘管乍看之下是在和樂融融地聊天，天知道什麼時候會爆炸……」

「而且之所以大家都隻字不提那個位置，就只是太過惶恐才不敢提罷了，就連教師也每天早上都會朝那個位置行禮耶……」

「嗯，是有點難以靠近呢……」

唔嗯，看來在我沒來上學的期間，那個位置不是被當成聖域，就是大家害怕雷伊與米莎他們而沒人敢靠近，產生了這種變化的樣子。

哎，畢竟是喜歡謠言的學生，就算任由他們去說，也沒什麼太大的問題。

我伸出指尖，發出魔力移開椅子，接著坐在那個位置上轉向隔壁桌。

「怎樣？誰都沒發現吧。」

莎夏回了我一個傻眼的表情；米夏則想了一會兒後，回我一句：

「還沒？」

「話說，你是打算一直不讓人發現地待下去嗎？反正你這個人，是絕對不可能老老實實的吧？」

「這不成問題，為此才說我是天才少年的。」

「啊～是打算不論發生什麼事，都用你是天才來強辯到底啊。」

艾蓮歐諾露就像恍然大悟似的叫道。

「……完美的……作戰……」

潔西雅握緊雙拳，擺出沒問題的姿勢。

「莎夏，聽到了吧？」

「……至少再稍微隱瞞得認真一點啦……」

「不會有問題的。因為我的部下很優秀啊。」

「你是在說誰啊……？」

「我有說錯嗎？我相信如果是妳的話，就能幫我順利地隱瞞下去喔？」

莎夏紅著臉別開了視線。

「……是是是，謹遵魔王大人吩咐。只有種我們會很辛苦的預感呢……」

莎夏碎碎唸道。

「莎夏很高興。」

米夏對我咬耳朵說道。

「米夏，妳別亂說啦。」

「啊哈哈～不過，又能跟阿諾斯——不對，是阿諾蘇同學一起上學，真的很開心呢～」

米莎露出柔和的微笑說道。雷伊靠在椅子上，對我露出爽朗的笑臉。

「魔王的公務呢？」

「放學後處理就夠了。方才也說過，我的部下很優秀。魔王只要作為象徵就好。就連人民的請願，也大都是艾里奧或梅魯黑斯他們就能處理的事情。」

只需要作為一個象徵存在，會是最好的結果吧。如果暴虐魔王必須廢寢忘食地工作，那可算不上是和平呢。

「似乎又能享受愉快的校園生活了呢。」

我哼笑一聲說道：

「是啊。」

戰戰兢兢地打量這邊情況的學生們鬆了一口氣。

「……好、好像沒問題的樣子……？」

「他們相處得很融洽對吧？雖然不知道在聊些什麼……」

「為什麼啊？」

「……果然因為是小孩子吧？」

「唔，居然是小孩子的特權。太狡猾了……」

「叩叩」兩聲，教室再度響起手杖敲響地板的聲音。在學生們連忙轉向黑板後，耶魯多梅朵開口說：

「今天我就再來介紹一名新的劍術講師吧。」

§4 【魔王學院的劍術講師】

教室門開啟，腳步聲響起。

以毫無破綻的步法來到講臺前的男人，有著一頭白髮與沒有色素的眼瞳。他凶狠的眼神就像在威嚇似的往前望去後，學生們都嚇得抖了一下。

他靜靜地說：

「我是辛・雷谷利亞。今日起，將在這所魔王學院擔任劍術教練。」

米莎茫然注視著辛。

「……爸爸…………？」

唔嗯，看這樣子她並不知道辛要在魔王學院擔任講師的事啊。還以為他們在魔王再臨典禮上縮短距離了，看來他還是一樣拙於言詞。

「喂、喂喂，辛．雷谷利亞……是魔王的右臂吧……？」

「是、是啊。我在魔王再臨典禮上看過他。而且，他現在是不是精靈王啊？」

「我記得他能將千把魔劍運用自如，有著『千劍』的別名吧？」

「而且，據說還是兩千年前的魔族最強劍士吧？」

「……真的假的……這麼厲害的人，要當我們的劍術教練嗎……」

「這果然是阿諾斯大人的指示吧……？」

人稱魔王的右臂，同時還是精靈王的辛要擔任講師一事，讓學生們全都困惑不已。

「咯、咯、咯，驚訝嗎？各位，那位暴虐魔王的親信要親自指導你們劍術啊。這可是求之不得的大好機會喔！而且！」

耶魯多梅朵旋轉著手杖，「唰」的一聲將杖尖指向學生。

「魔王學院還與精靈學舍建立合作教學體制，預定由教育大樹艾尼悠尼安為各位進行教學與試煉，而且還會努力安排客座講師來教導各位精靈魔法的對應方式以及其應用。此外還聘請兩千年前的魔族，為各位準備了周密的個別指導。最後是！」

耶魯多梅朵用力握拳，咧嘴讓嘴角揚起。

「安排了比誰都還要更適合教導各位何謂魔王的最優秀教師，設置了新的特別課程。其名為——」

熾死王當場跳起，「咚」的一聲踏響地板後高聲說：

「大・魔・王・教・練！咯——咯、咯、咯，這樣各位當上魔皇的人生道路，不就跟受到了保證一樣嗎！」

在誇張的肢體動作後，熾死王端正姿勢，冷靜地開始說道：

「當然，本熾死王的魔法課程與實習，將會打從平時起就無所不用其極地教導各位何謂深淵。然而如今在魔王轉生之後，魔王學院仍舊準備了如此豐富的課程是為了什麼呢？」

熾死王用手杖指向一名學生。

「那邊的黑制服，你來回答看看。」

魔王學院的白制服與黑制服，如今已不帶有特別的意義。廢止了混血穿白制服、皇族穿黑制服的制度，學生們可自由選擇各自想穿的制服。

話雖如此，實施新制的時日尚淺，所以大半學生還是穿著跟以往一樣顏色的制服。

黑白制服曾是這個迪魯海德的陋習之一。可是就算廢除制服、換掉顏色，又能改變什麼呢？重要的是不受黑白左右的意志。當然也存在要廢除黑白制服的意見，但我還是決定留下這套曾讓魔族分裂的制服作為警惕。

「怎麼啦？就是你。回答看看吧。」

「……那、那個，是因為魔王大人轉生了，所以優秀的人才開始聚集過來了？」

學生沒什麼自信地回答。隨後，耶魯多梅朵就咧嘴一笑。

「沒錯！能將這麼豐富的人才用在教育上，該說真不愧是魔王阿諾斯啊！你很懂，你很懂喔。」

學生鬆了口氣，總覺得很開心的樣子。

「不過，答案不只如此。人才會聚集過來，確實是因為魔王的人望；但我想知道的是，為什麼要這麼重視教育？」

耶魯多梅朵用手杖再度指向那名學生。

「這是為什麼？」

「……我、我……不太清楚……」

「不，你懂。如果是你的話，就應該會懂。再試著多想一下看看吧。當重視教育與不重視教育時，會在哪裡產生差異？」

學生苦惱地呻吟起來，喃喃說出一句：

「……將來……嗎？」

「將來。沒錯，就是將來。也就是說，魔王是為了將來、為了未來而認為要重視教育。正確答案。你這不是答得很好嗎？」

受到耶魯多梅朵稱讚，學生臉上開始帶有自信。

「那麼，我就再問你一個問題吧。為什麼要為了未來而重視教育？」

「……因為再不重視的話，會有問題……？」

「沒錯，沒錯、沒錯。因為再不重視的話會有問題。」

熾死王「嗯嗯嗯」地不斷點頭，同時眼睛一亮。

「為什麼會有問題？」

「……這我就不太清楚了……」

「不，你應該知道。如果是你的話，就應該知道。是缺少了什麼？魔王覺得你們缺少了什麼？什麼是魔王有，而你們沒有的東西？」

「……我想是全部吧……」

耶魯多梅朵讓手杖轉一圈，再度指向那名學生。

「正確答案。真不愧是你啊。沒錯，你們全部都缺。不論是力量、智慧、知識，還是魔法的技術，你們全部都缺。但是，不需要感到羞恥。因為你已經明白了。」

熾死王「咚」的一聲讓手杖落在地上。

「魔王需要著能成為魔王之敵的對手——唔呃……！」

耶魯多梅朵的左手用力按著脖子，就像被什麼看不見的東西勒住一樣。

那是無法反抗我的「契約(zekuto)」效果。

「……老、老師……？你還好吧？」

「啊、呃……那、那個……說是敵人會有語病。正確來說，沒錯，是需要一個能跟他並駕齊驅、互相競爭的對手！能跟他切磋琢磨，沒錯，是勁敵(競爭者)這個意思上的敵人！」

在換個說法擺脫「契約」的束縛後，耶魯多梅朵端正姿勢。

「那麼，我再問一個問題。維持和平容易嗎？」

「……我想並不容易……」

「沒錯。那麼，為什麼會不容易？」

「…………因為是國家對國家吧？」

「國家對國家，為什麼會無法維持和平？」

學生沉默下來。

「我們就稍微換個話題吧。你曾經跟朋友吵過架嗎？」

「這個，是有啦。」

「為什麼吵架？」

「……那個，就為了一點小事。他沒有加入我的小組，而是說要加入其他小組，所以我們就吵起來了……」

「就這樣？你們不是朋友嗎？」

「……就因為是朋友，那個，所以才想在同一個小組裡一起努力……讓我有一種被他背叛的感覺……當然，之後是有和好啦……」

耶魯多梅朵咧嘴一笑，用手杖指向學生。

「你感覺被背叛了。然而，朋友是不是有著想要加入其他小組的理由，並覺得你應該能夠明白呢？反過來說，對方是不是覺得你為什麼無法理解他的想法呢？」

「……他當時大概是這麼想的吧……儘管只要想想，就能明白他的理由……」

「那麼，就把你們之間的吵架，置換成國家對國家看看如何？」

學生露出恍然大悟的表情。

「……啊。那個，光是顧好自己就沒有餘力……所以，那個，一旦想基於自國的情況、維持著自國的和平，就會在不知不覺中侵犯到他國的和平，是這樣嗎……？」

「沒錯！你答得太棒了，你果然知道不是嗎？雖說國與國之間的關係很複雜，但是追根究柢，到頭來還是人與人之間的關係很複雜啊。你們會吵架。不論是朋友、戀人，甚至是素不相識的陌生人。所謂的國家，就是你們一個人、一個人的集合體。所有人互相混雜到無比混沌的意識，早已無法掌握全貌，形成一個巨大的生物。」

耶魯多梅朵露出愉快的笑容。

「這種莫名其妙的存在，是不可能不起爭執的吧！」

他讓手杖轉了一圈，「咚」的一聲敲在地板上。

「所以，魔王阿諾斯才會重視這所魔王學院。就算關注國家，也只能看到一片混沌。即使是他的魔眼，也無法看清國家的動向。所以要關注人，細心培育著每一個人——依循著國家即是人民的信念。」

靠我一個人強行阻止爭執算不上和平。將世界分為四塊的時候也一樣，就只是沒有發生爭執罷了。真正的和平還很遙遠。

「相信藉由授予你們全員力量、智慧與知識，能讓國家在不久的將來變得美好，迴避遲早會來臨的國家危機、世界危機，以及巨大的紛爭。咯咯咯，還真是個踏實、遙遠的理想不是嗎？」

耶魯多梅朵「咯、咯、咯」地對此一笑置之。

「不過，有意思！他那副挑戰不可能的姿態，正是魔王應有的模樣吧！所以我跟他訂下契約，直到這個夢想破滅為止，本熾死王都會在此執教鞭。不論發生什麼事，都會將你們培育成傑出的人物。當明白即使如此也還是會爆發紛爭時，那位魔王想必會更進一步地大幅成長吧！」

我與耶魯多梅朵簽訂的「契約」，大致上就跟他現在說得一樣。儘管神族會忠於約定，但半神半魔的熾死王就不知道會順應到何種程度了。

既然如此，與其靠「契約」讓他成為忠實的僕人，不如拿出他會感到興趣的提案。這就跟硬壓下去的東西會壞得很快是一樣的道理。

我會以小孩子的模樣潛入這所學校，也有著要以學生的立場確認教育成果的意思。要是知道我是魔王，就幾乎沒有學生和教師會說出真心話了。

「基於以上理由，今天要到競技場進行劍術訓練。辛老師，要是你在訓練之前有什麼話要說，就在這裡跟大家說說如何？」

「也是呢。今天畢竟是第一次上課，所以只會做誰都辦得到的事。」

辛一副理所當然地說道：

「我想讓各位死上一遍。」

教室裡的學生做出臉色瞬間慘白的反應。

「可以的話，就死兩遍。」

辛接著補上這一句。

§5 【劍術訓練從暖身運動開始】

競技場——

一年二班的學生們聚集在此，各個手持著劍，列隊站好。

「那麼，辛老師。要先從哪裡下手？姑且不論要怎麼做，總之要殺對吧？」

耶魯多梅朵一臉愉悅地問道。

「不，劍道也有其順序。首先是輕微的暖身運動。此外，我還想確認全員的揮劍方式與身體能力，因此就請各位先進行對打訓練吧。」

「這樣不是很好嗎？你們就適當地兩人一組對打吧。等訓練得差不多了，我跟辛老師會再召集各位。」

「就開始吧。」

「叩」的一聲，耶魯多梅朵把手杖敲在石板地面上，同時咧嘴一笑。

二班的學生分別向同組的魔族或感情良好的對象搭話，兩兩一組地訓練起來。

「我們有七個人，會多出一個吧？」

莎夏這麼說完，雷伊就爽朗地輕聲笑了笑。

「要我一對二嗎？」

「雷伊去當阿諾蘇的對手啦。能好好和他那身蠻力對打的人也只有你了。」

我把莎夏的忠告當耳邊風，一面左耳進右耳出，一面大略環顧起競技場。

「別在意我。我會適當地挑個對手。」

「啥！你、你在說什麼啊？沒有其他學生能跟你好好進行對打訓練吧！」

「別擔心，這是六歲的身體，在力量上很普通。」

說完，我就起步去找訓練對手。

「……普通……？真的嗎……？」

在喃喃自語的莎夏身旁，米夏忙不迭地搖著頭。

「喂，阿諾蘇。你沒對象嗎？那就一起吧。」

一名黑制服的學生向我搭話。我記得這傢伙是曾被我大卸八百八十八塊的學生。

「好啊。」

「很好，我叫拉蒙，拉蒙．艾巴。」

「請多指教。」

我畫起魔法陣，把手伸進中心，拔出一把小孩子尺寸的鐵劍。

「哦～你能施展收納魔法啊？年紀這麼小，卻很厲害呢。」

「沒什麼，你太誇獎了。」

「喂，要不要去稍微遠一點的地方？」

「我在這裡也無所謂喔？」

「寬敞的地方比較好訓練吧？」

是我多心了嗎？總覺得拉蒙的笑容帶著不懷好意。對於剛轉學過來的小孩子，他是打算做什麼啊？

「好啊。」

我跟拉蒙兩人一起來到競技場的角落。能感受到莎夏他們投來擔心的眼神。當然，他們並不是在擔心我的安危吧。

「話說回來，在訓練之前我想問你一件事。」

拉蒙一面拔出腰間的魔劍一面說道：

「阿諾蘇穿著黑制服，所以是皇族沒錯吧？」

我的制服跟以往不同，是穿黑制服。理由就只是穿著跟阿諾斯時不同的制服，感覺會比較難被察覺到真實身分，並基於相同的理由，施展魔法將我的魔力偽裝得看起來像是皇族。如果有著跟雷伊與艾蓮歐諾露一樣擅長看穿根源的魔眼，大概就會被識破，但這種人就連在兩千年前都很少見。

也就是說，拉蒙明知我是純血，卻還是特意問我是否為皇族。

「在如今的迪魯海德自稱皇族也沒什麼助益，但我姑且算是。」

在我稍微拋出誘餌後，拉蒙就來到我身旁低聲問道：

「等一下的話你可別說出去喲。你覺得如何？」

「我不懂你問這話的意思？」

「沒有啦，我也不是有什麼不滿。雖然沒有什麼不滿，但你身為皇族，覺得現在的迪魯海德怎麼樣，想聽聽看你純粹的感想。」

原來如此。哎，如果只是在學院裡互發牢騷的話，就算置之不理也不礙事，但也不一定只是這樣。

皇族派奉我的命令解散了。只不過，這終究只是表面上。儘管能禁止皇族派結黨營私，也無法立刻改變派系人馬的想法。

「抱歉，我才六歲，還不太清楚世事。」

聽我這麼一說，拉蒙就咧嘴露出下流的笑容。

「我就特別告訴你，現在這個世界已經瘋了。我們皇族明明必須是更加尊貴的存在，卻制定了什麼平等、公平之類的無聊法律。」

不論怎麼做，都會有一定數量的人感到不滿。只不過，光是想想還算個人的自由——只要不會傷害到他人的話。

「唔嗯，這麼說來，我聽說皇族曾擁有過特權？」

我試探地說道。

「是啊，沒錯。本來是真的有特權喔。因為我們是支配者。在迪魯海德，最偉大的人必須是我們皇族。接下來的話你可別說出去。那個暴虐魔王，似乎是統一派捏造出來的。」

哎呀哎呀，是打算對六歲小孩灌輸什麼思想嗎？這些話感覺也不像是單純的牢騷。

「你是說，暴虐魔王是冒牌貨嗎？」

「笨、笨蛋，太大聲了。」

儘管隔了相當遠的距離，拉蒙還是提心吊膽地偷看著辛與耶魯多梅朵的樣子。在確認到兩人都沒注意這裡後，他安心地吁了一口氣。

「你還是小孩子，所以可能不知道吧。你好好想想，不覺得太剛好了嗎？就像是在配合魔王再臨典禮一樣，勇者加隆、魔王的右臂辛、精靈之母大精靈蕾諾和虛假的魔王阿伯斯・迪魯黑比亞全都碰巧地聚集在一起。這不論怎麼想，都只覺得是安排好的。」

他說這話是認真的嗎？還是為了勸誘我在隨口亂說？不論如何，看來他都不可能有什麼正常的結論。

「我實在不太了解這方面的事。統一派是壞人嗎？」

當我像個小孩這樣回答後，拉蒙就一臉高興地上鉤了。

「是啊，沒錯。真正的暴虐魔王大概沒有轉生，早在兩千年前就死透了。是統一派的那些傢伙利用這件事捏造了轉生的魔王。就是那個叫阿諾斯的男人。」

「哦～很有意思呢。」

或許是認為我對這話題很有好感吧，拉蒙多嘴多舌地繼續說下去。

「我們皇族派必須矯正迪魯海德被扭曲的歷史，哪怕是要反抗現任魔王。這是繼承尊貴之血的我們所肩負的使命。即使是為了已故的真暴虐魔王，我們也必須奪回魔族的國度。」

大概是因為我是小孩子就大意了吧，他滔滔不絕地說出內情。還是說，他這是打算不讓我察覺到這背後還另有什麼內情嗎？

「我不太懂。也就是說，那個暴虐魔王是壞人？」

當我說出草率的結論後，拉蒙就像詭計得逞似的咧起嘴角。

「就是這樣。看來我們能當好朋友呢，阿諾蘇。」

拉蒙朝我伸手。我回握他的手，進一步提出詢問說：

「方便的話，想請你幫我介紹一下。」

拉蒙的臉色變了。

「……什麼意思？」

「我耳聞過名為皇族派的反抗組織。雖然不清楚詳情，但反抗組織是正義的一方吧？」

拉蒙露出苦惱的表情。

「……別說蠢話了。皇族派早就解散了。哎，我因為是前皇族派，剛剛就只是以前的習慣，不小心說溜嘴罷了。」

是以皇族派作為暗語，像這樣找尋著反抗現任魔王的人啊？

「而且，阿諾蘇，正義的一方可是不會輕易露出真實身分的喔。」

拉蒙一副很高興的模樣說：

「哎，不過阿諾蘇要是跟我成為朋友的話，我就把你介紹給我的死黨認識吧。」

拉蒙故弄玄虛地笑了一下。雖然不知道規模多大，但他背後毫無疑問存在著反抗組織的樣子。只要照這樣耐心交往下去，總覺得他就會幫我介紹，但有點讓人不耐煩啊。

就展示我的價值吧。既然是反抗組織，應該是極度渴望著能對抗魔王軍的戰力。他們就連小孩子都想邀請，肯定是人才不足。

「我能派上用場喔。」

「哈哈，說什麼大話啊，不過就是個小鬼。」

我緩緩舉起鐵劍說道：

「就讓你見識一下吧。」

當我是小孩子似的，拉蒙再度笑起。

「好吧。你有多擅長用劍？」

「抱歉，我並不擅長。我擅長的項目是魔法。」

「哈哈，我就這麼覺得。哎，就算是天才少年，個子這麼小，能注入肌肉的魔力量也很有限呢。」

拉蒙與我拉開距離，以對準我咽喉的姿勢舉起魔劍說道：

「好吧，我就放水跟你打。我會先從上方劈下去，你試著擋下來看看。你要是辦得到，我就稍微認可你的實力。」

「唔嗯，好啊。你就儘管挑戰吧。」

「哦～不過是個小鬼，是在哪裡學到那種大話的啊？然而光是耍嘴皮子，可是無法成為正義的一方喔？」

拉蒙緩緩舉起魔劍，就這樣朝我踏出一步。

「那麼，我要上嘍！要是不好好擋下，可是會受傷的喔！」

他跑了起來。在這一瞬間，視野彷彿變成了慢動作影像一般，能將拉蒙的一舉一動看得一清二楚。這並非比喻，而是他太慢了。無比得慢。會讓人不禁懷疑那把劍要到何時才會打過來的程度，拉蒙的攻擊太慢了。

「看招！」

一如預告，他從上方劈下魔劍。

「唔嗯，所謂的好好擋下——」

我用手中的劍輕而易舉地擋下這一劈。「鏘——！」的一聲，劍與劍的碰撞聲響起。

「唔啊啊啊啊啊啊啊啊啊啊啊啊啊啊啊啊啊啊啊啊啊啊啊啊啊啊啊！」

攻擊過來的拉蒙承受不住我注入魔力的防禦，整個人被往後震飛到遠處，深陷在競技場的牆壁上。

「——是像這樣嗎？」

他的魔力消散，當場死亡。

緊接著，競技場上的學生們開始嘈雜起來。

「……咦……剛剛飛走的……是拉蒙同學吧……？」

「那個，是阿諾蘇同學做的……？」

「……不、不是的……阿諾蘇同學就只是擋下拉蒙同學的劍……」

「為什麼出手攻擊的人，會像顆球一樣地彈開啊……？」

「……啊啊，不過還是個小鬼，這是何等劍技啊……？」

「話說，欸……拉蒙同學是不是死啦……？我完全感受不到他的魔力耶……」

就在學生們脫口說出這些感想時，拉蒙就像驚醒似的睜開眼睛。

因為我施展「復活（ingaru）」魔法讓他復活。

「……咦、咦咦咦咦咦咦！怎麼了、怎麼了！他復活了耶！」

「那個魔法，我記得是『復活』吧……？阿諾斯大人在入學測驗時施展的……」

「……剛剛那是阿諾蘇施展的？不是耶魯多梅朵老師嗎？畢竟……那傢伙才六歲吧？」

「……小小年紀就能施展跟阿諾斯大人一樣的魔法……這不是光用天才一詞就能解釋清楚的吧……」

我緩緩踏出步伐，走到拉蒙面前。

「雖說是小孩子，難道你以為我就不擅長防禦嗎？」

拉蒙茫然注視著我，同時倒抽一口氣。

「…………你、你……究竟是誰……？」

我哼笑一聲，對他這樣回道：

「阿諾蘇．波魯迪柯烏羅，只是憧憬正義一方的平凡天才少年。」

§6 【劍術講師的教育指導】

競技場變得鴉雀無聲。

總覺得好像曾在哪裡看過類似的情況——學生們全都露出這種表情來。不論他們願不願意，腦海中肯定都浮現了當初被稱為不適任者的暴虐魔王。

「……還挺行的嘛……」

莎夏以自然的語調，不過僅能讓周遭聽見的聲量說道。

「該說真不愧是天才少年吧。」

她十分從容地輕聲笑了笑。

「不過，火候還不夠呢。」

莎夏優雅地攏起雙馬尾的髮束。阿諾蘇雖是天才，但還比不上暴虐魔王——言外之意強烈散發著這種氛圍。

「……這、這樣啊。雖然剛剛好像看到超級厲害的東西，不過看在莎夏大人眼中，原來還不夠火候啊……」

「就是說啊。原本想說簡直就像阿諾斯大人一樣，不過到底還是不可能跟暴虐魔王同等水準呢……」

「果然，必須練到能窺看更深的深淵才行呢。」

既然是人稱破滅魔女、一直在阿諾斯組裡近距離看著暴虐魔王的少女如此宣稱，學生們也不得不贊同吧。

不論看起來有多厲害，也肯定會認為是自己等人還無法徹底看透深淵的關係。畢竟他們本來就連要確實衡量我的力量都辦不到。

雖是即興演出，但莎夏的掩飾還挺有效的。

「哎呀哎呀，這不是很精彩嗎？真不愧是天才少年阿諾蘇・波魯迪柯烏羅。劍與魔法的本領簡直就像暴虐魔王君臨於此啊。」

耶魯多梅朵完全不看氣氛地老實讚賞。你這傢伙——莎夏用這種眼神狠狠瞪過去。

「咦……？既然耶魯多梅朵老師都這麼說了，那麼阿諾蘇同學果然非常厲害啊……」

「似乎是呢。」

聽到學生們這樣竊竊私語，莎夏優雅地微笑起來。

「咦？耶魯多梅朵老師還真會稱讚人呢。」

她會像這樣慢慢說道，是因為心裡正在煩惱要怎樣掩飾過去吧。

「只不過，或許乍看之下很完美，但果然還是小孩子呢。」

隨後，學生們就一齊看向莎夏。

「莎夏大人會這麼說，想必有什麼具體的理由吧？」

「她也不是會無憑無據說話的人，到底是哪裡不行啊？」

「安靜，莎夏大人應該正要說明了。」

「必須好好聽清楚呢。」

莎夏的表情有點僵硬。她就像在窺看深淵似的朝我望來後，接著開口說道：

「喂，米夏。妳也是這麼想的吧？」

全丟給妹妹解決了。

米夏直眨著眼。

「魔法術式的構成太粗糙。要是『復活』再慢幾瞬發動，拉蒙就有可能無法復活。」

我是剛好三秒整施展「復活」的，不過米夏把這說得就像是我還不熟練地指謫出來。這招相當巧妙啊。

「而且劍的本領也不行。卸除力道的技術還算勉強及格，但這是因為拉蒙的技術太差。也就是衝過去的力道太猛，結果害自己重重摔了一跤喲。」

雖然我就只是倚靠蠻力擋開，但雷伊像這樣捏造事實。說謊的方式還真是大膽。

「果然是這樣啊。鍊魔劍聖的著眼點就是不一樣。我也覺得這如果是阿諾蘇做的，總覺得魔力的流動顯得很奇怪。原來如此，是拉蒙比我想得還要差啊。我沒注意到這件事……」

「也就是簡單來說，拉蒙同學是自己摔了一大跤，撞進牆壁裡死掉的？」

「他是衝得有多猛啊……」

就在學生們這樣說時，艾蓮歐諾露立刻接著說道：

「不行喔，就算阿諾蘇同學再怎麼可愛，也不能這麼猛烈地朝他衝過去喔？」

同班同學們紛紛不自覺嗤笑出聲。

拉蒙儘管一臉羞恥的表情，但還是沒有離開牆壁。原因是他整個人深陷其中，手腳完全無法動彈。

「真是一場不錯的比試。」

我送出魔力，把拉蒙從牆上拔下來。等到終於獲得解放後，他向我問道：

「……你……不是不擅長用劍嗎？」

「唔嗯，就如你看到的。要是你沒有手下留情，真不知道會變成怎麼樣。」

拉蒙瞬間愣了一下。

「因為我是轉學生，所以才打算讓我表現一下吧？」

「……啊、啊啊。是、是啊！你很清楚嘛。要是我拿出真本事來，結果說不定會反過來呢……哈哈。」

唔嗯，剛剛明明才死過一遍，虧他還能自大到這種程度。真是個小癟三。

「你放學後有空嗎？」

拉蒙向我問道。

「有空喔。」

「那麼就稍微陪我一下吧。我帶你去一個有趣的地方。」

看來是判斷我值得介紹的樣子。那麼，他會帶我到哪裡去呢？

「這還真是讓人期待。」

「我有東西忘在教室裡了，先回去拿一下喔。」

留下這句話後，拉蒙就偷偷摸摸地離開競技場。

多虧莎夏他們臨機應變，學生們不再關注這裡，轉而回頭進行對打訓練了。我的組員們也都兩兩一組地在用劍對打。

莎夏與米夏、艾蓮歐諾露與潔西雅，以及雷伊與米莎在分別進行訓練。

「我要上了！」

莎夏使勁劈下劍。

「……嗯……」

米夏揮劍打掉這一擊。

雖然雙方都一臉認真地交鋒，卻還是少了幾分魄力。米夏與莎夏的劍術相較於魔法差了相當大一級水準。她們看來還是一樣無法運用魔劍。

「喝！」

「呀！」

兩人同時舉著劍朝對方劈下。只不過，雙方的劍被一把插進來的手杖擋了下來。

「到此為止。」

制止了兩人的劍後，熾死王耶魯多梅朵說：

「以那位魔王的部下而言，還真是差勁的劍術啊。」

莎夏雖然不滿地瞪著熾死王，但因為是事實，所以也沒辦法加以反駁。

「劍術差勁也就算了，至少要懂得運用魔劍吧？」

耶魯多梅朵畫起魔法陣，從中取出兩把魔劍，並將這兩把劍插在米夏與莎夏面前。

「好了，試著拔拔看吧。」

莎夏一臉苦悶地看著眼前的魔劍。

「我挑戰過好幾次了，魔劍果然跟我很不合吧。」

米夏就像同意似的，在一旁頻頻點頭。

「既然如此，那今天說不定就是努力獲得成果的日子。來吧，試著拔劍看看。」

米夏與莎夏握住魔劍的劍柄。然而不論再怎麼使勁、注入魔力，魔劍依然文風不動。

「……哈……哈……」

莎夏漸漸喘不過氣來。

「……你看……吧……果然不行……」

「咯咯咯，還挺不錯的喔。這不是只差一點就拔出來了嗎！」

「……是嗎？完全沒有要聽話的跡象耶……？」

「咚」的一聲，耶魯多梅朵放下手杖。

「破滅魔女，妳缺乏的是對魔劍的顧慮。魔劍不是道具。妳要試著以更加對等的方式接觸它。」

熾死王接著立刻將手杖指向米夏。

「魔女的妹妹，妳則是相反。要試著再傲慢一點，讓魔劍乖乖聽話。妳要命令它。魔劍也是有尊嚴的，不會選擇只有溫柔的魔族作為主人。」

當莎夏與米夏依照這些建言去挑戰後，他愉快地揚起嘴角說：

「沒錯、沒錯，就是這樣，就是這種感覺。妳們這不是做得很好嗎！還有一點，妳們所缺乏的是自信。魔劍正是因為覺得拔得起來，才有辦法拔起來的東西。既然如此，就將這股確信灌注進去，將魔力送入魔劍的根源之中。妳們是不可能拔不起來的。像妳們這樣的魔力強大之人，怎麼可能拔不起這種程度的魔劍！」

耶魯多梅朵就像在鼓舞她們似的說：

「本熾死王在有關看透實力的魔眼（眼光）上，自負是僅次於魔王的優秀。來吧、來吧來吧來吧，再三秒就拔出來了！妳們就拭目以待吧！三、二、一。」

在這瞬間，彷彿齒輪接上一般，莎夏與米夏倏地拔起魔劍。

「……啊……拔起來了。」

「……驚訝……」

耶魯多梅朵「咯、咯、咯」地笑了起來。

「有什麼好驚訝的？妳們可是那位魔王所認同的部下。就算再怎麼不擅長運用魔劍，也沒道理辦不到——妳們本來就具備著足以運用的魔力。」

丟下這句話，耶魯多梅朵改朝眾人看去。

「那邊的同學！你揮劍的姿勢非常漂亮。只不過，那樣會讓力道分散，豈不是沒辦法傷到魔王一根寒毛……嗚、呃……！」

儘管在「契約」的束縛下變得呼吸困難，耶魯多梅朵還是一臉愉快地到處指導學生。

而在其他地方，有一組男女感情要好地對打著。

「……呼……！」

「……啊……」

劍在半空中旋轉飛舞，掉落在競技場的地面上。雷伊將米莎的劍打飛了。

「啊哈哈……抱歉……沒辦法當你的對手……」

米莎把劍撿起來。零零總總加起來，這已經是劍第十次被打飛了。

「我一直在想。」

雷伊把劍放下，來到米莎身旁。

「妳沒有認真吧？」

「……咦？」

雷伊爽朗笑道：

「如果是現在的妳，不是可以變成真體嗎？」

「……啊、啊哈哈……也是呢……」

「精靈米莎的傳聞與傳承，可是阿伯斯．迪魯黑比亞的轉生體。跟我對打這種事，對妳來說應該是小事一樁喔。」

「或許是這樣吧。」

就像不太願意似的，米莎低垂著頭。

「……可是，我有點害怕……」

「妳在怕什麼呢？」

「那個，現在的我是一時性的姿態，所以還是以前的我。要是變成真體，總覺得個性會變得不太一樣。」

米莎這麼說完便露出苦笑。

「我想大概會變得很接近那個阿伯斯・迪魯黑比亞。」

「意識會被奪走嗎？」

「……啊，不是的。不是那樣子。我們有好好地融合為一體，能感受到真體的我現在也確實是我。可是，那個……」

米莎一副戰戰兢兢的模樣說：

「說、說不定，會被雷伊同學討厭……」

「沒問題的。」

雷伊將自己的手疊在米莎持劍的手上。

「啊…………」

「我對妳的情意，不會因為妳的外表與說話方式而改變。只要妳還是妳，我就會永遠深愛著妳。」

米莎羞紅著臉，深情凝望著雷伊。

「米莎，讓我看看最真實的妳。」

米莎害羞地點了點頭。

「看來你非常有餘裕啊，雷伊・格蘭茲多利。」

雷伊驚覺轉頭。不知不覺中，辛已站在他的正後方。

而且還帶著冰冷徹骨的眼神。他所發出的殺氣，就連走過無數戰場、身經百戰的勇者都會嚇得立刻跳開。

辛面不改色地說：

「看樣子似乎是對手實力不足，所以就由我來擔任你的訓練對象吧。」

辛把手伸進畫出的魔法陣中，拔出掠奪劍基里翁諾傑司。

「就如同我方才所言──」

辛的眼瞳散發冷光。

「就請你去死吧。大概三次左右。」

次數增加了。

§7 【勇氣之刃與宿命的父母心】

「那、那個……爸、爸爸？」

米莎打量著辛的臉色說：

「不、不是啦，是因為我有點不好意思拿出實力來，雷伊同學就只是在幫我消除緊張，我們並不是沒在認真上課──」

「米莎。」

米辛淡然說道：

「現在是上課時間，請不要叫我爸爸。我不喜歡妳公私不分。」

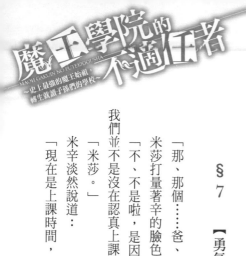

「……對、對不起。」

米莎不好意思地低下頭。

辛一面後退拉開距離，一面這樣問道：

「話說回來，雷伊．格蘭茲多利。三天前的晚上，你人在哪裡，在做什麼事？」

「……什麼意思？」

雷伊以不改微笑的表情反問。

「不，沒什麼特別的意思。只是……」

辛停下腳步，轉身面向雷伊。

「三天前的晚上，我女兒回家的時間比平時還晚。」

他眼神中帶著冰冷徹骨的殺氣。

「我再問你一次。三天前的晚上，你人在哪裡，在做什麼事？」

辛的手傳出魔力，掠奪劍發出妖異光芒。

完全是公私不分。

「爸、爸爸！那天晚歸是因為我去愛蓮家玩，愛蓮也是這麼說的吧——」

聽到米莎的辯解，辛立刻回話說：

「她那天有魔王聖歌隊的練習。雖然原定要練到傍晚，但是那天吾君在德魯佐蓋多辦公到深夜。」

「……那個……這又怎麼了嗎？」

「聖歌隊的少女們，尤其是愛蓮的忠義之心，就連在我看來都會想要將她作為榜樣。像愛蓮這等忠臣，我難以相信她會比吾君還要早離城。」

忠臣知忠臣。看到粉絲社的少女們為了魔王而日以繼夜地作為魔王聖歌隊勤奮不懈的身影，辛也有所感觸。也就是說，他是這麼想的：

愛蓮難道不是在配合米莎串供嗎？

「……她、她偶爾也會先離城啦……」

米莎不知所措地笑了起來。在辛面前，這就只是個蹩腳的藉口。

「米莎，我沒在問妳。會很危險，請妳先退開。」

「可、可是，爸爸，那個，請不要對雷伊同學太過分……」

「現在不要叫我爸爸。」

「……是的。」

米莎雖然一臉為難的表情，但還是無可奈何地退開。當她憂心忡忡地望向雷伊，他就爽朗地微笑起來，就像在說「別擔心」一樣。

「回答問題吧，雷伊．格蘭茲多利。」

「嘴巴上要怎麼回答都行。」

雷伊用單手畫起魔法陣。神聖光芒聚集在魔法陣上，召喚而來的靈神人劍伊凡斯瑪那出現在他的右手上。

「關於這個問題，我就用這把劍來回答吧。」

「我相當欣賞你的這份果斷。只不過，倘若你的劍上有一絲邪念，我就會當場將你劈成兩半。」

雷伊與辛對峙。米莎以困惑的表情向兩人說：

「……呃、呃，雷伊同學，那個，你手上的是靈神人劍吧？那不是消滅魔王的聖劍嗎？爸爸也是，你拿出掠奪劍，是打算奪走什麼啊？那個，你們兩位，都還保持冷靜吧？」

然而，早已專注在彼此劍上的兩人，就只是不斷讓視線迸出火花。

「啊、啊哈哈……該、該怎麼辦啊……？」

「別擔心，不會有問題的。」

米莎猛然轉頭。我不知何時站在她背後這件事，讓她很驚訝的樣子。

「阿諾蘇同學，你說不會有問題，是什麼意思啊？」

「辛曾是不知愛為何物的男人。但是在有了妳這個女兒之後，他才首度擁有了所謂的父母心。由於他曾不知愛為何物，所以也不知道該如何抑制這份感情。」

我朝著一臉有點不太能理解的米莎說：

「簡單來說，就是控制不住自己的笨蛋父母心。真沒想到曾不知愛為何物的辛，居然會變成笨蛋父母啊。還真是令人欣慰。」

「那、那個……可是，他們現在拿著的劍，讓人一點也笑不出來呀……？」

「這是天下所有女兒的父親都要走過的道路。雷伊必須真心誠意地向他挑戰，將妳贏到手中。話雖如此，辛是個笨拙的男人。光靠話語是很難跟他互相理解的。體諒到他的心情，雷伊才會決定試著用劍跟他對話。」

「……用劍對話嗎？」

「一旦實力達到他們兩人那樣的境界，只要刀劍交鋒，大概就能想像得到彼此具有何種程度的想法。」

「是這樣嗎……？」

米莎半信半疑地望向兩人。

其他學生注意到雷伊與辛要進行對打訓練，也紛紛開始注視著他們。

「喂、喂喂，你看。辛老師手上握著的魔劍，該不會很糟糕吧……好像有著非比尋常的魔力……？」

「不如說，雷伊同學拔出的是靈神人劍耶。那不是為了消滅魔王所打造的聖劍嗎！」

「等等……等等喔……這該不會是勇者加隆與魔王的右臂辛．雷谷利亞相互單挑吧！」

「兩千年前的芥蒂果然沒有解開嗎？於是辛老師就趁著上課的機會，藉故肅清掉雷伊那傢伙……」

「不然他不會拔出那麼強大的魔劍，雷伊也不會拿出什麼伊凡斯瑪那吧？」

學生們一面倒抽一口氣，一面後退與兩人拉開距離。他們各個都不想遭到波及的樣子。

「咯、咯、咯，你們全都停止對打，看著他們兩個吧。看來辛老師現在就要為大家親身示範他先前在課堂上說過的話。比起什麼暖身運動，這要來得有幫助多了。」

「……課堂上說過的話，是指要讓我們去死嗎？」

「沒錯。在兩千年前，死是很理所當然的事，而克服死亡，更是理所當然的事。既然如此，無法體驗死亡就沒辦法達到那種境界！受到何種程度的傷勢就會死——能不能知道這一點，可是攸關生死之事！」

「叩」的一聲，耶魯多梅朵用手杖敲響石板地面。

「而且體驗死亡還有另一個好處。那就是『復活』。這正是對根源施展的魔法。藉由自覺到死亡、讓自己脫離肉體，變得能認知到自身的根源。這樣一來，就能親自感受到『復活』的魔法術式有何意義！」

咯咯咯咯，耶魯多梅朵一面扯著喉嚨笑著一面大聲喊道：

「真不愧是辛．雷谷利亞！讓各位迅速體會死亡，進而意識到自身的根源，這在戰鬥中可是基本中的基本。儘管粗暴卻又細膩，確實不枉稱為魔王的右臂！」

熾死王用手杖直指著兩人，同時平靜地說：

「看好了，要開打了。」

雷伊蹬地衝出。就像預測到他會這麼做一樣，辛早已逼近到眼前。

「……呼……！」

「鏗」的一聲，靈神人劍與掠奪劍正面衝突。驚人的魔力餘波向周圍震開，風壓吹亂學生們的頭髮與制服。

劍的魔力是靈神人劍在上，不過劍技是辛略勝一籌。兩人的短兵相接是勢均力敵，雷伊與辛的眼神交錯。

「三戰決勝負怎麼樣？」

「好。」

在辛回答之後，兩人周圍就籠罩起淡淡的光芒。那是「聖域(asuku)」的魔法。不過，這不是為了將意念轉換成魔力。

而是為了讓彼此劍上的想法，能更加容易地傳達給對方。

「……喝——！」

雷伊盡全力施放靈神人劍的力量，把辛推了開來。朝著瞬間失去平衡的他，雷伊用伊凡斯瑪那揮向辛的右側腹。

不過，這是個陷阱。辛故意露出這個破綻，看穿雷伊的這一招，以些微的動作完全避開攻擊。接著他同時踏出一步，以完美的時機劈下掠奪劍。

讓人以為無法避開的這一劍，基里翁諾傑司卻揮空了。雷伊的動作也是個陷阱，他預測到這一劍的軌道，趁機繞到了辛的背後。

辛轉身揮出掠奪劍。配合著這一劍，雷伊劈下靈神人劍。

劍光與劍光劃出十字。

風壓與魔力的火花朝四周迸發，兩把劍交錯在一起。

「相當愚直的劍呢。」

「承蒙誇獎，我感到很榮幸喔。」

「不過，劍技還很拙劣。」

在說話的同時，雷伊的右肩噴出鮮血。辛以目不暇給的快劍揮出了掠奪劍。

「……呼……！」

雷伊與辛再度短兵相接。喘息之間，在經過數十次的劍刃交鋒之後，雷伊的右大腿被斬傷了。

「……還沒完呢……！」

第三次的衝突。以全力揮出的靈神人劍被辛漂亮撥開，並順勢斬傷了雷伊的右胸。

「……唔……！」

雷伊暫時跳開，拉開彼此的距離。

「你巧妙避開了要害呢。能不讓掠奪劍奪走能力，可不是尋常本領所能辦到的。不過，你究竟能撐到何時呢？」

寒氣逼人的劍技，甚至超越了過往的他。大概是因為對女兒的愛吧，辛完全凌駕在雷伊之上。

「那、那個……對決不是已經結束了嗎……說好了三戰決勝負吧？爸爸不是已經砍中三劍了嗎？」

「妳在說什麼，就連一勝都還沒有喔。」

聽到我這麼說，米莎露出不解的表情。

「他們說的三戰決勝負，是指其中一方先死三次的意思。」

「……這算什麼三戰決勝負……」

「別這麼擔心，三戰決勝負在兩千年前，是劍術比賽時常用到的規則。辛和雷伊早就習慣了。」

米莎一面緊抿著唇瓣，一面注視著辛與雷伊短兵相接的身影。

「唔嗯，雙方的意念都互不相讓啊。」

「那個……他們在我看來就只是在認真對打，雷伊同學和爸爸是在用劍進行著什麼樣的對話啊……？」

「這樣啊，那我就幫妳解說吧。」

我施展「意念通訊」，將我所感受到的兩人意念傳達給米莎。

「這是我個人的解釋，說不定有點誤譯，但妳就當作他們大致上是這樣想的就好。」

就在這一瞬間，雷伊動了。他就跟方才一樣把辛推開、雙方拉開距離後，這次用靈神人劍朝他劈去。

劍上充滿他的勇氣。

——把女兒嫁給我吧！

「鏗」的一聲，伊凡斯瑪那的強烈斬擊被辛用劍擋下。

——不嫁。

辛的魔劍充滿著深不可測的覺悟。然而，雷伊毫不在意，以靈神人劍發出猛攻。在喘息之間揮出三十連擊，目不暇給的快劍朝辛襲去。辛也不服輸地用魔劍揮出快如閃光的劍擊。

劍速的頂峰，雙方就像在競爭似的使得劍刃高速衝突。簡直就像無法退讓的意念與意念在激烈碰撞一般的光景。賭上彼此的信念、賭上彼此的榮耀，此時此刻，勇者加隆與魔王的右臂辛以聖劍與魔劍展開交鋒。

挑戰者是加隆，迎擊者是辛。雙方的堅定意念，化為雙劍撞擊所迸出的火花炸開。

——請把女兒嫁給我！我絕對會讓她幸福！我以性命發誓！

——不嫁不嫁不嫁不嫁不嫁不嫁！

「……真不愧是你呢……在柔軟的劍招中，有著一道絕對不會折斷的芯……」

「你還早了一百年。」

「這一百年的差距，我會在與你對打的這場勝負之中超越給你看！」

彷彿在吸收辛的劍技一般，雷伊用靈神人劍吸收掠奪劍的力道。自己揮劍的力道遭到利用，辛的身體稍微失去平衡。

——我究竟有哪裡不好？要是我有不對之處，我會去改正！

為了讓家長承認雙方交往，以要結婚的氣勢揮出的捨身之劍，簡直就是勇氣之刃。這不是常人所能展現的覺悟。

正因為是真心真意，所以打從最初就是全力以赴。世人往往知道該怎麼做，卻仍然無法下定決心。

所以這是人稱勇者的雷伊才有可能揮出的求婚一擊。

——開玩笑。憑這種程度的本事，要結婚還太早。你能保護好我女兒嗎！

將他的勇氣一擊不由分說地打掉，這無情之刃該說真不愧是魔王的右臂啊。超越道理與常識，總之就是不給嫁。這簡直就是不可理喻，是難以攻陷的劍之頂峰。

——請把女兒嫁給我、請把女兒嫁給我、請把女兒嫁給我！

——不嫁不嫁不嫁不嫁不嫁不嫁！你還早一百年！

碰撞的劍與劍，交鋒的刃與刃。兩人賭上彼此的信念、一步也不肯退讓的魔力與激烈的交鋒相反，不僅微弱，還在轉眼間變得稀薄。

兩人的目標是劍的祕奥，必殺的一擊。然而，雷伊擁有七個根源，要讓魔力完全化為虛無極為困難。

於是，先達到這個境界的人是辛。

「掠奪劍，祕奥之一——」

基里翁諾傑司的劍尖有如鞭子般彎曲，宛如生物一般變化自如地襲向雷伊。

「『剝奪』。」

——把女兒還給我。

剎那間的六連擊。雷伊束手無策地被奪走六次性命，整個人虛脫地當場倒下。

「這下就取得六勝了。看來，你還早了兩百年的樣子。」

「……雷、雷伊同學！」

米莎臉色大變，朝著倒下的雷伊跑去。隨後，他的身上浮現魔法陣，被施展了「復活」魔法。

雷伊緩緩站起。辛的冰冷眼神刺向他。

「得到教訓的話，就別帶著米莎到處亂跑，讓她太晚回家。否則下次或許就不是奪走你的性命，而是你的根源。」

辛轉身離去。

「爸……不對，老師，請等一下……」

正當米莎跑過去時，辛整個人晃了一下，並且單膝跪地。

「……咦……沒、沒事吧？」

米莎擔心地探頭看著辛的臉色。

「我沒事……」

辛這麼說完，把手放在自己的左胸上。那裡滲出了微微的鮮血。

「……『天牙刃斷』。」

辛喃喃自語。雷伊擁有七個根源，這樣要施展劍的祕奧是極其困難的一件事。然而，在那一瞬間——他在千鈞一髮之際達到了那個境界。

雖然沒奪走辛的性命，但他的魔眼確實連劍光都沒能看到。

「……回想起來，蕾諾也是立刻就求婚了呢……」

辛就像在回憶過往似的說道，同時站起身來。

「米莎，我先跟妳說一件事。」

沒對上女兒的視線，辛背對著她說：

「如果不是至少能贏過我的男人，我是不會承認你們交往的。」

「……這、這種要求，豈不是幾乎所有男人都沒辦法嗎……爸爸太強了啦……」

不理會米莎的抱怨，辛當場離去；但途中這樣說道：

「還有，別再說謊了。要是會晚歸，至少傳個『意念通訊』。我不會過問理由的。」

「咦……？那個意思是……」

「蕾諾會擔心。」

米莎滿臉笑容地轉頭看向雷伊，他也回以爽朗的微笑。

辛快步離開。或許，他不肯承認交往的頑固父母心，其宿命稍微地被靈神人劍斬斷了也說不定——

§8　【正義的一方】

第二訓練場——

熾死王在以激烈的肢體動作解說完魔法術式後，正要物色學生來實際操作，宣告下課的鐘聲就響起了。

「唔，時間到了呢。那麼，今天就上到這裡。剛剛教的魔法，回家後可別怠慢複習了。還有，別在朋友之間互相練習『復活』。畢竟憑你們的魔法技術，大概會就這樣死掉吧。咯、咯、咯。」

耶魯多梅朵一面大笑，一面興高采烈地離開教室。

「這種事不用說也沒人會做吧……」

莎夏就像發牢騷似的吐槽。

「話說我現在頭又痛又暈，『復活』應該沒有失敗吧……？」

在劍術課上，莎夏死了兩遍。當然，立刻就施展「復活」讓她復活了。

「就只是單純的暈死症吧。假如不習慣死亡，就經常會出現這種症狀。雖然也跟體質有關，反正妳很快就會習慣了。」

「……我一點也不想習慣……」

莎夏不舒服地趴在桌上。米夏碎步上前，溫柔地撫著她的頭。

「為什麼米夏沒事啊？」

她忙不迭地搖頭。

「大家更有精神。」

米夏抬起視線。只見雷伊、米莎、艾蓮歐諾露還有潔西雅的臉色都跟往常一樣。

「我死習慣了呢。」

「那個，妳看嘛，我的傳聞與傳承是阿伯斯·迪魯黑比亞，所以一點也不要緊的樣子。雖然我沒有實際體驗過就是了……」

雷伊與米莎這樣回答。

「大概是因為我很擅長根源魔法吧？而且我可是魔王大人的魔法喔。」

艾蓮歐諾露豎起食指。

「潔西雅……是第一次。但是……不要緊……」

莎夏眼神充滿怨恨地看著她們。

「真狡猾……勇者很擅長死嗎……？」

莎夏邊說邊站起身。

「喂，要不要找家咖啡廳坐一下？我想喝點又冰又甜的飲料。」

米夏點了點頭。

「嗯嗯，我贊成喔。可以的話，我想去有賣酒的店。」

艾蓮歐諾露喜孜孜地說道，心裡已經在盤算要喝什麼的樣子。

「放學後的一杯……格外美味……」

「啊～潔西雅還不能喝喔。就點無酒精飲料吧？」

「……潔西雅還得要……忍耐……」

潔西雅懊悔地說道。

「這種時間，有店家在賣酒嗎？」

雷伊向米莎問道。

「……我不喝酒，所以完全不曉得……」

莎夏朝我看來。

「阿諾蘇也要去嗎？」

她把臉靠過來低聲說道：

「只要變回阿諾斯再會合的話，就不會引人疑竇了。」

「唔嗯，抱歉，我先跟人約好了。」

「咦……？」

正當莎夏露出疑惑的表情時，一名黑制服的學生朝我們走來。那個人是拉蒙。

「我們走吧，阿諾蘇。」

「好。」

我跳下椅子，向莎夏等人說道：

「我接受了一個感覺很有趣的邀約。」

莎夏在這一瞬間，朝拉蒙投去一道憐憫的眼神。她立刻小聲對我說：

「……竟然會約你，就只能說請節哀順變了……」

我回她一道殘虐的笑容。

「那麼，再見了。」

說完，我走到了拉蒙身旁。

「所以，我們要去哪裡？」

「等你到了就知道，你就好好期待吧。」

拉蒙故弄玄虛地說。居然會顧忌在教室裡說出來啊？照這個樣子看來，說不定要帶我到反抗組織的基地。至少，應該能見到皇族派餘黨。

就在這時，教室門發出「嘎啦嘎啦」聲響地被用力推開。衝進來的是面熟的少女們——粉絲社的八人。

「……趕、趕上了！」

愛蓮一邊大喊，一邊朝學生們看去。接著確認到講臺上沒有任何人之後，她難為情地笑著說：

「奇、奇怪？沒趕上嗎……？」

「老師不在呢……」

「可、可是，或許是下課時間？」

「已經這個時間了嗎？不是說就算趕上也是最後一堂課？」

粉絲社的少女們議論紛紛起來。大概是魔王聖歌隊的公務耽擱到時間，讓她們遲到了吧。我朝站在那裡不知所措的少女們說：

「很遺憾，今天的課程剛剛結束了。」

「啊，這、這樣啊。謝──」

愛蓮一看到我，就停下話語當場僵住。

「……阿、阿、阿……阿諾斯大人──！」

她大聲喊道。

「為、為什麼會變得這麼可愛，不對，是變得這麼美味……不對，是變得這麼讓人垂涎三尺的感覺啊！」

「妳、妳冷靜點，愛蓮。明明就改口了，卻愈說愈不敬啊！」

「啊啊──那個，不是的、不是的，對了，那個，為什麼變小了！而且，奇怪？為什麼會在學校裡……！」

唔嗯，我明明就隱藏了根源，沒想到她居然能一眼看穿。

「抱歉，妳認錯人了。我是轉學生阿諾蘇．波魯迪柯烏羅。」

「……阿諾蘇．波魯迪柯烏羅……？可是……？」

粉絲社的少女們直盯著我的臉瞧。那表情就像在說我不論怎麼看都是阿諾斯的樣子。

「……阿諾斯……？變小了……？」

拉蒙喃喃自語，朝我投來狐疑的眼神。

唔嗯，要是遭人太過懷疑也很糟糕啊。說不定會因此變得慎重起來，不帶我去反抗組織的基地。

哎，不需要緊張吧。畢竟，我有著優秀的部下——我面向莎夏，用眼神向她示意。

也太強人所難了吧——儘管露出這種表情，莎夏也還是在高速運轉著腦袋吧，只見她立刻開口說：

「真受不了耶，愛蓮，妳在說什麼啊？妳該不會是太過思念阿諾斯，不論是什麼都看成了阿諾斯吧？」

「……咦……啊……」

「妳前陣子還對著銅像喊阿諾斯大人吧？我知道妳很敬愛阿諾斯，但請至少在家裡再這樣做。」

愛蓮瞬間露出驚覺的表情。

「我又發作了！」

緊接著，其他粉絲社的少女們就吐槽她：

「真受不了，愛蓮的阿諾斯大人缺乏症又發作了。」

「沒錯、沒錯。她只要發現到稍微有點像阿諾斯大人的東西，不論是什麼都會當成是阿諾斯大人。」

「前陣子還說什麼，管弦樂團的指揮棒很像阿諾斯大人呢。」

「到底哪裡像啦～妳這傢伙。」

「可、可是，阿諾斯大人並沒有禁止偶像崇拜啊！」

「這是什麼理由啊。而且是東西我還能理解，但把人當成偶像來崇拜是不行的吧？」

看著吵鬧不休的粉絲社，拉蒙的眼神以不同於方才的意思凝重起來。

「可是，不覺得阿諾蘇弟弟很像阿諾斯大人嗎？妳看，像是眼角？」

愛蓮再度直盯著我的臉瞧。

「是親戚嗎？」

「我是皇族，會像也很正常吧？」

「說話方式也很像阿諾斯大人。」

「沒什麼，我可是旅行藝人，最近剛學會模仿暴虐魔王，有點改不了習慣。」

一聽到我這麼說，愛蓮就戰戰兢兢地問：

「那、那麼，阿諾蘇弟弟。你能模仿什麼給我看嗎？」

「好啊。」

我跳上講臺站好，堂而皇之地說：

「我乃暴虐魔王阿諾蘇．波魯迪柯烏羅。雖說是小孩子，難道你們以為我就不會是魔王了嗎？」

「呀啊啊啊啊啊啊啊啊啊啊啊啊啊啊啊啊啊啊啊啊啊啊！」

伴隨著興奮尖叫，愛蓮把我整個人抱在懷中。

「阿諾蘇大人太可愛了——！」

她用臉頰拚命磨蹭著我的臉，來回撫摸著我的腦袋。

「等、等等啦，愛蓮，我也要，也把阿諾蘇大人借給我啦！一個人獨占太狡猾了！」

「我、我不要，再讓我抱一下下。而且，不是禁止把人當成偶像來崇拜嗎？」

為了不把我交出去，愛蓮儘管緊抱住我，卻依舊警戒著其他人。這時一道影子從她背後悄悄逼近。

「有破綻！」

接著，我整個人就被諾諾搶走，緊緊抱在懷中不放。

「阿諾蘇大人……居然變得這麼小……我再也不會放開你了。我們一起回家吧。」

「啊——太狡猾了，太～狡猾了，也把阿諾蘇大人借給我啦——」

這次是潔西卡搶走我，把我的臉用力抱在胸前。

「交換、交換！一個人七秒！能碰的部位以等級B為準。啊——麥雅妳等等，那裡是等級Ａ吧！」

「注意、注意——我有提案！我們就公平地，大家一起繞著阿諾蘇大人轉吧～」

瞬間，少女們的眼睛亮起詭譎的光芒。

動作十分迅速。粉絲社的八名少女們圍成一個漂亮的圓圈，像是接力賽跑一樣繞著我轉圈圈。

「圍成圈圈，轉圈圈♪」

「阿諾蘇大人，轉圈圈♪」

「快樂地轉圈圈♪轉呀轉♪」

「阿諾蘇大人轉呀轉♪」

少女們即興唱出和樂融融但不太能理解的歌曲。

只不過，我怎麼說都是第一次受到這種對待。能對暴虐魔王做出這種程度的事，正是因為現在很和平吧。

「真不愧是粉絲社。只要她們做出如此大不敬的行為，就不會有人認為阿諾蘇就是阿諾斯了吧？」

雷伊低聲說道。

「……或是說，我怎麼看她們都像是在藉機宣洩慾望……」

莎夏有點生氣地瞪著粉絲社少女們。

「唔嗯，差不多可以了吧？」

「啊，真、真是對不起，阿諾蘇大人。」

粉絲社少女們就像惶恐似的，從我身旁退開三步。

「沒什麼，要是我能充當魔王的偶像，妳們隨時都能來找我。」

我留下這句話，走到拉蒙身旁。

「抱歉讓你久等了。」

「喔，不會……」

拉蒙不知道為什麼，露出一臉看到驚人事物的表情。

「……算、算了，那些傢伙一直以來都是這種莫名其妙的感覺，你就別放在心上了。我們走吧。」

「好啊。」

我們離開了第二訓練場。拉蒙就這樣帶我離開魔王城，筆直走向密德海斯的大街。

我們前往的是涅庫羅家位處的方向。迪魯海德為數不多的權力者大都居住在這個地區。或許有比我想像中還要高地位的人參與其中也說不定。

「阿諾蘇。」

拉蒙在三岔路口停了下來。

「你很憧憬皇族派……正義的一方吧？」

「是啊。」

「我其實認識那個正義的一方喔。」

拉蒙就像在講悄悄話似的低聲說道。

「這還真有意思。能介紹給我認識嗎？」

「既然你說很憧憬的話，我也想幫你介紹，但是正義的一方立場也很艱難。現在皇族派正被那個魔王盯上。要是有什麼像樣的活動，就會立刻遭到密德海斯的軍隊剷平。你明白這是什麼意思嗎？」

「也就是信賴很重要吧？」

「不愧是你，不過還是個小鬼卻很懂事啊。就跟你說得一樣，要是隨便讓來歷不明的人成為同伴，一下子就會被殲滅了。」

拉蒙畫起「契約」魔法陣。

「如果你想見我的同伴，就發誓跟我結拜為兄弟。只要說你從以前就是我的小弟，我的同伴也會信賴你。」

唔嗯，到底沒蠢到會無條件帶我過去啊。

「這我無所謂，但拉蒙能信賴今天才認識的我嗎？」

「……你不是個壞傢伙。這我看你的眼神就知道了。」

唔嗯，這句話大概是在說謊吧。拉蒙在反抗組織裡的地位恐怕很低，所以才會急著想要立功。

或許是認為，只要有我今天在上課時展現的實力，就能在皇族派中飛黃騰達。不然的話，他也不會冒險讓剛認識的我成為同伴。

「不過不用說，我內心當然信賴著你；但在大人的世界裡，光靠這樣是無法建立信賴關係的。這個『契約』的內容寫著你一定要聽從我的命令。只要你在這上面簽字，我接下來就帶你去見我最信賴的人。如何？」

拉蒙如此提議。感覺他在緊張呢。他的立場就是有這麼危急吧，所以才不想放過這千載難逢的好機會。

「無妨。」

我毫不遲疑地在「契約」上簽字，拉蒙隨即露出鬆了一口氣的表情。

「就拜託你啦，小弟。」

「交給我吧。」

拉蒙踏著總覺得很興奮的腳步，在三岔路口直線前進。走了一會兒後，就看到安卡托家當家的宅邸。

安卡托家當家是七魔皇老的直系子孫，也身負密德海斯的政務。他很深受魔皇艾里奧信賴，記得應該不是皇族派才對。

看樣子，他在背地裡有著不同的面貌啊。

「如何？即使你是小孩子，也知道這裡是哪裡吧？」

「是安卡托家吧？」

「嘿嘿，沒錯。走吧，我帶你去見當家大人。」

我跟著拉蒙一塊兒走進屋內。

§ 9 【皇族派的救世主】

我們走上階梯來到宅邸最上層，眼前有一道格外奢華的大門。拉蒙在門前佇足，然後敲了敲門。

「我是拉蒙・艾巴！」

他在充滿精神地報名後，門後傳來了回覆。

「進來。」

「打擾了！」

推開門後，裡頭是間辦公室。房間兩側有穿甲佩劍的魔族們列隊站著立正不動；正面有一張裝飾奢華的辦公桌，桌前坐著一個男人。

男人皮膚蒼白，留著白鬚。儘管體格纖瘦，有著看起來很神經質的長相，不過眼神充滿銳利。在召集密德海斯的權力者時，我曾經見過他一次面。就從根源流露出的魔力來看，確定是本人無誤。

賽魯瑟阿斯・安卡托。他是安卡托家的現任當家，在這座城市裡是權力僅次於魔皇的男人。他也有出席密德海斯的新政策決定會議，當時還說了相當有意義的發言。

要說的話，他當時雖然提出對皇族很嚴厲的提案，不過那是為了不讓人察覺到自己是皇族派的偽裝啊。

「他就是你說的新同志嗎？」

賽魯瑟阿斯問道。

「是的，他是我的小弟，叫做阿諾蘇．波魯迪柯烏羅。」

我堂堂正正地走上前去，向賽魯瑟阿斯報上姓名。

「我是阿諾蘇．波魯迪柯烏羅，今年六歲。是對皇族派的反抗活動有興趣而來的。你就是首領嗎？」

在我這麼說完後，賽魯瑟阿斯有點不太愉快地蹙起眉頭。

「對、對不起，賽魯瑟阿斯大人。這傢伙不論對誰都這麼講話。」

儘管不在意說話方式的魔族很多，看來賽魯瑟阿斯並非如此的樣子。

「哎，好吧。我是個寬容的男人，不會對小孩子說的話一一吹毛求疵。」

賽魯瑟阿斯在唾棄似的說道後，用手撐著臉頰。

「拉蒙，為了小心起見，我要問你一件事。你也知道我們現在需要許多同志。但就算是這樣，也沒有到飢不擇食的程度。此乃崇高的大義。你有確實理解到嗎？」

儘管幾乎要被賽魯瑟阿斯的魄力震懾住，拉蒙還是連忙點頭道：

「……這、這是當然。阿諾蘇雖然還是小孩子，但魔力與魔法都很厲害。只要您願意稍微看一下，我想就會立刻明白。他說不定會成為我們的王牌——」

「拉蒙。」

賽魯瑟阿斯眼神銳利地瞪向拉蒙。光是這樣，拉蒙就畏縮地閉上嘴巴。

「我沒問你的意見。能否成為手牌，得由我來判斷。你只須依照吩咐召集同伴就好。」

拉蒙懊悔地點點頭。

「是、是的……」

果不其然，拉蒙在這裡並沒有什麼地位，只是用來召集反抗組織同伴的跑腿人物。

「你說你叫阿諾蘇吧？我們不會因為你是小孩子就給予差別待遇。不過，你若是想加入我們成為同伴，就展現你的實力吧。」

「啪」的一聲，賽魯瑟阿斯彈了個響指。站在房間兩側的六名士兵在我面前一字排開。

「他們是我的左右手，各個都是強壯的魔族。你就隨便選一個當對手吧。我不會要你打倒他們。只要能撐過十分鐘，我就讓你成為同伴。」

我用魔眼（眼睛）大略掃過眼前的魔族。

「唔嗯，也就是要先用雜兵看看情況啊。」

賽魯瑟阿斯的表情扭曲起來。

「……你說什麼……………？」

「六個一起上吧。就讓我來告訴你們，你們就連暖身運動都稱不上。」

「……小子……你知道自己在說什麼嗎……？」

一名士兵走上前來。他一副火冒三丈的模樣瞪著我。

「我們也有著侍奉安卡托家的榮耀。像這樣出言侮辱，你以為能輕易了事嗎？」

又一名士兵走上前來，表情一樣看得出來很煩躁。他們是在魔王否定之後，至今仍然相信自己的血很尊貴的皇族派人馬，想當然有著很高的自尊心。

「立刻把話收回去。否則，就算你是小孩子，也無法輕易饒過你。」

我咧嘴笑著對他們說：

「就是這個氣勢。要是不認真打的話，可是會死的。」

就像是忍無可忍似的，士兵們一一拔出魔劍。

「可以吧，賽魯瑟阿斯大人？」

「無所謂。不過，要是能派上用場，就留他一命。」

得到賽魯瑟阿斯的允許後，六人就將我團團圍住。

「你好歹懂得收納魔法吧？拔劍吧。讓我來糾正你這傲慢的態度。」

我沒有特別理會他的話語，就像在做手腕暖身似的甩著雙手。

「……小子，你在做什麼？」

「要是你以為赤手空拳就不會被砍，那就大錯特錯了。」

「沒什麼，最近缺乏運動，身體有點僵硬。我正想做點運動暖身，哎，但你們就連這點也辦不到吧。」

話一出口，士兵們就怒目橫眉地握緊劍柄。

「……很好。你就給我後悔吧——！」

一名士兵朝我直撲而來，我連看都不看一眼，就這樣繼續甩著雙手。當手腕的僵硬漸漸鬆開後，雙手搧出的風就捲起漩渦，並在轉眼間增強為激烈的旋風，彷彿形成一道小規模的龍捲風。

「呃啊啊啊啊啊啊啊啊啊啊啊啊啊啊啊啊啊啊啊啊啊啊啊！」

被手腕的伸展運動掀起的龍捲風，將襲來的士兵彈飛。

「什麼……！該、該死的傢伙——！」

「你、你這傢伙！到底做了什麼！」

兩名士兵從左右同時逼近。我把重心放在右腳上，慢慢地把腿伸直。伴隨魔力的重心移動形成強烈的衝擊波，將右側的士兵撞飛。

「嘎啊啊啊啊啊啊啊啊啊啊啊啊啊啊啊啊啊啊！」

然後我慢慢把重心從右腳移到左腳上，換伸直另一條腿。瞬間，把腿伸直所產生的衝擊波將左側的士兵轟飛。

「咳喔喔喔喔喔喔喔喔喔喔喔喔喔喔喔喔喔！」

我雙手交握，用力往上伸展。隨後，士兵們就像是被產生的魔力頂起似的突然飛起，黏在了天花板上。

「呃喔喔喔喔喔喔喔喔喔喔喔喔喔喔喔喔喔！」

「嘎嘎嘎嘎啊啊啊啊啊啊啊啊啊啊啊啊啊啊！」

就這樣為了鬆開身體，將交握的雙手緩緩繞一個大圈。

「呀噫噫噫噫噫噫噫噫噫噫噫噫噫噫噫噫！」

「啊吧吧吧吧吧吧吧吧吧吧吧吧吧吧吧！」

辦公室被暴風吹得亂七八糟。六名士兵就像是被攪拌一般，在室內不斷繞圈飛行。

我再度將雙手用力往上伸直，再突然放鬆肩膀的力道。因為我放鬆的力道，士兵們摔了下來，同時轟隆一聲連同整個房間一起撞破地板，辦公室從最上層的五樓變到了四樓。

「什麼……！嗚哇……」

賽魯瑟阿斯浮現凝重的表情，用手抓住辦公桌抵抗震動。我再做一次伸展運動，轟隆一聲，辦公室變到三樓。做第二次是掉到二樓，等做第三次後，終於掉到了一樓。

嘎嘰、嘎嘰，在我將脖子稍微往左往右轉動後，整個空間就像在配合我一起轉動似的，粗暴撕扯著士兵們的身體。

「嘎吧啊啊啊啊啊啊啊啊！」

「耶唄唄唄唄，啊吧吧吧吧吧！」

我把右手伸直，交疊在左手上。正當我要抬高右手，拉伸到肩膀與上臂附近時，蒼白臉色變得更加蒼白的賽魯瑟阿斯便開口說：

「……我、我知道了。已經行了。」

在他這麼說完，我就停止暖身運動。辦公室已徹底變得破爛不堪，士兵們各個處於瀕死狀態。

「就如你所見，就連暖身運動都稱不上。」

我朝著倒下的士兵畫起魔法陣，對他們施展「治癒(ento)」魔法。傷勢在轉眼間便治好，他們恢復了意識。

賽魯瑟阿斯以完全就是驚愕的表情盯著我看。

「……想不到，他說的暖身運動……真的只是暖身運動……」

賽魯瑟阿斯喃喃自語起來。他立刻低下頭，思考起什麼事來。下一瞬間，這個把臉抬起的男人帶著一張可疑的笑臉。

「真是讓人驚訝，阿諾蘇同志。雖說不會因為你是小孩子就給予差別待遇，哎呀哎呀，看來是我小看你了。就讓我們一起取回正確的魔族歷史吧。」

賽魯瑟阿斯從椅子上站起，走過來向我伸手。在與我握手之後，他開口說：

「聽說你也擅長魔法，那你懂得施展『魔物化』魔法嗎？」

這是藉由魔力讓動物變成為魔物的魔法。目前在迪魯海德，只要沒有滿足一定的條件，就禁止對動物施展「魔物化」。

「當然。」

「那『隸屬』魔法呢？」

「易如反掌。」

「這真是太棒了。看樣子，運氣終於轉向我們這一邊了。你或許會成為皇族派的救世主也說不定喔，阿諾蘇同志。」

賽魯瑟阿斯一邊這麼說，一邊浮現下流的笑容。「隸屬」能夠支配施加上魔法的對象。由於很難對魔族或人類等有意志的對象產生效果，所以主要是對智能低下的動物施展。用來支配使魔的就是這個魔法。

既然連「魔物化」都確認了，他就是想製造魔物，然後操縱牠們吧。

雖說如此，「魔物化」與「隸屬」這種程度的魔法，安卡托家應該不愁沒有術者才對。會在見識到我的力量後特意這麼問，也就是說他想把普通術者力有未逮的對象變成魔物嗎？

「拉蒙，去準備馬車。」

趴在地上的拉蒙站起身，回了一聲「遵命！」，便立刻離開辦公室。

「要去哪裡？」

「別擔心，只是要去附近。阿諾蘇同志，我有樣東西想讓你瞧瞧。」

賽魯瑟阿斯以混濁的眼神這樣說道。

§ 10 【反抗組織的基地】

馬車離開密德海斯往南行駛，周遭是只看得到砂、土和岩石的遼闊荒地。這附近一帶暫時都持續著相似的景色。只要穿越荒地，前方就能看到一座城市，不過以這輛馬車的速度來說無法當日往返。

我把頭探出馬車的窗口，看向往前行駛的另一輛馬車。

那是一輛帶有黑色塗裝、裝飾豪華的馬車，安卡托家的當家賽魯瑟阿斯就坐在上頭。只要用魔眼（眼睛）凝視，就能透視馬車內部的情況。

賽魯瑟阿斯與兩名左右手還有拉蒙坐在裡頭。會讓拉蒙坐在那裡，恐怕不是偶然吧。我悠哉地眺望著景色，同時也豎耳傾聽。

不久後，賽魯瑟阿斯開口說：

「……說不定能派上用場……」

「咦……？」

拉蒙發出怪聲，一副完全不懂他在說什麼的表情。

「就是你帶來的阿諾蘇。年紀輕輕就有前程無可限量的才能。而且，還是個小孩子這點很好。」

賽魯瑟阿斯用手摸起白鬚。他一副不論擁有多強大的力量，既然是小孩子，就總有辦法搞定的口氣。

「我、我也是這麼想，才把他帶來的喔，賽魯瑟阿斯大人。」

拉蒙自鳴得意地說道。這傢伙對於賽魯瑟阿斯的意圖根本就一知半解吧。

「我問你一件事。」

賽魯瑟阿斯的魔眼（眼神）散發光芒。他一面從指尖釋出魔力粒子，一面威脅地問道：

「阿諾蘇真的是你的結拜兄弟嗎？」

「……這、這是當然的了……我、我可不是會輕信他人的男人喔。不論有多強，能將背後交出去的死黨，就只有長年同甘共苦的夥伴啊……嘿嘿。」

這種把自己吹噓得很了不起的臺詞，讓人聽了就覺得可悲。賽魯瑟阿斯會無言注視著拉蒙，也是因為有同樣的感想吧。

「為何隱瞞到現在？」

「……什、什麼意思……？」

「他可是能施展如此強大魔法的人才，而你也知道我們如今正缺這種人手吧？為何直到今天都隱瞞著他的存在？」

「這、這是因為……」

拉蒙儘管焦急，仍舊拚命動腦思考。其實沒什麼理由，是因為我們今天才剛認識，但他沒辦法老實說出真相吧。

「……因、因為是結拜兄弟。」

苦惱到最後，他總算是擠出了這句話來。

「就算魔法才能再高，阿諾蘇也還是個小鬼啊。魔王軍也不是能從正面擊倒的對手，該說是擔心吧……」

「唔嗯，的確。戰力處於劣勢的我們要對抗魔王軍，只能著重於暗殺與諜報。不論力量再怎麼強大，對小孩子的負擔都太重了，你的判斷很正確。拉蒙，看來你沒有我以為的那麼笨啊。」

愣了一下後，拉蒙嘿嘿發笑。

「……這、這是當然的啦。」

這種事他就連想都沒想過吧，但還是自鳴得意地回答著。

「不過，你沒說謊吧？」

為了小心起見，賽魯瑟阿斯再度問道。

「是……是啊。賽魯瑟阿斯大人打從方才就在擔心什麼啊？我一點也不明白……」

想了一會兒後，賽魯瑟阿斯說：

「好吧。也必須要你協助才行，就跟你說我的打算吧。」

拉蒙露出笑容點頭。大概是認為能以此為契機從基層小弟榮升為幹部吧。

「把阿諾蘇推捧成真正的暴虐魔王，召集更多同志。在那些脫離皇族派的人員之中，有不少人判斷我們缺乏大義與實力。因此只要我們能湊齊這兩點，他們也會重返派系吧。」

「真不愧是賽魯瑟阿斯大人，很厲害的想法呢。我們要藉此從阿諾斯那傢伙手中奪回魔王的寶座，讓皇族派復權吧？」

賽魯瑟阿斯朝他投以斥責的眼神。

「我能理解你焦急的心情，但這麼做還太心急了。操之過急只會誤事。」

賽魯瑟阿斯的魄力讓拉蒙忍不住倒抽一口氣。

「這、這我當然知道。我是說，總有一天啦。」

賽魯瑟阿斯一面嘆氣一面摸著鬍鬚。

「為了達成這個目的，最重要的就是阿諾蘇的來歷。如此強大的力量，萬一他是魔王軍的間諜，我們的計畫將會毀於一旦。」

拉蒙立刻說道：

「請放心。阿諾蘇就像我養大的一樣，早在阿諾斯那傢伙現身之前就認識了。他很仰慕我，不論發生什麼事，那傢伙都會忠實聽從我的命令。」

由於握有阿諾蘇會聽從命令的「契約」，所以拉蒙覺得就算說謊，也總會有辦法解決吧。對他來說，他不想錯過這個機會，希望能提升自己在皇族派內部的地位。

豈止如此，他或許還認為，只要能將阿諾蘇．波魯迪柯烏羅推捧成真正的暴虐魔王，那麼能命令他的自己就會是實質上的首領。

沒有什麼比懷有野心的無能部下還要讓人傷透腦筋的事情。問題在於，賽魯瑟阿斯有沒有看穿這一點。

「很好。拉蒙，這件事要是順利的話，我就考慮幫你準備一個幹部的位置。為了今後也要守護尊貴之血，一同奮戰吧。」

「嘿嘿，就請您多多指教了，賽魯瑟阿斯大人。」

雖是敵人，但還真是脆弱不堪的信賴關係啊。這種程度的信賴，實在難以想像能成就什麼大事；但對如今的皇族派來說，他們也沒有餘裕要求太多吧。

對於遭到解散、失去許多同伴的他們來說，阿諾蘇．波魯迪柯烏羅的存在彷彿是一場及時雨。而就像在說前程一片光明似的，賽魯瑟阿斯與拉蒙兩人一起獰笑起來。

哎，就儘管作著短暫的春秋大夢吧——直到發現自己所服下的，是一劑非比尋常的毒藥為止。

賽魯瑟阿斯不知道在思考些什麼事，暫時安靜了下來。不久，馬車的速度才剛慢下來，就緩緩停止了。推開車門下車後，這裡是荒野的正中央。

「你看得出來吧，阿諾蘇同志。」

賽魯瑟阿斯注視著荒蕪大地。在用魔眼往那裡看去後，能在地盤下方看到不自然的空洞。不僅相當深，還錯綜複雜，空洞內到處都能感受到魔族的魔力。

「唔嗯，看來皇族派很擅長挖洞啊。」

「哈哈哈，這麼說也沒錯呢。」

賽魯瑟阿斯在大地上畫起魔法陣。他發動「魔震」將大地分裂開來。在裂開的裂縫後方，有著一條巨大的隧道。

「阿諾蘇，嚇到了吧。總而言之，這裡就是正義一方的基地。」

拉蒙一臉得意，就像在炫耀玩具似的說道。

「哦？有意思。」

賽魯瑟阿斯施展「飛行」的魔法飄浮起來，進到隧道之中。我也飛上空中，尾隨在後。

「你想讓我看的，就是這座基地嗎？」

「這也是其中之一，不過還有一樣有趣的東西。我們會將據點設在這裡的理由，方便潛伏自然不在話下，但同時也是為了某個目的喔。」

一深再深，賽魯瑟阿斯朝著隧道底部不斷下降。不知下降了多少距離後，終於看到了最底層。一著地，附近就充滿數十名穿甲佩劍的士兵。

最底層有一個巨大橫洞，賽魯瑟阿斯朝著那裡走去，接著漸漸能看到一道巨大綠影。

綠影上能看到兩根長長的尖角，一雙大得誇張的眼珠朝這裡凶猛瞪來。雄壯身軀覆蓋著金屬般的堅固鱗片，背上長著一對橫長的巨大翅膀。

那頭全身綁著無數「拘束魔鎖」，也仍然像是要扯斷鎖鏈一樣凶猛掙扎的怪物是龍。就連在兩千年前都瀕臨滅絕的種族，沒想到居然在這個魔法時代存活下來了。

「怎麼樣，阿諾蘇同志。首次見到龍的感想如何？」

「似乎跑得比馬還要快。用這個拉馬車不就好了？」

賽魯瑟阿斯瞠圓了眼，然後「咯、咯、咯」地笑了出來。

「真是可靠的感想。方才我問你擅不擅長『魔物化』與『隸屬』魔法沒有其他用意，就是想將這條龍變成魔物強化，讓他隸屬於我們。」

「你們辦不到嗎？」

不知他們對龍調查到何種程度，我像這樣打探著。

「龍這種生物對魔法具有強大的耐性。而且在生物之中，也屬於『魔物化』很難生效的種族。儘管我們再三嘗試施展『魔物化』，但完全沒有變成魔物的跡象。」

「是想當寵物養嗎？」

「寵物？是啊，也可以這麼說。龍有著驚人的戰鬥能力，而且以人類與魔族為食。倘若轉化成魔物，能力也會飛躍性地提升，變成無法輕易對付的怪物。儘管很難用『隸屬』讓牠完全隸屬於我們，不過只要能將牠引到密德海斯就行了。」

居然在打這種愚蠢的主意。

「是要將龍放到密德海斯，讓牠去襲擊魔王軍嗎？」

「沒錯。雖然目前抓到的龍還只有一頭，但只要有十頭龍的話，哪怕是密德海斯的駐軍也無法完全壓制。到時我們就趁著駐軍與龍交戰的混亂，澈底削弱魔王軍的戰力。這樣一來，也離皇族派的勝利不遠了。」

「最先受害的會是民眾吧？」

「所以才好。魔王軍會為了守護民眾，無法專心與龍交戰。當然，我們會事先讓皇族派的魔族逃離。我不會說支持暴虐魔王的民眾也是邪惡，但這是他們自作自受。」

還真是說了相當自私的話啊。

「唔嗯，只要先把這傢伙變成魔物就好了嗎？」

「是的，沒錯。辦得到嗎？」

賽魯瑟阿斯投來期待的眼神。我向前一步代替答覆，畫出一道覆蓋住龍全身的魔法陣。我施展「魔物化」的魔法，讓龍綠色的皮膚與鱗片漸漸染成黑色。

「……哦哦……這真是……太厲害了……！」

賽魯瑟阿斯咧嘴發笑，注視著龍轉化成魔物。其模樣就像是完全沒想到自己的所作所為會招致什麼樣的後果一樣。

「真是愚蠢啊。」

在我如此低喃後，賽魯瑟阿斯就一臉不可思議地轉過來。

「愚蠢……？有什麼問題嗎……？」

「首先第一點。」

隨著「魔物化」魔法的進行，龍的龐大身軀變得更加巨大。就像十分興奮似的抖動著肌肉，釋放的魔力粒子讓隧道震動不止。

「哦、哦哦哦哦……！龍轉化成魔物了……這樣的話……就能將那些傢伙……！」

賽魯瑟阿斯以半是驚愕半是愉悅的表情注視著黑龍。下一瞬間，「鏗」的一聲響起某種東西斷裂的聲音。綁住龍嘴的「拘束魔鎖」被扯斷了。

「吼喔喔喔喔喔喔喔喔喔喔喔喔喔喔喔喔喔喔喔喔喔！」

震耳咆哮。將龍綁住的「拘束魔鎖」全都接二連三地伴隨著斷裂聲被扯斷。

「什麼……！你們在幹什麼啊！快給我重新綁好！」

儘管驚慌失措，賽魯瑟阿斯也還是向士兵們發出指示。

「在、在做了。可是……！」

「壓制不住！力量太強了！」

「怎麼會……居然輕易就將數十人施展的『拘束魔鎖』扯斷了……」

賽魯瑟阿斯茫然注視著黑龍。

「賽魯瑟阿斯，你太小看龍的潛在能力了。要是轉化成魔物，也難怪這種程度的『拘束魔鎖』會無法對付。」

「嘎啊啊啊啊啊啊啊啊啊啊啊啊啊啊啊啊啊啊啊啊！」

黑龍再度發出咆哮。伴隨魔力的凶猛吼聲，士兵們全都嚇得兩腿發軟。

「……別、別怕！快去制止牠。就算殺掉也無所謂！」

士兵們拔出魔劍，朝著黑龍衝去。在這一瞬間，剩下的「拘束魔鎖」被扯斷，龍的龐大身軀獲得解放。

「吼喔喔喔喔喔喔喔喔喔喔！」

伴隨著低吼，龍的巨爪一揮，士兵們就瞬間倒成一片。

「這……這頭怪物……！」

賽魯瑟阿斯懊悔地瞪著龍。要是能取得這股力量的話——他現在大概是這麼想的吧。

「……現在就只能暫時撤退了……全軍撤——」

「第二點。」

我畫出一道魔法陣，從中發射「獄炎殲滅砲（jio gureizu）」。漆黑太陽拖曳著彗星般的闇色尾巴將黑龍吞沒，轟隆隆隆隆發出一陣巨響，將那個龐大身軀燃燒殆盡。

黑龍就連骨頭也不剩地化為灰燼。

「什麼……！那麼……那麼強大的怪物，只憑一擊就……？」

賽魯瑟阿斯看得目瞪口呆，露出今天最為震驚的表情。

「就算是轉化成魔物的龍，十頭程度也不會是魔王軍的敵手。會淪為犧牲的，大概只有密德海斯的民眾。」

然而我這句話，讓賽魯瑟阿斯欣喜地咧起嘴角。

「……確、確實就如你說的是個誤算；不過這是個令人高興的誤算喔，阿諾蘇同志。因為能藉此得知，有個遠比轉化成魔物的龍還要強大的同伴，加入我們皇族派了。」

「最後一點。」

在我這麼說完後，賽魯瑟阿斯困惑地微歪著頭。

「你沒注意到一個致命的問題。」

賽魯瑟阿斯還是一臉不知道我在說什麼的表情。

「那就是不要急於求成，更仔細地窺看我的深淵。」

我對自己畫起魔法陣施展「成長」魔法，讓身體成長到十六歲左右。

「……什麼……………！」

賽魯瑟阿斯的兩眼充滿驚訝，就像是看到難以置信的存在突然出現在眼前一樣。

「……什……啊……啊……呃……怎麼會…………」

喉嚨擠出不成話語的聲音。賽魯瑟阿斯以彷彿充滿恐怖與絕望的表情看著我，甚至無法別開視線，只能一直注視著我。

「……魔……魔……王……大人…………為什麼……？」

我緩緩踏出一步，賽魯瑟阿斯就反射性地後退，當場跪了下來。

「我在魔王再臨典禮上說過的話，你要是忘掉了，我就再說一遍吧。」

他低垂頭著，止不住地顫抖，全身盜汗，就連話也說不出來的樣子。

「賽魯瑟阿斯，這個國家不允許惡意。」

§11 【魔王的項圈】

就像在表示自己不會抵抗似的，賽魯瑟阿斯依舊低垂著頭。大概是在拚命盤算要怎麼擺脫眼前這個危機吧。然而，不論他怎麼辯解都已於事無補。因為他已將自己的惡行全部說給我聽。

「把頭抬起來。」

賽魯瑟阿斯全身震顫。他只是跪在那裡，慘白的臉上滴下汗水，溼濡了地面。

「你是要我把話再說一遍嗎？」

說完，賽魯瑟阿斯儘管渾身顫抖不已，也還是把頭抬起。

被我的眼神一瞪，他就像嚇到似的渾身僵住。

「想要辯解的話，就長話短說吧。」

他咬緊牙關，臉上充滿著懊悔。或許是領悟到已束手無策了吧，他就像終於做好覺悟似的說道：

「……魔、魔王大人不可能會在這裡……！」

賽魯瑟阿斯起身畫起魔法陣。

「魔王大人不可能出現在這個時代！真正的暴虐魔王，早在兩千年前就為了和平犧牲了！這個男人是統一派捏造的冒牌貨！為了守護已故魔王的名譽，我等後裔揮下正義鐵槌的時候到了！」

賽魯瑟阿斯向自己的部下發出命令。

「集結吧、集結吧，我等同胞！讓大逆不道的不適任者見識一下我等尊貴皇族的榮耀！大義在我們身上！」

喔喔喔喔喔喔喔喔——皇族派的人馬一面發出怒吼，一面從其他地方陸陸續續來到最下層，人數約有兩百。

「殺啊啊啊！燒死他！」

伴隨著嘶吼，賽魯瑟阿斯連續發出數十發「灼熱炎黑（guriado）」魔法。追隨著他，部下們也發出雨點般的火焰魔法。

我瞥了一眼這些魔法嘆了口氣，眼前的火焰就全都消失無蹤。

「……什……麼…………！」

賽魯瑟阿斯的表情充滿著驚愕與恐怖。

「只……嘆了口氣……我們的魔法就…………」

「拋下武器投降吧——」

我一看過去，在場全員就瑟縮地顫抖、兩腿發軟。

「——我不會說這種話。既然膽敢反抗我，你們就做好覺悟吧。」

我輕輕抬起右手，讓拇指與中指微微接觸。當魔力聚集在指尖上後，賽魯瑟阿斯就大聲喊道：

「……全、全力展開反魔法！『獄炎殲滅砲』要來了！」

賽魯瑟阿斯等人為了防禦我的魔法，將魔力注入在反魔法上，接著反魔法就像牆壁似的在前方展開。

「嘗嘗死亡的滋味吧。」

我輕輕彈了個響指。「鏗」的一聲，帶有魔力的聲音在整座基地裡響徹開來，經由魔族們的耳朵震動大腦。

「……呃……哈……！」

「……啊、呃……呃……！」

「……嗚、呼……………！」

士兵們耳中流出鮮血，一個接著一個當場倒下。只要置之不理，就遲早會死。

「……怎、怎麼可能……只是彈了個響指……安卡托家的精銳就……」

靠著反魔法勉強撐過去的賽魯瑟阿斯、他背後的拉蒙以及數十名士兵們，全都用遭到恐懼吞噬的表情注視著我。

「我問你一件事。方才那頭龍，是誰介紹給你的？」

「…………什麼意思……？」

「兩千年前，以魔族與人類為食的龍威脅到民眾的生活。所以在魔王軍大略掃蕩之下，讓牠們幾乎都滅絕了。就算有漏網之魚也不會太多，最重要的是牠們強大到不是現代魔族所能對抗的。我不覺得憑你們的魔眼能找到龍，更何況還是捕捉到。」

賽魯瑟阿斯露出狼狽的表情。看來是說中了。方才那頭龍很衰弱——是有第三者讓牠變衰弱的。

「這件事有個幕後人物在。說吧。」

「才、才沒有這種人！龍是我們發現到的！」

「哦？」

「想殺就殺吧！我等皇族派無懼死亡。就只會虐殺意見不同之人，算什麼王啊。你以為這樣就能治理國家嗎？就算奪走我們的性命，也無法奪走我們尊貴的信念！」

「你說了有趣的話。那就這麼做吧。」

我將食指緩緩指向他們，施展「契約」魔法。

「我就饒過最先簽名、說出真相之人的性命吧。假如方才賽魯瑟阿斯所言不假，你們全員都會三緘其口。要是這樣的話，我就保證放過在場所有人的性命。」

「咯咯咯，愚蠢的傢伙。就算說這種話，也嚇不著我們。因為只要我們全都不簽字就沒事了啊。」

賽魯瑟阿斯就像在說給部下聽得大聲喊道。

沒錯，只要全員都不說的話就沒事。儘管如此，士兵們之間還是瀰漫著神經緊繃的緊張感。不與其他人對上視線，同伴們之間互相牽制的異樣氣氛。

只要簽字，我就會基於「契約」無法對他出手；然而要是不說的話，我做出的卻是口頭約定。我當然會遵守約定。賽魯瑟阿斯也知道我會遵守約定吧。不過，他的部下呢？

他們有多信任賽魯瑟阿斯？有多相信同伴？

緊張感一分一秒地高漲，窸窣一聲，某人的腳摩擦了地面。

下一瞬間，拉蒙大聲喊道：

「是、是一個陌生的男人向我們提議的！說要是想要力量的話，就會借龍給我們。不是迪魯海德的人，也不是亞傑希翁的人，他戴著我沒看過的戒指……！賽魯瑟阿斯大人也不知道對方的真實身分！不會錯的！」

拉蒙在「契約」上簽字。要是說謊的話他就會死，就他平安無事的樣子來看，這話似乎是真的。

「……你、你這個笨蛋！」

賽魯瑟阿斯怒目橫眉地抓住拉蒙的喉嚨。

「呃……！住、住手……」

「只要不說就沒事了啊！你這個廢物！」

漆黑火焰吞噬掉拉蒙。

「……呀啊啊啊啊啊……！」

拉蒙當場倒下。他勉強張設了反魔法要滅掉身上的「魔炎(guresude)」。

「愚蠢的人是你，賽魯瑟阿斯。」

聽到我這麼說，他儘管轉過身來，卻還是向後退開。

「這個男人確實很膚淺，但他並不是不知道全員三緘其口會是最好的辦法。就只是受到有人會不會背叛簽字的疑心所驅使。」

我一面說一面靜靜地往前走。

「只要一度疑神疑鬼起來，就必然會爭先恐後地簽字。雖然是拉蒙比較快，但其他四人要下定決心簽字也只是時間早晚的問題。」

賽魯瑟阿斯轉頭看向部下，只見士兵們露出狼狽的表情。他們的指尖上還留著要用來在「契約」簽字的魔力殘渣。

「……怎麼可能…………你們……打算背叛身為安卡托家當家的我嗎……」

「這就叫做愚蠢。你以為會有人為了家世、血統而賭上性命嗎？人要賭上性命時，就只會是為了人。皇族派無懼死亡，這話說起來好聽，但你們可沒有什麼尊貴的信念。」

我停下腳步，明確地指出事實。

「就只是一群想互相謀取私利的畜牲。你們把自身的安危看得比什麼都還重要，就是證據了吧。」

賽魯瑟阿斯緊咬著牙關。

「……是你……造成的……」

他從喉嚨擠出話語。

「如果你是暴虐魔王，那我們就是你造成的吧！就只留下輝煌的傳承創造出七魔皇老，留下完全繼承自身血脈的無數子孫！而這一切就只是為了讓自己轉生！」

賽魯瑟阿斯就像在譴責似的大叫。

「儘管你侮辱我們是畜生，但這一切不全是你造成的嗎！要是沒有皇族的話，也就不會有皇族派了啊！要是你沒有轉生的話，這一切就根本不會發生。」

「不論哪個時代，都會有像你們這樣的人。」

我一面用指尖畫起魔法陣一面說道：

「要是沒有皇族，確實就不會有皇族派了吧。假使如此，你難道就會善良誠實地為了世界、為了人民而鞠躬盡瘁嗎？」

我向賽魯瑟阿斯直接問道。

「不可能。你只不過是拿皇族派作為藉口罷了。要是這世上沒有皇族的話又如何？你只會換個藉口。你會再次找到一個方便的大義，把責任推到這個名義來謀取自己的私利。」

品行端正的人，哪裡會在這個和平的時代加害他人。

「沒有榮耀、沒有信念、沒有愛，也沒有溫柔，像你們這種只順從慾望而活的人，就叫作狗畜生。」

我完成魔法陣，並且對準他們。

「這種腐敗的根源，就必須要綁上項圈才行。」

「……一、一派胡言——！」

賽魯瑟阿斯與士兵們高舉魔劍朝我衝來。不過，他們還來不及劈下魔劍，魔法陣就射出黑線綁在賽魯瑟阿斯與士兵們的脖子上。

「……呃……嗚、喔……喔……」

「『羈束項圈夢現』。」

綁住脖子的黑線變成不祥詛咒的項圈，緊緊勒著喉嚨。

「只要被『羈束項圈夢現』勒住脖子，就會作著虛幻人生的夢。夢中將會不斷重複你們至今為止的人生。在這場夢境裡，只要你們走上愚蠢的皇族派道路，最後就會被我殺掉。」

「……咳哈……」

賽魯瑟阿斯就像無法呼吸似的用手抓著脖子。

「一秒會重複一百遍。就好好品嘗這似夢非夢的痛苦吧。」

他們的雙眼失去光澤，痛苦地呻吟起來。大概是在做「羈束項圈夢現」的夢吧，他們已經死了兩百遍。

「只要選擇正確的道路，就能從夢中醒來喔，賽魯瑟阿斯。」

「哎呀，就到此為止了，阿諾斯。」

轉頭看去，就見拉蒙自滿得意地笑著。大概是終於將賽魯瑟阿斯的「魔炎」滅掉了吧，他身上到處都是嚴重的燒傷痕跡。

「嘿嘿，你好像非常囂張啊，難道是忘了嗎？」

拉蒙用右手畫出一道魔法陣，是我簽字的「契約」魔法。

「我都不小心忘了呢。你沒辦法違抗我的命令，因為你在『契約』上簽訂契約了啊！嘻哈哈哈！」

在忍不住發出下流的笑聲後，拉蒙說道：

「那麼，我要下命令嘍，阿諾斯小弟。向密德海斯發射『獄炎殲滅砲』！你就親手將密德海斯化為一片火海吧！」

他將魔力注入「契約」魔法陣中，讓契約的強制力在我身上作用。

「什麼狗屁和平！你太天真了！該不會是笨蛋吧！嘻──哈、哈、哈、哈、哈──！」

「既然是千載難逢的機會，比起這種事情，還是命令我自殺會比較好吧？終究是個膚淺的男人。」

「──哈哈哈……哈……？」

拉蒙的表情扭曲。

「你在搞什麼鬼？這是命令。快去做。」

「我就給你一個機會。只要你撤回這句草率的發言，我就原諒你。否則，你也不得不綁上項圈了。」

拉蒙臉上冒汗看著我。我沒有立刻實行「契約」的命令，讓他感到無法理解吧。他動著空蕩蕩的腦袋思考一下，接著得到了答案。

「……哈，我才不會上當呢。夠了，快去做！發射『獄炎殲滅砲』！去親手燒掉密德海斯，讓我看看你哭喪的表情啊！」

拉蒙「嘻哈哈哈哈」地發出下流的笑聲。

「你以為這種虛張聲勢會管用嗎？你原諒我有什麼好處，這種事想一想就知道了。你是故意裝作『契約』無效的樣子，打算騙我解除契約吧！」

「唔嗯，沒辦法一次就理解狀況，真是愚蠢至極。」

說完拉蒙就嚇得抖了一下，露出害怕的眼神看著不論經過多久都沒有實行命令的我。

「……為什麼……？為什麼你還能這麼囂張……？『契約』是絕對的！哪怕是你，也無法違抗我的命令！根本不可能違抗吧！」

我慢慢踏出一步，將右手往後拉。

「住、住手！住──」

「咕咚」一聲，我的右手貫穿拉蒙的喉嚨。

「……咳咳……啊……………？」

「你難道以為簽訂了『契約』，我就會去遵守嗎？」

我將「破滅魔眼」朝向拉蒙畫出的魔法陣。就像玻璃粉碎似的，那道契約魔法消滅了。

用「契約」簽訂的契約是絕對的。只不過，這只適用於魔力在某種程度內不相上下的人之間。

拉蒙與我之間的魔力差距太過懸殊，外加上他寫的「契約」魔法術式還破綻百出。

這就跟違反法律的契約書一樣，連張廢紙的效力都沒有，不用支付任何代價就能輕易地廢除。

「不過，我方才構築的『契約』是有效的。」

在我這麼說後，拉蒙稍微露出鬆了一口氣的表情。

「你在高興什麼？你是不會死的。這是你背叛同伴，只求自己生存的代價。」

「……呃、喝啊啊……！」

我對他的根源畫起魔法陣，在脖子上套上項圈。

「『羈束項圈夢現』。」

「呀啊啊啊啊啊啊啊啊啊啊啊啊啊啊啊啊啊啊啊啊啊！」

在項圈勒住脖子的瞬間，拉蒙當場痛苦得打滾起來。

「羈束項圈夢現」讓他作的夢，是我朝待在密德海斯的他發射「獄炎殲滅砲」的拷問。遭到漆黑業火焚燒，等到死後就再次回到我發射「獄炎殲滅砲」之前。雖然會保留記憶，但憑拉蒙的實力是絕對逃不了的。感受著即將到來的痛苦與恐怖，他只能四處逃竄等待死亡來臨。

儘管是夢，對他們來說就跟現實沒有兩樣。

「醒來吧。」

「啪」的一聲，在我彈了個響指後，拉蒙與賽魯瑟阿斯就猛然驚醒。

「理解到『羈束項圈夢現』了嗎？」

他們儘管一臉疲態，卻還是勉強朝我看來。在這短時間內，他們死了數千次。就算已耗盡精神也不足為奇。

「這個反抗組織的基地毀了可惜。畢竟想要反抗我的人，全都會自行來到這裡吧。」

賽魯瑟阿斯等人茫然聽著我說的話。

「你們從今以後，就在這裡努力讓皇族派悔改。只要能讓所有皇族派取回善良之心，我就解開這條項圈。」

「……所有……的……？」

賽魯瑟阿斯喃喃自語。

「是啊，不曉得有幾千人，還是幾萬人。將他們全部找出來，讓他們悔改吧。」

「……怎麼可能啊……這種事……不可能辦得到……」

「假如辦不到，就只是解不開『羈束項圈夢現』。你們今後要是在讓皇族派悔改的過程中走上錯誤的道路，那條項圈就會發動效果，讓你們作夢。」

賽魯瑟阿斯等人浮現絕望的表情。

「只要心懷邪念，你們就會在夢中不斷被我殺害。除非選擇正確的道路，否則就無法從夢中醒來。」

「……這是……何等……何等……」

賽魯瑟阿斯咬緊牙關朝我瞪來。

「這是何等傲慢的行為！居然這樣玩弄人……」

「賽魯瑟阿斯，你還自以為是人啊？你是狗畜生。要是不綁上項圈管教，就只會到處亂咬人。」

「……你這傢伙，難道自以為是神嗎……？」

賽魯瑟阿斯話一說出口，就痛苦地伸手抓向喉嚨，眼睛失去光澤，「呃啊——！」地慘叫起來。他這是在作被我殺掉的夢。

「唔嗯，神嗎？你們這些傢伙還真是什麼都不懂。明明是醉心於暴虐魔王的皇族派。」

「啪」的一聲，我彈了個響指，讓賽魯瑟阿斯醒來。

「還想說什麼嗎？」

賽魯瑟阿斯一臉憔悴地連忙搖頭。他當場跪下，就像要對我效忠似的垂下頭。拉蒙與其他士兵也同樣跪下。

「給我記好了。這就是魔王阿諾斯．波魯迪戈烏多。」

§ 12　【逼近的威脅】

我針對皇族派今後的活動方針，向賽魯瑟阿斯等人下達詳細的命令。

因為表面上是要和過去一樣扮演著反抗組織，同時在背地裡讓反抗暴虐魔王之人悔改，所以應該很困難。

哎，這也大多是他們自己種下的禍因。至少，就讓他們負起這份責任吧。

而關於將龍借給他們的男人，看來就連賽魯瑟阿斯也不知詳情。似乎是突然來與皇族派接觸，將衰弱的龍交給他們的樣子。

還真虧他們有膽從來歷不明的男人手中收下自己等人無法應付的龍，但就算抱怨這點也無濟於事。儘管不知那名男人有何企圖，但有可能會與賽魯瑟阿斯再度接觸。關於那名男人的身分，現在就只能等待。

至於反抗組織的問題，這樣就大致解決了。我離開他們的基地，施展「轉移」前往德魯佐蓋多的王座之間。

「啊，阿諾斯弟弟，歡迎回來。」

在純白一片的視野恢復色彩後，我人就來到了王座之間。

艾蓮歐諾露朝我露出笑吟吟的笑容，跟她在一起的潔西雅欣喜地轉過頭來。不過一看到我的臉，就露出失望的表情。

「不是……阿諾蘇……」

「這還真是抱歉。我剛剛去稍微管教了一下狗。」

艾蓮歐諾露嗤嗤笑了笑。

「你不用在意喔。潔西雅就只是想做點像是姊姊的事情。」

潔西雅點點頭說：

「……練習了……魔法……好多……好多……」

「哦？是怎樣的魔法？」

「……鏡子的……魔法……」

唔嗯，也就是打算提升大戰樹木米凱羅諾夫所說的長處啊。

「我也在研究支援的魔法喔。想讓大家嚇一跳，所以每天都在偷偷練習呢。」

「所以才會在王座之間啊？」

「嗯。畢竟你看嘛，這裡就只有謁見阿諾斯弟弟的時候才有人來。」

沒有要謁見我卻還是來拜訪魔王王座的人是寥寥可數。平時我也不會來這裡。

「其他人怎麼了？」

「在咖啡廳喝完茶後就回家了喔。我是因為很閒，所以才回到學院來。想說阿諾斯弟弟說不定會回來。」

「找我有事嗎？」

我邊說邊來到王座，坐在了上頭。

「沒有，只是有點想見你一面喔。你看嘛，因為我可是魔王大人的魔法。」

「應該沒有這種限制才對啊。」

「嘻嘻，就算是魔王大人能看穿一切的魔眼（眼睛），也還是有看不見的東西啊。」

艾蓮歐諾露像在戲弄人似的說道，同時豎起食指。

「問題來了。阿諾斯弟弟雖然將我納為自己的魔法，讓我獲得自由，卻相對地讓我被一樣東西束縛了。請問那是什麼呢？」

艾蓮歐諾露是人型魔法。我在將她的術者改寫成我時，廢除了她的一切限制。理論上，這世上已經沒有束縛她的東西了。

「這個問題還挺難的呢。是猜謎之類的問題嗎？」

「或許吧。不過，只要注意到的話，答案就非常簡單喔。」

「那我就想一下吧。」

「沒關係，就算不知道也無所謂喔。」

艾蓮歐諾露走近坐在王座上的我。

「為什麼？」

「為什麼呢？」

艾蓮歐諾露發出嗤嗤笑聲，向前彎著身子朝我看來。她露出有如花朵綻放的燦爛笑容。

「正確答案，我是不會告訴你的喔。」

唔嗯，非常開心呢。哎，要是她說不知道也無所謂，那我就不過問了。不論是誰，都會有一兩個祕密。

只不過，既然她會特意提出來，就表示她不是不想說，而是希望我能自己發現到也說不定。儘管我想體諒部下的心情，但她到底想說什麼？雖然她說自己被束縛了，但實際上她並沒有受到任何束縛。

也就是說，這應該是某種比喻吧，但目前一點頭緒也沒有。

「艾蓮歐諾露，這樣東西不會像以前那樣，造成無法挽回的後果吧？」

表情愣了一下後，她欣喜地輕聲笑了笑。

「不是喔。只要阿諾斯弟弟還活在世上，我就一直都會是為你而生的魔法。」

「那就好。」

我注視著她的眼睛說：

「我遲早會猜中正確答案的，妳就做好覺悟等著吧。」

「嗯～真的？」

艾蓮歐諾露歪著頭綻開笑顏。

「阿諾斯弟弟辦得到嗎？」

我用一雙魔眼（眼睛）望向艾蓮歐諾露，窺看著她的深淵。

「在我面前，難道妳以為能將真相一直隱瞞下去嗎？」

「呵呵，嘻嘻嘻，啊哈哈哈哈。」

艾蓮歐諾露捧腹大笑起來。

「用這麼可怕的表情講這種話，是一輩子也不會明白的喔？」

「擺出可怕的表情會不明白啊？」

這恐怕也是提示吧。

「原來如此。只不過，沒關係嗎？像這樣不小心說出提示，說不定會被我察覺到喔。」

「嗯嗯嗯。」

艾蓮歐諾露把手放在我頭上，好乖、好乖地摸著。

「我很喜歡魔王大人這種可愛的地方喔。」

還真是讓人認真不起來的發言。

「潔西雅……也想聊天……」

潔西雅小碎步地來到王座前。

「啊～抱歉喔，潔西雅。好啦，那妳要跟阿諾斯弟弟聊天嗎？」

潔西雅點點頭，站在我面前。她直盯著王座看。

「……妳想坐嗎？」

「……潔西雅，也想……當魔王……」

「好啊。」

我起身，把王座讓給潔西雅。她直盯著王座看了一會兒，再度朝我看來。

「妳可以坐看看。」

潔西雅點了點頭，坐在王座上。

「嘻嘻，是魔王潔西雅喔，很了不起喔。」

艾蓮歐諾露就像在哄小孩子似的說道。

「……潔西雅是魔王潔西雅……」

「那麼，就試著下達個什麼命令吧。」

潔西雅沉思了一會兒，然後說道：

「……讓學院的課程……變簡單……」

「哇喔，魔王潔西雅比想像中的還要自私自利喔……」

「……假日，想要有半個月……剩下半個月，要去玩……」

「魔、魔王大人很蠻橫喔。」

「阿諾斯……要一直是阿諾蘇。潔西雅，一直都是姊姊……」

「這個我贊成喔。是個很棒的法案呢。」

艾蓮歐諾露啪啪啪地拍起手來，潔西雅則是開心地盤起雙手。

「雖說是潔西雅……難道你以為就不會是魔王……嗎？」

還真是可愛。

「……阿諾斯……一起坐……」

潔西雅挪動到王座一角，咚咚咚地拍著身旁的位置。她的個子很小，就算兩個人一起坐也沒問題的樣子。

「……不……坐嗎……？」

「好吧。」

我在潔西雅身旁坐下，讓她滿足地笑了起來。

「……媽媽……也坐……」

「嗯～媽媽到底是沒辦法喔。已經沒有地方坐了。」

潔西雅煩惱了一下，然後咚咚地拍著自己的大腿。

「……坐……這裡……」

「那個，坐在那裡，會把潔西雅壓扁吧？」

「……我……想到了……」

潔西雅一臉失望的表情。不過，要沒多久就綻開笑容。

「什麼？要怎麼做呢？」

「……我會努力……不被壓扁……」

潔西雅一臉認真地說道，讓艾蓮歐諾露忍不住嘻嘻笑了出來。

「嗯~就算妳很努力，也到底還是沒辦法喔……」

聞言，潔西雅就難過地垂下頭。

「……我、我知道了喔。那麼，就這樣吧……」

艾蓮歐諾露朝我看來。

「阿諾斯弟弟，能變成阿諾蘇嗎？」

「唔嗯。」

我施展「逆成長」魔法縮小身體，在轉眼間變成六歲的阿諾蘇。

「這樣就行了嗎？」

「嗯，謝謝。稍微打擾了喔。」

艾蓮歐諾露把手伸到我的腋下，將我的身體抱在懷中。她就這樣坐著王座，把我放在她的大腿上。

「妳看，這樣就能三個人一起坐了喔。」

「雖然狹窄……難道你以為，就不能三個人一起坐……嗎？」

「嗯嗯嗯，不愧是魔王潔西雅。居然讓一人用的椅子坐了三個人，還真是不講理喔。」

艾蓮歐諾露一面說一面緊緊抱著我，撫摸著我的頭。

這讓我很難為情。

「嗯～總覺得好像多了一個小孩喔。」

「……潔西雅……是姊姊……」

說完潔西雅就跟我牽起手來。

「……姊姊……會保護……阿諾蘇……」

「還真是可靠呢。」

聽到我這麼說，潔西雅就開心地綻開笑容。

「欸，阿諾斯弟弟。」

艾蓮歐諾露對我咬耳朵。

「謝謝你喔。一萬名潔西雅現在也在艾尼悠尼安大樹那邊學習，跟妖精們也一起玩得很開心。艾尼悠尼安爺爺也說大家一定能學會說話。我非常開心喔。」

「這沒什麼，要做的事還很多。我說過要讓所有人都獲得幸福吧？」

艾蓮歐諾露呵呵地輕聲笑了笑。

「個子這麼小，卻說這麼帥氣的話，我最喜歡這樣的阿諾蘇弟弟了喔。」

她邊說邊緊緊抱住我的身體。

「……咦？」

艾蓮歐諾露忽然看向天花板。高窗飛進一隻隼鳥，緩緩降落到我們面前。

『魔王大人。』

隼鳥發出的「意念通訊」傳來耳熟的聲音。

「伊卡雷斯，怎麼了嗎？」

『有件事想通知您。有人在亞傑希翁目擊到龍了。』

伊卡雷斯在阿伯斯・迪魯黑比亞的事件後就加入我的麾下，為了和平盡心盡力。他活用兩千年前曾經為人的經驗前往亞傑希翁，四處遊覽故鄉的情況。

他的主要目的是調查人類對魔族與魔王的觀感，但沒想到會遇到龍。再加上被皇族派捕捉到這件事，我不覺得是個偶然。

「確定嗎？」

『雖然沒有親眼目擊到，但從外觀的特徵與返回地底的行動模式來看，應該錯不了。』

龍會在地底下築巢。要說到棲息在大地之中的巨大生物，多半就是龍了吧。

『……此外，在龍出沒位置附近的城市，有好幾個人類行蹤不明……』

「被吃掉了嗎？」

『有這個可能性。如今在亞傑希翁，並無人知曉龍的討伐方式。雖然有記載在書籍上，但無人有過實戰經驗。而這點我也一樣。』

「啊～對現代的人類來說，或許會有點應付不來喔。就跟對付魔族的結界一樣，勇者也擁有專門對付龍的結界作為對抗手段，但勇者學院沒有教這個。」

艾蓮歐諾露說道。這大概是因為傑魯凱以消滅魔族為優先的關係吧。或者甚至就覺得龍已經滅絕了。

「亞傑希翁的反應如何？」

『在收到有龍出沒的民眾通報後，儘管半信半疑，還是開始協商今後對策的樣子。這件事我在通報阿諾斯大人之前，已先跟梅魯黑斯大人提過，不過就目前為止，亞傑希翁似乎並不打算向迪魯海德請求救援。』

或許是小看了龍的力量吧。如果是從兩千年前存活下來的龍，那肯定是頭腦相當聰明、力量十分強大的個體。

「唔嗯。哎，派兩千年前的部下過去討伐會是最好的辦法吧。」

『這樣說不定能討伐龍，但人類對於程序與法律很囉嗦，因此之後可能會造成問題。特別是兩國之間曾爆發過戰爭。』

也就是沒有請求救援，正規魔王軍在亞傑希翁進行戰鬥行為屬於違法。哪怕是為了守護人類也一樣。

畢竟在戰爭這件事上，對面欠了迪魯海德一次。對於想要還以顏色的人來說，不論怎麼刁難都不足為奇。

「不過，要等到他們請求救援，還不知道有多少人會被吃掉喔。雖然勇者學院就是為了這種時候存在的，但現在不論權限還是實力都被削弱不少，而且也沒有能進行判斷的人。」

艾蓮歐諾露憂心忡忡地將我緊緊抱在胸前。

前任學院長迪耶哥雖然受到傑魯凱意志的強烈影響，在思想上存有問題，但在排除人類威脅上有著一定的實力。

然而，現在就只剩下習慣和平的人。

「龍的存在必定也會造成迪魯海德民眾的威脅。」

我開口讓艾蓮歐諾露與伊卡雷斯安心下來。亞傑希翁是兩人的故鄉，就算不會危害到我們這裡，也不可能置之不理。

「立刻請求舉辦魔王學院與勇者學院的學院交流。倘若是學生，就算打倒偶然遭遇到的龍，也不會造成問題。」

反倒要是無法確保魔王學院方的安全，就會變成是他們的責任。

『對方說不定會用尚未準備好交流環境的理由婉拒……』

「我剛好安排了一個好商量的教師到那邊赴任，不會讓他們藉故推託的。總之，這件事梅魯黑斯會好好談妥的。」

『我知道了。那我會繼續收集龍的情報。』

隼鳥從高窗朝亞傑希翁的方向飛去。

§ 13 【失傳的魔法課程】

一個星期後，德魯佐蓋多魔王學院第二訓練場——

熾死王耶魯多梅朵哼著歌踏著小跳步，一副愉快、爽快的模樣來到教室裡。辛慢他一步走進來，接著把教室門關上。

在確認學生們都就座後，熾死王滿意地笑了笑。

「太棒了，今天也沒人缺席呢！」

他用雙手拿著手杖撐在地板上。

「那麼，今天就是盼望已久的與勇者學院間的學院交流。緊接著立刻開始遠征測驗——儘管想這麼說，但我聽說這個班級已經體驗過前往蓋拉帝提的遠征測驗了。」

熾死王耶魯多梅朵旋轉著手杖，「唰」的一聲將杖尖指向學生。

「所、以、說！今天要施展『轉移』的魔法一口氣前往蓋拉帝提。全員可以起立了。」

學生們縱然一臉不可思議的表情，卻還是站起身來。這時一名女學生舉手問道：

「……老師，那個，可以請教一下嗎？」

「妳這不是很熱心向學嗎，留校的。妳就問吧。」

「……叫、叫我留校的，我叫做娜亞，是娜亞喲。老師，你不記得我的名字嗎？」

「當然記得。留校的娜亞。妳幾乎每天都留在圖書室裡自習，因此本熾死王就授予妳『留校的』這個別名。」

娜亞露出困惑的表情。

「喂喂喂，別擺出這種臉嘛。要是不中意的話，『複習的』這個別名如何？哎呀，『溫習的』這個別名也教人難以割捨啊。」

「……留校的就行了……」

看來是放棄掙扎了。耶魯多梅朵用手杖指向娜亞。

「就說出妳的問題吧。」

「啊，是的。那個，我有個小小疑問。『轉移』雖是失傳的魔法，但這魔法很方便吧？既然如此為什麼還會失傳呢？」

「咯、咯、咯，這是個好問題。留校的娜亞！」

熾死王「咚」的一聲放下手杖。

「我就回答妳吧。『轉移』魔法即使在兩千年前，也很少人能施展。儘管耗費的魔力並不多，魔法術式卻難以構築。簡單來說，困難的原因在於連接兩個空間時，必須根據兩處的魔力環境不同而不斷改變術式。」

耶魯多梅朵用魔眼朝這個場地的空間看去。

「而這與其說是改變，幾乎等同於當場構築。藉由窺看空間的深淵，組合出適合的魔法術式。因此，『轉移』的術式除了核心部分以外沒有一定的形式，而這正是這個魔法會失傳的理由。」

兩千年前有很多必須因應環境改變術式的魔法。「轉移」算是其中比較簡單的魔法，但是因為術者斷絕，使得這些魔法絕大部分都失傳了。

「也就是說，只要知道因應現在這個場所、這個瞬間的魔力環境所組成的『轉移』魔法術式，就算是你們也有辦法施展。」

耶魯多梅朵在黑板上畫出「轉移」的魔法術式。這是只有在這個時間、從這個場所前往蓋拉帝提的情況下才會有效的術式。

「好了，你們就試看看吧。這就是魔王所開發、能在瞬間超越距離的魔法。兩千年前，當暴虐魔王展現出將距離化為烏有的概念時，全世界都受到了衝擊。你們就親身體會一下當時世人的驚訝與興奮吧！」

即使耶魯多梅朵這麼說，學生們也還是露出不安的表情。大概是因為不知道魔法要是失敗的話會變得怎麼樣吧。

接著，熾死王再度將手杖指向娜亞。

「留校的娜亞，先從妳開始吧。」

「……我、我……嗎？可、可是……老師也知道吧？我是班上魔法技能最差勁的人，就是……我辦得到嗎……？」

「蠢問題、蠢問題，這是個蠢問題吧，留校的。最差勁的？那又怎麼樣？別在這種小地方爭高下，要把眼界放得更大一些。妳想想看，跟暴虐魔王相比，就連本熾死王的魔法都形同兒戲。在魔王面前，我們一律平等地差勁啊。」

娜亞一臉愣然的表情。

「既然如此，就算跟他人比較也無濟於事。妳要面對的是魔法，要注視的是魔法的深淵。『轉移』就只是魔法術式的變化很困難，除此之外都很簡單。如果要跟其他魔法相比，頂多就是『火炎』程度的難度。那麼妳是不可能辦不到的吧？」

實際上比「火炎」來得困難，不過是娜亞也能勉強施展的魔法。織死王大概是打算讓她建立自信，促使她成長吧。

「妳可別小看本熾死王的魔眼（眼光）啊。好了，去吧。」

耶魯多梅朵話一說完，留校的娜亞就閉緊眼睛，照著黑板畫起「轉移」的魔法陣。在送出魔力後，她就像超越距離似的忽然消失無蹤。

「咯、咯、咯，看吧。這不是成功了嗎？」

教室內響起一陣「哦哦！」的讚嘆聲。

「既然娜亞辦得到，看來沒問題的樣子？」

「是啊，我們也試看看吧。」

「總覺得心臟跳得好快呢～」

學生們接二連三施展「轉移」離開。

「……有這麼多人，總覺得至少會有一個轉移到奇怪的地方去……」

莎夏邊說邊施展「轉移」魔法，雷伊等人也分別畫起魔法陣。

「哎，熾死王會去回收吧。」

我一施展「轉移」，眼前就染成純白一片。下一瞬間，勇者學院亞魯特萊茵斯卡的大講堂就映入眼簾。魔王學院的學生們都轉移到了面向黑板的左側。

右側坐著勇者學院的學生們，全員穿著深紅色的制服，大概是前傑魯凱加隆班的學生。

他們全都目瞪口呆地看著陸陸續續轉移過來的魔族學生們。

「……這算什麼……全員都用失傳的魔法出現，這玩笑也太過分了吧……」

說出這句話的是一個紅髮男子，名叫萊歐斯·吉爾馮。他是以前在學院對抗測驗時，被莎夏打倒、使用火焰的勇者。儘管曾自稱是加隆的轉生者，但在判明是不同人後，現在他的名字已經拿掉加隆之名了。

「……他們是之前來進行學院交流的魔族吧……」

海涅．伊歐魯古說道。他是在對抗測驗中被雷伊奪走聖劍、銳氣遭到重挫的金髮少年。

「是啊。是在不知何時學會了如此高深的魔法吧。儘管以前看起來遠遠不及我們……」

雷多利亞諾．阿傑斯臣用食指推了推眼鏡。

「……這就是魔王的力量啊……」

「不過，那傢伙好像不在耶。」

海涅說道。

「……到底不會來吧。畢竟那傢伙沒必要繼續上學了……」

說完萊歐斯就在這時看到雷伊的臉，當場僵住。

「勇者加隆……你來幹嘛……」

他唾棄似的說道。海涅與雷多利亞諾雖然沒多說什麼，但也將目光從雷伊身上別開，將視線轉往講臺。

深信自己是加隆轉生者的他們，對於雷伊應該有很多想法吧。其他勇者學院的學生們也都偷偷看著雷伊的臉，竊竊私語起來。

「好了、好了，請各位同學安靜。要開始上課了。」

拍著手走上講臺的人是艾米莉亞。只不過，勇者學院的學生們完全無視她的話，繼續竊竊私語。

「有聽到我講話嗎？請各位同學安靜！」

艾米莉亞才剛上任沒幾天，看來尚未融入這個班級的樣子。

「咯、咯、咯，有精神是件好事。」

耶魯多梅朵一面用讓人不舒服的視線打量著人類學生，一面朝講臺走去。

艾米莉亞有點慌張地向熾死王點頭問候。勇者學院的學生們仍然沒有安靜下來，持續不停地聊著。

在看著這副景象一會兒後，耶魯多梅朵用手杖指向我。

「阿諾蘇．波魯迪柯烏羅，上來。」

我起身朝講臺走去。

「……什麼，小孩子……？」

「怎麼看都只有六、七歲吧……？」

「……那也是魔王學院的學生……吧……？」

人類們就像是不可思議似的紛紛說道。

「人類，仔細聽好。我很清楚你們對學院交流一點興趣也沒有。既然如此，我們就這麼做吧。兩校各派出一名代表比賽。要是勇者學院贏了，就代表沒有進行學院交流的意義，原定的交流期間就通通停課如何？」

「咦……不、不能這麼做吧……要是停課的話，我會很為難……」

「喂喂喂，既然妳也是魔族，又有什麼好擔心的？我們不可能輸給區區人類吧？」

艾米莉亞的抗議被耶魯多梅朵輕易駁回。

「如你們所見，魔王學院的代表是這位阿諾蘇・波魯迪柯烏羅。只要贏過他，你們就能暫時休假。要是輸掉了，就得乖乖上課。還是說，你們就連對上小孩子也會夾著尾巴逃走？還虧你們是想成為勇者的學生。」

耶魯多梅朵的挑釁，讓勇者學院的學生們聽得火冒三丈。

「話雖然這麼說。」

海涅囂張地說道：

「但魔族很狡猾不是嗎？就算派出小孩子，反正也打算用對你們有利的方式比賽吧？這樣我才不想比呢。」

「也就是說，如果是對你有利的比賽就想比了吧，人類？那你就上來吧。比賽的方式由你來決定。」

聽到要由他來決定比賽的方式時，大概是嚇了一跳吧，海涅瞬間沉默下來。不過，他很快就咧嘴笑著說：

「哎，我是怎樣都好啦。」

海涅就像是嫌麻煩似的站起身，走到了寬敞的講臺上。

「只要贏過這傢伙，就真的會停課吧？」

「這是當然。」

「約好了喔。」

海涅露出狂妄的笑容看著我。

「那麼，關於比賽的內容。」

海涅賊笑地這樣說道：

「就比擲骰子吧。雙方擲骰，點數大的人獲勝如何？因為比戰鬥或魔法的話，魔族都太強了呢～」

「我無妨。」

隨後，海涅就遞給我一顆木頭骰子。

「唔嗯。」

重心偏了。是耍老千用的骰子啊？幾乎無法擲出一以外的數字。

「那我就先擲骰了。」

海涅擲出骰子，點數是五。

「好耶。快快快，這樣你就只能擲出六了喲～」

只要用魔眼窺看骰子的深淵，就能看出他的骰子被加工成容易擲出五。之所以不是六，是要避免點數太過極端，讓人懷疑他作弊吧。

反正都是耍老千，就弄成能夠提升最大成果不就好了。

「我問你一件事，不論用怎樣的方法擲骰都無所謂吧？」

「咦？是啊，你就任意擲吧。因為骰子不論怎麼擲，都還得要看運氣呢。」

強調著「運氣」兩個字，海涅竊笑起來。

「唔嗯，我知道了。只不過，就算是木頭骰子，你也不該選在這麼柔軟的地面上比。」

「什麼意思──」

轟隆轟隆，石頭講臺響起劇烈聲響。這是因為我用力擲出骰子，朝著正下方砸下去。

「什麼……啊……啥啊啊啊啊啊啊啊啊啊啊……！」

跟我想得一樣，骰子陷入石頭地板，擲出六的點數。我看穿石頭脆弱的部分，將強度較弱的木頭骰子用力砸下去，打穿了石頭地板。

「唔嗯，看來是我贏了。」

利用地利限制骰子會出現的點數，在兩千年前是理所當然的技巧。

所以在比擲骰子的時候，地板基本上要採用無法打穿的材質可是常識。不過就算這樣，也有好幾種技巧能擲出想要的點數。

海涅方才說擲骰子要看運氣，看樣子在這個時代，就連擲骰子的技術都退化了。

在兩千年前說到要比擲骰子，就只會比誰能一直擲出想要的點數。所以一般不會只用一顆骰子，而是同時擲出上千個左右的骰子。如果有一千顆骰子，有時會出現一顆沒擲出想要的點數。

當然，我不曾擲失敗過。

「……你、你給我等等。哪有人這樣擲骰子的！這是犯規吧！重擲，我要求重擲！」

「是你說不論用什麼方法擲骰都無所謂的吧？」

「……這…………」

我朝著看起來無話可說的海涅說：

「反正，不論擲幾次，結果都不會變。」

我撿起自己的骰子再擲一次。骰子滾動著，接著再度擲出六。

「……咦……！為、為什麼啊……！應該只會擲出一——」

話說到一半，海涅就露出糟了的表情。

「會依賴道具，就表示你的功夫還不到家。再更加精進骰術吧。就算重心偏了，也不是絕對只會擲出一。只要窺看骰子的深淵，看出地面的環境與空氣，再來只需要調整力道，就能擲出想要的點數。」

我撿起骰子再擲一次，點數出現六。就像在賣弄般不斷擲出骰子，但就像理所當然似的只會擲出六。海涅只能帶著驚愕的表情看著這副景象。

「不論是怎樣的骰子，我都能擲出我所想要的數字。」

§ 14 【龍討伐命令】

耶魯多梅朵的笑聲「咯、咯、咯」地響徹大講堂。

「不過是骰子遊戲，卻也是骰子遊戲。各位，看好啦！這位就是阿諾蘇．波魯迪柯烏羅！我們魔王學院的榮耀，天才少年！」

海涅垂下頭來。熾死王探頭看著他的表情繼續說：

「要是不服的話，不論要挑戰幾次都行喔，弱小的人類。但你每輸一次，勇者學院的課數就要相對增加一成。就讓本熾死王來指導你們這些脆弱的人類吧。嗯？」

海涅咬緊牙關調轉步調。

「……讓人以為是小孩子，結果卻是頭怪物，魔族依舊是群卑鄙的傢伙呢。就跟把魔王偽裝成不適任者的時候一樣，這種課誰上得下去啊。」

海涅擺擺手走下講臺。不過他沒有回到座位上，而是直接走向大門。

「等、等等，海涅同學！你要去哪裡？現在還在上課喔！」

艾米莉亞連忙叫住他，朝他瞪了過去。

「嗄嗄？艾米莉亞妳很煩耶。」

「要叫我老師！」

「啥？老師？明明是魔族？還真是好笑。」

海涅聳聳肩，把手搭在門上。

「等等，海涅同學。」

「妳很煩耶。是廁所啦，我要去廁所。」

「你昨天也是這麼說，結果整天都沒有回來教室吧？」

海涅十分刻意地「唉」地嘆了口氣。

「我鬧肚子啦。鬧了一整天呢。要是懷疑的話，艾米莉亞也可以來盯我上廁所啊。就在男廁裡喲。」

海涅「啊哈哈哈哈」大笑起來；艾米莉亞則是露出屈辱的表情。

「這不是很有趣嗎？」

耶魯多梅朵開口打破凝重的空氣朝他走去。

「如何，就讓本熾死王來陪你一起小號吧。」

「……什麼…………」

「啊啊，還是說……」

熾死王用手杖指著海涅，擺出十分紳士的表情。

「是要上大號呢？」

把話說得很噁心的熾死王，讓海涅就像看到什麼髒東西似的看著他。而見他動彈不得地站在門前，熾死王就走到他身邊，把手放在他肩膀上。

「好啦，就請你幫我帶路吧。」

海涅竭盡全力跳開。

「……我、我開玩笑的啦。這當然是在開玩笑的。在上課前先上完廁所可是常識呢，真受不了你們。」

海涅就像逃跑似的衝回自己的座位，彷彿感受到了生命危險。

「咯咯咯，我就覺得是這樣，弱小的人類。為了使自己的立場有利而虛張聲勢是件好事，下次我會期待更愉快的謊言喔。你就試著騙過本熾死王吧。」

踏著踢躂作響的腳步聲，耶魯多梅朵走回大講堂的講臺上。

「對了，阿諾蘇，你可以回去了。」

我走下講臺，慢慢回到自己的座位上。

勇者學院的學生們很刻意地再度竊竊私語起來，並且各自說著「魔王學院的天才少年啊……」、「魔王也是，魔族究竟有多少怪物啊……」等發言。

在這之中，出現一句不可思議的話。

『全能者能造出一把誰也拔不出來的劍嗎？』

這是一句不是對任何人提出的低聲詢問。不對，硬要說的話，是對我提出的詢問嗎？

我停下腳步，朝聲音的方向看去。

那裡坐著一名少女，帶有修剪成鮑伯頭的白銀秀髮與金色眼瞳。她的肌膚白皙，身上散發著透明感的氣息。那道清淨優美的倩影，光是存在就彷彿帶有魔力，當場營造出一個異質空間。

而最異質的部分，就是她身穿的異國服飾。那套我不曾見過的服裝，不是亞傑希翁，也不是迪魯海德的款式。沒穿學院制服的人就彷彿融入這個大講堂似的坐在那裡，但是沒有人感到不可思議。

這是個非常奇妙的景象。

『要是全能者無法造出一把誰也拔不出來的劍，他就不是全能者。』

少女說道。

『要是全能者造出一把誰也拔不出來的劍，那把劍就連全能者也無法拔出。拔不起劍，就無法稱為全能。因此，他並不是全能者。』

那個存在自然不在話下，但這個問題也很不可思議。

『這世上不存在著全能者嗎？』

不過，這句提問確實是對我提出的吧。透明的少女筆直朝我看來。

『要是你知道答案，請告訴我。』

伴隨著這句話，異國的少女消失無蹤，椅子上空無一人。

「阿諾蘇。」

耳邊傳來米夏的聲音。

「怎麼了？」

「妳有看到剛剛坐在這裡的人嗎？」

米夏眨了眨眼後搖搖頭。

「這裡沒有坐任何人。」

唔嗯，那就是只有我能看到她嗎？大概是直接把影像傳送到我的腦海裡吧。

不過，還是搞不懂。

全能者能造出一把誰也拔不出來的劍嗎？儘管不知道她是何方人物，但她問了個奇妙的問題。我不覺得這會是有什麼重大意義的詢問，即使問到答案也無濟於任何事。

算了，她要是有事找我，就會再來跟我搭話吧。

「那就好。」

我坐在米夏隔壁的位置上。

「那麼，現在開始學院交流——」

艾米莉亞才剛這樣喊道，入口大門就被推開。

走進來的是一名穿著紅色法衣的男人。他的頭髮很短，頭頂是禿的。體型再怎麼恭維也無法說是瘦，肥得就像快把寬鬆的法衣給撐破一樣。

禿頭男筆直走向講臺。

「扎米拉學院長……有事嗎……？」

艾米莉亞這樣問道後，扎米拉就板著一張臉回答：

「王宮已向亞魯特萊茵斯卡下達敕令。」

聽到是敕令，艾米莉亞就露出麻煩的表情。

「……是怎樣的敕令？」

「我現在就是來說明的，給我閉嘴聽好。」

儘管露出煩躁的表情，艾米莉亞還是一臉不滿地點頭。扎米拉在瞥了一眼講臺上的辛與耶魯多梅朵後，就這樣轉向學生說：

「呃——王宮已向精英班的諸位賜予敕令。給我用心聽好。」

扎米拉「咳咳」地輕咳一聲。

「就在前些日子，我想諸位也有耳聞，民眾在亞傑希翁各地目擊到名為龍的怪物。王宮在獨自調查之後發現，龍會以人類為食。倘若置之不理，非常有可能對亞傑希翁的民眾與城市造成傷害。」

雖說是王宮的獨自調查，但這是伊卡雷斯流傳過去的情報吧。這個時代的人類，無法這麼迅速地掌握到龍的實態。

「於是王宮就向勇者學院亞魯特萊茵斯卡的精英班下達了敕令，要諸君前往亞傑希翁各地討伐龍。王宮由衷期待諸君作為勇者的活躍表現，並相信諸君一定能回應王宮的期許。諸君就盡情做出證明吧。」

迪魯海德應該再三忠告過龍的危險性，卻還是交給勇者學院進行討伐，這點令人費解。如今喪失民眾信賴的勇者們，無論如何都無法成為戰力。因為作為他們王牌的「聖域」沒辦法正常地發揮力量。

本來是打算趁著學院交流，只靠魔王學院暗中狩獵龍，看來風向稍微有點變了。

「以上。」

扎米拉正要走下講臺，艾米莉亞就向他問道：

「那個……扎米拉學院長。討伐龍這件事，是指在王宮的指揮，也就是在亞傑希翁軍的指揮之下進行吧？我記得王宮的士兵，有來到學院前面……」

「那些士兵另有他事。王宮基於信賴亞魯特萊茵斯卡，下令將一切交給他們去做。這是必須靠他們自己獨力完成的試煉。」

「……啥……？請等一下。你是說，要讓學生去狩獵魔物級的生物嗎！」

艾米莉亞反射性地抗議，使得學院長回以冰冷的眼神。

「艾米莉亞老師就任的時日尚淺呢。我們跟魔王學院不同，即使是學生，他們也是勇者。為了人們而戰可是勇者，也是勇者學院亞魯特萊茵斯卡的使命。」

「可是……派他們去對付未知的生物……也太不正常了……」

「艾米莉亞老師！」

扎米拉就像斥責似的瞪向艾米莉亞。

「妳是想說王宮瘋了嗎？給我注意妳的嘴巴。」

「不……我不是這個意思……只不過，我覺得還是委託軍隊協助會比較好，不怕一萬只怕萬一。」

「很遺憾，我也是很忙的，之後的事就交給妳了。詳細情形去問事務人員。」

「咦，請等一下。我話還沒說完……」

無視艾米莉亞的發言，扎米拉逕自走下講臺，一雙腳朝著雷伊的座位走去。

他那張板起的臉，在途中變得笑容可掬。扎米拉以那胖嘟嘟的體型，盡可能優雅地行禮說道：

「初次見面，勇者加隆大人。我是在本學院擔任學院長一職的扎米拉．恩杰羅。今後還請多多指教。」

勇者學院的學生們對他投以冷漠的視線。只不過扎米拉絲毫不以為意地繼續說：

「加隆大人，我們人類由衷期盼著您的轉生之日。我們這次已為了您的到來，在王宮準備了盛大的典禮。全國子民、全國士兵，都歡迎著勇者加隆大人的歸來，並且為此獻上祝福。是否能請您蒞臨王城一趟呢？」

雷伊很難得沒有帶著笑臉，一派認真地回答。果然變成麻煩事態的氣氛，從他全身上下散發出來。

「我已經是魔族了。」

「不不不，您可別這麼說。就連魔族的力量都能化為己有，真不愧是勇者加隆大人。不管別人怎麼說，您都是勇者。靈神人劍就是證明。即使是人類，拔不出伊凡斯瑪那的人，可稱不上是勇者啊。」

勇者學院方的座位上傳出咂嘴聲。發出聲音的人是萊歐斯。

「請儘快跟我來吧，我們已做好接送的準備了。雖說是學院交流，但在這群假勇者底下，您想必學不到任何東西吧。比起交流，您要不要來王宮悠閒度假啊？我們會奉您為國賓，給予最高級的款待。」

會侮辱勇者學院到這種地步，是因為扎米拉是王宮派來的男人吧。因為沒有人想在迪耶哥死後，擔任如今已喪失權威的勇者學院學院長，所以才暫時做出這種處置。

扎米拉比起學生們的教育，更加重視王宮的命令。也因為無知，所以才會若無其事地要人去討伐龍。

「這話我可無法當作沒聽見。」

這麼說完後，雷多利亞諾站起身。

「我們確實不是加隆的轉生者，但你再怎麼說也是勇者學院的學院長，稱自己的學生是假勇者不太好吧？」

「喔喔，大人物還真是瞧不起人啊。」

萊歐斯起身瞪向扎米拉。

「大致上怎麼著？外頭那個部隊的士兵，是來接送勇者加隆的嗎？在王宮舉辦盛大典禮時，也要派出大量士兵去維護遊行之類的活動吧？因為這樣忙得不可開交，所以就叫我們學生自己去對付龍這種莫名其妙的怪物？你們傻了嗎？」

海涅接著說道：

「反正我們就是辦不到啦。既然如此，就讓真正的勇者去幹不就好了？他跟我們不同，可是拿著靈神人劍呢。」

就像是贊同雷多利亞諾他們的意見，勇者學院的學生們也發出「沒錯、沒錯」的話語聲鼓譟起來。

扎米拉回頭大罵：

「給我認分點，你們這群人渣！你們有立場抱怨嗎！本來的話，假冒勇者加隆欺瞞王宮的罪名，就算處以死刑也不足為奇！」

雷多利亞諾用食指推了一下眼鏡。

「我們就只是被勇者學院判定為加隆的轉生者，把責任推卸到我們身上來，不覺得很奇怪嗎？」

「既然如此，你們為什麼要假裝是加隆？如果不是，應該只要這樣跟大家解釋就好。」

「你應該知道『聖域』的影響吧？」

「笨蛋，你以為王宮會盲信迪魯海德的見解嗎？對方也有對方打算。『聖域』沒有造成影響，這就是亞傑希翁的見解。實際上也確認不到所謂的影響不是嗎？」

被這樣反駁，雷多利亞諾沉默下來。在傑魯凱消滅之後，他的意志已從「聖域」之中消失，事到如今不可能確認得到影響。

王宮大概是打算利用這一點，當作他們沒有受到「聖域」的影響吧。不想承認傑魯凱的意志會對施展「聖域」的所有人類造成影響，而是想把這件事當作更加個人的問題。一旦有所不利，就隨時都能割捨他們。

「就算不是加隆，你們要是勇者的話，就應該就能阻止那場愚蠢的戰爭──如果不是假勇者的話。」

雷多利亞諾咬緊牙關，臉上充滿懊悔。

「聽好，對於這樣的你們，王宮也很寬大地給了你們機會。這可是讓你們去討伐龍，能再度宣稱自己是真勇者的機會呢。既然如此，你們賭上性命也是當然的吧？你們光是感謝就來不及了，哪裡還有資格抱怨？未免也太不知好歹了！」

精英班的學生們只能沉默。他們全是在那場戰爭之前被眾人視為勇者的人。不論是再怎樣不講理的話語，都沒有不是勇者的事實來得傷透他們的心吧。

不過，一名教師完全不在意這種事的開口抗議：

「你從剛剛就一直在講什麼勇者不勇者的，不是又怎麼樣？為什麼我們必須為了這種無聊的稱呼賭上性命？你腦袋有沒有問題啊？」

受到太過不講理的要求，讓艾米莉亞極力反駁。既然學生們要賭上性命，那麼指導、監督他們的艾米莉亞也當然會有生命危險。

對於不知勇者榮耀為何的她來說，是怎樣也無法接受的吧。

「這就是勇者。只要他們還自稱是勇者，就無法逃避的使命。」

扎米拉語帶嘆息地說道。

「既然如此，那就算不當勇者也無所謂。」

「嗄……？」

扎米拉的表情愣住。大概是因為完全沒想到她會這麼說吧。

「一旦死掉就結束了吧？為了這種鬧劇賭上性命就是勇者嗎？所謂的勇者還真是相當沒意義呢。夠了，請派出軍隊討伐吧。對一般學生做出這種不當對待，你以為迪魯海德會保持沉默嗎？」

扎米拉「唉」地嘆了口氣。

「艾米莉亞老師，既然妳也是勇者學院的教師，就請再多學習一點勇者的事。這種程度的見識，是沒有人會想聽妳授課的。」

「不想聽課是因為學生不認真，跟勇者沒意義這件事一點關係也沒有！」

扎米拉蹙眉搖頭。

「跟妳說不下去。」

扎米拉單方面中斷對話，再度轉向雷伊。

「勇者加隆大人，實在非常抱歉，讓您看到丟人現眼的一面。如果您要上課的話，放學後請來參加王宮的晚餐會。我們將在餐會上與您詳細解說典禮的事項。」

「啊，對了，雷伊。」

我一插嘴，扎米拉就狠狠瞪來。

「放學後要去玩水嗎？這裡有座很寬的湖呢。」

扎米拉用鼻子呼出一口氣。儘管看得出來他很不耐煩，不過判斷我是雷伊的朋友，於是陪笑說道：

「……啊啊，小弟弟？不好意思，加隆大人還有要事——」

「這主意不錯呢。」

「嗄？」

扎米拉發出怪叫，擺出一張愚蠢的表情。

「很遺憾，我謝絕出席晚餐會。」

「為、為什麼？還請您三思。不論您有什麼要求，我們都會幫您備妥。」

雷伊帶著爽朗的微笑說道：

「放學後，我有了要去玩水的要事在身呢。」

§15 【勇者學院的不良學生】

扎米拉一臉為難地回看著雷伊。

「……我稍後再來詢問您的意見。」

大概是想不出懷柔雷伊的辦法，他說完就要離開大講堂。

「扎米拉學院長，請等一下，我話還沒說完。討伐龍這件事，勇者學院的不良學生是辦不到的。」

艾米莉亞邊說邊走下講臺，抓住扎米拉的肩膀阻止他。

「夠了，不過就是個教師還這麼囉嗦。我現在沒空理妳。王可是命令我帶勇者加隆大人去王宮啊。」

聽到他這麼說，艾米莉亞蹙起眉頭。

「勇者加隆又如何，真是蠢死了。我可不想死在這種隨便的命令上。」

勇者學院的學生們全都一臉錯愕地看著艾米莉亞。大概是因為她儘管是魔族，再怎麼說也還是勇者學院的教員，卻對勇者加隆一點敬意也沒有。

「喂，妳這傢伙，剛剛說了什麼？因為妳是客座講師我才好聲好氣地搭理妳，可不要得意忘形了啊。」

扎米拉憤慨地斥責艾米莉亞。

「居然說蠢死了？妳是指勇者加隆的事嗎？這可是王的敕令喔。」

「幹嘛突然發這麼大的火啊？我從剛剛就一直在說了，比起這種事情，像這種有生命危險的課程——」

話還沒說完，扎米拉就把艾米莉亞揍倒了。

「任意批評他國的王與英雄，這就是魔王學院的禮儀嗎！未免太失禮了！」

一般的勇者與勇者加隆，對他們來說有著不同的意義吧。

然而，這對艾米莉亞來說並沒有差別。她儘管把手撐在地面上，卻還是朝著扎米拉狠狠瞪去。

「因為這是暴虐魔王的要求，我方才會對妳以禮相待，歡迎妳來擔任教師。要是妳的態度太過讓人無法容忍，我可是會請妳回去迪魯海德喔。」

聞言，艾米莉亞沉默了下來。要是現在被趕回迪魯海德，她就得不到想要的地位了。

「……真是非常抱歉……」

艾米莉亞注視著地板說道。要是抬頭，就會看到她不服氣的表情吧。

「給我謹言慎行。真受不了，假勇者加上無能教師，這座學院的人盡是些人渣。」

丟下這句話後，扎米拉就要離開。途中，一名學生把腳倏地伸出座位。

「唔呃……！」

他就被這隻腳給絆倒，一臉撞在地板上。身上多餘的贅肉讓扎米拉無法立刻爬起，在手忙腳亂地掙扎一會兒後，才終於爬起來瞪向那名學生。

「啊，抱歉。我的腿有點太長了。」

雷多利亞諾推了推眼鏡。

「……你這傢伙，別以為能輕言了事……」

「好啊。」

萊歐斯走過來，把扎米拉的身體用力舉起。

「什麼……你這傢伙……想做什麼……！你太放肆了！放我下來！」

「嘿嘿嘿，我這就放你下來，趕快滾吧。很妨礙上課啊，你這禿驢。」

萊歐斯使出渾身力道將扎米拉朝入口丟去。咚，砰噹——他就一路滾在地上並撞上門。

「唔呃……可惡……」

扎米拉再次手忙腳亂地爬起，狠狠瞪著萊歐斯。

「做出這種暴力行為，你應該知道會有什麼下場吧？」

「哦？會怎樣啊？」

劍刃散發深綠光芒，抵在扎米拉的喉嚨上。那是大聖地劍傑雷。

「噫……！你、你……」

「這不是很好嗎？你自豪的脂肪一點事也沒有，對吧？」

海涅說道。

「給、給我記住！」

丟下這句話後，扎米拉就像逃命似的離開大講堂。

「啊哈哈哈哈，這算什麼？這是哪來的瘪三臺詞啊？」

海涅咯咯笑起後，勇者學院的學生們也跟著發出嗤嗤笑聲。

「妳還好嗎？」

雷多利亞諾向坐在地上的艾米莉亞伸手。她茫然注視過來，而他則是回以淺淺微笑。

瞬間，「啪」的一聲，巴掌聲響徹整個大講堂。艾米莉亞打了雷多利亞諾一巴掌。

「你在想什麼啊！請不要老是自暴自棄地做出問題行為！我好不容易才忍下來，卻被你們給搞砸了。」

「……在這之前，妳不先說一聲謝謝嗎？」

「你傻了嗎？學生的責任，就是我這個教師的責任。我在這之後可是必須再去討那傢伙歡心喔？這你也知道吧？你們是對我有什麼仇嗎？」

雷多利亞諾收回伸出的手，推了推歪掉的眼鏡，然後隔著鏡片回看著她。

「那我就先失陪了。」

雷多利亞諾轉身離開，沒有回到位置上，而是直接走向大門。

「等等，你要去哪裡？現在還在上課喔？」

「老是做出問題行動的學生要去閉門思過。艾米莉亞，就如妳所願。」

「哈，真受不了。這種課誰上得下去啊。」

萊歐斯唾棄似的說道。

「艾米莉亞，妳還真是個人渣呢。雖然我們也是說不了別人的不良學生。」

海涅瞥了艾米莉亞一眼，將大聖地劍傑雷收回魔法陣中。

「等等！雷多利亞諾同學？萊歐斯同學？海涅同學？」

不理會艾米莉亞的呼喊，三人頭也不回地離開大講堂。

「咯、咯、咯，勇者學院就跟傳聞中的一樣荒廢不是嗎？只不過，居然要你們去討伐龍，這還真有意思。這次的學院交流課程，就以這為中心吧。」

耶魯多梅朵一點也不在意方才的糾紛，立刻開始授課。

「艾米莉亞老師，妳意下如何？照方才的樣子來看，王宮的士兵會等到確定勇者學院無法應付之後，才會主動去討伐龍吧？只不過，到時學生們也全都歸西了。現在該做的，是要想辦法讓學生們學會對付龍的方法吧？」

面對耶魯多梅朵的詢問，艾米莉亞露出為難的表情。

「……你說得是沒錯……可是，龍這種生物我既沒有看過，也沒有聽聞過。」

「咯咯咯，這裡就交給魔王學院吧。那邊的辛老師在兩千年前，可是奉暴虐魔王的命令，每年消滅掉一萬頭以上的龍，可說是討伐龍的專家。只要接受他的指導，一兩頭的龍，大概十天將能討伐掉了吧。」

艾米莉亞一臉驚訝地看著辛。

「如何，辛老師？有討伐的訣竅嗎？龍的弱點是什麼？」

「也是呢。」

辛就像理所當然地開口，用魔力在黑板上畫出龍的圖解。

「龍全身覆蓋著堅固的鱗片，不過頸部上有著唯一的缺口。讓劍穿過那裡，連同整顆頭一起砍下來是最快的方法。龍的體型巨大，所以頸部的厚度也比劍身還長，但只要能砍斷一半就夠了吧。」

「辛老師是這樣說的。只要明白弱點，似乎就很簡單了不是嗎？咯、咯、咯。」

在經過辛與耶魯多梅朵的說明之後，總覺得學生們開始散發出一股說不定能打贏的安心氛圍。最重要的是，要是有曾經討伐過龍的教師同行，應該會比人類方派來的士兵可靠。

「……喂，我想了一下，辛會特意避開鱗片來砍，是不是相當糟糕啊？」

莎夏在我身旁這樣喃喃低語。

「因為龍鱗不是用硬就能形容的。不過他想斬的話，我想也是易如反掌。應該是想避免讓魔劍崩口，使鋒利度下降吧。」

雷伊這樣回答。

「不論如何，我可不想正面對上那種會讓辛挑部位砍的怪物……」

「啊哈哈……我們說不定還算好了，耶魯多梅朵老師打算很普通地讓其他學生也這麼挑戰耶～」

米莎說道。然後艾蓮歐諾露接著說：

「而且要在十天內變得能討伐龍，這說來簡單，但絕對會是嚴厲得要死的課程喔。」

「這沒什麼，就算死了，也只要施展『復活』就好。」

我這麼說完後，這次換米夏開口說：

「斯巴達。」

「這不只是斯巴達，根本是魔鬼了。」

莎夏語帶嘆息地說道。

「哎，我想織死王等一下也會提到，但最好注意一下別被吃了。」

「雖然我一點也不想被吃……此外還有什麼理由嗎？」

莎夏露出就像是有種不好預感的表情。

「龍的消化器官十分特殊，會連同根源一起吃掉。只要被消化掉了，就算想要復活也沒辦法。」

「……糟透了。」

莎夏邊說邊用手壓著頭。

「……那個，耶魯多梅朵老師。」

正要走上講臺的艾米莉亞，在途中佇足說道：

「能麻煩你繼續上課嗎？我去稍微……把那些不良學生叫回來。」

「咯、咯、咯，無所謂、無所謂，我無所謂喔。妳這不是非常為學生著想嗎？要是翹課的三人沒學到龍的知識，說不定會在討伐時死掉，妳會擔心也是當然的。」

「……我才沒有擔心他們。是因為學生死掉的話，就會是我的責任問題。」

耶魯多梅朵「咯、咯、咯」地對她的理由一笑置之。

「比起光想不練的人，會為了保護自己行動的人更加優秀。去吧，艾米莉亞老師。」

在點頭示意後，艾米莉亞就離開了大講堂。

「嗯～雷多利亞諾同學他們會好好回來嗎？」

艾蓮歐諾露擔心地說道。

「……雷多同學……萊歐同學……海同學……學壞了……叛逆期……」

潔西雅的低語讓艾蓮歐諾露更加擔心。

「話說，艾米莉亞老師完全無法融入勇者學院，你怎麼會讓她來這裡赴任啊？不是希望你拯救她，還特意跑來謁見你嗎？」

莎夏向我問道。

「我想讓她體會一下不講理的滋味。」

「你是惡魔嗎！」

「手法是有點粗暴，但有些事情要是不這麼做，她就不會察覺到。即使溫柔安撫，也拯救不了現在的艾米莉亞。」

莎夏發出沉吟煩惱起來。

「別在意，要是不行就算了，大不了就是準備下一次的救濟。」

我有如魔王般地笑了笑，讓莎夏以有點嫌棄的表情看了過來。

§ 16 【打不開的罐頭】

上午的課程結束，來到午休時間。

我們尋找著能用餐的店家，走在蓋拉帝提的大道上。

道路兩側有各種飲食店櫛比鱗次，散發著非常引人食慾的香味。由於正好是午餐時間，不論哪間店家都人滿為患。

「要說到蓋拉帝提，果然就是要去吃名產的勇者燒喔。上次學院交流的時候正好錯過時期，不過現在的話，就有許多店家在賣。」

艾蓮歐諾露一面這樣說，一面幫我們帶路。

「勇者燒……還真是討厭的名字……」

聽到莎夏這樣抱怨，她身旁的米夏就微歪著頭。

「材料是？」

「……勇者的……肉……」

潔西雅雙手握拳，一臉認真地說道，讓米夏聽得直眨著眼。

「嘻嘻，潔西雅是在開玩笑喔。」

「潔西雅……喜歡開玩笑……」

潔西雅呵呵笑了笑。

「這絕對是艾蓮歐諾露教的吧……」

莎夏傻眼地看向艾蓮歐諾露。

「所以其實是什麼啊？」

米莎提出疑問後，雷伊就接著說：

「勇者燒是用必須要有勇氣才能取得的食材製成的，所以才會這麼取名。要爬上陡峭懸崖才能採集到的高山藥草、生長在毒沼澤的蓮果，然後兩千年前是用討伐龍才能取得的龍肉就是了……」

這個時代到底不會有吃龍肉的習慣。在雷伊投以視線後，艾蓮歐諾露就接著說：

「現在是用牛肉喔。會去狩獵名叫猛角牛的猛獸。」

「猛角牛……哞哞叫……」

潔西雅模仿著叫聲。

「嗯嗯嗯，很像喔。啊，那家店就是目的地了。有在賣蓋拉帝提最好吃的勇者燒喔。」

艾蓮歐諾露停下腳步，眼前有一家名叫「肉之味」的飯館。

「這家店經常大排長龍，不過今天還有空位，說不定馬上就能吃到喔。我們走吧。」

跟在艾蓮歐諾露後頭，雷伊與莎夏他們走進店內。正當我要走進店內時，一道耳熟的聲音乘風飛來。

「……真是的，為什麼打不開啦……！」

回頭望去，就看到艾米莉亞的身影。在沒有人煙的廣場上，她坐在岩石邊緣，朝著罐頭送出魔力。那是魔法罐頭吧。雖是送出魔力就會打開的設計，但她似乎陷入苦戰的樣子。

她在認清無法用自己的魔力打開後，終於拿起罐頭「鏗鏗鏗」地往岩石上敲。只不過罐頭太堅固，憑艾米莉亞的纖細手臂沒辦法強硬撬開。

「米夏。」

在我叫住她後，剛走進店內的米夏就突然探出頭。

「能隨便幫我點些像是我愛吃的餐點嗎？」

她點了點頭，朝艾米莉亞看了一眼後，再次笑咪咪地看著我。

「很溫柔。」

留下這句話，米夏走進店裡。

我沒有走進店內，朝著在廣場上的艾米莉亞走去。她甚至沒有注意到我，拚命拿著罐頭往岩石上敲。

一面敲還一面碎唸著「不過就是罐頭，囂張什麼啊」之類的怨言。

「借我一下。」

在我搭話後，艾米莉亞一臉疑惑地抬起頭來。

「……那個……我記得你是阿諾蘇．波魯迪柯烏羅同學吧？」

「沒錯。那個魔法罐頭，不會對魔族的魔力波長起反應。不過因為判定也沒有很嚴謹，只要多少偽裝成接近人類的魔力就打得開。」

我一伸出手，艾米莉亞就把罐頭交到我手上。我抓住罐頭上端，使勁拔掉。

「不是要偽裝魔力嗎！」

艾米莉亞驚叫出聲。我把拔掉蓋子的罐頭遞給她。

「我想這樣比較快。」

艾米莉亞接過罐頭，並且向我道謝。

「……謝謝你……」

艾米莉亞低頭注視著罐頭，裡頭裝著醃肉。

「妳只吃這些嗎？」

「我買了很多喲。」

艾米莉亞畫起魔法陣，把手伸進裡頭。她拿出來的是罐頭、罐頭，還有罐頭。

「全都打不開就是了。」

「咯哈哈。」

我將魔力送到魔法罐頭上。隨後，蓋子就打開了。裡頭裝著的是油漬魚肉、罐頭麵包，還有水煮豆。

「罐頭好吃嗎？這附近明明到處都是飯館。」

「我討厭吵鬧。反正進到嘴裡都一樣。」

真是奇怪的傢伙。

「明明也有攤販，哪有人會在戶外吃罐頭啊？」

「直到昨天我都是吃攤販。不過買的時候要跟人對話，讓我覺得很煩。所以等注意到時，我已經買了一年份的罐頭囤著了。」

「不是打不開嗎？」

艾米莉亞就像在說「你很煩耶」似的，用叉子串起醃肉，扔進自己的嘴裡。就像帶著恨意似的嚼著。

唔嗯，要是她不想跟人講話的話，就放著不管吧。我決定不再多說什麼，轉身離開。

「阿諾蘇同學──」

轉過頭去，艾米莉亞正直盯著水煮豆看。

「也很擅長魔法呢。」

她就像自言自語似的喃喃說道。

「還很擅長擲骰子。不僅有觀察事物的魔眼（眼光），也具備著力量，才這把年紀，真的是個天才呢。」

「唔嗯，我不否認，但是與生俱來的力量並沒有什麼好自豪的。」

「……真羨慕你……」

不同往常地坦率呢。因為對象是小孩子嗎？

「……啊…………」

艾米莉亞抬頭注視著我，然後十分羞愧地別開視線。

「好像很好吃呢。」

「咦？」

「醃肉。」

「啊。」

艾米莉亞看著自己手上的罐頭，戰戰兢兢地朝我遞來。

「你要吃嗎？」

「好啊。」

我接過罐頭，抓起一塊醃肉送進嘴裡咀嚼。

「你在做什麼啊？不可以用手抓。」

「抱歉，我身上沒有叉子。」

「又不是野獸。你稍微過來一下。」

由於艾米莉亞拍起自己坐著的岩石，所以我就坐了上去。

她拿出手帕擦起我的手指，然後讓我握住叉子。我就用這把叉子串起醃肉送進嘴裡。

稍微有點鹹，不過在和肉味混合之後，是愈嚼愈有味道。

「小孩子真好呢。一副沒有煩惱的樣子。」

「艾米莉亞有煩惱嗎？」

「是艾米莉亞老師。」

在厲聲糾正後，艾米莉亞唉聲嘆了口氣。

「阿諾蘇同學，你還是改一下說話方式會比較好喲。」

「為什麼？」

「那種說話方式，像極了世界第一惹人厭的男人。」

完全是偏見到讓人神清氣爽的理由。

艾米莉亞把水煮豆送進嘴咀嚼起來，視線茫然地注視著天空。

「……阿諾蘇同學是皇族吧？」

「好像是。」

「老師以前也是皇族喲。」

她露出充滿哀愁的表情喃喃說道。

「喔。」

「我想你應該不相信，但我是被一個邪惡魔法師變成混血魔族的。老師曾經以身為皇族為榮，一直過著幸福的生活；然而卻被奪走了這份榮耀，讓一切全都變了樣。」

我一面嚼著醃肉，一面傾聽艾米莉亞說的話。

「所遇到的每一個人，全都瞧不起我。我說的每一句話都遭到輕視，無人理會。不僅丟了工作，也沒有臉回去見家人。就算要我工作，我也只會當教師，但是教師的工作卻只允許皇族才能做……」

我拿起罐頭麵包送進嘴裡。好硬，也沒有水分，非常有嚼勁。不過，我在兩千年前也曾吃過有如磚塊一樣硬的麵包。我的牙齒不會輸給這種程度的硬度，但實在不怎麼好吃。

「……每天都過得很慘。就算去工作賺錢，也會因為是混血，立刻就遭到敵視，跟人吵起架來，只能拿到微薄的薪水，吃的東西也很窮酸，住在骯髒的地方，就連我是為了什麼活著都不曉得，覺得自己就只是在拚命地呼吸……」

「可是，現在當上教師了吧？」

「……是呀……」

艾米莉亞垂下眼簾說道：

「不過，幸福並沒有回來。」

既然她只願意對小孩說，這種時候就讓她通通說出來吧。這樣有時也會變得比較輕鬆。

「為什麼？」

「……來到這裡，我理解到了一件事……」

她黯然地說道：

「不具備魔眼的普通人，只會認為我是人類。然而，他們對待普通人類的方式，與迪魯海德的魔族們對待我的方式一模一樣……」

艾米莉亞注意到人類之間很普通的相處方式，跟她被視為混血歧視時一模一樣。這代表著什麼意思，她不可能不知道。

她當場緊緊抱住膝蓋，把臉埋進大腿中說：

「……我以為是在瞧不起我的那些視線，是我以前看待混血的視線……」

或許是覺得這樣說明我會聽不懂，艾米莉亞就像補充似的說：

「瞧不起我的人是我……我就只是擅自在害怕被瞧不起而已……實際上明明就沒有人在瞧不起我……」

耳邊傳來細微的哭聲。

「所以到底要我怎麼樣啊……！就只是要讓我看清，我是個差勁、醜陋、懦弱、無可救藥的傢伙……什麼都沒有改變……」

艾米莉亞抱著自己，讓身體蜷曲得更小。

「……阿諾蘇同學也看到了吧？教師就只是徒有其名，我什麼都沒辦法教。來到這裡還沒有多久，就被學生們澈底瞧不起，甚至不願意叫我老師……」

艾米莉亞微微抬頭的眼睛，隱約泛著淚光。

「回想起來，這就是那個邪惡魔法師所給予的詛咒吧……皇族就只是徒有其名，我什麼人也不是……甚至連教師都不是……只是個沒有任何力量的卑微小女孩……總是感到煩躁，老是瞧不起人的笨蛋……」

她就像這樣訴苦著。

「跟耶魯多梅朵老師還有辛老師不同……我不是個能教導他人的高尚魔族……」

艾米莉亞咬著唇瓣，就像從喉嚨裡擠出話語似的細如蚊鳴地說道：

「……可是，就算知道這點，如今我也沒辦法變得高尚……」

她緊緊抱著自己的身體。

「…………已經沒辦法變得高尚了…………」

「太難的事情我不懂。」

說完，艾米莉亞就愣愣地看著我。

「……也是呢……」

「比起這個，這個醃肉有點太鹹了。」

「……小笨蛋，這是要和麵包一起吃的啦。」

「麵包很硬。」

「所以要用這邊的油。」

艾米莉亞把麵包浸到油漬魚肉的罐頭裡，然後把那塊麵包塞進我正在咀嚼醃肉的嘴裡。

「如何？」

「好吃。麵包變軟了，肉的鹹味剛剛好。」

「對吧。」

艾米莉亞的表情稍微柔和下來。

「讓我增長見識了。」

「這種事大家都知道啦。」

「我就不知道啊？」

瞬間，艾米莉亞僵住了。她直直注視著我的眼睛。

「一年份的罐頭肯定有很多種吃法吧？」

就像傻眼似的笑了笑後，艾米莉亞說：

「要是不嫌無聊的話，我會再教你怎麼吃喔。」

§17 【魔王的玩水】

放學後——

下課鐘聲一響起，耶魯多梅朵就說：

「下課了啊？哎呀哎呀，快樂的授課時間一下子就過去了。」

他旋轉手杖，將其收進魔法陣裡。

「話說辛老師，等等有空嗎？」

「嗯。」

「太棒了，那就來陪我一下吧。就算要討伐龍，如果不先找到就無從下手。對學生們來說，這到底還是太早了。」

辛朝我看來。

「咯、咯、咯，讓他去找的話就不算幫學生上課了啊。」

「我陪你吧。」

兩人施展「轉移」魔法離開大講堂。

「嗯～結束了喔。」

艾蓮歐諾露用力伸了一個懶腰，而她身旁的潔西雅也模仿著她。

「學習……討伐……」

「是啊。那麼，來去玩水嘍！」

「咦，那是認真的嗎？」

莎夏有點驚訝地說道。

「這提議不錯啊。」

「啊哈哈，好啊。今天也有點熱，是去游泳的好日子呢。」

雷伊與米莎笑著說道。

「而且要是看起來很閒，扎米拉學院長說不定又會來邀約。」

「啊～是有這個可能呢。」

大概是想起扎米拉，莎夏一臉厭煩地說道。

「好像很好玩。」

米夏這麼說完後，莎夏就滿面笑容地點頭。

「也是呢。那我們走吧。」

莎夏朝我伸出手。我握住她的手，也和米夏他們牽起手。在我施展「轉移」的魔法後，眼前就染成一片純白。

等視野立刻恢復後，眼前就出現了聖明湖。在一整面的白沙後方，有著濃淡分明的藍色湖水。湖邊是淺灘。與從前進行學院對抗測驗的場地不同，應該非常適合玩水。

正當我要前往湖泊時，忽然感受到一股視線。轉頭看去，一名穿著深紅色制服的男人在看著這裡。那是勇者學院的制服。既然是深紅色，他應該是精英班的人吧。

他不僅身材高挑，還很修長。頭髮右側留著長瀏海，遮住了一隻眼。沒見過他。現在應該才剛放學，是翹課嗎？

他在一瞬間與我對上視線，但沒有特別焦急的感覺，而是轉身離開。能在他的食指上看到有東西在發光。是造型很罕見的戒指呢。戒環用某種動物的爪子加工製成，貼著動物的薄皮革。

寶石的構造也很奇特。在透明的黑石中心有著紅色光源，照亮整顆石頭。然而，紅光沒有透到石頭外側，醞釀出非常夢幻的光輝。

其他素材我沒見過，但貼在戒指上的那張薄皮革——那個不是龍皮嗎？

「很罕見的戒指呢。」

在我像這樣搭話後，男人就停下腳步。

「是在哪裡弄到手的？」

「這是祖國的民俗工藝品。」

說完他就當場離開了。

祖國的民俗工藝品啊？記得把龍交給皇族派的男人，似乎也戴著罕見的戒指。

在迪魯海德與亞傑希翁，戒指主要是用金屬、樹木還有礦物製造。儘管並不是不會用動物的爪子與皮革製造戒指，但就只有極少一部分的店家與村落會這麼做。更何況要在這個時代取得龍皮，並不是一件簡單的事。

「在意？」

米夏探頭看著我的臉。

「沒什麼，因為他穿著勇者學院的制服。就等下次見面時再問他吧。」

「阿諾蘇弟弟，米夏妹妹，快點過來。要去游泳了喔。」

艾蓮歐諾露赤腳站在淺灘上，朝這裡揮著手。我跟米夏一起朝她慢步走去。

「早知道就帶泳裝過來了。沒想到會來游泳，所以也沒放進收納魔法陣裡。」

莎夏蹲在湖邊，用手掬起湖水。

「嗯～不過，只要像學院對抗測驗的時候一樣，施展『水中活動(kok)』就好了吧？就算穿著衣服也沒問題喔。」

「要游泳是很簡單，但這樣感覺有點不對吧？也沒有氣氛。」

「唔嗯，那我就幫妳營造出氣氛吧。」

我把手朝眼前伸出，包含自己在內，對在場全員畫起魔法陣。下一瞬間，衣服突然發光消失，而我們則穿上了泳裝。

「哇～是泳裝喔！」

艾蓮歐諾露開心地在湖邊跑來跑去。

「好啦，莎夏妹妹，是妳想要的泳裝喔。難得撒嬌求來的，要更開心一點啊。」

艾蓮歐諾露邊說邊掬起水，嘩啦嘩啦地潑向莎夏。

「呀，艾蓮歐諾露，等等。」

「……反擊……」

換上泳裝的潔西雅學著她掬起水，朝著艾蓮歐諾露的臉上潑去。

「嘻嘻，潔西雅，做得好。」

艾蓮歐諾露與潔西雅開心地互潑著水。

「莎夏。」

米夏指著自己的泳裝問道：

「適合？」

「……那個，是很適合啦……雖然很適合，但是我的泳裝，還有艾蓮歐諾露的泳裝，或是說，大家的泳裝，那個……不覺得太大膽了嗎？」

莎夏她們穿的泳裝，比起經常陳列在迪魯海德店面上的款式，老實說面積要來得小很多。不是連身式，而是兩件式。

「唔嗯，莎夏，看來妳不懂呢。」

我堂堂正正地盤起雙手說：

「雖然怎樣都無所謂，但是阿諾蘇的泳裝是不是也太貼身了啊？」

「泳裝並不是一般的衣物，而是為了讓水中活動能力提高到極限的一種魔法。」

「啥？」

莎夏發出怪叫。

「也就是說，這塊薄布即是魔法陣，會不斷地施展魔法。看來這個時代就連這種基本概念都忘掉了，不過妳們現在身上穿著的泳裝，正是配合各自體型的最佳術式——」

我展現著自己身上的泳裝。上頭浮現魔法陣，發出閃耀光芒。

「給我記好了。這就是『至高泳裝（比基尼）』。」

我將腳慢慢踏進湖裡。

「看吧。只要穿上這件泳裝，就能像這樣。」

腳沒有沉進湖水裡，讓我輕而易舉地在水面上奔跑。

「給我游泳啦……！」

「當然，也可以用游的。」

嘩啦一聲，我潛入水中，在聖明湖裡繞著圓圈游泳。水流漸漸變成激烈漩渦，產生就連魚都會遭到吞沒的漩流。

「好了，來吧。莎夏、米夏，難得來玩水，就盡情享受吧。」

「會死啦！」

「妳在說什麼啊？可別小看『至高泳裝』了。不論水流多麼強勁，不論水面多麼洶湧，要是無法讓人游泳的話，就稱不上是泳裝了。」

米夏與莎夏面面相覷。

「沒問題。」

米夏筆直地朝波濤洶湧的湖泊踏出一步。在「至高泳裝」的守護下，米夏在這種水流之中毫不辛苦地行走。

「過來。」

在米夏伸手後，莎夏也戰戰兢兢地踏進湖裡。當明白就算踏進水裡，水流也不會把腳捲走後，她就露出滿面笑容。

「啊哈，這是什麼？太厲害了！」

嘩啦一聲，莎夏潛入水中。

「艾蓮歐諾露和潔西雅也過來吧。很舒服喲。」

莎夏邊游邊向在湖邊的兩人揮手。

「嗯～我立刻就去喔～等我堆好沙堡。」

潔西雅與艾蓮歐諾露用水固定住沙子，開始堆起某種像是建築物的物體。離完成還要一點時間的樣子。

「那就等會兒見。」

說完莎夏就潛入水中，追著我游過來。米夏也跟在她身旁。

「阿諾蘇。」

就在兩人差一步就能跟我並肩時，我用腳打水，再度加快速度。

「你、你為什麼要逃啦？」

「咯哈哈，這可是在玩水喔。就試著追上來吧。」

「真是的，等我一下啦。」

我在水中縱橫馳騁地逃跑，莎夏與米夏盡全力緊追在後。三人到處游著，讓水流變得愈來愈激烈，波濤愈來愈洶湧。

而在湖邊，米莎茫然看著形成巨大漩流的湖泊。

「……啊哈哈……總覺得好像變成很驚人的事態了……」

「有『至高泳裝』在不會有事。」

雷伊很乾脆地說道，同時輕聲笑了笑。

「可、可是，這件泳裝……有點太讓人難為情了……」

米莎一面說一面遮遮掩掩地抱住自己的身體。

「很適合妳喔。」

這麼說的雷伊也穿著「至高泳裝」，露出他澈底鍛鍊過的身體。

「不、不能一直盯著我喲……？」

雷伊若無其事地別開視線。緊接著，米莎蹲下身來，用手掬起湖邊的水。

「嘿……」

她嘩啦一聲把水潑向雷伊。

「啊哈哈，不能大意喲～」

雷伊爽朗地露出微笑，當場蹲下身掬水。

「看來有必要懲罰一下呢。」

「呀、呀——！」

米莎轉身在湖邊跑了起來，雷伊慢慢地追了上去。

「米莎，妳想跑到哪裡去啊？」

「可、可是，要是停下來，你絕對會用水潑我吧？」

「妳放心吧。」

「真的嗎？」

「我向妳保證。」

聞言，米莎就停下腳步，假裝慢慢轉身，然後再度掬起水嘩啦啦地潑向雷伊。

「啊哈哈，你又上當了。」

雷伊吟吟笑出聲。

「妳這傢伙。」

雷伊就像反擊似的潑水，米莎再度開心地一面發出「呀——」的尖叫聲一面跑走。兩人快快樂樂地嘩啦嘩啦踢起水花，在湖邊感情融洽地奔跑著。

「等等我，米莎。」

「我、我才不等呢。來抓我啊～」

「是妳說的喔。」

湖岸響起兩人「啊哈哈、哈哈哈」的開朗笑聲。不久後，雷伊追上她，抓住她的手。

「啊……」

「好啦，我抓到妳了。」

雷伊滿面笑容的眼瞳，深深吸引著米莎的視線。艾蓮歐諾露與潔西雅在沙灘上堆城堡；我與米夏、莎夏在水裡製造漩流；米莎與雷伊現在開始進入兩人世界——

「你抓住我女兒想做什麼？」

雷伊就像突然清醒似的向後回頭。辛穿著「至高泳裝」，雙手叉著腰站在那裡。

「爸……爸爸……！咦，可是，你不是去找龍了……？」

「因為我有種不好的預感。由於已經找到了幾頭，所以我將之後的事交給耶魯多梅朵先回來了。」

「……這、這樣啊……」

「話說，雷伊．格蘭茲多利。」

辛冷酷的眼睛閃爍著光芒。

「要不要在對岸到這裡之間長泳往返？只要你比我早回到這裡，快多少時間，我就對你與我女兒的事，睜一隻眼閉一隻眼多久吧。」

「你、你在說什麼啊，爸爸……？」

雷伊伸手制止米莎，吟吟發出笑聲。

「比劍我說不定敵不過你，但游泳我可是有相應的自信。」

「這還真是讓人期待。我可沒辦法把女兒交給游泳比我差勁的男人——在緊要關頭連海難救助都做不到的男人。」

兩人靜靜地互相瞪視，視線迸出火花。

「請賜予開戰信號。」

「有意思。」

我瞬間從漩流之中跳出，盤著雙手向兩人說道：

「你們就盡情比試吧！」

以此作為信號，辛與雷伊同時蹬地衝出。

「謹遵吾君諭令。就讓你見識見識吧，此身乃魔王的右臂，泳技絕無敗北可能。」

「蓋拉帝提是人類最後的希望，在兩千年前，這座聖明湖是我們的堡壘。在我們身後一直都是弱小的民眾，所以絕對不能讓任何一名魔族通過這裡。正因為如此，我可是拚命鍛鍊過泳技！」

辛與雷伊同時躍入水中，以快如飛箭的速度貫穿漩流，朝著對岸衝去。

「就讓你見識見識吧，勇者的泳技！」

「正合我意！」

作為戀人，作為父親。

作為勇者，作為魔王的右臂。

意氣與榮耀、意念與願望，以及戀情與愛情的碰撞，此時此刻，穿著「至高泳裝」的男人們在水中衝刺。此乃名副其實的神話時代之戰，是一場絕對不能輸的水中戰。

勝負就在一瞬間。兩人在眨眼間游過廣大的聖明湖，回到了沙灘上。

領先的人是──辛，只不過雷伊用盡最後的力量追上他。

兩人就像從湖中撲向沙灘似的衝過來，幾乎同一時間地摔在地面上。

「哈……哈……」

「……呼……呼……」

兩人都累到喘不過氣。就連激烈交鋒都能不當一回事的兩人精疲力盡。這就是如此竭盡全力、如此高超的泳技。

「……誰比較快……？」

「……米莎………？」

雷伊與辛看向米莎。在艾蓮歐諾露她們身旁的她，慢慢地轉頭過來。

勝負的結果究竟是——

「……啊～啊哈哈～我沒在看耶……」

穿著「至高泳裝」的男人們就像喪失最後的力氣一般，癱倒在沙灘上。兩人肩並著肩仰躺在地上，只是注視著天空。

他們是最疼愛女兒的父親與她的戀人，是懷著互不相讓意念的兩人；但現在說不定有著相同的心情。

§18 【神託者】

太陽漸漸西沉，天空升起皎潔明月。

玩完水回來後，我們來到勇者學院的第三宿舍前。跟上次的遠征測驗一樣，停留期間要住在這間宿舍裡。

「游了這麼久，肚子都餓扁了喔。」

「……潔西雅要添……三碗飯……發育期……」

「嗯嗯嗯，吃得多的小孩才長得快喔。」

艾蓮歐諾露與潔西雅一邊這樣聊著一邊走進宿舍裡。

「……我一點也不餓。」

莎夏一副精疲力盡的模樣說完，米莎就露出一臉擔心的表情。

「是身體不舒服嗎？」

「咯哈哈，我稍微跟莎夏她們潑水嬉戲了一下。一如字面意思，吃了我潑過去的水，肚子還撐著吧。」

就像不滿我的說明，莎夏露出犬牙狠狠瞪來。

「誰曉得你會用那麼驚人的力道潑水過來啊？說什麼潑水嬉戲，我還以為會溺死耶！」

「肚子好撐。」

米夏摸著自己的肚子。她也被我潑了水，喝到相當的量。

「不過後半就變得能多少避開我的水槍了。只要學會『至高泳裝』的用法，就會在水中戰時成為非常強大的武器。」

「……欸，我想了一下。在兩千年前的水中戰，所有人都穿著那個『至高泳裝』嗎？」

莎夏就像有種不好的預感般說道。

「這有什麼問題嗎？」

聽到答案，她就抱著頭搖起來。

「居然要穿那種幾乎跟全裸一樣的衣服賭命戰鬥，我沒出生在兩千年前真是太好了。」

「放心吧，只穿『至高泳裝』到底在防禦面上無法安心。一旦要戰鬥的話，還會再穿上鎧甲或法衣。」

「這樣啊，到底還是會穿衣服呢。害我差點想像了奇怪的畫面。」

莎夏就像鬆了口氣似的說道。

「話雖如此，但要是再穿上衣服，多少會阻礙到『至高泳裝』的效果。所以在重視速度的奇襲或閃電戰時，也還是只會穿著泳裝戰鬥。」

「我會祈禱不會出現這種時刻的……」

莎夏一邊這麼說，一邊跟著米夏一起進到宿舍裡。

「雷伊。」

「我去稍微散個步。」

我向同樣要進到宿舍裡的他搭話說：

雷伊朝夜幕看了一眼後，再次爽朗地對我輕笑出聲。

「我就不去打擾你了。」

經過宿舍後，我往蓋拉帝提沒有人煙的道路走去。走了一會兒後，眼前看到一棟成為廢墟的古老建築物。不知原本是教堂還是什麼，這棟建築物為石造，並立著好幾根柱子。窗戶與牆壁破爛不堪，至於屋頂則是垮了一半。

我心想剛好，接著走進廢墟裡頭，來到正中央的位置，在那裡停下腳步。

「這裡就不會引人注目，差不多該出來了吧？」

經我喊道，響起窸窣的腳步聲。出現在入口處的，是個用長髮遮住一隻眼的男人。他穿著深紅色的制服，戴著相當罕見的戒指。

「唔嗯，你也有在聖明湖看著我。有事嗎？」

戒指男直瞪著我並開口說：

「還真是明知故問呢。」

「抱歉，我對你毫無印象。你是誰？」

對於我的詢問，戒指男不帶一絲猶豫地回答：

「我是神龍國吉歐路達盧的樞機主教亞希鐵・亞羅波・亞達齊。為八神選定者之一的神託者。」

神龍國吉歐路達盧？沒聽過的國家。兩千年前自不待言，就連在魔法時代的地圖上也不存在這個國家。也沒聽過八神選定者這個詞。

「很遺憾，我一點頭緒也沒有。你叫亞希鐵是吧？難道沒有找錯對象嗎？」

聞言，他毫不遲疑地說：

「不適任者阿諾斯・波魯迪戈烏多。」

哦？我現在可是六歲的身體，他居然能看穿我的根源啊？他並非等閒之輩，似乎也沒有找錯對象。

「你是神聖的選定審判所邀請的魔族之王，這件事我已經藉由神諭明白了。」

亞希鐵就像揮拳似的向前舉起右手，將手上的戒指對準我。

「依照盟約，降臨此地吧。選定神，請下達我與他的審判。」

戒指上的寶石聚起淡淡的神聖光芒。透明黑石中央的紅石點燃火焰，火光在內部畫起立體魔法陣。隨後更在內側畫起另一道立體魔法陣，就這樣不斷重疊下去，讓魔力增強到天壤之別的程度。

轟隆隆隆隆隆、嘎隆隆隆隆──大氣震動，周遭升起無數的魔力粒子。這些粒子在亞希鐵前方聚集起來，開始化為人形。擁有巨大力量的存在，即將從遠方出現到此處。

是召喚魔法啊？構造跟一般的召喚魔法有點不同。而且這麼大規模的召喚魔法，我就連在兩千年前都不曾見識過。

人形還真是罕見，他是打算召喚什麼？

「『神座天門選定召喚（guara nate fuoruteosu）』。」

化為人形的魔力粒子就像反轉似的，將擁有巨大力量之人召喚到此處。

那是一名美麗且透明的少女。擁有白銀秀髮與黃金眼瞳，身上穿著異國服飾。她是在勇者學院大講堂看到的那名少女。

只不過，跟那個時候不同，魔力強得超乎常規。滿溢到讓人感到神聖的那股力量，光是在那裡呼吸就能讓大氣的常理俯首稱臣的神祕，就只會是秩序所具現化的姿態。

她毫無疑問是神族。

「唔嗯，我還不知道有能召喚神的魔法。」

對於我的發言，亞希鐵以及召喚而來的神都沒有任何表示，只是回看著我。

「祢是我初次見到的神，祢叫什麼名字？」

少女模樣的神靜靜地開口說：

「亞露卡娜。」

「是什麼的秩序？」

亞露卡娜直盯著我說：

「選定神亞露卡娜。」

選定神？是選擇某種事物的秩序嗎？

「從即刻起，這裡將會是神聖的審判場。阿諾斯．波魯迪戈烏多，能展現你的神嗎？」

他在說什麼莫名其妙的事。

「你是在指什麼？」

「你應該知道吧？既然你是八神選定者之一的不適任者。」

「不知道。也不記得我有成為什麼八神選定者。」

即使我這麼說，亞希鐵也完全沒有放鬆警戒，注視著我的一舉一動。

「好吧。既然不想展現的話，就只要對你下達玷汙神聖選定審判的審判。別以為你能不依靠神力度過這場聖戰！」

亞希鐵將魔力注入戒指，同時發出命令。

「吾神亞露卡娜，請對無禮的不適任者下達審判吧。」

亞露卡娜莊嚴地舉起雙手，倏地將手掌朝向天空。就在魔力集中在她掌心的下一瞬間，狀似花朵的雪晶自上方翩翩飄落。

「……哦？……」

是雪月花。

我隔著半壞的屋頂窺向天空。那裡除了平時閃耀的月亮外，還有一個帶著白銀光輝的新月。雖然過去只有看過滿月，但是這顆月亮也有相同的權能。

「創造之月」亞蒂艾路托諾亞就高掛在天上。

「月光會將你冰凍。」

降下的雪月花穿透反魔法，翩翩飄落在我身上。手腳在眨眼間凍住，下一瞬間，臉以外的部分凍結了。

「就給你最後的機會吧，不適任者。展現你的神，否則就會下達審判，將你化作永遠無法融化的冰雕。」

「亞希鐵，我方才也說過，你好像誤會了什麼。我可沒擁有什麼神啊。」

「既然如此，那就接受死亡的審判。永別了，不適任者。」

「快召喚。」

在亞希鐵這麼說的同時，亞露卡娜倏地指著我的臉。

「我問祢，祢是米里狄亞嗎？」

亞露卡娜一從指尖發出魔力，「創造之月」的光芒就灑落在我頭上。經由這股秩序之力，我的全身徹底結凍。

「我是選定神亞露卡娜。」

亞希鐵瞥了一眼凍結的我，轉身就要離開廢墟。

「你打算去哪裡，亞希鐵？不是要殺我嗎？」

我的聲音讓他立刻回頭。

亞希鐵的眼神凝重起來。覆蓋在我身上的冰出現龜裂。魔法陣在我腳邊浮現，身體眼看著逐漸長大。當冰層伴隨著刺耳聲響粉碎後，封在內部的冷空氣就往周遭散開。

在隨手劈開這陣冷空氣後，亞希鐵眼中就映著施展「成長」後長大成人的我。

只不過，他並沒有看向我，而是警戒似的將魔眼朝向四周。

「怎麼了？你這麼慌張是在找什麼？」

「明知故問。假如不是神力，是無法對抗神力的。既然雪月花的凍結解除，你就應該是召喚了神。」

咯咯咯，我打從心底湧起一陣無法抑止的笑意。

「咯咯、咯哈哈哈，咯哈哈哈哈哈。假如不是神力，就無法對抗神力？既然如此，你就問看看那個神吧。問我是否借用了神力。」

亞希鐵看向站在前方守護自己的少女亞露卡娜。

「吾神亞露卡娜，還請您賜予神諭。」

她搖了搖頭。

「亞希鐵，請小心。我感受不到神的氣息。」

亞希鐵的表情緊繃，表現出超乎之前的警戒。

「……就連吾神亞露卡娜也無法看穿的隱形……這也就是說，擁有隱蔽之類秩序的神在他駕馭的召喚神裡……是個棘手的對象呢……」

亞希鐵就像在與亞露卡娜對話似的低喃。

「唔嗯，看來打從方才起，你就完全沒在聽我講話的樣子。我對什麼召喚神，還是選定審判的，是一點頭緒也沒有。」

我一面朝他靜靜地走去一面說道：

「但不過是區區神力，難道你以為會在魔王之上嗎？」

§ 19 【選定神】

我毫不遲疑地朝亞希鐵與亞露卡娜走去。

「……你方才說，區區的神嗎？」

亞希鐵的話語中帶著怒火。

「那又怎麼了？」

「不論任何場所、不論任何國家，這世上的所有生命都信仰著神。我們敬畏著神，向神獻上祈禱。正因為如此，神才會賜予我們救濟。」

就像要擋住我的去路，亞露卡娜來到那傢伙前方。我佇足向亞希鐵說：

「那是神龍國吉歐路達盧的宗教吧？迪魯海德不用說，就連在亞傑希翁，會熱心崇拜神的人也不多。你要信奉神是你家的事，但不要強加在不想信神的人與國家之上。」

「不，亞傑希翁信奉神。他們信奉拔起靈神人劍伊凡斯瑪那的勇者，這也就是說，他們與崇奉著神無異。」

「無聊的方便說法。」

我一口否定亞希鐵的說詞。

「這種說法太過牽強附會。就算退讓個一百步當作是這樣，你們國家的神是那個小女孩嗎？她與伊凡斯瑪那的根源不同吧？你們依舊信仰著不同的神。」

亞希鐵立刻回話說：

「神即是終將來臨的救濟概念。這世上的一切神，全是『全能煌輝』艾庫艾斯所伸出的救援之手。不論是伊凡斯瑪那，還是吾神亞露卡娜，全是號稱有著無限化身的『全能煌輝』艾庫艾斯之手。所謂信仰著不同的神，是膚淺之人的自以為是。」

「咯哈哈，原來如此。那個是神，這個也是神。這些全都是『全能煌輝』艾庫艾斯的手——你想這麼說吧？」

在我付之一笑後，亞希鐵就以嚴厲的眼神瞪來。

「所以？這又怎麼樣？」

「我還在想會是何等人物在選定審判中被冠上不適任者稱號之人，看來是比我想像還要傲慢的男人。像你這種不信神的異端者，『全能煌輝』艾庫艾斯絕對不可能原諒你。」

亞希鐵將戒指朝向亞露卡娜送出魔力。

「所以才會邀請你參與選定審判吧——為了讓你接受神的審判。」

緊接著，亞露卡娜從全身散發冷空氣。從天上飄落的雪月花數量增加，眼看就要形成積雪，讓廢墟轉眼間化為一片雪景。

「還真是看不起人的傢伙呢。我是不知道什麼神還是艾庫艾斯的，想信就自己去信吧。不過，居然說你不原諒不信的人？」

我踏出一步，就這樣朝亞露卡娜走去。

「祢以為自己是誰啊，賤人？」

「在亞露卡娜尊前，你才自以為是何許人。神的奇蹟可沒簡單到能讓你抵禦第二次。」

在他發話的同時，亞露卡娜靜靜地拍起雙手。瞬間，雪月花霎時化為巨大雙手朝我襲來。從左右兩側用力拍來的雪花雙手，在周遭散落著大量白花。

「請賜予罪孽深重的羔羊救贖。」

亞希鐵用左手蓋住右手的戒指，像這樣獻上祈禱。

「唔嗯，要毀滅那個叫選定神的，確實有點累人。」

我的聲音讓亞希鐵猛然轉頭。在這瞬間，我貫穿了他的心臟。

「……呃唔……！」

「只不過，居然完全不遮掩弱點啊。」

我用力捏爛心臟，用「根源死殺」的手毀滅根源。

「即使是神，要是召喚者消失的話也無能為力。」

在我拔出右手後，亞希鐵就當場癱倒。然而，儘管召喚的術者消失了，亞露卡娜也依舊神態自如。

她靜靜地把手掌朝向天空。隨後，月光就灑落在空無一物的地方，照出一道人影。出現在那兒的是方才剛被我毀滅根源的亞希鐵。

「唔嗯，這是『創造之月』亞蒂艾路托諾亞的奇蹟吧？也就是說，就算將你的根源完全毀滅，也會倚靠那個月亮的力量不斷重新創造回來。」

復活的亞希鐵以嚴厲的眼神看向我。

「你那能逃離雪月花的速度，才是已露出了馬腳。看來你施展了『附身召喚』呢。讓神力附身卻不信奉神，真是傲慢至極。」

居然說我讓神力附身？還真是讓人聽了傻眼。

「不論我說了多少遍，你這男人就是不懂呢。這單純就只是我比神還快，但你為何就是無法理解呢？」

「真是蹩腳的藉口。只要成功召喚強大的神附身，選定者就能獲得那股力量，因此能在選定審判中取得相當的優勢；然而，附有神力的容器也將無法長久。你是這麼想的對吧？」

就像在說他完全看穿我的想法似的，亞希鐵斷言說道：

「『創造之月』的再生力超乎預期，假如不儘快將我擊敗，你最終將會因為自身的神力而自滅。」

他根本完全猜錯，聽了甚至連我都為他感到不好意思。

「堅持到這種程度，簡直就是小丑了啊。」

我畫起一門魔法陣，從中射出漆黑太陽。

「請賜予我神的加護。」

亞希鐵在獻上祈禱後，發射的「獄炎殲滅砲」就被雪壁擋了下來。因為亞露卡娜把手伸向前方，造出了這面護盾。

「神的加護會阻絕一切的魔法，是絕對的防壁。你的──什麼……！」

亞露卡娜造出的雪壁就像煙霧般當場散去。我讓漆黑雷電──起源魔法「魔黑雷帝（jirasudo）」集中在一點上，貫穿了那道雪壁。

「別東張西望。」

我再度來到亞希鐵背後，用漆黑手刀刺向他的腹部──只不過，亞露卡娜在這之前從一旁抓住我的手。

「哦？到底不愧是神，相當強大呢。只不過，這個累贅可就招架不住了。」

當我在極近距離朝亞希鐵發射「獄炎殲滅砲」後，亞露卡娜就立刻用反魔法將攻擊彈開。我沒放過這個破綻，用「根源死殺」將左手染黑，刺向亞露卡娜的左胸。

祂即使以飛行般的步法避開直擊，胸口也還是負傷滲血。

「亞希鐵，快逃。」

聽到這句話，他露出不知所措的反應。

「你現在還無法戰勝不適任者，我會在這裡擋住他。」

「不，就用那一招。」

「不協調的神力也會將你毀滅。在此處喪命，就是你的信仰嗎？」

亞希鐵在沉默片刻後接著說道：

「謹遵我的選定神亞露卡娜的意思。」

留下這句話，亞希鐵就施展了「轉移」的魔法。雖然要阻止他很簡單，但在那一瞬間，緊盯著我的亞露卡娜會發動某種攻擊吧。

也罷，那傢伙只是雜魚。只要收拾掉神，就什麼事也做不了。

「所以？祢難道以為沒有了累贅，就能戰勝我嗎？」

「我不知道。你很強。即使在選定審判的歷史之中，也不曾出現力量像你這麼強大的選定者。」

「你們從方才就一直在說的選定審判是什麼？」

當我這麼問完後，亞露卡娜就像要看穿我心思似的將魔眼投來。

「你知道自己是不適任者。」

「某處的天父神是這樣稱呼我的。」

亞露卡娜瞬間露出思索的表情。看來我所知道的不適任者，和祂所知道的不適任者有著不同的意思。

這也就是說，祂不知道天父神被我消滅了？神族這些傢伙，還是一樣對自身秩序以外的事情漠不關心啊。

「你去過艾貝拉斯特安傑塔嗎？」

亞露卡娜向我詢問這件事。

「我聽都沒聽過。那是什麼地方？」

「位在三國鼎立的地底世界的聖地，締結不戰盟約的神都蓋艾拉黑斯塔的神代學府。」

全是我沒聽過的名字。

「不適任者阿諾斯·波魯迪戈烏多。假如你真的不知道，那麼我作為選定神就有義務向你說明。」

唔嗯，這說不定有某種企圖？

「如果信不過我，邊戰鬥邊聽即可。不論你傾聽與否，我都會說明。」

哎，好吧。沒有什麼比一無所知地與人性命相搏，還要讓人睡不安穩。

我消去雙手的「根源死殺」，背對著祂表示自己沒有敵意，就這樣筆直走開，與亞露卡娜保持距離。

「說吧。」

「選定審判，即是人成為神的道路。」

亞露卡娜平靜地說道：

「審判會從所有生命中選定作為神代理的代行者。選定神是選出代行者的神。選定審判即是讓被選為代行者候補的八神選定者分別接受審判，從中選出最適合擔任代行者的人。」

選出代行者作為神的代理嗎？既然是說八神選定者，那就表示有八名候補吧？

「代行者會獲得與神相符的力量。」

「雖說是審判，但過程卻相當不平穩的樣子？」

亞露卡娜點了點頭。

「選定神全都只會選擇自認為符合資格、下達過審判的人作為代行者。只不過，選定神在大多數的情況下，都會與選定者締結盟約。除了締結盟約的選定者，幾乎沒有選定神會認為其他人選更適合擔任代行者。」

「總而言之，就是只要除掉其他選定者，或是消滅掉其他選定神的話，就會只剩下一名人選，而他必然會被選定為代行者。」

「這是一種解決的形式。審判會以各種形式成立——審判的內容並不只有聖戰。」

話雖如此，這是在爭奪成神的唯一席位，我可不覺得能靠對話解決。

「我為何會被選為選定者？」

「選定神將選出選定者。選定審判有八柱選定神，是當中的某柱神選擇了你。選定審判的內容，會由選擇你的選定神告知。」

有神選擇了我嗎？既然沒有現身，我不覺得是用正派的理由選上我的。

「原來如此。所以會跟選擇自己的選定神締結可以召喚的盟約？」

「有締結的情況，也有不會締結的情況。」

也有不會締結的情況這點讓我難以理解；但至少亞希鐵有與亞露卡娜締結盟約，所以才能召喚祂吧。

「為何神要進行選定審判？讓地上的人們代替神打算做什麼？」

「詳細的說明，會在艾貝拉斯特安傑塔進行。那座學府就如我方才所述，現在位於地底世界的神都蓋艾拉黑斯塔。」

會說現在是表示艾貝拉斯特安傑塔曾經移動過場所嗎？

「那麼，能帶我過去嗎？」

「這點我無法幫上忙。請自行前來艾貝拉斯特安傑塔。」

老實說我沒有義務要過去，不過有件事讓我很在意。

就是眼前的這柱神，亞露卡娜的來歷。為何祂能引發「創造之月」亞蒂艾路托諾亞的奇蹟？那個奇蹟應該只有創造神米里狄亞能夠施展。

祂說不定出了什麼事。但即使詢問，我也不認為亞露卡娜會回答。

「說明結束了，要繼續戰鬥嗎？」

「祢也告訴我選定審判的事了，今晚就放祢一馬吧。」

「這樣啊。」

亞露卡娜仰望天空，隨後新月亞蒂艾路托諾亞就倏地消失，降下的雪月花也煙消雲散。

「我有件事想問祢。」

亞露卡娜注視著我。

「白天的詢問是什麼意思？那也是亞希鐵的命令嗎？」

祂不發一語地施展「轉移」魔法。

就在那道倩影消失之前——

「我在找尋答案。」

靜靜地響起這道聲音。

§ 20　【熾死王的體育】

艾諾拉草原——

這是位於蓋拉帝提西南方六十公里處的一塊空曠原野。在這個花草綠意盎然、有著一整面未經開發自然景色的場所，聚集著魔王學院與勇者學院兩校的學生。

在學生們面前站著三名教師。他們分別是耶魯多梅朵、辛，還有艾米莉亞。

「那麼各位同學，今天就讓我們針對討伐龍的任務，來上一堂體育課吧。武術不是一朝一夕就能增強的，不過要與龍戰鬥，就得學會相應的動作。只要學會這點，討伐也會因此變得容易。」

耶魯多梅朵旋轉手杖撐在地面上。

「首先，就來玩你追我跑的遊戲吧。」

聞言，勇者學院方就傳來嘆息聲。

「這算什麼？明明就不得不去討伐龍這種怪物，現在卻要我們玩什麼你追我跑，還真是悠哉啊。」

萊歐斯無精打采地說道。

「就是說啊，還以為課程內容會再認真一點呢，真是教人失望。」

海涅嘲笑地說道；雷多利亞諾則是推起眼鏡說：

「我也明白基礎很重要，但可不覺得這是能在十天之內討伐龍的進度。課程內容能麻煩再稍微嚴厲一點嗎？」

艾米莉亞嚴厲地瞪向開口抱怨的三名勇者。

「萊歐斯同學、海涅同學與雷多利亞諾同學，你們就不能安靜聽課嗎？」

「我沒在跟艾米莉亞說話。」

「叫我老師！」

海涅「好好好」地隨口答覆，就像瞧不起艾米莉亞似的擺著手。

「無所謂喔，艾米莉亞老師。咯咯咯，這不是相當熱心向學嗎？」

由於耶魯多梅朵這麼說，艾米莉亞就勉為其難地退讓了。

「既然你們這麼說，就三人一起跑到那棵杉樹底下。只要你們能不施展魔法在三分鐘內抵達，我就幫你們上更嚴厲的課程。意下如何，嗯？」

「三分鐘？喂喂喂，別因為我們是人類就小瞧我們啊？才三分鐘，根本綽綽有餘。」

萊歐斯一笑置之地說道。

熾死王摘下大禮帽，從中取出三個沙漏。

「那麼，時限就到沙子漏完為止。」

他將飄在空中的沙漏倒轉一圈後說：

「去吧。」

聞言，雷多利亞諾他們就意興闌珊地朝著那棵杉樹跑去。話雖如此，不愧是至今都在勇者學院鍛鍊體魄之人，速度比尋常人類快上數倍。

不過十秒左右，他們就已跑完一半的距離。

「哈哈，已經連用走的都來得及了吧？」

「讓我們做這麼簡單的運動，魔王學院究竟想幹嘛啊。」

就在這時，地面爆炸了。

「什麼——」

「唔、啊、啊啊啊啊啊——！」

從奔跑中的三人正下方將他們猛力撞開出現的，是一頭在空中飛舞、長著銳利的角與巨大的翅膀，全身覆蓋著堅固鱗片的綠龍。

全長將近三十公尺的龐大身軀拍打著翅膀滯空飛行。

雷多利亞諾他們被從地底一口氣加速衝出地面的龍猛烈撞飛，慘不忍睹地摔倒在地。全身鮮血淋漓，甚至已經斷了呼吸。

「……啥？海涅同學？萊歐斯同學？雷多利亞諾同學……！」

艾米莉亞擔心地喊道。儘管想立刻衝向他們，卻被上空的龍狠狠瞪得兩腿發軟。

「咯、咯、咯，我昨天調查過了，這附近離龍巢很近。隨便刺激牠們可是會飛出來的，最好小心一點。」

就像在說這一如預期似的，耶魯多梅朵咧嘴笑起。

「這、這、這是什麼回事啊，耶魯多梅朵老師？今天的體育課，不是要玩你追我跑訓練動作嗎……？」

「沒錯。今天要跟龍玩你追我跑！不論說得再多、進行再多模擬訓練，實戰也總會充滿意外。既然如此，只要儘快讓各位體會到龍的威脅就好了不是嗎！」

唔嗯，也就是要在跟龍玩你追我跑的過程中，讓身體學會足以應付龍的動作啊？這還挺有道理的。

「……這就算有再多命都不夠用吧……」

「別這麼擔心。」

耶魯多梅朵說完，飄在空中的沙漏就散發出魔力光芒。就像連動似的，光芒聚集在萊歐斯、海涅與雷多利亞諾身上治療傷勢，讓他們全都復活。

「怎……怎麼了……？」

「……不清楚……」

他們這是第一次死亡吧。三人茫然地面面相覷。

「在這個『殲死沙漏』的沙漏完前，不論被殺掉多少次都會復活。假如不想死，就回來把沙漏再倒過來。」

耶魯多梅朵話一說完，龍就拍打著翅膀，將角朝向地面俯衝而下。

雷多利亞諾他們儘管拚命試著躲避，還是再度被撞飛死去。龍就這樣再度回到地底下。

「啊啊，但我還是要懇切地忠告你們一句，可別被吃了。要是被吃掉的話，就會連同根源一起被消化掉，再也無法復活了。」

「殲死沙漏」散發光芒，他們再度復活。對敵人使用的話，會是奪走性命的詛咒；對同伴使用的話，就會反轉為拯救性命的加護，是一體兩面的魔法具。

「可惡……開什麼玩笑啊……！」

「這算什麼你追我跑，是要我們去死嗎！」

眼見沙漏的沙即將漏完，雷多利亞諾他們儘管煩躁，還是跑回來了。然後就在沙漏完之前，把沙漏倒轉過來。

「好啦好啦好啦，這三位勇敢的勇者已親身示範過龍的威脅！就如各位所見，要是對上龍的話，即使玩你追我跑也得賭上性命！」

縱然耶魯多梅朵說得洋洋得意，學生們全都露出害怕的表情。

「那麼，辛老師，能請你示範一下嗎？」

「我知道了。」

辛筆直走向那一棵杉樹。

「龍不是靠魔眼捕捉地面上的生物，而是會察覺我們所引發的震動。只要安靜地跑，牠們就無法輕易掌握我們的位置。」

辛的聲音經由「意念通訊」傳給全體學生。他就算跑起來也跟方才不同，沒有龍要衝出地面的跡象——因為幾乎沒有跑步聲。

「緊接著，龍就會漸漸在意起地面上的情況，上升到接近地面的位置。這個時候，龍的龐大身軀會讓地面微微震動，而這只要用腳底就察覺得到。」

只要用魔眼（眼睛）凝視，就能看出辛腳下的地面周邊在微微晃動。

「一旦察覺到震動變大、龍上升到地面附近的話，反過來加大腳步聲，把龍引出來也是一種方法。」

「咚」的一聲，辛踏出腳步聲。下一瞬間地面發出轟隆隆隆的聲響，一頭龍衝出地底、飛上天空。

辛以目不暇給的速度退開，輕而易舉地避開龍的衝撞。

「只要知道何時會來，要避開就很容易。只要趁龍在上空飛行時從下方穿越，立刻就能抵達這顆杉樹了。」

辛轉眼間就抵達了那顆杉樹。

「然後這個，要是辦得到的話再去做。」

辛瞪向上空。龍正要回瞪他，翅膀就在轉身的瞬間停止拍動。

龍的後頸流下一道淡淡紅線。那是血。龍就像俯首稱臣似的將頭無力垂下，然後就這樣與龐大身軀分離，「啪答」一聲掉了下來。

「只要趁龍飛出來的時機順便給予攻擊，就能殺掉龍。」

龍發出「砰隆」聲響墜落在地面。或許是被這道震動引出來的吧，從地底下猛然飛出三頭龍。

「「「嘎啊啊啊啊啊啊啊啊啊……！」」」

這次龍沒有飛上天空，而是在地上威嚇般地瞪著這邊的學生們。

「咯、咯、咯，明白了吧？那麼各位同學，賭上性命的你追我跑要開始了。」

耶魯多梅朵在抛出大禮帽後，「熾死沙漏」就從帽中接二連三地掉出來、飄在半空中，其數量剛好等同於全體學生的數量。

「去吧。在全員都抵達那顆杉樹之前，今天的課程是不會結束的喔。」

就算熾死王這麼說，兩校學生依然十分害怕。

「不會吧…………」

「不如說，要做到辛老師那樣，是絕對不可能的吧……」

「不、不過，總之逃到那棵杉樹底下就好了吧？只要有沙漏在，傷勢就會恢復……」

「說是這麼說……但被吃掉就完蛋了吧……」

看來大家到底還是無法下定決心的樣子。

「唔嗯，我先去吧。」

「……阿諾蘇就算不參加訓練也沒問題吧？」

莎夏說道。

「沒什麼，有件事我想稍微試一下。」

說完，我就朝三頭龍守候的地方慢步走去。

「啊，快看、快看，阿諾蘇大人好像要去了耶？」

「加油，阿諾蘇大人！」

「天才少年！」

「阿諾蘇大人！看這邊——」

為了回應粉絲社的聲援，我轉身舉起一隻手。沒放過這個破綻，前頭的龍踏出地鳴聲響衝了過來，使勁地舉起鉤爪。

「啊，阿諾蘇大人！後面！」

「吼喔喔喔喔——喔……」

我瞪了一眼過去，龍就戛然停下鉤爪。

「給我認分點，害獸。」

就在我魔眼亮起的瞬間，龍就「吼、吼喔喔喔、吼喔喔喔」地盡可能發出諂媚的叫聲，自己翻身仰躺下來——就像投降似的露出肚子。

「啥啊啊啊啊啊啊！」

海涅驚叫起來。

「這算什麼，才瞪了一眼，那頭怪物就投降了嗎……？」

萊歐斯一副難以置信的模樣盯著我瞧。

「咦……？龍意外地沒什麼大不了的嗎？就只是身體大？」

「……雖然不太懂……但那個，好像有點可愛耶。」

「我們也辦得到嗎……？」

「不不不，你在胡說八道什麼啊？你有看到剛剛那三人慘死的模樣吧！有問題的是阿諾蘇啊！」

沒體會過龍有多強的學生們，忍不住發出這種感想。

「……該怎麼辦，這是那個意思吧……？」

愛蓮凝重地說道。

「……妳又在想什麼奇怪的事嗎……？」

「才、才不奇怪呢。這是分析，是分析！」

「啊，這樣啊……所以，妳分析了什麼？」

愛蓮的眼睛一亮。

「阿諾蘇大人太可愛了，光是眼神相對，龍就墜入愛河了啦！」

「妳等一下……那麼，那個露出肚子的姿勢是……？」

「或許是在求歡！」

「輕鬆跨越了種族之壁嗎！」

後面好像在吵什麼，不過就跟平時一樣。

我用指尖碰觸龍頭送出「意念通訊」。龍雖然不懂語言，但智能並不低。如果是意念，就能在某種程度內相互溝通。

——帶我到你的巢穴。

龍隨即爬起身，自行衝進挖開的洞穴裡。我施展「飛行」魔法追在後頭，龍靠著尖角與魔力一個勁地挖開地底前進。

「阿諾蘇，等我一下。」

我回頭就看到莎夏與米夏施展「飛行」追了上來。

「要去哪裡？」

追上來的米夏問道。

「昨晚說過了吧，神代學府艾貝拉斯特安傑塔位在地底世界。我想去確認這件事。」

亞露卡娜說地底世界有神都蓋艾拉黑斯塔。既然我沒聽過，那就是在我轉生之後形成的世界吧。而召喚亞露卡娜的亞希鐵．亞羅波．亞達齊，也自稱是神龍國吉歐路達盧的樞機主教——我也沒聽過這個國名。

既然如此，能合理認為世上存在著地底世界。亞希鐵配戴的戒指是用龍作為材料製成的；而龍在地底下築巢，在這兩千年間，幾乎沒有在地上出沒的痕跡。

儘管如此，瀕臨絕種的龍卻能繼續存活下去，就表示地底下肯定有著能代替魔族與人類的糧食。

也就是說，在這兩千年內形成的地底世界，應該就在龍巢附近。

「能一起去嗎？」

「那裡是個未知的場所，不知會有什麼在等待我們。最起碼，有著能召喚神的傢伙。」

「我想跟阿諾斯看著相同的景象。」

米夏面無表情，卻以堅定意志的眼神這樣述說。

「我也想去。雖然知道我很礙手礙腳，阿諾斯自己一個人去會比較好……」

我把手放在說這種可愛話的莎夏頭上。

「我的部下沒人會礙手礙腳。妳們就一起來吧。我們要在今天下課之前回去喔。」

「嗯。」

「我知道了。」

米夏與莎夏高興地笑了笑。我們追在挖地開路的龍後方，潛入從未踏足過的地底深處。

§21 【神都蓋艾拉黑斯塔】

「有怪聲。」

米夏說道。

「嘰」的一聲，耳邊響起尖銳不舒服的微弱聲響，眼前能看到淡淡白光。

「這是龍鳴。由龍的聲帶發出的特殊魔力音波。能經由叫聲，形成名為龍域的特殊魔力場。龍域內部會遮蔽魔力，使得魔眼之力衰減。那是用來隱藏巢穴的。」

不過只要接近到這種程度，就會聽到龍鳴聲，所以反而會澈底暴露這裡有龍的事。目的終究是要避免讓人從地面上發現到巢穴。

「也就是龍巢在附近？」

莎夏問道。

「似乎是這樣。」

才剛這麼說，挖洞開路的龍就突然加速，大大地展開翅膀——因為沒必要再挖洞了。地底下形成了一個空洞。

儘管用魔眼（眼睛）凝視，但受到龍鳴干擾，無法看到前方的景象。

「看不到有什麼。」

米夏跟我一樣用魔眼望著前方說道。

「只能追上那頭龍了。」

龍固定翅膀姿勢，就像滑翔般降落地面再度加速。

「等等……也太快了……」

「……嗯……」

追不上龍的飛行速度，兩人逐漸落後。我施展「成長」長大到相當於十六歲左右，接著伸出雙手。

「抓住我。」

莎夏與米夏握住我的手。

「別放開，我要衝了。」

我注入魔力，讓「飛行」再度加速。龍遠去的身影眼看愈來愈近。

龍就像在散布魔力粒子一樣，大大地拍打著翅膀。持續降落的龐大身軀開始減速，在不久後停下。當我們來到龍身旁時，視野一口氣擴展開來，遮住周圍的土牆消失得無影無蹤。

「這是什麼啊……？」

莎夏驚訝地注視下方。遙遠的下方能看到綠意，有河、山、沼澤、沙漠、荒蕪的大地，還有肥沃的土地。

這裡是個異質的場所。看不見藍天，天空被堅固的大地蓋住般受到封閉；天空之下則是一片能供人居住的世界。

「快看。」

米夏指向一處，位在那裡的是一座城市。各式各樣的建築排成巨大圓形，圓中心有著一座非常巨大的城堡。古老、莊嚴且充滿魔力。

我馬上就知道那座城堡跟德魯佐蓋多一樣是一座立體魔法陣。

「……地底下居然有這種地方，而且還建造了城市……」

莎夏低喃說道。

這裡就是亞露卡娜說的地底世界吧。兩千年前我調查過龍巢好幾次；不過當時我不論怎麼挖，都沒有抵達這種場所。

大略環顧一圈，這地方至少有亞傑希翁與迪魯海德加起來那麼廣闊吧。即使倚靠龍域擋住了魔眼，假如是打從神話時代就存在的話，我不可能沒發現到。

所以這裡是我轉生之後形成的。然而，這麼大規模的世界，就算經過了兩千年，也不可能自然形成。但如果是名為神的秩序的自然的話，或許就有可能。

「咕喔喔喔……！」

龍鳴響起。只見那頭綠龍拍打著翅膀，滯空飛行在天上的大地洞穴之前。從洞中漏出的淡淡白光照亮著地底。那是龍巢吧。龍群的叫聲產生共鳴，為這個世界帶來耀眼光芒。

不只是這裡。天上大地到處都流洩出白光。

「唔嗯，你可以回去了。」

我從龍身上移開視線，背對著牠。隨後，龍就察覺到我收回敵意，回到天上大地的洞穴──龍巢之中。

「要去看看嗎？」

米夏微歪著頭，探頭看著我的表情。

「希望不會吃到閉門羹。」

我們朝著在地底發現到的城市緩緩降落。漸漸地，就算不用魔眼，也能清楚看到那座城市的模樣。

有人在行走。從大略看來，這座城市就跟密德海斯差不多大。不過，總覺得居民的人數有點少。他們穿著的服飾跟亞露卡娜很像，是異國的服裝。從居民不太在意我們的情況來看，來自空中的訪客並不是相當罕見的樣子。

也對，那個叫亞希鐵的男人也擁有相當的魔力。假如不會飛，就不可能前往地面吧。

「只不過，這裡的居民魔力波長跟人類與魔族很像呢。」

還以為亞希鐵是偽裝成人類，但看來是魔力波長本來就很接近啊。

「要說的話，是混在一起。很接近半人半魔，但並不是完全相同。」

「地底世界的祖先來自地上？」

米夏朝我看來。

「或許吧。在遙遠的過去，魔族與人類來到這個地底世界建立了國度。但要是地上的人們發現到這裡，就算有留下歷史紀錄應該也不奇怪。」

至少地底世界的事，地上沒有任何人知道。假如他們的祖先是魔族與人類，是如何不留下任何痕跡來到這個地底的？

「也就是說，他們是在很久以前偷偷下來，不讓地上的人發現到地建立國家，在這裡過著不引人注目的生活？」

莎夏面帶疑惑地問道。

「天知道。說不定另有什麼內情。」

我們就這樣繼續下降，平安無事地降落在地底世界的大地上。

「還以為會遭到迎擊，心臟跳得好快。」

「的確。沒辦法進行對話、只能將這座城市化為火海這種事，並非我的本意。」

「……你是在擔心什麼啦…………」

我碰觸眼前的建築。建材不是石頭、不是木頭，也不是金屬。

「是龍骨？」

米夏微歪著頭問道。

「似乎是這樣。妳居然看得出來啊？」

「有這種感覺。」

明明剛剛才第一次見到龍，米夏還是一樣有著一雙好魔眼啊。

「喂，話說這裡就是阿諾斯想去的蓋艾拉黑斯塔嗎？還是不同的城市？」

「要是知道，事情就簡單得多了。雖然想請人幫我們帶路，但很不湊巧地，我在地底沒有熟人。」

忽然感覺到一道視線，於是我轉過頭去。

「不對——有一個認識啊。」

我朝小巷子裡投以魔眼並大聲喊道：

「之前也是，看來你相當喜歡跟蹤人啊。」

隨後，巷子裡走出一名男人。他的身材高挑，長瀏海遮住一隻眼睛。那個人就是神龍國吉歐路達盧的樞機主教，亞希鐵・亞羅波・亞達齊。

他不發一語地站在我面前。

「唔嗯，又想進行什麼選定審判嗎？」

「很遺憾，聖都蓋艾拉黑斯塔是在神的名下締結不戰盟約之地。這裡不允許任何紛爭。在這塊聖地上，能進行選定審判的場所只有一處。」

這裡就是蓋艾拉黑斯塔啊？看來一開始就來到目標城市了。

「那麼，要說是順便也有點奇怪，不過你能告訴我神代學府艾貝拉斯特安傑塔往哪裡走嗎？我聽說會在那裡進行選定審判的說明。」

亞希鐵無視我的詢問轉身離去。

哎，沒辦法。就自己去找吧。

「我接下來要前往艾貝拉斯特安傑塔。」

亞希鐵在這麼說後加快腳步，我則追在他身後。

「我的選定神亞露卡娜已下達神諭。祂說你不清楚選定審判的事。」

「這樣好嗎？你之前叫我異端者吧？」

「正因為你是異端者，才不能剝奪你認識神誨的機會。對於悔改之人，『全能煌輝』艾庫艾斯將會伸出救援之手。」

「哦？所謂的宗教家還挺麻煩的呢。也就是根據神誨的內容，昨天要殺的對象，今天就變得不得不去援助了啊？」

「人的膚淺想法，是無法揣測神的心思。當你將心靈託付給『全能煌輝』艾庫艾斯時，就能知曉祂的真意。」

亞希鐵這麼說完，便往前走去。我跟隨在他身後，不久即抵達在空中看到的那座格外巨大的城堡。

「這裡就是神代學府艾貝拉斯特安傑塔，神所賜與的聖城。」

亞希鐵向前踏出一步，巨大正門就獨自開啟。其門後站著一名銀髮少女——選定神亞露卡娜。

「歡迎來到艾貝拉斯特安傑塔。獲選定神選上的不適任者阿諾斯・波魯迪戈烏多。」

祂淡然且帶著威嚴地說道：

「接下來將會為你說明選定審判以及與神締結盟約的方法。」

亞露卡娜轉過身去。

「跟我來，其他選定者也在等了。」

祂朝著艾貝拉斯特安傑塔的內部走去。

§22 【神代學府艾貝拉斯特安傑塔】

亞露卡娜帶我們來到神代學府艾貝拉斯特安傑塔的中心，那裡是個純白的房間。

在圓形的空間裡，等距離設置了八張坐墊。自天花板灑落的光芒化作帷幕，以耀眼白光照亮著這些坐墊。此外，就只有一個席位的坐墊沒有被任何光芒照亮。而在八個席位的後方，就像是旁聽席的感覺，設置了階梯狀的座位。

「這裡是聖座之間。」

亞希鐵從背後走來。

「聖座即是有資格成為神的代行者之人，也就是選定者所坐的席位。這八個席位，就稱為聖座。」

在光幕後方浮現人影的席位有三個。剩下的四個席位應該是沒有人來吧，看不到任何影子。或許是光幕的效果，即使用魔眼（眼睛）凝視，也看不見坐在席位上人物的長相與魔力——是很接近神族秩序的力量。

「當獲選者與神締結盟約時，就能獲得坐在聖座上的資格。那個空位是你的座席，不適任者阿諾斯・波魯迪戈烏多。」

亞希鐵指向未被光照亮的聖座。

「雖說尚未締結盟約，但你也是獲神選上之人。請入座，並向『全能煌輝』艾庫艾斯宣誓出席選定審判，這樣偉大之光就會照亮聖座。」

我慢步走向聖座。在瞥了一眼後，我沒有坐下，而是轉向亞希鐵。

「抱歉，我不信什麼艾庫艾斯，也對選定審判與神的代行者沒興趣。等問完想問的話後，我就會回去。」

亞希鐵充滿殺氣地瞪著我。

「不知敬畏的異端者。」

然而，開口說話的卻是其他人。

「你想貶低神聖的選定審判嗎？」

表示憤慨的人，是坐在聖座上的一名男子。儘管被光幕隱蔽、看不出真實模樣，但體格似乎相當不錯。

「我沒這麼想。要信仰什麼『全能煌輝』艾庫艾斯是個人的自由，我不會否定。但我另有相信的事物。」

我話一說完，那個男人就激昂叫道：

「這就叫做貶低我們的神，你這個異端者！」

我冷眼回看著那道人影。

「我們沒什麼好談的。要是有意見的話，就先現出你的模樣。不知打哪兒來的無名小卒在那兒大聲嚷嚷，我只會當成嘰嘰喳喳的麻雀在叫。」

「咚」的一響傳來踏步聲，人影站了起來。他就像手刀似的橫揮右手，光幕就被揭了開來。出現在眼前的是一名肌肉發達的光頭男子。

他穿著類似亞希鐵身上法衣的服飾，並在上頭套著鎧甲，食指上戴著相同的戒指。

「老朽名叫卡傑魯．亞普特．亞給伊拉，是神龍國吉歐路達盧的聖騎士，八神選定者之一，獲賜聖者稱號之人！不適任者阿諾斯．波魯迪戈烏多，就讓老朽賜予你神的救濟吧。」

用力邁出一步後，卡傑魯朝我狠狠瞪來。

「唔嗯，救濟的話我就不用了喔？」

「異端者的發言不值得一聽！」

卡傑魯舉起戒指。就在戒指聚集起魔力的瞬間，一片雪月花翩翩飄落。他就像回過神似的看向亞露卡娜。

「即使是艾貝拉斯特安傑塔，聖座之間也締結了不戰盟約。」

「這不是戰鬥，是救濟。」

「龍子啊，這不是你換個說法就能改變的事。神正在看著你。」

卡傑魯咬緊牙關說：

「謹遵『全能煌輝』艾庫艾斯的意思。」

他重新坐回聖座，朝我投來鄙視的眼神。

「亞希鐵，請說明。」

聽到亞露卡娜的指示，他點了點頭。

「不適任者，阿諾斯．波魯迪戈烏多。你想問的關於選定審判的事，我這就來為你說明吧。既然你說不想坐在聖座上，那你繼續站著即可。」

「就讓我這麼做吧。」

亞希鐵向坐在聖座上的另外兩道人影詢問：

「兩位也沒有意見吧？」

就像在說沒有異議似的，人影點了點頭。看來在這裡的選定者只有四人的樣子。

「神是世界的秩序，是『全能煌輝』艾庫艾斯伸出的救援之手。」

亞希鐵轉向我，一面散發著莊嚴的氣氛一面開口說道：

「然而，有時我們也會遭遇到失去神、失去秩序的時刻。不過，這只是出現新生的機會。為了彌補失去的神位，將從這世上的所有生命中選出作為神的代理的代行者。」

唔嗯，也就是說，代行者是來代替被毀滅的神啊？

「『全能煌輝』艾庫艾斯賜予了所有生命成為神的機會。這對我們來說乃是救濟之光，正是艾庫艾斯的慈悲之心。」

真的是這樣嗎？神可不一定會給予人們慈悲。

我藉由將破壞神阿貝魯猊攸轉變成德魯佐蓋多，使得破壞的秩序消失了。儘管有其他眾神進行了補救，依然無法讓秩序完全恢復原狀。這是無法恢復的秩序，而且是神的秩序，因此光靠自己的力量是怎麼樣也辦不到的。

所以這是要利用神以外的生命，讓秩序恢復原狀也說不定。

「而代行者的候補，就稱為八神選定者。八神選定者會經由選定神選出符合資格的人。獲選的選定者，會與神締結盟約——」

亞露卡娜伸出手，一片雪月花飄落在我面前。待發出模糊的光芒之後，其變成某種寶石的模樣。

那是一顆透明的黑石。黑石中心有著一顆紅石，不過沒有發光。

「這是稱為選定盟珠的寶石。盟珠是自古以來人與神在締結盟約時所使用的魔法具；選定盟珠在當中又更為特別，是只允許選定神創造、只會給與八神選定者的物品。只要與神締結的盟約成立，盟珠就會點燃火焰、發出光亮。」

我拿起盟珠。裝在亞希鐵戒指上的盟珠會發光，是因為中心的紅石點燃火焰的關係啊？

「與神締結盟約的方式是？」

「盟約的內容因神而異，但有一點是共通的。那就是要發誓信奉神。這樣神之後就會引導你了。」

要信奉神啊？我不太可能會有這種緣分。

「選定者會經由盟約獲得神力，並與自己的神一同等候著必然到來的神聖審判。這正是選定審判。由八柱選定神選定出適合作為世界秩序的代行者。」

「唔嗯，我有一個疑問。是這八柱選定神當中的某位選擇我擔任選定者吧？」

亞希鐵點頭回應我的問題。

「可是，我不曾見過自稱是選定神的神。」

「所有的神都會在選出選定者後，在自身的秩序上追加另一個秩序，取得成為選定神的資格。」

原來如此。

「也就是說，選擇我的神在當時還不是選定神嗎？」

「沒錯，是在選擇你之後，才成為了選定神。雖然現在還不清楚神不在你面前出現的理由，但神有著崇高的想法。既然會賜予你不適任者的稱號，那麼可以認為這是要讓異端者的你認識到神的偉大之處，所以才對你施加試煉吧。」

舉例而言，假如米里狄亞選擇了我，她就會在身為創造神的同時成為選定神啊？問題在於，為什麼選擇我的神沒有現身。

或許那傢伙並不是友方。有可能是想將我捲入選定審判，在過程中趁亂消滅掉我。而另一個可能性，就是我的記憶並不完整——說不定單純就只是我忘了。

「至少，你確實被神選上了。在這個聖座上刻有你的名字，還有選擇你的神所授予你的不適任者的稱號。」

聖座上的確刻著我的名字，還有不適任者的稱號。

「在選定審判的紛爭當中，也有可能發生神毀滅的情況吧？要是失去秩序的話，不會造成問題嗎？」

「參與選定審判的神不會毀滅，因此不會失去秩序。選定盟珠會基於盟約，維持著神的秩序。」

我注視起手上的盟珠。看來這東西還挺厲害的樣子。

「我大致明白了。不過，我果然還是對選定審判沒興趣。倒不如說，要是代行者產生的話會很困擾。畢竟我好不容易才從這個世上奪走破壞的秩序。」

也能認為神是為了不讓我破壞這場選定審判，才特意選擇我作為選定者。要是我消滅掉所有想成為代行者的人，我就會被推舉成代行者吧。是因為知道就連神力也無法消滅我，所以才反過來想讓我成為神嗎？

「不論你願意還是不願意都沒關係，不適任者阿諾斯・波魯迪戈烏多。既然獲選了，你要走的路就只有兩條。是要等待審判到來，走上信仰的道路；還是違背神的意向，走向毀滅的道路。」

「也就是這麼一回事嗎？因為是神選的，所以不許辭退？」

亞希鐵嚴肅地點頭。

「沒錯。神即是這個世界的秩序，誰也無法違背。在神面前你的意志一點也不重要。」

「你雖身為人，卻說著簡直就像是神的話呢。」

不論如何，我理解選定審判的大致概要了。因為關係到神，所以十之八九不會是什麼好事。如果只是這個地底世界的紛爭，還可以置之不理；但亞希鐵會潛入勇者學院，讓人不覺得只是為了接觸我這個選定者。如果是這樣的話，根本沒必要特意成為勇者學院的學生。

「還有，我要給你一句忠告。在找到神締結盟約之前，最好不要離開蓋艾拉黑斯塔；然而，也最好不要停留在艾貝拉斯特安傑塔。」

「哦？為什麼？」

「在艾貝拉斯特安傑塔除了聖座之間這裡之外，都不受到不戰盟約的限制。因為這裡是讓選定者們展現自身信仰的場所。」

也就是只要待在艾貝拉斯特安傑塔，除了聖座之間之外，隨時都可以開戰啊？

「你的長相已暴露給位於這裡的選定者，同時也表明自己尚未與神締結盟約的事。只要離開這座締結不戰盟約的聖都，就只會是絕佳的獵物。」

選定者不論是誰，都能召喚締結盟約的神。也就是說，能輕易消滅尚未與神締結盟約的我嗎？

就選定審判的結構來看，趁對手尚未準備好戰力之前將其擊潰，確實是一種標準戰術。

「你的腦袋就連前陣子的事都記不住嗎？被我輕易打敗的人是誰啊？」

亞希鐵不為所動地回話說：

「既然你尚未與神締結盟約，那就能輕易說明前陣子的事了。也就是說，你與其他選定者結為同盟，而你當時是使用那名選定者的神力。」

表現出的態度就好像在說他已看透了一切。

算了，沒辦法。比起認為有人的力量在神之上，認為我是借用他人神力的可能性確實比較高。

不論是誰都無法想像出現在自己常識之外的事。實際上即使是我，也從未想像過世上存在選定審判。

「儘管無法確定你的同盟對象是否就在此處。」

亞希鐵就像在牽制聖座上的選定者們似的說道：

「既然伎倆已被看破，你的同盟對象想必會更加慎重吧。在這種受到選定者警戒的狀況下，我不覺得他會再度借你神力，還請你千萬小心。」

不過他還真親切啊。居然對我這個敵人說明得這麼清楚。也就是說這終究是神的審判，與戰鬥並不相同嗎？

「我想再問你一件事。這個地底世界是從何時、基於什麼樣的緣由形成的？」

「這與選定審判無關，我沒有義務回答異端者。」

「那就算了。既然這裡是學府，總會有一兩本歷史書吧。」

我這麼說完，亞希鐵就指向設置在西側階梯上方的固定魔法陣。

「那個魔法陣會通往本學府的十三樓。那裡是留下過往記憶的石碑之間，記載著這個世界的歷史。」

「這可以回答異端者嗎？」

「因為這是艾貝拉斯特安傑塔的說明。」

看來是受到麻煩的教義約束了啊。

「只不過，除了聖座之間這裡之外，都不受到不戰盟約的限制。」

「這我方才也聽過了。我們走吧，莎夏、米夏。」

兩人點了點頭。我轉身和她們一起走上階梯，踏進固定魔法陣。在注入魔力後，視野染成一片純白。

下一瞬間，眼前來到一個寬廣的房間，裡頭就像鋪設似的擺著無數的石碑。石碑前到處都能看到穿著制服的人們。

他們應該是這間學府的學生吧。看來正在解讀刻在石碑上的文字。

「唔嗯，如果是認識的文字就好了。」

「……嗯——我覺得可能性很低耶。就算祖先說不定相同，文化也跟地上不同吧？魔法文字就是這種東西。」

莎夏這麼說完，米夏也在她身旁頻頻點頭。不管怎樣，我先走到沒有人的石碑面前。

我試著往下看後，果然不出所料，是不認識的文字。

「——居然無視樞機主教的忠告，還真是愚昧至極的異端者。」

背後傳來一道聲音，是方才找我碴的光頭聖者卡傑魯。

「哎，只要多看幾個石碑，就能看出規則性了吧。」

「或者說，後面。可以無視後面那個嗎？他好像在說什麼耶。」

「我沒義務理會沒禮貌的傢伙所說的話。」

我話一說完，卡傑魯便一把抓住我的肩膀。

「接受神的救濟吧，你這個異端者！」

「真是的，讓一邊去。你很礙事喔。」

我轉過身，輕輕甩開卡傑魯的手。

「唔喔……什麼……！咳咳、喔、喔喔喔喔喔喔喔喔喔喔喔喔喔喔喔喔喔喔喔喔喔喔喔喔喔喔喔喔喔！」

他就被撞飛到後面去了。咚、鏗鏘、喀噹！撞倒四塊石碑後，等到第五塊時才總算停了下來。

呀啊啊啊啊啊——學府的學生們發出慘叫。

「唔呃……混、混帳……居然讓身為聖者的老朽，流出了聖血……！」

卡傑魯儘管都吐血了，仍舊擺出一臉怒容。

「……這是何等罪孽深重之人啊……！請求神的寬恕吧……該死的異端者……」

縱然起身時搖搖晃晃的，卡傑魯還是朝我發出殺氣。

「你叫卡傑魯吧？要打的話我是無所謂。」

我朝他踏出幾步並向他瞪去。

「趕快召喚神吧。你連一秒都抵擋不住我的攻擊。」

§ 23 【聖者的召喚】

卡傑魯一面對自己施展恢復魔法，一面朝我瞪來。

「區區異端者，竟敢愚弄身為聖者的老朽。悔改吧，活在地上的無知者。你今日將會理解到偉大的神力，明白自身的罪孽。」

他伸出戴在右手上的盟珠戒指。看到卡傑魯全身滿溢著魔力，學府的學生喃喃地說：

「那位是聖者卡傑魯大人……」

「……那麼……這該不會是選定審判……？」

儘管正要開戰，學生們卻沒有當場逃離，反而雙膝跪在地板上，握起雙手獻上祈禱。

「神呀，『全能煌輝』艾庫艾斯呀。感謝您讓我見證這神聖的場合。」

「請帶領我們前往正確的世界。」

「賜予我們救贖，給予惡者制裁。」

四處響起祈禱的聲音。

卡傑魯輕輕闔眼，開始詠唱：

「依照盟約，降臨此地——呃啊……！」

詠唱到一半就停止了。我趁他闔眼的破綻慢慢接近，用指尖貫穿了他的喉嚨。

「……呃……喔……喔、啊……」

卡傑魯無法進行詠唱，不斷張合著嘴巴。

「在跟亞希鐵戰鬥時，我忽然想到：假如那個詠唱是必要的話，在我面前可就無法施展召喚魔法了啊。」

「……可…………惡、啊……」

我抽回指尖後，他再度靠著石碑倒下。

「……竟敢妨礙神聖的祈禱，你這傢伙……這樣還算是選定者嗎……！你打算侮辱神到何種地步……！」

「我應該說過，我不打算當那種東西。」

我踏出一步。

「愚昧之徒。老朽可是聖騎士，竟跟只會依靠神力的神官相提並論！」

卡傑魯在跳起的同時，拔出腰間的劍。他打算使勁砍斷我的脖子，劍卻反而鏗鏘一聲斷成兩截。

「……什麼……！」

「唔嗯，還以為有多厲害。在我的部下之中，可是有劍速比你快上千倍的人喔。」

我在卡傑魯面前伸出手掌。

「『獄炎殲滅砲』。」

漆黑太陽吞噬聖騎士的身體，霎時間響起轟隆隆隆隆隆隆隆的巨響，他的身體在轉眼間就燃燒殆盡。待漆黑火焰退去後，那裡就只留下盟珠戒指。

「哦？居然毫髮無傷啊？看來並不是尋常的魔法具呢。」

緊接著，盟珠內部的中心點燃火焰，在黑石裡畫起魔法陣。不斷重疊的立體魔法陣從戒指發出與方才有著天壤之別的魔力，使得周圍升起蒼白粒子。

這些粒子才剛化為人形，就出現了一名持有兩根手杖、頭髮異常地長的幼女。她全身一絲不掛，用那頭長髮勉強遮住了裸體。

幼女舉起兩根手杖後，已死的卡傑魯身體就在她身旁再生。

「驚愕、畏懼，然後敬仰吧，異端者。就連死者也能復活、偉大且崇高的力量，這就是神所賜予的奇蹟！」

「不過就是復活，你在得意什麼？這就算是奇蹟的話，奇蹟可是到處都在發生啊。」

「……什麼？」

看來召喚神並不需要特別詠唱。豈止如此，只要持有那顆盟珠，即使死後也能依照盟約召喚出神嗎？那玩意兒還挺方便的。

「我見過這柱神。祂是再生守護神奴帖菈．都．希安娜吧？」

聞言，卡傑魯就像同意似的笑了笑。

「原來如此。雖說是異端者，但也知道這種程度的事啊？不過，你理解到了何種地步？再生守護神奴帖菈．都．希安娜一如其名，是掌管再生的秩序。面對絕對不會讓毀滅成真的神，你應該明白『無力』的意思吧？」

「看來你跟亞希鐵不同，沒能跟像樣的神締結盟約啊。」

我用兩根手指朝向卡傑魯，發出「魔黑雷帝」。膨脹的漆黑閃電一直線飛去。

奴帖菈．都．希安娜擋在卡傑魯前方，用兩根手杖擋下「魔黑雷帝」。即使黑雷沿著手杖將那個守護神電得焦黑，祂的身體也在眨眼間便再生成原樣。

「在再生的秩序前，一切的攻擊都將歸為虛無。畏懼著神，接受救濟吧。」

就在卡傑魯自鳴得意說著的瞬間，奴帖菈．都．希安娜的右手化為光粒子散去。

「……啊啊啊啊啊！」

神的悲鳴響徹開來。

「什、麼……？您怎麼了，吾神奴帖菈．都．希安娜！為何不治癒傷勢！」

「別管祂了。你的神現在很忙。要是隨便插手，祂可是會死喔。」

完全無視我的忠告，卡傑魯大聲喊道：

「再生吧，奴帖菈．都．希安娜！展現您的奇蹟！」

在這瞬間，再生守護神奴帖菈・都・希安娜籠罩起耀眼光芒。然後，就像被風吹散似的，祂化為光粒子消失無蹤。

「……怎……麼了……這到底……發生了什麼事……？神啊……」

卡傑魯一副難以置信的模樣，注視著再生守護神消失的位置。

「我利用『魔黑雷帝』魔法，在奴帖菈・都・希安娜體內畫了『活性增幅』的魔法陣。這是能強化增幅身體再生力的魔法。只不過，過強的再生會變成毒，擁有強大再生力的奴帖菈・都・希安娜因為『活性增幅』而使得再生之毒侵蝕了自己的身體。」

話雖如此，「活性增幅」原本只不過是為了打倒奴帖菈・都・希安娜所做的布署。

「再生守護神注意到『活性增幅』，因而將自己的再生力抑制到極限。也就是說，因為連這種事都不知道的你發出多餘的命令，才會害得祂消失。」

雙方無法溝通也是沒辦法的事，畢竟守護神大多是不會說話的個體。

「只不過，你身為神的信徒，居然連神的弱點都不知道。大概是學問不足吧。」

當我這麼說完後，卡傑魯就無畏地笑著說：

「你才是信仰不足，該死的不肖之徒！」

掉在地上的盟珠再度重疊起魔法陣。就在我的魔眼捕捉到超乎常規的魔力時，盟珠的戒指消失了。不對，不只是戒指。卡傑魯的身影也從眼前消失了。

「異端者，你在看哪裡啊？」

當我轉身，戴上戒指的卡傑魯就站在那裡，全身上下還散發著光芒。

「哦？」

我伸出手發出「魔黑雷帝」。然而，漆黑閃電穿透了他的身體。因為卡傑魯以超乎閃電的速度，繞到了我的背後。

「快得判若兩人呢。那是怎麼回事？」

「這是『附身召喚』。讓神降臨在身上，將神的秩序化為己有。也就是說，老朽的所作所為正是神的偉業。」

原來是亞希鐵所說的召喚方法之一啊？看來能召喚的神並不限於一柱的樣子。除了選定神外，還能與其他的神締結盟約吧。

「這個速度，是取得了光的秩序嗎？」

卡傑魯露出狂妄笑容。

「你就擦亮眼睛瞻仰吧。老朽的選定神掌管著光的秩序，本來的名字是輝光神吉翁賽利亞，是普照世界的偉大之光！」

卡傑魯將斷劍往頭上高舉。隨後，劍上便畫起了魔法陣。魔力聚集，斷劍變形成一把長槍，形狀就彷彿尖銳的龍牙。

「然後，這是神具召喚。藉由讓神降臨在武器上，使得劍刃獲得神的魔力。而這正是聖騎士卡傑魯・亞普特・亞給伊拉的神具——帶有貫穿的秩序——穿神貝黑烏斯的神槍貝黑鐵諾斯！」

卡傑魯舉槍的身體閃耀起來。剎那間，他的身影消失，化成了光芒。

「不識神的異端者，地上的愚蠢魔族，就讓老朽來告訴你吧。此乃地底世界的戰鬥。不識神的愚者之眼就連要捕捉本聖者的身影都辦不到。帶有輝光神吉翁賽利亞的吾身是光——這世上沒有比光還快的事物。」

儘管聽得到聲音，卻看不到身影。他就一如字面意思地化為光，在我周圍繞行著。

「沒有神的你毫無勝算！現在就賜予你救濟吧！」

光從我的四面八方一齊閃爍。以光速刺出的神槍貝黑鐵諾斯逼近我的臉，於是我稍微扭頭，讓槍尖從臉旁通過。

「什麼……！居然……躲過了……？」

就像在說這不可能似的，卡傑魯忍不住喃喃說道。

「你是打算小看我到什麼時候？快拿出真本事來。還是說，這就是極限了？」

「這……這是碰巧……！你是躲不過神槍的！」

光槍閃爍。儘管在喘息之間刺出上千道刺擊，但我用「四界牆壁（beno iebun）」纏繞全身，將這些刺擊盡數彈開。

「……不會吧……！這不可能！」

由於太過驚訝，卡傑魯停下腳步。

「這次輪到我上了。」

我逼近到他眼前，並且刺出右手。

「唔喔……！」

他在這瞬間再度化為光，避開我的手。

「居然能擋下老朽的長槍，看來真不愧是獲選為選定者之人啊。不過，老朽不會再度止步了。」

光芒變得比方才還要強烈，化為光的卡傑魯在我周圍繞行。

「這正是輝光神吉翁賽利亞的奇蹟！不論是誰，都絕對無法追上的神之奔馳！」

「唔嗯，在那裡嗎？」

我用施展了「森羅萬掌（Iguneasu）」的手，用力抓住那道光芒。

「……什麼……怎麼可能……！」

「好啦，我抓到你了。」

我把卡傑魯的身體一把拉過來再一口氣舉高，接著以全力將他砸在地面上。轟隆隆隆隆隆，石板地面被撞爛，同時他口吐鮮血。

「……咳啊……！怎……麼……可能！」

卡傑魯一臉難以置信的表情，忍不住驚呼說道。

「你難道以為只要用光速奔跑，就能逃出我的手掌心嗎？」

他放開的神槍貝黑鐵諾斯掉在地面上。卡傑魯抓住我的手試圖掙脫，卻連讓我移動一下都沒辦法。

「……怎……怎麼可能……無神之人……為何能捕捉到身為聖者的……老朽身影……」

「既然輝光神能以光速移動，那就只要用超越光速的速度去追就好。」

我就這樣用「根源死殺」的右手，貫穿他的胸口刺進根源裡。

「……咳啊……！」

「就算消滅掉那個什麼輝光神，也真的不會對秩序產生影響嗎？就讓我來試看看吧。」

「不信神的愚昧之徒！竟敢妄稱要消滅神？你打算冒瀆神到這種地步嗎？你不可能辦得到！這跟守護神可不一樣。凡人之軀且沒有神力的你，是不可能消滅得了老朽的選定神——作為聖者象徵的輝光神吉翁賽利亞……！」

我用染成滅紫色的魔眼，注視著潛藏在他體內的神。在用貫穿他胸口的手用力握緊那個神的根源後，纏繞在卡傑魯身上的龐大魔力就漸漸消失了。

「……怎……麼可能？神力……消失了……？老朽的……神……漸漸消失了……這種事……住手，住手——……快住手——你這個異端者——……！」

我一把捏碎神的根源，那股魔力就忽然消滅了。

「……啊……啊……老朽的神……聖者的證明……啊啊……啊啊……」

我握住掉在地上的神槍貝黑鐵諾斯將其捏碎，消滅掉穿神貝黑烏斯。

「……消失了……神……老朽的……神……怎麼會……」

「在地底爬行的聖騎士，這次就輪到我來告訴你吧。」

我俯瞰著垂頭喪氣、兩眼無神跪在地上的卡傑魯向他說道：

「這就是不依靠神、地上魔王的戰鬥。」

§24 【刻下的神諭】

一名看著戰鬥的學生茫然地喃喃低語：

「聖者卡傑魯大人……在聖戰中敗北了……神龍國吉歐路達盧的英雄輸了……」

這句話就彷彿導火線般，讓學生們接二連三地說道：

「……聖者大人說那個人沒有神……他恐怕就是從地上被邀請來參與選定審判的不適任者吧……」

「可是，這實在讓人太難以置信了！沒召喚神就戰勝了聖者大人……」

「是啊。憑藉肉身，就超越了偉大的光之秩序，輝光神吉翁賽利亞的力量……這是不可能，不對，是不能發生的事……」

「可是，我不覺得聖者大人會說謊！」

「……那麼，那個人到底是怎麼回事……！不信神的異端者竟然戰勝了神，這是擁有成千上萬的幸運與奇蹟也不可能辦到的事啊！」

「而且，那個人……不僅是神，就連一頭龍也沒有召喚？」

「這怎麼可能……？那麼他到底是怎樣戰鬥的？」

「各位請冷靜下來。這肯定是神所賜予我們的試鍊！」

看來地底世界以召喚魔法為主流的樣子。我沒召喚神就打倒了卡傑魯，有這麼讓人無法理解嗎？只見她們亂成一團，這也不是那也不是地議論紛紛。

「……惡……魔……」

充滿恐懼的一句話，喃喃脫口而出。

「……那個肯定是化為人形的惡魔……」

這就是艾貝拉斯特安傑塔的學生們所做出的結論。至於卡傑魯，現在則是雙手撐著地面不斷顫抖，就像囈語似的反覆重複著「神啊，請回答老朽。老朽的選定神，輝光神吉翁賽利亞啊。」這句話。

我看向盟珠戒指，只見黑石內部點燃三道藍色火焰。每消滅一柱神，藍色火焰就會增加一道。基於盟約神不會毀滅的意思，原來就是在指這個啊？應該是被打倒的神會自行封印在盟珠裡維持秩序的一種機制吧。

「好啦，現在安靜下來了，就來解讀石碑吧。」

我回到莎夏與米夏身旁，向下看著石碑。

「別用那種像是在驅趕野貓的感覺把神消滅掉啦。總覺得我們被投以非常冰冷的眼神盯著看耶。」

莎夏一面偷看學生們一面說道。

「別在意，這裡好像是信仰虔誠的國家，因此比神力強大的人應該很罕見吧。馬上就會習慣了。」

「米夏，幫我說他幾句啦。」

米夏眨了眨眼後，朝我看了過來。

「堅毅不拔。」

「跟死皮賴臉搞錯了吧？」

莎夏這樣抱怨著。米夏微歪著頭說：

「謙虛？」

「把兩三下打倒神稱為謙虛也太可怕了，妳還是別說了吧……」

莎夏站到我身旁，向下看著石碑。

「再說，就算你說要解讀，但用完全不認識的文字所寫的石碑，是要怎樣解讀啊？」

我朝關注著這邊情況的學生們搭話說：

「我想解讀石碑，有人可以幫忙嗎？」

話一問完，學生們就從我身上別開視線。一名女學生就像下定決心似的說：

「……很遺憾，這裡沒有會協助異端者的不虔誠信徒……」

「那就算了。我就自己解讀吧。」

在我這麼說完後，學生們就露出一臉不愉快的表情。

「……這些石碑我們可是花費了數百年在持續解讀。神是不會允許你這個異端者解讀成功的。」

「哎，妳就在那裡看著吧。等解讀出內容後，我也會告訴妳們。」

我再度看向石碑。

「所以，你打算怎樣解讀啊？」

莎夏說完，米夏就指著其他石碑。

「一半是古代魔法文字。」

不愧是米夏，看得很仔細呢。

「從這段文字的配置來看，這應該是翻譯好的內容吧。只要先解讀古代魔法文字，就能解讀這個未知的文字。」

「……這是能立刻解讀的嗎？」

我一面將魔眼朝向房間裡的所有石碑一面說：

「唔嗯，這個未知的文字，好像叫做祈禱文字。」

「咦……？」

「據傳地底世界約在兩千年前形成，這個地底的居民稱為龍子或是龍人的樣子。」

「等、等等，你已經解讀完成了？」

莎夏驚訝地問道。

「大約還有一半正在解讀。不過，大致上的意思已經懂了。」

我用魔眼（眼睛）凝視，從大量的石碑上解讀地底世界的歷史。

「龍子……？」

米夏一臉疑惑地歪著頭。

「為什麼？」

「他們的祖先好像是龍生的。」

「……龍會生下人？」

「我也是第一次聽說。」

話雖如此，龍的生態充滿謎團，還具有龐大的魔力。就算會生下人，哎，該說也不是不可能吧。這方面的事不知道有沒有記載在哪塊石碑上，於是我持續解讀著石碑。

「這裡有寫。龍會吃人與魔族的根源。而被吃掉的根源，似乎會在胎內重生成新的生命。龍人是在這個地底世界生活的人的總稱，但直接由龍生下的人好像會特別稱為子龍。」

也就是說龍的胎內具有類似「轉生」魔法效果的轉生器官啊？

「子龍會具有龍之力，還有強大的魔力。這是因為龍會將吃下的根源全部凝聚起來，作為一個生命產下。」

「總覺得很厲害呢……」

每經過一個世代，龍人的力量與魔力就會衰減嗎……

「如今生活在地底世界的龍人，大都是第八、第九世代的樣子。」

第一世代的子龍恐怕也存在於某處吧。根據情況，也有可能轉生嗎？

「地底世界存在著三個國家與一個聖地，還有天蓋。天蓋是位在天空的大地之傘，也就是指地上的樣子。神龍國吉歐路達盧、王龍國阿蓋哈與霸龍國蓋迪希歐拉，這三個國家紛爭不斷。理由是……唔嗯，宗教觀的不同啊。」

石碑雖然沒有記載得很詳細的樣子，但應該是所信仰的神不同、對宗教的解釋不同之類的理由吧。畢竟地上也不是沒有宗教之間的紛爭嘛。

「為什麼在地底世界，神會這麼貼近人們？」

米夏這樣問道。

「在地底世界舉行的最初一場選定審判似乎就是原因。經由這次的選定審判，龍人們得知了神的存在，還有某個子龍在這場選定審判中獲選為代行者。據說就是那個子龍為地底帶來了能與神締結盟約、進行召喚的盟珠。」

盟珠雖然稀少，但跟選定盟珠不同，選定審判以外的場合也能使用。經由盟珠獲得召喚神，讓龍人們得以在糧食稀少、不見天日的殘酷地底世界生存下去。

從此，人們就開始崇拜神，並很快地產生三種宗教，分別形成了三個國家，也因此掀起了糾紛。

「只不過沒有呢。」

我最想知道的不是國家之間的糾紛，而是這個地底世界是怎麼形成的。

「應該是有人建造了這個地底世界。」

這麼大規模的空間，雖說借用了召喚神的力量，但這可是足以讓人生存的環境。要建造這種地底世界，就連對我來說也是極其困難的事情，並非一朝一夕就能完成。如果是神，也就是秩序建造的話，那就是米里狄亞的力量了吧。她說不定曾經來過這個地底。

「阿諾斯。」

米夏叫著我，小碎步地走到牆壁那邊。當然，那面牆上什麼也沒有。就算用魔眼窺看深淵也什麼都看不見。

然而，米夏毫不遲疑地用指尖碰觸牆壁，接著送出魔力。隨後突然迸出一陣光芒，牆壁上浮現出文字。

「……難……難以置信……！」

學府的學生們儘管渾身顫抖不已，還是開口說：

「……艾貝拉斯特安傑塔的隱匿文字，明明就連神力也無法看穿……！」

「……為什麼地上的異端者能做到這種事……」

就連神力也無法看穿的說法似乎並非是他誇大其辭。畢竟就連我的魔眼（眼睛）也沒能看出來。

「米夏，妳是怎麼知道的？」

她微歪著頭。

「覺得看到了。隱隱約約。」

唔嗯，並不是能清楚看見啊？米夏本來就有一雙好魔眼（眼睛），不過這股力量似乎愈來愈精湛了。

雖是我的部下，但還真是讓人感覺到前程無可限量啊。

「沒、沒用的，異端者！」

就像是看不下去似的，學府的學生們大聲喊道：

「艾貝拉斯特安傑塔的隱匿文字可是神諭……！」

「哪怕是序文，無信仰之人也絕對看不懂……！」

「說到正文，至少有一千年以上無人解讀得出來。神的話語，絕對不是異端者所能解讀得了的……！」

「退下吧！那裡不是連文字都看不懂之人所能待的地方！」

我草草看了一遍牆上的文字。

「唔嗯。『一切始於此城，艾貝拉斯特安傑塔』嗎？」

當我唸出口後，就像在說這是正確答案似的，牆上的文字發出蒼白光芒。

大概是對這一幕難以置信吧，學生們的眼神失去焦點，茫然佇立。

「……………………怎……怎……麼會…………………………？」

「……為……什麼……他會知道……神的話語…………？」

「……異端者…………雖說是序文……卻解讀了神諭……………」

「不對，這是惡魔的奸計！是在測試我們的信仰心。」

學生們當場跪下，就像在祈求神助似的獻上祈禱。

「……是說，為什麼你看得懂？這跟方才的文字完全不同吧？」

莎夏傻眼地看著我。

「我曾經問過米里狄亞，神族所使用的文字有幾種。而這便是其中一種叫做古神文字的文字。」

「神族就看得懂？」

米夏問道。

「應該看得懂，但不會告訴別人吧。」

我指著寫在上頭的記號。

「這意味著這是神寫給神的文章。當文中有這個文字時，神族就不會把這篇文章的內容告訴人。」

即使召喚出神，只要不是特殊情況，神也不會幫忙解讀吧。古神文字中帶著魔力。無論怎麼說明，這本來就是只有神眼才能讀懂的文字。

所以才沒辦法解讀。

「那裡是無限的夜，永遠的無——」

我將這篇文章唸誦出來。

遙遠地底誕生了神城。

但願能至少溫柔照耀著不會開始的夜晚。

地上日輪不昇，毀滅不會到來。

生命不會誕生，世界停滯不前。

重要的是秩序還是人。

你知道答案。

只有你知道。

§ 25　【神的供品】

「……這是什麼意思啊？」

莎夏就像無法理解似的歪著頭。

「神在這個地底建造了城堡，然後照亮了虛無的夜晚。大概是那個創造的秩序，打造出這個地底世界吧。」

儘管不清楚詳情，但這個地底毫無疑問是由秩序形成的樣子。

沒有文句可以斷定這篇文章出自米里狄亞之手。既然知道亞露卡娜也能施展「創造之月」，她就也具有構築世界的力量。

讓我在意的是，亞露卡娜與米里狄亞有著何種關係。

「那這句『生命不會誕生，世界停滯不前』是什麼意思？」

莎夏再度問道。

「由於我讓破壞神阿貝魯猊攸殞落在地，從這個世界上奪走了毀滅的秩序，使得本來應該毀滅的生命不會毀滅。所以這應該是無法創造新的生命，讓世界停滯下來的意思吧。」

在這個世界上循環的根源總量是固定的。毀滅與新生是一體兩面。

「或許因此發生了什麼不好的事。」

但就算是這樣，也不能為了尚未誕生的生命，讓現存的生命毀滅。因為後面會堵塞，所以就要前面的人趕快去死，是神自己的問題吧？沒道理要遵守這種事。

「其他部分，好像只有寫著石碑上也有的內容。」

我草草看過一遍，將內容讀出來。隨後，寫在牆壁上的文字就全部發出蒼白光芒。

「……那個光是傳承中的……？怎麼可能……居然將神諭全部解讀了……」

背後響起驚愕聲。

「…………這到底是為什麼……？一千年以上無人能解讀的隱匿文字，為什麼會被地上的異端者……」

「……請告訴我們。『全能煌輝』艾庫艾斯……您要賜予我們什麼樣的試煉……」

學府的學生們大概對我解讀出古神文字一事感到非常震驚，他們始終跪在地上，向神獻上祈禱。

「……還、還沒有……」

耳邊傳來呢喃聲。

「……神應該還沒有捨棄老朽……」

聖者卡傑魯以呆滯的眼神這樣說道，搖搖晃晃地站起身。他就像落荒而逃似的，朝向轉移用的固定魔法陣；不過卻在中途停下腳步。

因為此時在卡傑魯眼前站著一名銀髮少女——亞露卡娜。祂倏地向他伸出手。

「交出盟珠。」

卡傑魯的身體輕顫一下，並把戴著盟珠戒指的手藏了起來。

「偉大的選定神亞露卡娜，老朽的審判尚未下達。老朽將會迎接新神，再度回到這塊聖地上……」

亞露卡娜靜靜地搖了搖頭。

「依據我的信徒——神託者亞希鐵・亞羅波・亞達齊的祈禱，我以選定神亞露卡娜之名向聖者卡傑魯・亞普特・亞給伊拉下達審判。」

卡傑魯向後退一步。

「怎麼會……這種事……」

就在卡傑魯要逃走的瞬間，他的手被斬斷，飛舞在天空。

「呀啊啊啊啊啊啊啊啊啊啊啊啊啊啊啊啊啊啊啊啊啊啊啊！」

亞露卡娜手上握著雪劍，劍尖滴著鮮血。

祂將手掌朝天翻去後，卡傑魯持有的盟珠戒指就飛了過去，倏地落在祂的小手上。這時入口的固定魔法陣傳來男人的聲音。

「選定神——輝光神吉翁賽利亞、再生守護神奴帖菈・都・希安娜，以及穿神貝黑烏斯。將這三神的秩序作為供品，依照選定審判的盟約，獻給吾神亞露卡娜。」

盟珠溢出龐大的魔力。那是被我消滅的輝光神、再生守護神，以及穿神的根源。

在盟珠內部點燃的三道藍色火焰離開黑石，飄浮在半空中。

「我接受。化為吾身吧，三神的秩序。」

亞露卡娜倏地伸出小巧舌頭。然後就像是要將三道藍色火焰迎入嘴裡似的，一個接著一個地吞掉。

祂的身體因為強大魔力而閃耀光芒，三神的根源與祂的根源同化。就跟方才亞希鐵所說的一樣，祂是將神作為供品吃掉了吧。

這也就是說，亞露卡娜取得三神擁有的秩序了嗎？

「……樞、樞機主教……！」

卡傑魯甚至沒用恢復魔法為傷口止血，直直瞪向亞希鐵。

「你……背叛了老朽嗎……背叛了信仰『全能煌輝』艾庫艾斯，神龍國吉歐路達盧的信徒們……！」

亞希鐵以莊嚴的動作獻上祈禱，表情充滿著傲慢的正義。

「神諭下達了。不是爭奪，不是競爭，讓我們一同奮戰吧。『全能煌輝』艾庫艾斯說了，你的意志、你的神，就由我來繼承。」

「……怎麼會…………」

卡傑魯忍不住發出抗議。

「怎麼會怎麼會怎麼會啊啊阿……！這樣老朽的救贖呢？救濟怎麼了！老朽作為聖騎士、作為聖者貢獻給神的人生，到底算什麼？」

「卡傑魯，這也是試煉。神說了，假如是你，就一定能成功度過。」

「……開……開什麼玩笑！自己下的手，卻宣稱這是試煉！這是聖職者，這是神該做的事嗎──！」

「卡傑魯。」

他莊嚴的語氣，讓卡傑魯猛然回神。

「你是在質疑神嗎？既然如此，我就以吉歐路達盧的樞機主教之名，開除你的教籍。」

卡傑魯無言以對，露出絕望的表情。亞希鐵朝這樣的他，擺出充滿慈愛的溫柔微笑。

「人皆是一無所有地誕生到世上。你的一切全是神的。那麼，這只不過是歸還於神。有什麼好悲傷的嗎？」

卡傑魯當場跪下，沮喪地垂著頭。

「好了，請懺悔吧。神會原諒你的罪過。」

卡傑魯渾身顫抖，一面落淚一面說道：

「神呀。『全能煌輝』艾庫艾斯呀。老朽犯了罪。質疑著您、試圖違背神諭，還請您寬恕老朽的罪過。」

「『全能煌輝』艾庫艾斯呀。請原諒您順從的信徒，聖騎士卡傑魯吧。」

亞希鐵闔上雙眼獻上祈禱。

「你獲得原諒了。」

「神呀，感謝您的寬恕。」

卡傑魯一面落淚一面這樣說道，撿起掉在地上的劍的碎片。

「還有一件事。請神原諒老朽，老朽要逃避您所施加的試煉，前往您的跟前──」

瞬間的困惑與膽怯。就像要拋開這種感情，卡傑魯在露出有所覺悟的神情後，將碎片用力刺向自己的咽喉。

不過，在碎片刺下去之前，他的身體就停止了。一片雪月花飄落在卡傑魯身上，凍結住他的身體。

亞露卡娜悲傷地注視著卡傑魯。

「我的選定神亞露卡娜。您太慈悲了。不過，只要這個冰溶化了，他就會再度前往神的跟前吧。」

亞希鐵慢步走到卡傑魯前面，在他身上畫起魔法陣。

「既然如此，此時此刻實現他的願望，是我這個神僕的職責。」

緊接著，卡傑魯就遭到白色火焰吞噬。應該是召喚了某柱神吧，他就這樣連同身上的冰一起融化、消失。

亞希鐵平靜地轉身，在亞露卡娜身前跪下。他一面獻上祈禱一面說道：

「啊啊，吾神亞露卡娜。我犯了罪。我奪走侍奉神的聖騎士卡傑魯的寶貴生命，讓他歸還於天。我向您懺悔。還請您寬恕我的罪過。」

亞露卡娜不發一語地看著跪下的亞希鐵。

「我原諒你。神託者亞希鐵，今後請走在正確的道路上。」

「謹遵『全能煌輝』的意思。」

亞希鐵倏地站起，然後當場離去。

「唔嗯，真是天大的鬧劇啊，亞希鐵。」

他停下腳步，只把臉微微轉向我。

「我可不覺得異端者能夠理解。」

「這句話就向被你殺害的卡傑魯說吧。」

「他獲得救贖了。」

「咯哈哈，救贖？因為前往神的跟前了？別笑死人了，詐欺師。」

我朝著面無表情注視過來的亞希鐵說：

「只能給予這種程度的救贖，算什麼神啊？還敢自稱『全能煌輝』艾庫艾斯，真讓人聽了傻眼。」

亞希鐵把視線從我身上移開，就這樣踏進魔法陣。

「我一點也不介意在此與你展開聖戰。只不過，神並沒有賜予我這道神諭。要放過異端者，也讓我感到十分遺憾。」

「哦？你思考過不必戰鬥就能了事的理由啊？還真是了不起的逃避藉口。也就是這個意思吧？現在亞露卡娜還無法戰勝我，所以要先吃掉其他的神累積實力。」

「你這個異端者遲早會受到神的制裁。在那一刻來臨之前，請準備好懺悔，阿諾斯·波魯迪戈烏多。」

魔法陣啟動，他瞬間消失。在目送他離開後，亞露卡娜就把手伸向眼前的空間。在雪月花飄落後，出現了一道魔法陣。

那是「轉生」魔法。應該是要讓死去的卡傑魯轉生吧。就術式來看不會繼承記憶與力量，幾乎順其自然地轉生，就連何時會轉生也無法確定。

也好，要是回想起現在的記憶，他說不定又會自殺。

「妳為何要選那個男人？」

亞露卡娜面不改色地回答：

「他是個無可救藥的人，而我是神。」

因為是神，所以特意選擇那個無可救藥的男人嗎？聽起來雖然合理，但怎樣也不覺得他還有救。

「你知道嗎？」

「如果是知道的事，我就知道。」

亞露卡娜看向卡傑魯遺留下來的盟珠戒指。

「為什麼人這麼想要成為神？」

是在說卡傑魯、亞希鐵這些在這場選定審判中獲選的人們吧。

「不惜賭上性命成為神後，是要做什麼？這樣他們就能獲得救贖？」

「天知道。是想要力量吧。我反問妳，為什麼會有這種疑問？」

亞露卡娜想了一會兒後說道：

「我身為神，一次也沒有感受到幸福過。」

這個回答讓我忍不住笑了。

「咯咯、咯哈哈哈。亞露卡娜，妳雖然是神，但說了很正常的話呢。也對，畢竟得去拯救那個無藥可救的男人，根本就是抽到了下下籤啊。」

亞露卡娜畫起「轉移」魔法陣。

「要走了嗎？」

「你是敵人。」

「說得沒錯。」

「給你一句忠告，還是回到地上比較好。」

「哦？為什麼？」

「我無法再多說什麼。」

是陷阱嗎？還是真的想給我忠告？

「因為我是敵人嗎？」

「沒錯。」

「那麼，為何要給我忠告？」

「敵人就不能拯救嗎？」

「妳說了有趣的話呢。」

如果她說的是事實，就表示亞露卡娜的行動有受到與亞希鐵締結的盟約束縛吧。

「會說出這種話來的神族可不多。」

魔法陣升起魔力粒子發動「轉移」，亞露卡娜的身影忽地消失。

只有話語留在此地——

「信不信由你。」

§26 【王宮之謎】

「說什麼還是回地上比較好，是真的嗎？」

莎夏一臉疑惑的表情。

「總覺得有什麼企圖……」

「或許吧。」

我看向米夏。

「米夏，妳怎麼想？」

「……神族看不見感情。不論是猶格・拉・拉比阿茲、諾司加里亞，還是奴帖菈・都・希安娜……」

在大多數的情況下，大半的神都只會依照秩序行動。就像人是根據感情行動一樣，神是根據秩序在行動的。

「不過，亞露卡娜有點不同。」

「哦？妳看到了什麼？」

米夏就像是要窺看從亞露卡娜身上看到的事物深淵，靜靜低下頭沉思起來。

「……乾枯的渴望……」

米夏一臉悲傷的表情說道：

「就像在沒有水的沙漠裡永遠地徘徊一樣。」

聖者卡傑魯是神龍國吉歐路達盧的龍人。從石碑上的資訊看來，這個地底是根據宗教分成不同的國家。身為樞機主教的亞希鐵跟卡傑魯是同一國的居民，信仰著相同的宗教。

亞希鐵將同門信徒的召喚神與選定神作為供品獻給了亞露卡娜不一定是祂的本意。祂讓試圖自殺的卡傑魯陷入假死狀態，打算挽救他的性命——還讓死去的他轉生了。

如果亞露卡娜是真的想以那份溫柔拯救卡傑魯的話，除了米里狄亞之外，我從未遇過這種神。

「唔嗯，我也很在意出沒在地面上的龍，今天就到此為止，先回去一趟吧。」

我向莎夏與米夏伸出手。她們一握住我的手，我就施展「轉移」魔法。在視野染成純白一片後，下一瞬間出現在眼前的，是這個地底世界位在天上的大地之傘——天蓋。

「咦？不是要回地上嗎？」

「無法順利轉移。大概是天蓋被龍域覆蓋住了吧。要以『轉移』連接地底與地上的空間，魔力環境稍微有點惡劣。儘管不是辦不到，但很費時間。用飛的回去似乎還比較快。」

我在向莎夏這樣說明後，就施展「飛行」直接飛進天蓋上的洞穴裡。眼看著地底逐漸遠離，我們朝著天上不斷衝去。

在飛了一會兒後，洞穴就被土牆堵住了去路。這附近的天蓋充滿著魔力，所以就算挖出洞口，也會立刻堵住。

我伸手施展「魔震」魔法分開大地，沿著原路回去。不久後，眼前能看到光與天空。我施展「逆成長」魔法恢復成阿諾蘇，與莎夏與米夏一起離開洞穴。

這裡剛好長著一棵杉樹，能看到許多學生待在杉樹底下。

「咯、咯、咯，就跟我說得一樣，他們這不是回來了嗎。」

耶魯多梅朵來到走出洞穴的我們身旁。

「唔嗯，等很久了嗎？」

「不不不，時間剛好，阿諾蘇．波魯迪柯烏羅。你看，現在最後一個人正要完成你追我跑的訓練！」

耶魯多梅朵用手杖指去。在他所指的方向上，能看到一名綁著項圈的魔王學院學生一面被龍追著，一面以全力奔馳的身影。那個人皇族派的拉蒙。

「呀啊啊啊啊啊啊啊啊啊啊啊啊啊啊啊！」

他以拚命的表情奔跑著。拉蒙用的「熾死沙漏」早就漏完沙子的樣子，他能活下來的方法只剩下抵達杉樹。

此時考慮到龍與拉蒙的速度，他會勉強抵達目的地。不過地面卻在下一瞬間炸開，從土裡冒出另一頭龍把拉蒙撞飛。

「……呃、哈啊啊…………！」

他像顆球一樣猛烈飛上天去，就這樣朝著這裡墜落，一頭撞在杉樹上頭。杉樹激烈搖晃，樹葉翩翩飄落下來，他的眼神失去了光澤。

「居然即使赴死也要達成目的。這不是很棒的覺悟嗎？魔族就該像他這樣。」

耶魯多梅朵讓一滴血浮起，用手杖指向拉蒙。傷勢藉由「復活」魔法在轉眼間恢復，使他復活了過來。

「你們全員合格了。太棒了，哎呀哎呀，你們太棒了，你們這不是非常棒嗎！簡直超乎本熾死王的想像啊。照這個進度，說不定能比預定來得早去討伐龍喔。還真是期待讓王宮那些無能的人類瞧瞧你們的厲害啊。咯、咯、咯！」

大概是對王宮的龍討伐命令氣得忍無可忍吧，不是只魔王學院的學生，耶魯多梅朵的發言連勇者學院的學生們也露出感覺幹勁十足的表情。

「那麼，今天的課程就到此為止。解散啦。大家就為了明天的課程，努力休養生息、複習課程內容。要是有問題的話，就來找我吧。」

耶魯多梅朵這麼說完後，學生們就三三兩兩地聚集到他身旁。往草原看去，能看到飛出地上的龍，正被辛輕易地砍下腦袋。

「喂、喂……阿諾蘇……」

拉蒙來到我身邊。

「怎麼了？」

「賽魯瑟阿斯大人發來『意念通訊』說他沒辦法聯絡到你啦……」

「啊啊，我剛好去了一趟地底深處。」

因為地底有龍域干擾，假如沒有事先施展「魔王軍」連上魔法線，就會接收不到「意念通訊」。

「有什麼事嗎？」

「把龍送給皇族派的傢伙，好像又來接觸的樣子。不過，這次似乎是派使魔過來。」

「哦？」

「好像是說什麼，他有一個能從魔王的支配之下拯救密德海斯的好辦法。賽魯瑟阿斯大人總之先假裝答應，不過對方還不肯說出詳細內容。」

肯定是有什麼不好的企圖。

「記得你說過，沒見過那個人的長相吧？」

「是啊。」

「他戒指上的寶石是這個嗎？」

我將在艾貝拉斯特安傑塔取得的選定盟珠拿給拉蒙看。

「哦哦……哦哦，不會錯的，就是這個。雖然感覺還要再亮一點，不過就是這種感覺的寶石。」

由於我沒跟神締結盟約，所以這顆盟珠沒有點燃火焰。八成不會錯吧。

這樣一來，把龍交給皇族派的人，很可能就是八神選定者之一。

是亞希鐵嗎？還是說另有他人？

「他還有說什麼嗎？」

「沒特別說什麼……啊，對了，賽魯瑟阿斯大人說，派來的使魔是隼鳥。」

如果是會飛的使魔，魔族偏好使用貓頭鷹，人類則是使用隼鳥。不過，這比較像是一種風俗，並不是無法使用其他使魔。

「只是這樣的話，並沒有什麼好稀奇的，他還有說什麼嗎？」

「……啊啊，那個，雖然還不確定啦。不過他說，好像曾在蓋拉帝提的王宮裡見過那隻隼鳥……」

在與亞傑希翁的戰爭結束後，為了和人類交涉，賽魯瑟阿斯曾經跟著艾里奧與梅魯黑斯拜訪過蓋拉帝提好幾趟。當時也曾進出過王宮吧。

「雖然這樣講，一般分辨不出隼鳥的樣子吧？所以我覺得是賽魯瑟阿斯大人多心了。」

「唔嗯，辛苦你了。幫我跟他轉達，要是有什麼新消息，就再跟我聯絡。」

「了解。」

拉蒙露出鬆了一口氣的表情離去。現在變得非常順從，看得出來項圈很有效。

「欸，剛剛他是不是說了很糟糕的事啊……？」

莎夏一臉覺得會變成麻煩事態的表情。

「王宮的人類與龍人聯手了？」

米夏淡然地向我問道。

「目前還不清楚，但確認一下似乎比較好。雷伊。」

跟米莎在一起的雷伊帶著爽朗的微笑往我們走來。

「就去王宮一趟吧。要是他們沒在打什麼壞主意就好了。」

「是啊。」

在把艾蓮歐諾露與潔西雅叫過來後，我們施展「轉移」魔法來到蓋拉帝提，而王宮就在眼前。

「嗯～就用那招怎麼樣？只要施展『幻影擬態』與『隱匿魔力』偷偷潛進去，就能調查許多事了喔。」

艾蓮歐諾露一這麼說，潔西雅就開心地低語：

「……捉迷藏……」

「那就這麼做吧。」

在我施展「幻影擬態」與「隱匿魔力」的魔法隱藏身影與魔力後，我們就從門衛身旁溜過，從正門潛伏進去。在進到王宮內走了一會兒後，我聽到了某種聲音，於是停下腳步。

「怎麼了？」

莎夏一臉疑惑地轉頭。

「妳仔細聽聽。」

她把手放在耳旁傾聽。「嘰——」的一聲，耳邊響起尖銳、不舒服的微弱聲響。

「這是……？」

「龍鳴。」

米夏說道。

「王宮的主樓與地下似乎形成龍域的樣子。」

雷伊一面眼神嚴厲地看向那座宮殿，一面這樣說道。就算要用魔眼窺看內部，也會遭到龍域阻擾。

「這是怎麼回事？龍巢就在王宮的正下方……？」

「好啦，如果只是這樣的話倒還好。」

王宮對討伐龍這件事表現得很消極。還以為他們只是無能而已，沒想到會出現比這還糟的可能性。

「說不定是在這裡飼養了龍。」

「養在王宮？可是有人類因為龍而遇害吧？讓龍襲擊自己的國民想做什麼啊……？」

莎夏驚叫道。

「還只是有這個可能。」

「啊～不過，還是別玩捉迷藏比較好喔。就算被發現，我們也沒有問題；但要是龍被放到亞傑希翁市內……」

艾蓮歐諾露神色凝重地說道。假設王宮在飼養龍，無法保證他們不會在走投無路時自暴自棄。

「不過，也不能不進去一趟吧？要是王宮真的在飼養龍，就必須追查清楚……」

雖然只要在龍被放出來之前殲滅掉就好，但數量不明——小心起見並沒有損失。

「有個能從正面公然進去的方法。」

我與雷伊對上視線。如果是勇者加隆，王宮不惜低頭也會歡迎他進去吧。

「……雖然提不起勁，但似乎不是能說這種話的狀況呢。」

「我們先離開吧。」

我施展「轉移」，不過這次是轉移到勇者學院的大講堂，同時還解除「幻影擬態」與「隱匿魔力」。

「去跟扎米拉學院長約時間吧。」

雷伊點點頭。

「可以的話，希望今天就能帶我過去呢。」

他邊說邊走向講堂大門。

「米莎，妳要跟去也行。只要說是未婚妻，他們應該就會歡迎妳了吧。」

「……啊、啊哈哈……這件事必須瞞著爸爸才行呢……」

米莎儘管苦笑，還是有點高興地與雷伊並肩齊行。

「小心點。他們並不一定只是單純想歡迎勇者加隆。」

雷伊停下腳步，困擾地微笑起來。

「……只能祈禱人類沒有這麼愚蠢呢。」

他們兩人一起離開大講堂。

§ 27 【第一次的「聖域」體驗】

隔天——

耶魯多梅朵在大講堂的黑板上畫著一道複雜的魔法陣。

「欸，雷伊。結果你跟扎米拉學院長談得怎樣了？」

莎夏向坐在前座感覺快睡著的雷伊偷偷咬著耳朵。

「說是要先做好適合迎接勇者加隆的準備。」

「他們很歡迎呢。是今天會來接你嗎？」

「他是這麼說的。」

耶魯多梅朵轉向這邊。

「龍之力就跟你們昨天親身體會到的一樣。儘管現在的你們有辦法逃得過牠們，要討伐的話，就缺乏有效的攻擊手段了。沒有能攻擊脖子弱點的技術，也沒有能貫穿龍鱗的魔法；而勇者學院的學生們就更不用說了。」

他畫完魔法陣，手杖觸地響起「咚」的一聲。

「既然如此，到底該怎麼做呢，艾米莉亞老師？」

「……那個……」

突然被問到，讓艾米莉亞不知該怎麼回答。

「勇者的拿手魔法是什麼？力量與魔力都不如魔族的勇者，是採取怎樣的手段與我們魔族戰鬥的？」

「……是『聖域』……啊，不對，是結界魔法嗎……？」

「沒錯、沒錯，妳說得沒錯！就是結界魔法！而這個魔法術式正是人類用來對抗龍的手段之一。兩千年前勇者們討伐龍所使用的結界魔法，叫做『龍縛結界封（de jieriasu）』！」

勇者學院的學生們對於魔族的熾死王知道勇者的魔法術式一事紛紛感到很疑惑。

「咯、咯、咯，別露出那種懷疑的表情。就只是魔王用他的魔眼（眼睛）偷學過來了而已。」

耶魯多梅朵滿不在乎地說道，並且朝學生們看去。

「首先來看一下示範吧。」

耶魯多梅朵用手杖前端指著雷伊。

「勇者加隆，還有米莎。到講臺上來。」

雷伊與米莎起身走上講臺。耶魯多梅朵在地上畫出一道魔法陣，緊接著從中噴出綠色的火焰。

「這個綠焰仿照著龍的魔力波長，是用來測試『龍縛結界封』效果的東西。分辨方法很簡單，火焰變得愈弱，結界就愈是有效。」

耶魯多梅朵朝向雷伊。

「那麼，你們就兩個人一起施展『龍縛結界封』吧。」

「那、那個～我覺得雷伊同學一個人就夠了耶……」

米莎看起來無事可做地微微舉手。耶魯多梅朵看著她，咯咯咯地笑著說：

「『龍縛結界封』跟『聖域熾光砲』一樣，是將『聖域』聚集的魔力轉換成魔法的術式。憑藉一個人是無法施展的。」

「啊、啊……原來是這種術式啊……」

雷伊面帶笑容地朝米莎伸手。

「……總覺得在這裡施展這種魔法好害羞呢……」

米莎微微碰觸雷伊的手。緊接著，雷伊全身就聚集起「聖愛域」的光芒，勇者學院的學生們嘈雜起來。

「喂、喂！那個術式，那個彷彿燃燒般的光之魔力該不會是…………！」

「……是『聖愛域』……嗎……！不會吧……那不是傳說中的大魔法嗎……」

「……這要說的話也很理所當然吧？他可是真正的勇者啊……」

「也就是說，那兩個人搞上了嗎？」

「話說回來，就算魔力再怎麼強大，這都是與我們無緣的魔法啊……」

「嘖，是在炫耀什麼啊……！」

讓兩人的愛合而為一，轉換成龐大魔力的勇者最後王牌。目睹到「聖愛域」的魔法，讓他們流露出跟平時有著哪裡不同的寂寞感。

「居然有這種程度的魔力啊……」

辛喃喃嘀咕。

「辛老師，你說了什麼嗎？」

「不，沒事。」

耶魯多梅朵「咯、咯、咯」地笑了起來。

「我不太擅長結界魔法就是了。」

雷伊邊說邊在眼前畫起魔法陣。

「『龍縛結界封』。」

顯現的魔法線分裂成無數條，就像束縛似的圍繞住綠焰。「嘰嘰——嘰嘰——」的聲音響起，火焰在轉瞬間就滅掉了。

「不愧是勇者加隆，居然能將火焰完全滅掉，真是太棒了！不愧是跟那位魔王交戰無數次後還生存下來的人！」

雷伊倏地指向畫在黑板上的魔法陣。

「這些都是多虧了那個。比起人類使用的魔法陣，術式受到相當大的改良，讓魔力效率變好了。」

「是啊。沒錯、沒錯。他確實說過本來的術式效率太差了。這個『龍縛結界封』是魔王改良過的，所以比過去人類使用的還要簡單、強大。不過大家不需要感到驚訝。讓阿諾斯・波魯迪戈烏多看魔法，就是這麼一回事。」

耶魯多梅朵就像在讚揚魔王似的高聲喊道：

「那麼、那麼，如果是魔眼優秀的各位，我想已經注意到『龍縛結界封』是靠聲音束縛住龍的。這條魔法線會纏繞住龍的身體，龍愈是激烈掙扎，就愈會發出龐大的聲音封住龍的魔力與力量。」

耶魯多梅朵朝艾米莉亞看去。

「妳知道這是為什麼吧，艾米莉亞老師？」

「……『龍縛結界封』會干涉龍在動作時的魔力，發出封印用的聲音；也就是說龍愈是強大，結界的力量也會愈強大嗎？」

「沒錯。因此只要將某種程度的龍封印在結界裡，就能讓牠幾乎喪失戰鬥能力。不過，這也有極限在。昨天在草原上看到的龍全都是幼體，要封印那種等級的龍，就連你們也能游刃有餘；可是古老的龍就無法完全束縛住，請大家務必注意。」

熾死王將手杖指向黑板，用魔法畫出龍的圖案。跟昨天的龍不同，黑板上的龍鱗與皮膚呈深綠色。

「像這種古老的龍，也就是所謂的古龍，鱗片與皮膚會變成深綠色。這種傢伙就算施展『龍縛結界封』也無法徹底綁住，必須賭命砍掉牠的腦袋才行。」

耶魯多梅朵愉快似的揚起嘴角。

「對了，還有啊，雖然很少會遇到，但鱗片與皮膚不是綠色的龍是稀有種。那種龍叫做異龍，要是遇到的話，有一個對策。」

耶魯多梅朵就像在嚇唬人似的說：

「那就是頭也不回地逃走。」

他在地板上再度畫起魔法陣，點燃綠色的火焰。

「那麼，既然看過示範了，艾米莉亞老師。妳來挑戰一下『龍縛結界封』吧。」

「咦…………？」

艾米莉亞一臉驚愕地看著耶魯多梅朵。

「……那個……我是魔族，就算能理解術式……要施展魔法就有點……」

「咯、咯、咯，假如勇者的魔法只有人類能施展，魔王也沒辦法改良了吧？」

「……是這樣沒錯，但是像我這種人……」

艾米莉亞把臉垂下。耶魯多梅朵靠近這樣的她，側著臉探頭看著她的表情。

「艾米莉亞老師，妳被暴虐魔王施加了詛咒，不僅失去了身為皇族的肉體，就連魔力也變弱了。」

學生們忍不住鼓譟起來。

「咦？那個艾米莉亞老師，該不會就是我們的前班導艾米莉亞老師……？原本是皇族派那個……？」

「……可是完全不像啊……？不僅是長相，總覺得個性也有點不同？」

「……也是啦，要是被那個魔王大人詛咒的話，就算身體和人格都扭曲了，也沒什麼好不可思議的吧……」

「……也是呢，嗯……」

魔王學院的學生們一副能理解的模樣。相反地，勇者學院的學生們雖然沒怎麼開口，卻都以驚訝的眼神注視著艾米莉亞。

「咦，耶魯多梅朵老師……這跟現在沒關係吧……！」

「喂喂喂，妳以為本熾死王會在課堂上講沒關係的事嗎？」

被這樣厲聲指責後，艾米莉亞沉默下來。耶魯多梅朵咧嘴笑著說：

「就讓我來說明吧。根源所帶有的魔力總量，如果只是轉生的話，很少會產生變化。儘管如此，魔力量卻屢屢因為這個條件產生變化的理由，受到我們能掌握多少從根源溢出的魔力，也就是會依據身體的魔力效率產生很大的變化。」

耶魯多梅朵用手杖指向艾米莉亞。

「艾米莉亞老師的魔力雖然變弱了，但並沒有減少。就只是身體的魔力效率變得極度差勁。為何會變差勁？要弄成魔力循環不好的身體也太費工夫了。既然如此，如果想立刻讓魔族的魔力效率變差的話，該怎麼做才好？」

「該怎麼做，這種事就算問我……而且，這果然跟課程無關——」

話說到一半，艾米莉亞恍然大悟。

「……弄成適合人類魔法的身體嗎？」

「沒錯。這個時代的魔族，幾乎不曾施展過人類的魔法。因此，這麼做就跟讓魔力減少一樣。艾米莉亞老師雖是魔族，但有著適合施展勇者魔法的身體。不論是『聖域』還是『龍縛結界封』都能施展。」

艾米莉亞以半信半疑的表情，注視著自己的雙手。
「妳知道『聖域』的魔法術式吧？」
「……知道。要是不知道的話，就沒辦法教學了……」
「咯、咯、咯！居然會學習自認為無法施展的魔法術式，簡直就是教師的楷模啊！」
耶魯多梅朵朝向勇者學院的學生們說：
「好啦，要開始教『龍縛結界封』嘍。現在蓋拉帝提的國民不會願意協助你們施展『聖域』吧？既然如此，就只能靠自己供應了。這沒什麼，你們不用擔心。只要志同道合，這樣人數就會剛剛好。假如順利，你們就能發揮出比以前施展的『聖域』還要強大的效果。」
耶魯多梅朵「唰」的一聲將手杖指向學生們。
「讓意念合而為一，聚集在艾米莉亞老師的『聖域』上。」
艾米莉亞畫起「聖域」魔法陣施展魔法，然而卻不太順利的樣子。
「果然不行……」
「不不不，很好喔，妳做得不是很好嗎？繼續下去。勇者的魔法不是靠力量制服，而是要溫柔包覆。忘掉過去的魔法，把根源託付給妳的身體吧。妳的身體，原本就是以這種感覺形成的。」
艾米莉亞閉上雙眼，再度將魔力送到魔法陣上。把根源託付給身體——或許是耶魯多梅朵的建言生效了吧，魔法陣漸漸升起光粒子。
雖然微弱、拙劣，但她確實啟動了「聖域」的魔法陣。

勇者學院學生們的少量意念轉換成魔力，形成微弱的光芒覆蓋住艾米莉亞全身。

「成功啦。只是聽人口述就能施展『聖域』，妳這不是相當有才能嗎，嗯？」

耶魯多梅朵咧嘴一笑，用手杖指向綠色火焰。

「好，用那個『聖域』的魔力畫出魔法陣，施展『龍縛結界封』看看吧。」

艾米莉亞一臉認真地點點頭。

「……我試試看……」

她伸出手，畫出「龍縛結界封」的魔法陣。她深沉地用魔眼(眼睛)窺看著「聖域」的深淵，魔力再度增強了一點。

她愈是窺看深淵，就愈是能觸及到聚集於「聖域」上的意念。

——是說，艾米莉亞安靜下來還挺可愛的嘛。只有臉就是了。

——是嗎？我比較喜歡她生氣的表情呢。讓人想欺負她。

——你們兩個，現在正在施展「聖域」的魔法，心聲會洩露出去喔。

——只不過，我還以為她是娃娃臉，結果是轉生者啊。

「萊、萊歐斯同學！海涅同學！還有雷多利亞諾同學——！你們在課堂上胡思亂想些什麼啊——！」

就在艾米莉亞怒吼的瞬間，以「聖域」描繪出的魔法陣忽然像煙霧般散去。

「啊…………」

艾米莉亞露出「糟了」的表情來。

第一次施展的「龍縛結界封」悲慘地以失敗告終。

§28 【遭到踐踏的榮耀】

「看啦，都是你們害的，這不是失敗了嗎。」

艾米莉亞以帶刺的語氣斥責海涅他們。

「喔喔，那還真是抱歉呢。」

萊歐斯完全不以為意地說道。

「是說，艾米莉亞。結界魔法不能用那種攻擊性的魔力施展啦。不是把人殺掉，救人才是勇者的戰鬥方式。話雖是這麼說，之後也會殺掉就是了呢～」

海涅就像在戲弄她似的咯咯笑起。

「叫我老師！是說你這是在做什麼？明明是學生，請不要試圖指導教師。」

「說到底，既然是教師的話，就必須要比我們還要完美地掌握結界魔法吧？」

「……你很吵耶！」

對雷多利亞諾發怒後，艾米莉亞不高興地把臉撇向一旁。與此同時，耳邊傳來大門推開的聲音。

「哎呀哎呀，這所學院還是老樣子，看來就連好好上課都辦不到啊。」

出現的人是扎米拉學院長。站在他身後的則是穿著正裝、整齊排列的士兵們。

「是怎樣啦，大人物又來妨礙上課了嗎？」

「混蛋，我才沒事找你這種假勇者。我聽說嘍？你們在做被龍追著跑的訓練啊？」

扎米拉嘲笑著道：

「我可從來沒聽過勇者會逃跑呀。據說勇者加隆可是即使死了也仍在奮戰呢。在國家危急之時，你們是打算用鍛鍊出來的腳程逃跑嗎？」

萊歐斯半站起來，一臉憤怒地瞪著他。然而，他背後守候著數十名的士兵，沒辦法像上次那樣強行讓他閉嘴。

「要說大話，就等打倒一頭龍之後再說吧。」

丟下這句話，扎米拉走到講臺上。以判若兩人的殷勤態度，低頭問候著雷伊與米莎。

「我來迎接您了，勇者加隆大人、米莎大人。外頭已準備好馬車，今日會在王宮召開晚餐會。數日後的典禮應該也已經準備好了，在那之前還請您留宿王宮。我們會視您為英雄、真正的勇者，準備最高級的款待，絕對不會讓您感到厭倦的。」

雷伊不改微笑地向他問道：

「雖然昨天就問過了，但有辦法謁見蓋拉帝提王嗎？我也想見見王族人士一下。」

「這是當然。王也很想與加隆大人見面，至於王族人士……」

扎米拉正打算說些什麼，卻在途中停了下來。

「啊，沒事，好了，請往這邊走。別待在這種骯髒的地方，讓我們到王宮談吧。」

雷伊點點頭朝向米莎說：

「我們走吧。」

「好。」

兩人跟在扎米拉背後。士兵們誇張地左右分開，列隊排出讓雷伊通過的走道。當雷伊走過後，士兵們就恭敬地尾隨在後。他們離開大講堂，將門關上。

「……誰待得下去啊………」

耳邊傳來一句低語。那個人是萊歐斯。他露出屈辱的表情，大聲邁步走向大門，然後使勁地踹在門上。

「……他媽的！開什麼玩笑啊！開什麼玩笑啊！混帳！」

砰、砰、砰砰，萊歐斯放任著激情，不斷地踹著大門。

「萊歐斯同學！別再踹門了！你是在遷怒嗎！」

艾米莉亞走下講臺，壓制住萊歐斯狂暴的身體。

「煩死了……！」

萊歐斯猛力甩著身體，把艾米莉亞撞飛。倒在地上的她用手撐起身體，同時狠狠瞪向萊歐斯。

——反正沒有人期待我們……

尚未解除的「聖域」溢出強烈的意念。

——全都是白費。所有一切都是白費。

激烈的怒火盤旋著。

——沒錯，我們不是什麼優秀的人。這種事我們也知道。

這些意念大概傳達給了作為術者的艾米莉亞吧，她傾聽著這些心聲。

——然而，大人盡是些比我們還差勁的人渣不是嗎？

——明明就視死如歸地在進行與龍戰鬥的訓練，卻被說是在逃……

——儘管如此，也還是不得不守護這群人渣嗎？

只要抵達憤怒的火源，就能在那裡看到不同的感情。

——讚許我們是勇者，不停地誇我們是勇者加隆的轉生者……

——卻在某天突然說我們不是。

這說不定是失望。

——就像翻臉不認人似的粗魯對待我們……

——我們不是一直照著你們的要求去做了嗎？

——不是成為你們所期望的勇者了嗎？

強烈的不講理，就像在譴責他一樣。

——為什麼突然之間，就必須為你們要求去做的事情而受到譴責啊……

——就算做相同的事，只要不是勇者加隆就沒意義的話……

——不論我們做什麼，到最後都只會是白費工夫吧。

就只是不斷地發出怒吼。

——我們不是勇者。就只是不像樣的假勇者……

——混帳。

——為什麼不是作為真勇者出生……

——為什麼……

彷彿爆炸般盤旋在「聖域」之中的，是萊歐斯懷抱的鬱悶心情。只不過，這雖是他的心聲，卻不只是他一個人的意念。

就像與他的感情同步似的，纏繞在艾米莉亞身上的「聖域」魔力膨脹開來。海涅的意念、雷多利亞諾的心情，以及過去稱為傑魯凱加隆的學生們心中的芥蒂全都合而為一，並且轉換成魔力。

「……怎樣啦？」

萊歐斯唾棄似的說道：

「妳就打回來啊。用妳擅長的巴掌打啊。還是說怎麼著？是在同情我們嗎？嗄嗄？我們才不需要妳的同情！」

「……請不要……認為……」

艾米莉亞喃喃低語，並且站起身來。

「嗄？妳說什麼啦？」

「請不要認為，只有你們自己受到了不講理的待遇！」

「啪」的一聲，艾米莉亞在萊歐斯臉上賞了一個巴掌。

「……妳這傢伙，居然真的打了……」

「要是不想守護的話，就給我出去。」

艾米莉亞指著大門。

「要是想從龍的威脅之下守護的事物一個也沒有的話，就算不來上課也無所謂。你們全員都是。要是不想做的話，就趕快給我出去。」

艾米莉亞這麼說完，雷多利亞諾就起身離席。接著海涅與勇者學院的學生們也陸陸續續起身離席走出大講堂。最後萊歐斯要從大門離開時，停下了腳步。

他轉身看向艾米莉亞。

「不阻止我們可以嗎？不是會造成責任問題嗎？」

「我才不管，隨你們高興吧。」

「哈，這樣啊。結果妳也跟他們一樣啊！」

就像在宣洩煩躁似的說完後，萊歐斯也離開了大講堂。勇者學院留下來的人，就只有艾米莉亞。當魔王學院的學生們擔心地看過去後，她就像是待不下去似的咬緊下唇。

「咯、咯、咯，你們看到好東西了呢。這正是青春不是嗎！」

耶魯多梅朵的說法，讓學生們聽了都傻眼。

「對吧，辛老師，這在我們那一代可是很少見的呢。」

辛平靜地說出一句感言。

「真年輕呢。」

「那個，老師，說得這麼悠哉好嗎？」

如此發問的人是留校的娜亞。

「這不是個好問題嗎？留校的。跟魔族不同，這對人類來說是必要的。因為他們的王牌『聖域』魔法需要團結一心才能發揮真正的價值。人類是場面話很多的生物，所以當他們真正地團結一心時，『聖域』就會化為足以對抗我們魔族的矛與盾。」

耶魯多梅朵走下講臺，站在艾米莉亞身旁。

「既然如此，就不應該避免衝突。互相碰撞，知己知彼。所謂的勇者，就是用心戰鬥之人。艾米莉亞老師是在實踐這一點。暴露出醜陋的內心，與學生互相碰撞。這難道不就是勇氣嗎，嗯？」

對於耶魯多梅朵的這番話，魔王學院的學生們表現出理解的反應。

「那麼，各位同學。我們魔族就以魔族的風格，用身體來戰鬥吧。今天我們就來教對龍有效的攻擊手段，正好在東邊沙漠發現到了不錯的靶子。」

「那個，老師……你說的靶子，該不會就是在說龍吧？」

「沒錯。咯咯咯。很好、很好，很好喔。你們這不是愈來愈懂了嗎！」

學生們就像在說「果然不出所料」一樣，全都露出疲憊的表情。

「那麼，我們趕快出發吧。今天也要愉快地練習『轉移』。咯咯咯咯！」

耶魯多梅朵在黑板寫下「轉移」魔法術式，學生們看到後便接二連三地施展魔法轉移。

正當莎夏要施展「轉移」時，她就像忽然注意到似的向我問道：

「你不去嗎？」

我看著孤獨一人站著的艾米莉亞向她回道：

「我等一下過去。」

「你可別在人家的傷口上灑鹽喔？」

「妳覺得我會做這種事嗎？」

「就是覺得才這樣說啊……哎，算了。」

莎夏轉移離開。

不久後，大講堂就只剩下我與艾米莉亞。即使我慢步走到身旁，她也還是低著頭，一動也不動。我不在意，在她的脖子上畫起魔法陣，從收納魔法陣中取出一條掛著小鐘的項鍊。

艾米莉亞以緩慢的動作看著我。

「……這是什麼？」

「沒什麼，只是護身符。這是能強化『意念通訊』等意念系魔法的魔法具，叫做『意念鐘』。因為能讓想法輕易地傳達給對方，所以據說能讓人們重修舊好。」

艾米莉亞稍微瞇細眼睛。

「不論怎麼看，阿諾蘇同學都還只是小孩子呢……」

她用指尖輕輕摸著項鍊上的小鐘。

「……給我出去這種話，可不是教師該說的話，根本就是放棄職務。他們會生氣也是當然的，要重修舊好……」

艾米莉亞垂著頭，黯然地看著地板。

「可是，妳是為了他們才這樣說的。」

艾米莉亞就像很驚訝似的看著我的臉。

「艾米莉亞是覺得連欺負自己的人都不得不去守護的勇者宿命太殘酷了，所以才會要他們不想做的話，就離開這裡。」

艾米莉亞依舊不發一語，但眼中充滿著悲傷。

「不對嗎？」

她垂著頭，沉默了一會兒後開口說：

「……我太膚淺了……果然不該去做自己不擅長的事……到頭來，我還是不知道該對他們說什麼……」

在我沉默下來後，艾米莉亞就說了句「可是……」地緩緩開口說：

「……方才的他們，就彷彿是我……」

她停頓了一下，然後繼續說：

「不對，說不定一直都是……一直都是我，所以才聽不進去我說的話……」

艾米莉亞就像在回憶過往似的說：

「……如果是勇者學院的大人們把他們教育成這樣，就沒有比這還要過分的事了……」

她立刻就像要否定自己似的搖搖頭。

「不對……果然還是不對。這就只是私怨……我就只是無法原諒那個跟把我推下地獄一樣的類似事物吧……完全沒有考慮過學生的心情……」

艾米莉亞悲傷地笑著說：

「畢竟我是很過分的教師呢。」

「我不這麼覺得。」

我坦率地向艾米莉亞說：

「妳想守護他們的尊嚴，不想讓他們為了不想守護的人前往戰場。」

「……這次說了很像大人會說的話呢……」

艾米莉亞就像自言自語地喃喃說：

「不過，沒有人這麼覺得……」

「那麼，就我一個這麼覺得吧。」

就像嚇到似的，艾米莉亞回看著我的眼睛。

「艾米莉亞，妳今天是個好老師喔。」

在我這麼說的同時，淚水輕輕溼濡地面；而她就像要否定這點似的立刻用手擦拭臉頰。

「……才沒有……這回事……」

艾米莉亞強忍著淚水並往前走。

「……不過，我想再去跟他們吵一下架……反正，事情都這樣了……」

她朝著大門走去。

「艾米莉亞。」

經我叫喚後，艾米莉亞轉過頭來。

「要加油喔。」

「……這算什麼呀……」

她儘管這麼說，卻看起來很高興似的露出微笑。

「阿諾蘇同學，趕快去上耶魯多梅朵老師的課吧。因為很強就曠課的話，可是無法成為優秀的魔皇喲。」

「我會的。再見。」

艾米莉亞輕輕揮手，跑向大門的另一頭。

§ 29 【王的款待】

蓋拉帝提王宮——

在扎米拉的帶領下，雷伊與米莎來到王座之間。

坐在奢華王座上迎接他們的，是一個身穿國王服飾的瘦弱老人。雖是滿臉皺紋的老人臉孔，只有眼神熠熠生輝保持著年輕感。

「我將勇者加隆大人與其未婚妻米莎大人帶來了。」

扎米拉恭敬地說道，同時用他肥胖的身軀笨手笨腳地跪下。雷伊與米莎仿效著他，要在王前跪下，卻被蓋拉帝提王伸手制止了。

「站著就好。要讓亞傑希翁的大英雄勇者加隆下跪，余可承受不起啊。」

王從王座上起身，走到雷伊與米莎身旁。

「初次見面。余乃第一百零六代蓋拉帝提王，李西烏斯・恩杰羅・蓋拉帝提。」

兩千年前，王都蓋拉帝提是人類的堡壘。統治王都的王，也就是統一亞傑希翁全境治理的王。正確來說，亞傑希翁不是單一國家，而是人類的聯合國家。統合複數國家的代表，就稱為蓋拉帝提王。這個制度在這兩千年間未曾改變，繼承到今日。

既然扎米拉也跟李西烏斯王一樣冠有恩杰羅之名，就代表他也是一名王族吧。只不過，既然他會被貶到勇者學院，看來王位繼承權很低。

「歡迎您蒞臨王宮，我們期盼這一天很久了。」

李西烏斯向雷伊伸出手。

「我現在是雷伊・格蘭茲多利。」

雷伊這樣說道，回應著王的手。

「不論是否成為魔族，您對余來說都是神話中的英雄，勇者加隆。」

李西烏斯也向米莎伸手。

「我是米莎・雷谷利亞。」

「真是位漂亮的姑娘啊。」

兩人握手。

「離晚餐會還有一點時間。在那之前，已備好房間讓兩位慢慢休息了，就當作是自己家一樣放鬆吧。」

「感謝王的好意。另外我也想問候一下其他王族。」

雷伊一這麼說，李西烏斯就沉默下來，從鼻子呼了一口氣。

「勇者加隆。」

李西烏斯以認真的表情說道：

「本該是待客之主的立場，還請您務必原諒這等失禮行徑，但余有件事想拜託您。」

瞬間，雷伊與米莎交換眼神。

「是什麼事？」

「如今蓋拉帝提的王族共有二十六名。」

依然跪著的扎米拉，瞬間黯然地看向地面。

「然而，現在全都臥病倒下了。」

「……全員嗎？」

「余明白您感到不可思議的心情。余也想過這可能是某人企圖顛覆國家、殺光王族的陰謀；然而不論拜託哪位賢者都無法找出原因。儘管認為是詛咒，實際卻並非如此的樣子。」

李西烏斯以沉痛的表情說道：

「照這樣下去，國家將會滅亡。如今的依靠，就只剩下您那把據說能斬斷宿命的靈神人劍了。」

「……還能拜託迪魯海德的魔王吧……？」

對於雷伊的話語，李西烏斯搖了搖頭。

「他終究是魔族，無法讓人信賴。王位繼承者就要滅絕一事，就連在王宮也只有極少一部分可信賴之人知情，更何況是洩露給他國的王。」

之所以輕視討伐龍這件事，是因為已經沒有餘力了嗎？

「不論您要求怎樣的獎賞都行，能請您拯救我們嗎？」

雷伊看著低頭拜託的李西烏斯，困擾地笑了笑。

「儘管不知道能做到何種程度，但如果是詛咒的話，我說不定能勉強幫上忙。能讓我見一下其他王族嗎？」

「當然，謝謝您，太感謝了。」

說完，李西烏斯朝著王座走去。

「請往這走。」

兩人一跟在李西烏斯背後，扎米拉便像是要挽留似的喊道：

「王啊！」

李西烏斯佇足轉身。

「怎麼了，扎米拉？」

「我依照王的要求，將勇者加隆大人帶來王宮了！」

扎米拉以懇求的眼神看著李西烏斯。

「嗯，辛苦你了，扎米拉。余會賞賜你的。今後也繼續在勇者學院為我國盡力吧。」

扎米拉咬緊牙關。

「……在勇者學院嗎……？」

「要是有什麼不服的話，但說無妨。」

縱然是唯一沒有被病魔纏身的王位繼承人卻讓他遠離王宮，這表示李西烏斯不想讓扎米拉繼承王位吧。

「……不……我沒有任何不服……」

扎米拉儘管這樣低頭答覆，卻以充滿屈辱與憤怒的表情瞪著地板。只不過，就在下一瞬間，大概是想到了什麼吧，他暗暗冷笑起來。

沒注意到這點，李西烏斯走到王座旁。在他伸手畫出魔法陣後，王座就發出轟隆隆隆的聲響移開，底下出現一道隱藏階梯。

李西烏斯就像帶路似的走下階梯，雷伊與米莎也跟隨在後。階梯兩旁的牆上掛著魔法燈，照著微弱的光亮。

不過，前方依然昏暗不清。三人暫且在階梯上前進，不論怎麼走，都只能看到階梯。如果將王座之間當成一樓的話，現在已潛入非常深的地底了吧。

「啪答」響起微弱的水聲。這種水聲愈來愈多。不久後，能看到一座廣大的鐘乳石洞。遙遠的下方有座地底湖，上頭散發著不可思議的光芒——聖水。

李西烏斯施展「飛行」魔法朝著地底湖降落，雷伊與米莎也追上了他。

李西烏斯降落在地底湖上的一條細小岩石道路，筆直地往前走。

「請問王族人士是在這種地方療養嗎？」

米莎一面帶著疑惑地環顧四周，一面這樣問道。

「這裡是蓋拉帝提會湧出最濃聖水的場所。而且就連在王宮內，也只有特定人士知道此處，不用擔心會被民眾發現。」

李西烏斯答道。

地底湖中心有塊像是舞臺的圓形岩石，他就朝著那裡走去。

那邊放置著二十六座棺材。

「他們在這裡頭？」

李西烏斯點點頭。雷伊蹲在棺材前，把手放在棺材蓋上。他緩緩地推開棺材蓋，將棺材打開；然而，裡頭是空的。

就在雷伊轉向李西烏斯的瞬間，「嘰」的一聲響起尖銳、不舒服的聲音。地底湖發出淡淡白光。

「雷伊同學……！」

米莎慘叫般地吶喊，同時「嘩啦啦」響起激烈的水聲，一頭身長恐怕有一百公尺以上的巨龍身影從地底湖中冒出。

那是一頭有著白色的鱗片與皮膚的異龍。

「嘎呀呀呀呀呀呀呀呀呀呀！」

讓人頭痛欲裂的不舒服咆哮，伴隨著魔力變化成黏液。龍的黏液黏呼呼地纏繞住米莎與雷伊。儘管雷伊試圖用反魔法甩開，帶有黏著性的液體卻只是不斷伸長。

「嘎呀呀呀呀呀呀呀呀呀呀！」

龍的黏液彷彿鎖鏈一般再度纏住兩人，完全封住了他們的行動。

「……是有想過，要是不會發生這種事就好了。」

雷伊不改笑容，朝著李西烏斯看去。

「亞傑希翁的民眾明明遭受到龍的襲擊，王卻飼養著龍，這是怎麼一回事呢？」

李西烏斯以平穩的笑容回答這個問題。

「襲擊？勇者加隆，你誤會了。這全是救濟啊。」

蓋拉帝提王就像理所當然似的宣告：

「這是因為，龍就是神的使者。只要將身心奉獻給龍，我們人類就能前往神的跟前，獲得真正的救贖。」

「既然如此，你就自己成為龍的祭品不就好了嗎？」

李西烏斯以平穩的表情點頭。

「余當然這麼打算。然而余作為王，有責任帶領亞傑希翁的所有子民前往神的跟前。在功成身退後，余會歡喜地前往神的身邊。」

米莎猛然驚覺。

「……其他的王族…………？」

「余先將他們送往神的跟前了。」

「……讓龍吃掉了嗎！將自己的孩子們？」

「他們爭奪著王位。血親之間互相仇恨、憎惡與相殘——余從這種地獄之中救濟了他們。王終究是國家的父親，無法對親生孩子投注愛情，這是余最起碼的父母心啊。」

米莎露出難以置信的表情。

「……你的目的是什麼？」

「將亞傑希翁的神——靈神人劍與被選上的勇者作為供品獻上——獻給『全能煌輝』艾庫艾斯。」

李西烏斯陶醉地笑著說：

「神諭已然下達。如此一來，余就能前往神的跟前，伴隨著永恆的生命在此地復活。神將會授予王權，讓余成為統治亞傑希翁的真王。」

雷伊的眼神凝重起來。

「對你灌輸這種謊言的，是叫做亞希鐵的龍人嗎？」

「一切謹遵『全能煌輝』艾庫艾斯的意思。」

他沒有受到雷伊的挑釁。還無法斷定是不是亞希鐵在背後搞鬼。

不過，他十分有嫌疑。

「來吧，勇者加隆。將亞傑希翁的神，靈神人劍召喚於此吧。將那隻神之手歸還於『全能煌輝』艾庫艾斯的時刻到了。」

「你以為我會協助你嗎？」

聞言，李西烏斯就在右手食指上畫起魔法陣，現出盟珠戒指。跟選定盟珠有點不同，寶石是透明的水晶。他應該不是八神選定者。

問題在於，那是從誰手上拿到的？

「依照盟約，降臨此地吧。意念守護神愛奴斯．涅．梅斯，向余揭示救贖吧。」

盟珠點燃火焰。立體魔法陣不斷重疊，不過比選定盟珠來得欠缺魔力。那樣能召喚的神也有限吧。

一面響起劈啪刺耳的聲響，一面在李西烏斯面前聚起光芒。光芒化為人形，眼看就要形成實體。

召喚而來的是一個由霧構成的鎧甲騎士。沒有手腳，也沒有臉孔，就只是由霧構成的全身鎧甲，有如人偶一樣地動著。

「意念守護神愛奴斯．涅．梅斯，是掌管著意念、支配心靈的偉大之神。勇者加隆啊，你將會被施以試煉。」

李西烏斯在向盟珠送出魔力後，愛奴斯．涅．梅斯就慢慢靠近米莎。

被龍的黏液封住全身的米莎無法動彈。愛奴斯．涅．梅斯伸出右手，一把抓住她的頭。

「……啊……嗚、啊……！」

意念守護神由霧構成的手臂，一點一滴地侵入米莎的頭部。

「愛奴斯．涅．梅斯是存在於意念之中的神，她的心很快就會被神支配了吧。來吧，勇者加隆。你就為了拯救她，拔出靈神人劍吧。否則，她的心將會從這個世上消失。」

雷伊瞪向露出平穩笑容的李西烏斯，然後在右手上聚集起魔力。

『……我不要緊……再觀望一下狀況吧……對方說不定有在召喚靈神人劍的瞬間，將劍奪走的手段……」

他收到米莎傳來的「意念通訊」。

『而且，我想這個人大概是個傀儡。必須查出是地底世界的誰在背後牽線……』

就像作為答覆，雷伊收回右手的魔力。

「那顆盟珠是誰給你的？」

「勇者加隆啊，你為何不拔出靈神人劍？假如你違背神的意志，未婚妻的心就會變成神的所有物喔。」

李西烏斯將魔力送往盟珠後，愛奴斯．涅．梅斯的右手就侵入米莎頭部到手腕的部分。

她的臉痛苦地扭曲著。

「來吧，被靈神人劍、被神選上的勇者啊！你為了『全能煌輝』艾庫艾斯奮戰至今。這次也將會跟以往一樣。」

「很遺憾，她是不會輸的喔。要是辦得到的話，你就試看看吧。」

「要是辦得到的話？你是在懷疑神嗎？被選上的勇者啊，既然如此，就讓你見識神的力量，悔改自身的罪過吧。」

伴隨著李西烏斯的話語，愛奴斯．涅．梅斯將右手全部侵入米莎的頭部。

「來吧，服從於神，米莎・雷谷利亞。」

李西烏斯高舉盟珠戒指，「啪」的一聲彈了個響指。大概是在役使白龍吧，米莎周圍的黏液消失了。

「去親手掐死勇者加隆。」

或許是認為只要做到這種地步，雷伊就會拔出靈神人劍。米莎的臉僵硬地轉向雷伊。

就這樣慢慢地朝他走去，不過卻在途中停下腳步。她儘管被意念守護神侵入頭部，卻還是反抗似的轉向李西烏斯。

「……我……拒絕……」

「…………什麼…………？」

李西烏斯露出驚愕的表情。

「……我拒絕。我是不可能這麼做的……」

「……竟敢不接受神的支配、忤逆神的意思，這是多麼不虔誠的女人啊……」

他再度向盟珠戒指注入魔力。這次讓愛奴斯・涅・梅斯的左手猛烈侵入米莎的頭部。

「神呀，意念守護神呀，向這些愚昧之徒，展現您的力量吧。在此揭示您的偉大，揭示神的奇蹟吧。」

「你要怎麼試都行，但我覺得這是在白費功夫喔。」

雷伊向轉過身來的李西烏斯說道：

「就算是神，也無法奪走她的心。」

雷伊吟吟笑了笑。

「因為米莎的心，早就被我給奪走了呢。」

李西烏斯激昂地瞪大眼睛。

§ 30 【逃亡的盡頭】

蓋拉帝提東方兩百公里處，雷頓沙漠——

在熾死王的指示下，魔王學院的學生們正在嘗試用魔法攻擊從流沙之中飛出的龍。我一面心不在焉地看著這一幕，一面注視著雷伊他們的視野。

「——唔嗯，跟我猜得一樣啊。蓋拉帝提王宮在飼養龍的樣子。龍會闊別兩千年在地上作亂，是人為造成的可能性很高。」

震耳咆哮。就在一頭龍張開嘴巴、要把我猛然吞下肚之前，莎夏用「根源死殺」的指尖刺向沒有鱗片的後頸。

「毀滅吧！」

在貫穿根源後，那個龐大身軀就晃了一下，倒在了沙漠上。

「也就是人類的王，用龍讓自己的子民受苦？」

莎夏甩掉指尖的血向我問道。

「他宣稱這是救濟呢。王持有盟珠，毫無疑問能認為他與地底世界有聯繫。大概是被勇者捨棄了之後，就改去依靠神了吧。」

先捨棄勇者的明明就是人類。

「嗯～雷伊弟弟和米莎妹妹怎麼了？」

艾蓮歐諾露在消滅掉龍之後回來了。

「被王抓住了。附近有著異龍還有守護神。」

「等等，這沒問題吧？」

莎夏驚訝與擔心參半地問道。

「如果是那兩個人，就暫時不會有問題。看來有人想要奪取靈神人劍之力的樣子，他們打算查出那個人是誰。」

雖然守護神沒有能奪取聖劍之力的權能，但如果是像亞露卡娜那樣的選定神，說不定就能將靈神人劍當作供品，吃掉那股力量。

會想奪取靈神人劍之力，是為了取得對我有效的攻擊手段嗎？

最起碼，是有某位選定者在背後教唆著那位王吧。要是不查出那個人是誰，相同的事就會不斷發生。雷伊他們是這樣想的，所以才會暫時靜觀其變。

話雖如此，再怎麼樣那也是神。要是太過讓祂為所欲為，可能會發生無法挽回的憾事。哎，他們會確實辦好吧。

就在這時，遠方「嘰」的一聲傳來尖銳、不舒服的聲音。

「……那是龍鳴吧。」

「喔，是啊。打從方才就能聽到對吧？來到地上的龍群建立起龍域。」

莎夏將魔眼朝向充斥沙漠的白色光粒子。那確實是能阻礙魔眼運作的龍域。

「我不是在說這裡。」

「……咦？那是在哪裡？」

「勇者學院，亞魯特萊茵斯卡正下方。」

也就是龍已經爬到地面附近了。之所以會發出龍鳴，是為了要混淆魔眼啊？要是擾亂了那裡的魔力環境、讓人看不清楚的話，就會沒辦法施展「轉移」。

話雖如此，但我早有準備。我沿著連上的魔法線，將注意力轉移到那個人的視野上。場所是勇者學院的走廊，「喀喀喀」地響起激烈地踏著地板的聲音。視野的主人正在快步行走著。

「……唉……真是的，到底跑去哪裡打混了啊……雖然我不覺得他們會這麼早就回到宿舍裡……」

在喃喃自語的人是艾米莉亞。我經由交給她的「意念鐘」，借用她的魔眼（視野）。

「嘰——」的龍鳴聲再度響起。艾米莉亞停下腳步，這次就連她也聽得到吧。

「……這是什麼聲音……」

響起一道更加巨大的龍鳴，眼看著愈來愈大聲，正在逐步逼近。

窗戶喀答喀答地搖晃著。往附近的教室看去，發現桌椅也在微微震動。

「……地震……？呀……！」

艾米莉亞失去平衡，跌倒在走廊上。儘管想站起來，但是太過激烈的搖晃使她的身軀無法動彈。

「怎麼了……？不可能有這種地震……」

隆、隆隆隆、隆隆隆隆隆，搖晃愈來愈大，變得愈來愈激烈。「嘰——」，在響起一道刺耳巨響後，校舍的窗戶玻璃接連破碎。下一瞬間，地面轟隆隆隆隆隆地炸開，亞魯特萊茵斯卡應聲傾倒。艾米莉亞被甩了出去，整個人在地板上滑行。

「……嗚……！」

直到撞上牆壁，才總算停了下來。

「…………怎麼了…………？」

震動平息下來，她搖搖晃晃地站起身。當她從破掉的窗戶往外窺看後，一顆巨大的眼睛就凶狠地瞪向艾米莉亞。

那個體長超過一百公尺的生物是龍。而且鱗片與皮膚還是紅色的——

「……稀有種的……異龍……」

要是遇到的話，就頭也不回地逃走——腦中大概是閃過耶魯多梅朵的警告吧，艾米莉亞立刻就在走廊上跑起來。不過跑了一會兒後，她就像嚇到似的停下腳步。她靠近破掉的窗戶，把頭探了出來。

從那裡能看到紅色異龍飛出來的深坑；遭到破壞，散落一地的無數瓦礫；還有倒在地上遭到瓦礫掩埋，穿著深紅色制服的學生們。

他們被巨大的瓦礫夾住，全身動彈不得的樣子。還有好幾個人失去意識。

「……該死……………居然自己來了，這頭大傢伙……」

艾米莉亞瞠圓了眼。因為還站著的學生們，正在與巨大異龍對峙。萊歐斯、海涅還有雷多利亞諾三人纏繞著結界，拔出聖劍。

「就算同歸於盡，我也要幹掉你！」

萊歐斯吼叫著。那是在虛張聲勢吧，他的腳在顫抖。海涅與雷多利亞諾的眼中也能看到畏懼。

儘管如此，他們不知為何地不肯逃走。說不定是因為他們的夥伴還在那裡；說不定是因為方才扎米拉嘲笑他們沒有勇者會逃跑；說不定是自暴自棄。

各式各樣的因素束縛住他們的雙腳，不允許他們逃跑。

「吼喔喔喔喔喔喔喔喔喔喔喔喔喔喔喔喔喔喔喔喔喔喔喔喔喔喔喔喔喔！」

「嘰——」的一聲響起震耳欲聾的咆哮聲，使得雷多利亞諾等人動彈不得。龍張開嘴巴，就像要咬向三人似的猛然伸頭。

瞬間，漆黑火球從一旁飛來。艾米莉亞發出的「魔炎」燒灼著紅色異龍的臉。

「去救出被埋住的學生，快逃！」

艾米莉亞施展「飛行」魔法從窗口飛上天空，朝著下方的異龍接連降下「魔炎」之雨。

雖是攻其不備，但應該沒辦法爭取到太多時間；然而，雷多利亞諾他們站在原地不動。

「在幹什麼！還不快動手！」

「……辦……不到……」

萊歐斯喃喃低語。

「你說什麼！」

「……辦不到啊！我們已經無處可逃了！這裡可是蓋拉帝提啊！勇者學院亞魯特萊茵斯卡啊！是要我們逃去哪裡？要是從這裡逃走，我們就真的沒救了！勇者是不會逃的！」

雷多利亞諾以做好覺悟的表情說道：

「……聽好，就這麼做吧…………我先走一步……如果『根源光滅爆（gabueru）』對那傢伙管用的話，就追隨我的腳步……」

「根源光滅爆」是將根源具有的一切魔力強制解放，引發光魔法爆炸的勇者禁咒，是過去一萬名的潔西雅曾打算使用、捨身的一種自爆魔法。

「……你是不是在害怕啊，雷多利亞諾？」

海涅說道。

「嗯，是啊……因為我是假勇者嘛……不過，這是以前潔西雅走過的路。既然如此，這就是我們無法逃避的義務吧……」

唔嗯，去救他們吧——正當我這麼想時，漆黑火球朝三人射去。

「哇……！」

遭到「魔炎」的火焰吞噬，逼得他們立刻跳開。

「喂……！艾米莉亞！妳在搞什麼鬼啊！」

「逃跑的名義，用那道火傷就夠了吧？只要說是教師強制命令你們逃走的就行了。沒有人會責備你們的。」

艾米莉亞用火焰焚燒著地面，讓學生們失去立足處。

「再不快去救人，大家全都會被燒死。龍就算了，你們不想被我這種人殺死吧！既然是勇者，就快去救人！」

「吼喔喔喔喔喔喔喔喔喔喔喔喔！」

紅色異龍張開嘴巴，朝著艾米莉亞從口中噴出火球。以龍的攻擊來說火力很弱，大概是因為打算吃掉她吧。如果是本來的龍息火力，會燒得連骨頭都不剩。這樣的話，即使是龍也到底無法吃掉根源。

艾米莉亞避開手下留情的火球，一面吸引龍的注意力一面以「飛行」逃跑。一陣轟隆巨響，異龍一面用牠的龐大身軀破壞亞魯特萊茵斯卡，一面追逐著艾米莉亞。唯一做出反擊的她，被鎖定成最初的目標了。

「吼喔喔喔喔喔喔喔喔喔喔喔喔！」

紅色異龍再度噴出火球。比方才多上數十倍的火球襲向艾米莉亞，讓她無處可逃地遭到火焰吞噬。

「……啊呀啊啊啊……！」

「飛行」的魔力被打亂，讓她朝著地面墜落；而異龍就在下方張開嘴巴等著。

「……還不行………」

在墜落的景色之中，她將所有魔力注入魔法陣裡，再度施展「飛行」魔法。

「…………給我追上來……！」

她搖搖晃晃地不斷往天空飛去。大概是認為龍把自己當成獵物的話，只要往天空逃去，龍就會展翅追來吧。

這樣一來就不會對地上造成損害，能夠爭取時間讓學生們逃走。艾米莉亞戴著的「意念鐘」發出淡淡光芒。與遍體鱗傷的身體相反，她抱持著強大的意念。她的心聲受到增幅，經由魔法具滿溢出來。

——我一無所有，內心空蕩蕩的。

——依靠著虛構的榮耀，抱持著虛無的幻想，一直逃避著真實。

——等注意到這件事時，我逃走了。

——一逃再逃，不斷逃離著一切，最後抵達的地方就是這裡。

——人渣到不行的學院，盡是些沒有幹勁、不認真的學生……

——這裡就只有無可救藥的笨蛋。

——我在這裡發現到的，是膚淺的、原原本本的我。

——他們就是曾經的我。

——請不要以為，只有你們自己受到不講理的待遇。

——我雖然打了他……

——但我真正想打的人，是我自己。

——就算逃跑也沒關係。沒問題的——我想聽某人這樣對我說……

——所以立刻就朝著無法逃跑的他們喊了。

——一點也不高尚的我，會萌生這種想法……

——肯定是被什麼沖昏了頭。

——最起碼要讓跟我一樣，但還很年輕的他們留下可能性。

——就算不會被任何人稱讚，就算一點也不高尚……

——因為認為唯一有做下去的教師是我的工作……

——不要逃這種話，我說不出口。

——但是，至少不要讓他們迎向跟我同樣的下場。

——要是可以的話，希望他們能逃到安全的地方。

——讓學生去做自己辦不到的事，我還真是個過分的教師。

——但是逃亡的盡頭，肯定有著能掌握到的答案。

——我是這樣相信的。

「……直到最後，都是一堂無聊的課呢……」

異龍逼近到艾米莉亞面前。就像要將她一口吞掉似的，大大地張開那張巨大嘴巴，然後喀嚓地閉上。

「咕唔唔唔……！」

然而牠的牙沒能刺穿艾米莉亞的身體。就像為了守護她一般，四道魔法陣展開。由水、火、土、風構成的那道結界，是「四屬結界封」。

「妳可別放棄啊……艾米莉亞——……！」

萊歐斯、雷多利亞諾還有海涅，從地上施展「飛行」飛上來。他們一面盡全力在「四屬結界封」上注入魔力，一面三個人圍繞住異龍。他們與異龍的力量差距太大，如果龍不想吃他們，只打算蹂躪的話，早就分出勝負了吧。

當然，我現在就能去救他們。就算要從這裡發射「獄炎殲滅砲」把龍燒死也易如反掌。

然而，這樣就只能救命。

現在，她與他們第一次鼓起勇氣，要站起來向前邁進。倘若在受到挫折倒下的人打算重新站起時伸出援手，他就再也站不起來了。

艾米莉亞。

妳一逃再逃，不斷逃到了現在。

這樣的妳，現在終於為了戰鬥向前邁進了。

妳就盡情展現意念吧。

然後，但願妳能勝利歸來——

§31 【集結起渺小的勇氣】

「四屬結界封」嘎吱嘎吱地作響。

異龍的牙齒咬進結界裡，凶暴的嘴巴一點一滴地關閉。萊歐斯、雷多利亞諾與海涅使出全力送出魔力；但對異龍來說，這就只是稍微硬了一點的食物，艾米莉亞的身體落入龍口只是時間上的問題。

他們應該也知道這點。

「……你們……這是在做什麼……？」

艾米莉亞傻眼地喃喃問道。

「別白費功夫了，趕快逃啊！就算做這種事也沒有任何意義。你們……」

話語從艾米莉亞的口中自然而然地脫口而出。

「聽好了喔？你們不需要為了不想守護的事物戰鬥。如果這是勇者的枷鎖，現在就把它解掉離開吧。」

她將那時賞萊歐斯巴掌時想傳達的想法，重新改口說了出來。或是，她領悟到這是最後的機會才這麼說的也說不定。

「或許會有責難勇者逃走的意見，會有責難你們的聲音；但是不論誰說了什麼，你們都不需要在意。那些人愛怎麼說，就隨他們去說。」

儘管身陷龍口之中、眼看就要被吃掉了，艾米莉亞也還是向他們三人喊道：

「無法體諒他人痛苦的人不論說什麼，你們都不需要感到傷心。不需要為了那種人賭上性命。」

艾米莉亞一面這麼說，一面露出自嘲的表情。就像是回想起過去那個無法體諒他人痛苦的自己。

「就算當不上勇者也無所謂。害怕的話，就算逃走也沒關係。不論你們逃多少次，不論你們逃到哪裡去，我都不會責怪你們。」

結界「嘰」的一聲產生扭曲，龍牙前端咬進她的肩頭。

「……嗚……啊啊……！」

紅色鮮血滲出。艾米莉亞眼看就要連同結界一起被吃下去。

「……還有，把『根源光滅爆』的魔法忘掉吧。我不知道那是誰教你們的，但是教導學生那種東西的教育是錯的。會教導這種魔法的人，根本稱不上是教師。」

就像要盡可能解開束縛他們的枷鎖一般，艾米莉亞說道。大概是認為只要這麼做，萊歐斯他們就會離開這裡吧。

「好了，動作快。至少就這麼一次，乖乖聽話吧。這是我……」

她咬緊下唇，然後把話說出口。

「……這是什麼也無法教導你們的我，唯一能教你們的事……」

艾米莉亞注視著三人大喊：

「快逃！你們還有未來！至少在最後一刻，讓我做點像是教師的事吧！」

「……吵死了啦！」

在大吼的同時，萊歐斯他們朝龍飛去。「四屬結界封」被喀嚓一聲咬爛。

可是，龍嘴並沒有完全闔上。在闔上之前，萊歐斯、海涅與雷多利亞諾衝進龍口，把聖劍刺在龍的口腔上，阻止牠闔上大嘴。

「……什麼叫做什麼也無法教導啊……不過才來一個星期左右而已，別擺出一副教師的嘴臉啊……！」

萊歐斯握著聖炎熾劍卡流馮多，就像在激勵自己似的喊道。

「你們打從方才起就在做什麼啊！這樣豈不是讓我的努力全都白費了嗎！」

「……明明就難得保護了妳，艾米莉亞說的話還真是過分呢……」

海涅分別用大聖地劍傑雷與大聖土劍傑雷歐，刺在龍口腔的上下兩側。

「別再說蠢話了！這樣只會讓我們四個人一起被吃掉啊！你們也懂吧！」

「是啊，我們當然懂……」

雷多利亞諾以聖海護劍貝因拉梅提在龍口裡構築結界。只不過，狀況跟剛才一樣一點也沒有變。只要結界被咬爛，這次艾米莉亞就真的會被龍吃下肚吧。

還會連同三個學生一起。

「還不懂嗎！勇者學院的教育簡直就是愚蠢至極！為了不想守護的事物賭上性命，就只是單純遭到利用罷了！你們沒有必要遵守。趕快逃吧！現在的話還……！」

艾米莉亞即使斥責似的喊道，三人還是集中精神把魔力注入聖劍，一點也沒有要離開龍口的意思。

「……不是人渣，就是笨蛋……雖然被妳罵得這麼慘……」

喀嚓一聲，萊歐斯手上的卡流馮多出現龜裂。龍的力量就連聖劍也無法承受。

「……但勇者算什麼，加隆又算什麼……會對我們說這種話的，就只有妳……」

「這只是……」

儘管遲疑了一下，她還是明確地說：

「這只是因為我連這個國家的常識都不懂而已。不是為了你們著想才這麼說的！就為了這種無聊的誤會，為了這種一點也不高尚的教師一起死，到底有什麼意義啊！」

「既然妳這麼說！就把高尚的教師帶來啊！」

萊歐斯就像悲嘆、就像憤怒似的述說：

「哪裡有啊！這個國家哪裡有高尚的教師啊！」

海涅手中的傑雷與傑雷歐也出現龜裂，現在兩把聖劍都快折斷了。

「……就只有人渣喔。這個國家比妳想像中的還要腐敗啊。當然，妳說不定是個只會考慮自己的人渣；但是這個國家的教師，就只有會把自己的責任推到學生身上的畜生啊！」

貝因拉梅提響起劈啪劈啪的沉重聲響。雷多利亞諾一臉凝重地說道：

「……自從那場與迪魯海德的戰爭之後，會說學生的責任就是自己的責任的奇特教師，就只有妳喔……」

艾米莉亞驚訝地看向雷多利亞諾。

「……說到底……啊！」

海涅一面咬緊牙關拚命忍受著要被龍吃掉的恐懼，一面說道：

「……現在想想，事到如今就算讓高尚的教師來上課，我也聽不下去啦。像我們這樣的人渣，最適合給艾米莉亞這樣的人渣來教了……」

「……海涅說得對……我們說不定是假勇者……而且還是笨蛋、毛躁、老是遷怒他人、無可救藥的人渣……」

萊歐斯踏穩腳步，雙手用力，竭盡全身的力氣。

「儘管如此，我們唯獨不願變成像這個國家的骷髏大人那樣……只有捨棄同伴逃跑這種事，就算會死也無法忍受啊！我們還沒有人渣到這種程度！」

萊歐斯使勁地想撬開龍口，然而卡流馮多卻啪鏗地應聲折斷。他就這樣靠著斷劍，勉強撐起龍的上顎。

「……該死！就沒什麼辦法嗎？雷多利亞諾！再這樣下去，我們真的會掛在這裡啊！」

雷多利亞諾一臉凝重，就像是豁出去似的說：

「施展『龍縛結界封』吧。勝算就只有這個了。」

「……是可以啦，但是現在要是放緩聖劍之力與結界，瞬間就會被咬爛吧……是要怎麼做啦……？」

對於海涅的疑問，雷多利亞諾回答：

「……有一個人正閒著吧？還正好剛剛練習過『龍縛結界封』……」

他注視著艾米莉亞。

「現在我正接受著地上同學們施展的『勇者部隊』，藉此將他們的意念以『聖域』轉換成魔力。」

要是無法解決掉這頭異龍，全員都會死。正是因為這個意念團結一心，所以才能增強雷多利亞諾的魔力，張設勉強能抵抗龍的攻擊結界。

「妳就承繼這份意念，施展『聖域』。順利的話，應該就能讓『龍縛結界封』成功。」

雷多利亞諾要是沒有『聖域』的力量，只需數秒就會慘遭龍牙咬死。雖然知道「龍縛結界封」的魔法術式，但艾米莉亞沒有成功施展過。

可是，反正再這樣下去，死去也只是時間上的問題，就只能賭在這數秒上了。

「……要我和……勇者學院的學生們……」

意念團結一心。即使想做，這也不是能輕易辦到的事。

「……安心吧。這麼說或許很奇怪，但至少我們都一樣恐懼……」

雷多利亞諾微微露出笑容。

「……即使被稱為勇者，但我們就連渺小的勇氣也沒有。前來的新任教師一個接著一個立刻消失，想說反正妳也一樣，所以打從一開始就連話都不肯聽妳講……」

雷多利亞諾讓一隻手離開聖劍，伸向艾米莉亞。

「……我想再相信一次，為了拯救我們而不惜挺身而出的妳。要是假勇者的我們也有的話，我們會竭盡自己那個渺小的勇氣……」

艾米莉亞膽怯地注視著他的手。就在她要下定決心之前，響起喀嚓、啪嚓的沉重聲響，海涅的兩把聖劍應聲而斷。

「動作快——！已經只能這麼做了！要是因此活下來的話，不論妳要上課還是要幹嘛，我都會認真去聽！」

就像被推了一把似的，艾米莉亞握住雷多利亞諾的手，竭盡全力地吶喊。她朝著他們，還有與他們連接的勇者學院學生們——

「——拜託了！請再給我一次教導你們的機會……！我會向你們證明，你們才不是什麼人渣！」

艾米莉亞掛在脖子上的「意念鐘」發出耀眼光芒。那是能增幅意念系力量的魔法具。在這瞬間，全體學生的意念經由雷多利亞諾集結在艾米莉亞的「聖域」上，並透過「意念鐘」再度增幅。

她立刻畫出「龍縛結界封」的魔法陣。艾米莉亞露出做好覺悟的表情在腳上使勁，一鼓作氣地自行衝進龍的喉嚨裡。

「龍縛結界封」是聲音的結界。她這麼做大概是判斷，在龍的體內能讓聲音更加直接地響起，藉此提高結界的效果吧。

這是事實沒錯。只不過，龍就連根源都會吃掉。要是被龍胃消化掉了，即使是受到詛咒的她也沒辦法轉生。是她會先消失？還是異龍會先被結界封印？決定生死的是她，還有他們的意念。

——有種終於找到的感覺。

——因為是不斷逃跑的我，因為是不斷犯錯的我……

——肯定比誰都還要能接納他們的心情。

——我雖然是個膚淺、愚蠢、一無是處的女人……

——正因為如此，我十分明白你們受到的傷。

——你們的痛苦、你們的悲傷。

——還有你們的榮耀。

——我好歹知道受傷的滋味。

——雖然我沒辦法引導他們，沒辦法做什麼了不起的事。

——但我想跟著他們一塊兒走下去。

——背負著這道重大的罪過，集結起渺小的勇氣，一步一步向前……

——向前邁進。

——所以，拜託了。

「『龍縛結界封』。」

魔法線從艾米莉亞畫出的魔法陣中溢出，在分岔成無數的線條後，纏繞住異龍的所有臟器。每當異龍想動起身體、每當臟器搏動，魔法線就會發出「嘰——」的巨大聲響，從內部封印起龍的魔力。

艾米莉亞在龍的體內感到一陣搖晃。龍喪失飛行能力，往地面墜落。她一面用全身感受著加速度，一面緊緊閉上眼睛。

轟隆隆隆隆隆隆隆隆隆，伴隨著就連在龍的體內也仍然震耳欲聾的聲響，她感到全身受到衝擊。

「咳、哈……」

受到讓人發不出聲音的劇痛，她吐出鮮血；然而她還活著。「聖域」的光芒就像在守護她似的，溫柔地包覆著她。

艾米莉亞不動聲色地警戒著。龍沒有動作的跡象。把她吞下去後應該會消化根源的龍胃，也因為體內布滿的「龍縛結界封」而完全沒有動靜。

艾米莉亞起身施展「飛行」魔法，在龍的體內往上飛，最後抵達的卻是死路。龍口被緊緊關上，不論怎麼用力，都完全沒有打開的跡象。

就在這時，外頭傳來某種「咚咚咚」的敲打聲。

「……該死……你這頭混帳……！快打開啊……快打開啊……你這傢伙！」

「這算什麼啊！在那耍什麼帥！要是在這種地方，妳要是死在這種地方的話，真的會害我睡不好覺啊！」

「喂，她還活著吧，雷多利亞諾！還沒有死吧！」

「……沒錯！龍的機能停止了。她絕對會得救的！絕對！」

「鏗」的一聲，折斷的聖劍微微插入緊閉的龍嘴裡。

「喂，你們也過來幫忙！全員一起撬開！」

抓住這道微小的隙縫，學生們全員一起把龍口撬開。

能看到光芒。外頭的風景，微微映入艾米莉亞眼中。

然後在隙縫大到足以讓人通過時，能在那裡看到三名勇者的臉。

「艾米莉亞……」

他們穿著破爛不堪的制服，眼中泛著淚光。艾米莉亞緩緩地從那道隙縫走向外頭。

「…………什麼嘛……害我白擔心一場……」

「還真會……給人找麻煩呢……」

艾米莉亞朝著像這樣一面說著挖苦話一面立刻擦起眼淚的海涅與萊歐斯，伸出雙手將他們抱入懷中。

「喂……什麼啦……？」

「不需要玩這一套啦……」

兩人儘管想甩開艾米莉亞，但是看到從她眼中潸然落下的淚水後，就任由她緊緊抱住自己了。

「……你們還真是笨蛋呢……我怎麼可能丟下你們這樣無可救藥的學生，自己一個人去死呢……」

雷多利亞諾推了推破掉的眼鏡。就像要把微微發笑的海涅、萊歐斯以及艾米莉亞的頭髮揉亂一樣，勇者學院的學生們高聲歡呼，猛烈地撲向他們。

§ 32 【榮耀之戰】

勇者學院亞魯特萊茵斯卡——

在遭到異龍襲擊、變得破爛不堪的大講堂裡，穿著深紅色制服的學生們集結於此。

出現一道魔法陣、在空間扭曲之後，我轉移到這裡來。就像跟在我後面似的，耶魯多梅朵、辛，還有魔王學院的學生們也轉移了過來。

「咯咯咯，被打得相當悽慘啊。」

耶魯多梅朵一看到亞魯特萊茵斯卡的慘狀就這樣說道。

大講堂甚至沒有天花板，能直接看到藍天。只要從牆上的巨大破洞往外看，就能看到一頭壓垮建築物倒下的巨大異龍。

「只不過，居然能打倒異龍。而且怎麼？既然是從體內施加上『龍縛結界封』，也就是說你們自行衝進了龍嘴裡啊？咯、咯、咯，還真是瘋狂的舉動啊！」

他說得十分開心。利用從聖明湖運來的聖水，除了「龍縛結界封」外，龍還被施加上好幾道魔法結界，澈底封住了行動。

耶魯多梅朵從大禮帽中拿出「熾死沙漏」詛咒異龍。只要裡頭的沙漏完，龍大概就會死去吧。

耶魯多梅朵看向艾米莉亞與學生們，再度「咯、咯、咯」地笑了起來。

「才稍微移開目光，你們這不就有著獨當一面的戰士表情了嗎？真是讓人懷念啊。像這樣的人類，我有兩千年沒看過了吧。」

耶魯多梅朵用雙手拿著手杖，撐在地板上支撐體重。

「緊急事態，發生緊急事態了！」

一面大聲嚷嚷一面驚慌失措跑來的人，是體型肥胖的學院長扎米拉。

「你們聽好，就在剛剛，王宮的使魔確認到艾諾拉草原湧出大批龍群，正朝著蓋拉帝提的方向前來！要是不立刻迎擊的話，王都會被龍群淹沒的！」

學生們儘管冷冷瞥了一眼大呼小叫的扎米拉，還是對龍群襲來的消息露出凝重的表情。

「這是國家危機！王已向勇者學院亞魯特萊茵斯卡賜予敕令。勇者學院的全體學生要作為勇者，拚死成為國家的壁壘！在各位爭取時間時，王宮會著手準備迎擊龍群的軍備。在那之前，就連一頭也不准放進王都！聽到了吧！」

勇者學院的學生們沒有回應。豈止如此，就連看也不看一眼，完全無視扎米拉。

「你們擺那什麼態度啊？該不會是怕了吧？想成為勇者的人，就連赴死的勇氣都沒有嗎？嗯？你們跟前學院長迪耶哥一起企圖顛覆國家是眾所皆知的事實。你們這群大罪人，難道忘了王宮賜予的恩赦了嗎！」

由於學生們澈底無視他，氣得扎米拉不斷跺腳。

「你們這群笨蛋，這可是王的敕令喔！至少為國家做出一次貢獻吧！」

艾米莉亞朝著扎米拉狠狠瞪去。

「……給我適可而止吧，我們是不會聽從這種命令的。」

聽到她這麼說，扎米拉露出不愉快的表情。

「不論你們想不想聽從，這可是王的敕令喔？」

「既然如此，就請去跟魔王說吧。我沒有義務要聽從人類的王所下達的敕令。」

「妳說什麼？既然如此，就趕快捲起尾巴逃回祖國啊，妳這膽小鬼。但不管妳怎麼想，這些傢伙都有義務聽從王的命令。要是膽敢反抗，就用國家反叛罪將你們全部逮捕！」

扎米拉的蠻橫發言，讓勇者學院的學生們全都露出可怕的表情。

「真受不了，全都是些膽小鬼。就這麼害怕跟龍交戰嗎？真正的勇者可不會害怕這種事啊。真虧你們能做出這種讓祖先丟臉的行為。這要是我的話，早就羞恥得無地自容啦。」

扎米拉不斷痛罵著學生。艾米莉亞露出忍無可忍的表情，朝扎米拉踏出一步。

「哦？說得真好。」

聽到我的聲音，她轉過頭來。我慢步走到扎米拉身旁。

「兩千年前，人類的王族為了守護民眾，在與龍交戰時必定會身先士卒。」

我伸出手，一把抓住扎米拉滿是脂肪的肚子。

「呃……！你、你這小鬼。這是在幹什麼……！未免也太失禮了！」

「不能讓祖先丟臉對吧？既然如此，為了不負王族之名，你就到最前線去阻止龍群吧。別擔心，運費我會算你便宜一點的。」

我一在那個肥胖身軀上畫起魔法陣，扎米拉就露出害怕的神情。

「……等等……等等，你……在說什麼……？你這是打算做什麼！」

「要徒步過去也很辛苦呢，我就直接送你到艾諾拉草原吧。」

「住、住手。快住手，別做蠢事，我可是要負責指揮——」

我對扎米拉的肥胖身軀施展「轉移」魔法後，他就當場消失，被傳送到艾諾拉草原了。

「阿、阿……阿諾蘇同學！你做這種事……」

艾米莉亞慌慌張張地趕過來。

「有什麼問題嗎？就連六歲小孩都打得倒的龍，人類的王族又怎麼可能會輸呢？」

艾米莉亞目瞪口呆地注視著我。

「咯、咯、咯，你還真是，你還真是讓人傷腦筋啊，阿諾蘇・波魯迪柯烏羅。」

耶魯多梅朵一副大快人心的樣子，把這件事一笑置之。

「不過，畢竟是小孩子的惡作劇，這裡我就睜一隻眼閉一隻眼吧。妳說是吧，艾米莉亞老師？」

噗哧一聲，艾米莉亞忍不住微微笑了出來。

「說得也是呢。現在不是能一一擔心所有人安危的狀況。要是他能就這樣下落不明的話，肯定是幫了個大忙呢。」

勇者學院的學生們哄堂大笑起來。哎，我將他送到離龍約有五公里的地方。要是他好歹算是個王族，說不定能九死一生地逃出生天。

「那麼，既然礙事的傢伙不在了，就趕快開始作戰會議吧。艾米莉亞，要怎麼做？」

「咦……？」

艾米莉亞朝萊歐斯看去。

「妳是在咦什麼啦。照這樣下去，王都很危險吧？既然王宮還沒做好準備，那就只有我們能上了吧？」

海涅這樣說道。

「儘管不是要遵從王的敕令，但龍對亞傑希翁來說依然是個威脅。我們的故鄉，至少得要由我們的手來守護。」

大概是打倒異龍讓他們獲得自信了吧，勇者學院的學生們無人表現出害怕的神情。

「……做好覺悟了嗎？」

艾米莉亞想了一下，簡潔地問出這一句；而他們毫不遲疑地點頭。這並不是因為他人的要求，而是以自己的意志決定戰鬥。這份決心，大概也明確傳達給艾米莉亞了吧。

「我知道了。」

艾米莉亞轉向耶魯多梅朵。

「勇者學院從即刻起，將要去討伐自艾諾拉草原前往蓋拉帝提的龍群。」

以毅然的語調說道。

「魔王學院請在亞魯特萊茵斯卡待命。不能讓前來進行學院交流的各位面臨險境。」

還說出令人意外的要求。

「咯咯咯，不請求我們協助嗎？」

耶魯多梅朵用手杖支撐著體重，探頭看著艾米莉亞的表情。

「這不太能說是個聰明的選擇吧，艾米莉亞老師？」

熾死王就彷彿在測試她似的問道。

「……或許你說得沒錯……只要借助魔王學院的力量……借助暴虐魔王的力量，這種程度的事情，說不定根本算不上什麼危機……」

艾米莉亞以毫不迷惘的語調說：

「儘管如此，這也是得靠我們的手去完成的事。這是賭上我們榮耀的戰鬥。就算現在借助魔王的力量擊退龍群，也不知道龍群何時會再度襲來。我們總不能一直待在魔王的庇護之下吧？」

耶魯多梅朵咧嘴笑了笑。

「太了不起了，哎呀哎呀，這不是相當了不起的覺悟嗎？不過，龍群就目前來講大約不下百頭。光靠勇氣只會白白送命不是嗎？嗯？」

艾米莉亞點點頭。也就是說她有勝算吧。

「那我們就作為訪客，不客氣地讓這個國家保護吧。啊啊，不過有句話我要說在前頭，靠近王都的龍到底還是會讓牠們去死喔。我也必須盡到守護學生的義務才行呢。」

意思就是要她不用擔心王都的防衛。如此一來勇者學院就能專心殲滅眼前的龍群了。

「感激不盡。」

艾米莉亞在深深低頭後一個轉身，直接走向大門。

「走吧。時間不多，請大家移動到聖明湖。」

艾米莉亞與勇者學院的學生們離開大講堂。

「話說回來，這麼突然地有龍群到地上來，絕對有問題吧？」

莎夏向我提出疑問。

「我不認為這是龍自發性的行動。這恐怕絕對是地底龍人們搞的鬼。」

「目的是什麼？」

米夏問道。

「天知道。說不定是佯攻。」

打算讓我們把注意力放在龍群上，趁機做些什麼嗎？

「艾蓮歐諾露、潔西雅，妳們就跟艾米莉亞他們一塊兒去吧。妳們本來就是勇者學院的學生，不會傷害到他們不願借助魔王援手的自尊心。」

艾蓮歐諾露與潔西雅點點頭。

「嗯，我知道了喔。」

「……潔西雅……會保護……大家……」

兩人立刻開始移動。

「大家馬上就會得意忘形，總覺得一個不小心就會死翹翹喔。」

「……嚴禁大意……小心用火……」

她們一面這麼說，一面離開大講堂。

「莎夏和米夏跟我來。我在艾諾拉草原地下發現到了不自然的空洞。說不定有誰潛伏在那裡。」

米夏點頭，而莎夏說：

「好。」

「辛。」

在一旁若無其事地聽著我們對話的他，靜靜地走來。在他擦身而過時，我開口說：

「那邊就交給你了。」

「謹遵吾君諭令。」

在這樣低語後，辛走出了大講堂。

與皇族派接觸的盟珠持有者；飼養在王宮地下的龍與蓋拉帝提王，以及逼近王都的大批龍群；在艾諾拉草原構築的不自然空洞。儘管不知道是地底世界的誰，我不曉得他在自作聰明什麼，又到底藏著什麼愚蠢的企圖。

就讓他對小看地上這件事，充分地感到後悔吧。

§ 33 【龍殲滅作戰】

艾米莉亞在聖明湖畔向眾人做掃蕩龍的作戰說明。

「——以上。有什麼疑問嗎？」

勇者學院的學生們全都一臉認真，各自回顧著方才說明的作戰內容，沒有人有疑問。

「那就上吧。這是與時間的競賽。請動作快。」

「「「了解！」」」

萊歐斯、雷多利亞諾與海涅把手伸進聖明湖的湖水裡，從中取出他們的聖劍。靠著聖明湖的聖水魔力，使得折斷的劍刃完全恢復原狀了。

「那我就先走一步啦。」

萊歐斯施展「飛行」前往蓋拉帝提的市區。

「展現你的力量吧，我的聖劍，傑雷、傑雷歐！」

海涅將兩把聖劍刺在地面上。傑雷與傑雷歐升起魔力粒子，大地劇烈搖晃起來。才剛以為地面出現龜裂，眼看就分成兩道裂痕，形成了水道。構築在地面上的巨大水道一接上聖明湖，湖水就猛烈地湧了進來。

「引導吧，聖海護劍。自一滴聖水而生，貝因拉梅提。在此展現汝之力、汝之意志！」

雷多利亞諾將聖劍的劍尖浸在聖明湖裡，隨後混在聖明湖裡的聖水就流入剛建好的水道之中。只要是魔眼優秀之人窺看深淵，這條水道就看起來閃閃發光的吧。

「還差一點……」

海涅分開大地製造的水道，不久便連接上蓋拉帝提市內的古老水道。聖水流入平時沒在使用的古老水道，眼看著向下流去。

「好啦！就把水門打爆啦……！燃燒吧！」

萊歐斯使勁劈下聖炎熾劍卡流馮多，用聖炎焚燒著設置在古老水道裡的金屬水門。水門由於太過老舊而生鏽卡住，無法用普通的手段開啟。

「看招！給我燃燒吧——！」

轟隆隆隆隆隆隆隆，在高溫聖炎的集中焚燒下，水門開始黏稠地融化了。在能看到對面的瞬間，從聖明湖流來的聖水就朝著另一頭猛烈地湧了過去。注入微小隙縫的大量聖水，將融化到一半的水門撞破沖走。

蓋拉帝提位處高地，周遭地形乍看平坦，但其實是平緩的下坡。只要開啟水門，水就會往東南西北的任一方向流去。

兩千年前守護住人類的這座要塞，為了能將聖水送往前線而鋪設了水道；他們打算重新運用這條水道。

「水道完成了。請跟上我！」

艾米莉亞發出命令，率先跳進水道之中。她施展「水中活動」魔法，利用水流加速朝著蓋拉帝提的下游移動，目的地是距離這裡三十公里處的托利諾斯平原。他們打算在那裡布下防禦陣形，迎戰從艾諾拉草原過來的龍群。

勇者學院的學生們都受過水下訓練，也很熟練「水中活動」，如果要前往下游，游泳應該會比飛行來得快。然而艾米莉亞是魔族，因此並沒有那麼擅長水中戰。

應該帶頭衝鋒的她，接二連三地被學生們追趕過去。

「老師要是遲到的話，可就沒辦法開始戰鬥嘍。」

後來居上的艾蓮歐諾露，在水中把手伸向艾米莉亞。

「……妳是魔王學院的？」

「我是人類喔。啊～正確來說是魔法，不過是勇者學院的學生，現在到對面進行學院交流。我的名字是艾蓮歐諾露，而她是潔西雅。」

「……把老師……帶過去……」

就像在模仿艾蓮歐諾露一樣，潔西雅也把手伸向艾米莉亞。

「……潔西雅很擅長……游泳……潔西雅是在水中……誕生的……」

「那就麻煩妳們了……」

艾米莉亞牽起艾蓮歐諾露與潔西雅的手。緊接著，她們猛然加速。

「拜託妳們了，艾蓮歐諾露、潔西雅。要是等龍通過之後才到的話，那可是會讓人笑不出來呢。」

追上來的雷多利亞諾向她們這樣說道。

「嘻嘻，我可是準備了一個壓箱祕策喔。」

說完，艾蓮歐諾露就把制服脫下拋開，然後她穿在底下的正是「至高泳裝」。

潔西雅也同樣脫掉制服，露出「至高泳裝」的模樣。

「那……那是什麼啊，那個——咦咦咦咦咦……！」

潔西雅與艾蓮歐諾露緊急加速，把艾米莉亞嚇得瞪大了眼。

不過，教師就只是給人拉著跑也太不像樣了。懷抱這種想法，我發出「意念通訊」。

『艾蓮歐諾露，我要經由妳的身體把魔法送過去。雖然會稍微變慢，但這是個好機會。就來幫艾米莉亞慶祝就職吧。」

「我知道了喔。艾米莉亞老師，能打擾一下嗎？」

艾米莉亞朝艾蓮歐諾露看來。

『「至高泳裝」。』

我經由艾蓮歐諾露施展魔法後，艾蓮歐諾露的身體就閃閃發光起來。等到光芒迸散後，她的衣服就消失無蹤，露出換上「至高泳裝」的模樣。

「……妳、妳這是在做什麼啊！」

艾蓮歐諾露豎起食指。

「這是阿諾蘇同學送的禮物喔。穿著『至高泳裝』游起來很快喔。」

「……阿諾蘇同學送的…………」

艾米莉亞害羞地看著穿上「至高泳裝」的自己。接著她搖了搖頭向前看去，就像在確認「至高泳裝」的效果似的游了一會兒。

「雖然覺得外觀有點那個，但是好厲害……這樣的話……！」

艾米莉亞在水中猛然加速。

「各位！請抓住『聖域』。」

眼看就要追過前方學生的艾米莉亞施展「聖域」魔法，就像繩索一樣延伸出去，將勇者學院的學生們連接在身上。

三名穿著「至高泳裝」的少女帶頭游了過去。在她們的加速牽引下，勇者學院的學生們以前所未有的速度在水道中順流而下。就這樣一路游到底，一行人最終抵達目的地托利諾斯平原。

「……喂喂喂，這數量可真驚人啊。即使隔得這麼遠，也能清楚感受到魔力耶……」

萊歐斯朝前方不遠處的森林看去。只要穿過那座森林，很快就能目睹到巨大的龍影吧。

「對我施加『聖域』，然後再施展『勇者部隊』，將雷多利亞諾同學、萊歐斯同學設為勇者（Brave）。」

艾米莉亞從收納魔法陣中取出法衣，一面換裝一面說道。艾蓮歐諾露與潔西雅也有帶替換的制服過來。

「「「了解！」」」

學生們首先施展「勇者部隊」，強化萊歐斯與雷多利亞諾。

「對那座森林施展『龍縛結界封』，擋下龍群的進擊。」

「……可是，龍有長翅膀吧？難道不會在途中改用飛的過去嗎？」

雷多利亞諾提出疑問。

「依照耶魯多梅朵老師的說明，龍是活在土中的生物。雖然長有翅膀，但那本來是在土中活動用的。所以要在地上長時間移動時，應該不會用飛的吧。上次在玩你追我跑的時候也是這樣。」

艾米莉亞一面施展「飛行」前往森林，一面發出「意念通訊」。

「海涅同學，將龍一網打盡的最後關鍵，就掌握在你的手中。所以就拜託你了。」

『……哎，我會儘量去做啦。只是這種角色不太適合我就是了……』

就他一個人沒有前往森林，一面在手上旋轉著兩把聖劍一面注視著平原。

「既然是我的拜託，你只要去做就行了。」

「是是是。」

海涅將兩把聖劍刺在地面上。

「還真是會使喚人呢！」

嘎嘎、嘎嘎嘎嘎嘎地，他憑著聖劍之力挖掘著地面。海涅在製造的是能讓聖水通過的水道，並利用水道畫起「龍縛結界封」的魔法陣。其範圍巨大，光是最初的圓還沒畫完，那個魔法陣就長達數公里之遠。

當然，他們並沒有足夠的魔力能用這麼大規模的魔法陣施展魔法，所以才會從聖明湖引聖水到這裡來，將平原一帶作為巨大的「龍縛結界封」，把襲來的龍群一網打盡。這就是艾米莉亞所想出來的龍掃蕩作戰。

話雖如此，「龍縛結界封」的魔法術式十分複雜，一旦要畫在這麼廣大的範圍上，就需要相當的集中力與時間。在魔法陣完成之前，艾米莉亞等勇者學院的人，就必須將龍群阻擋在那座森林裡。

假如順利的話，就能殲滅龍群；不過要是失敗的話，將無法全身而退。勇者學院的學生們抱持著這個覺悟來到這裡。

要說他們毫不迷惘的話，大概是騙人的；要說他們毫不恐懼的話，也不可能是真的。儘管如此，他們還是竭盡小小的勇氣，拋開恐懼與迷惘，如今挺身站在戰場上。

「……就快來了呢。」

雷多利亞諾從森林中神色凝重地望向草原。已經能隱約看到龍群的身影了。

「各位同學，就這樣保持警戒，聽老師說一段話。」

艾米莉亞向學生們發出「意念通訊」。

「……各位都學習過魔族的事，應該很清楚皇族的存在。」

艾米莉亞一面對作為戰場的整片森林畫起「龍縛結界封」的魔法陣一面說道：

「我是作為皇族出生的。繼承著迪魯海德崇高的英雄、可怕卻也尊貴的暴虐魔王那個完美存在的血脈，深信自己是個尊貴的魔族。」

以這句話來說，她直到現在也仍會感到心痛，而這份心情經由「意念鐘」傳達了出去。

「……但這是個謊言。我就只是個無足輕重的平凡魔族，而這個事實，偏偏被暴虐魔王本人指謫了出來。不僅被施加詛咒，失去身為皇族的榮耀，甚至還不允許尋死逃避。」

艾米莉亞說不定終身都得抱持著這份痛苦。

「儘管如此，我還是不斷地逃跑了。始終不肯面對真實，不斷地逃、不斷地逃，不知何處有我容身之處地不斷徬徨，如今像這樣跟著大家一起站在這裡。」

特別巨大的龍頭映入眼中，「嘰——」的一聲龍鳴在他們耳邊響起。

「不過，請安心吧。雖然這說不定是個自私的要求，但是請相信我。」

她懷著真心說：

「不斷地逃、不斷地逃、不斷地逃，無可救藥地逃得不停的我，從現在起一步也不會逃了。不對，是沒辦法逃了。」

她筆直地看向前方。艾米莉亞一面注視著進擊的龍群一面高聲喊道：

「因為這裡是我終於找到——我所想要守護的場所。」

她站在最前頭，最先與龍交戰的場所。

「你們現在也還是一樣，是一群愚蠢、下流、無可救藥的學生們。」

艾米莉亞貶低學生的話語中充滿溫柔的心情。

「儘管如此，唯獨一件事情是我錯了。」

咚咚咚咚地，響起龍的腳步聲。牠們注意到艾米莉亞他們，開始加快速度。

「就讓蓋拉帝提的人類們知道——你們絕對不是人渣！前方過來那些名為龍的怪物，將牠們一頭不剩地掃蕩乾淨！」

艾米莉亞就像在鼓舞學生們似的高聲喊道：

「我可不想死在這種地方。就讓那些傢伙後悔瞧不起人類，宰了牠們吧！」

響徹開來的吶喊，讓他們的意念團結一心。

「……哈哈哈，好耶，艾米莉亞。妳太棒了。」

「是啊，就這麼做。去宰了牠們！」

「這些害獸可不是我們的對手。」

海涅、萊歐斯與雷多利亞諾舉起聖劍。

「準備砲擊魔法！要來了……！」

喔喔喔喔喔喔喔喔喔喔喔喔喔喔喔喔喔喔喔喔喔，伴隨著震撼大地的吶喊，聚集在艾米莉亞身上的「聖域」之光，以彷彿要突破天際的氣勢膨脹開來。

「龍縛結界封」魔法被施展出來，在森林裡張設侵蝕龍之力的魔法線。龍群的身影明確地浮現在他們眼前——

艾米莉亞將她的手筆直地往前揮去。

「——發射！」

伴隨著號令，勇者們的魔法砲擊有如雨點般地傾注在龍群身上。

§34 【勇者學院對龍群】

——死戰展開。

「聖炎(saifua)」、「聖冰(shierudo)」與「聖雷(zerutosu)」的魔法砲擊儘管都命中，龍群仍然發出咆哮，就這樣衝進森林之中。

每當龍的龐大身軀碰觸到樹木，被張設在樹木之間的「龍縛結界封」就會發出「嘰——」的響聲，束縛著龍的魔力與身體。因此而動彈不得的龍，艾米莉亞就會施展「龍縛結界封」直接將牠束縛住。

然而，一部分的龍群注意到「龍縛結界封」是結界魔法，從森林外頭噴出高溫龍息，將勇者學院發射的魔法砲擊輕易吞沒，焚燒著森林。

要是威力沒有因為「龍縛結界封」而衰減的話，最前線的人早就化為焦炭了吧。

龍群看來想燒光森林，把獵物驅趕出來的樣子。

「嘖……別想得逞！」

雷多利亞諾卸下眼鏡。那是用來抑制他魔力的魔法具，因此他的力量一口氣增強。

「守護吧、治癒吧，聖海護劍貝因拉梅提。」

雷多利亞諾就像要作為盾牌似的，舉起讓人聯想到大海的碧藍聖劍。

「『聖海守護結界(besutoreto)』！」

他的全身被魔法結界所包覆。即使龍群噴出的龍息集中在雷多利亞諾身上，他依舊踏穩腳步撐住。

「『聖海守護屏障(regaindorea)』！」

雷多利亞諾在結界上再度施放魔法屏障。

「『聖海守護咒壁（riado anzemura）』！」

魔法屏障上又再更進一步地施放隔絕魔性的聖咒。

「守護吧，聖海護劍。自古守護生命，貝因拉梅提。在此顯現汝之力、汝之意志！」

雷多利亞諾完全解放聖劍的力量，將重疊好幾層的魔法屏障強度增幅數十倍。

「——喝啊啊啊啊啊啊啊啊啊啊啊！」

他用貝因拉梅提畫出一個大圓，將所承受到的龍息之力反轉方向，彈回到龍群身上。

轟隆隆隆隆隆隆，儘管遭到自身的火焰焚燒，龍群依舊毫無怯意。堅固的鱗片、皮膚還有魔力，完全隔絕了龍息。

「實在沒用嗎……」

好幾頭龍拍打著翅膀飛上天空。「龍縛結界封」是聲音的結界，雖說就算待在上空也會受到影響，但只要提升高度，應該能輕易飛越森林。

「……艾米莉亞……這是不是有點糟啊？會讓牠們溜走……」

萊歐斯瞪著飛在空中的十幾頭龍。

「那種程度的數量還在預期之內。在聖水的『龍縛結界封』完成之前，飛起來的龍就放棄吧。那些我們應付不來！」

這個判斷很英明。倘若是在空中，張設在森林裡的「龍縛結界封」效果也會減弱。要是窮追不捨，他們一下就會全滅。

「……不太對勁……」

雷多利亞諾用魔眼注視著上空，蹙起眉頭。

「艾米莉亞，上空的龍沒有飛走，而是在盤旋……！」

龍群一面在空中盤旋，一面逐漸加快速度。

艾米莉亞猛然驚覺地喊道：

「全員，朝上方施展魔法結界！牠們要衝過來了！」

轉瞬間，好幾頭龍從空中朝森林俯衝下來。學生們在樹木上張設起好幾層魔法結界，「龍縛結界封」也覆蓋住了上方。就在艾米莉亞準備擋下龍俯衝過來的衝擊時，好幾棵樹木直接倒下，使得「龍縛結界封」的結界開了一道細小缺口。

龍群就從這道細小的缺口猛烈飛進來。轟隆一聲，地面爆炸開來。正面受到龍來自空中的俯衝撞擊，使得學生們被撞飛了出去。就那個威力來看，應該造成了足以致命的傷害。

「咕喔喔喔喔喔喔喔喔喔喔喔喔喔喔喔！」

龍在森林著陸後，就開始推倒樹木，打算破壞「龍縛結界封」的結界。

「唔……！」

艾米莉亞代替缺損的結界，重新張設新的「龍縛結界封」。然而，又有好幾棵樹木倒下，讓「龍縛結界封」開出缺口。朝著開出的缺口，龍群陸陸續續從空中俯衝而下，不斷地將學生們撞飛。

地面上的龍息不斷，還有其他龍就像不怕死似的朝森林衝鋒，彷彿要靠數量壓制，將結界踐踏過去一樣。

「……為什麼『龍縛結界封』會擅自缺損……！再這樣下去……」

遭到龍群的數量壓制，艾米莉亞等人的人數不斷在減少。只要能戰鬥的人數低於一定數量，就會無法維持魔法結界，一口氣遭到擊潰——這讓他們逐漸焦躁起來。

「還沒結束。人類才不會輸給什麼龍喔。」

艾蓮歐諾露的聲音響起。她就在化為球狀的聖水之中，周圍包覆著無數的魔法文字。她發動了「根源母胎（艾蓮歐諾露）」。

勇者學院倒下的學生們，被淡淡的光芒所包覆。

「『聖域復活（teo ingaru）』。」

溫暖柔和的光芒照耀著森林。死去的勇者學院學生們受到復活，從地上猛然爬起。

「支援魔法，要去了喔！」

艾蓮歐諾露敞開雙手，對整片森林畫起魔法陣。

「『根源支援魔法球（eorunesu）』！」

從魔法陣中「啵啵啵」地湧出好幾顆紅、藍、綠的魔法球，在森林裡輕飄飄地飄浮著。

她發出「意念通訊」通知在場全員：

「『根源支援魔法球』能讓大家的根源之力發揮到全力以上喔。綠色是一百八十秒，藍色是一百二十秒，紅色只能支援六十秒，會依照綠、藍、紅的順序，發揮出許多力量。不過效果一旦解除，魔力會減半十秒，要是這樣的話就會非常危險……！」

「……妳幹嘛學這麼麻煩的魔法啊！魔王學院是在教什麼啦……」

萊歐斯儘管抱怨，還是碰觸藍色的「根源支援魔法球」。在以使用聖水的要領吸收之後，他的魔力立刻大幅提升。

「這是什麼，也太厲害了……」

萊歐斯在地上奔馳，朝著眼前的龍衝去。

「上吧，卡流馮多！燒光牠們！」

萊歐斯將聖炎熾劍猛烈舉起，繞到在森林肆虐的龍背後。他的目標是弱點的脖子，於是他朝著那個沒有鱗片的部位將劍刃劈下。

「滋噗」一聲，卡流馮多稍微砍進肉裡。轟隆隆隆隆隆，聖劍纏繞起火焰，從內側焚燒著龍的身體。龍搖晃一下，發出震耳欲聾的吼叫聲倒在地面上。

「……這行得通吧……」

「大家排出順序！依照我的指示輪流使用『根源支援魔法球』。在休息期間，隨時要有其他三名學生保護！」

「「「遵命！」」」

艾米莉亞迅速向勇者學院的學生們發出指示。看來龍來自上空的俯衝導致崩潰的態勢，靠著艾蓮歐諾露的「根源支援魔法球」勉強重整起來了。

「『聖域熾光砲』。」

艾蓮歐諾露朝空中發射光的砲彈；但她以高速飛來的這道魔法，卻被飛在空中的巨龍輕鬆避開。

「嗯～那個要是下來了，怎麼說都會很不妙喔。」

艾蓮歐諾露瞄準一頭藍色異龍。牠小心翼翼地在空中盤旋，用魔眼打量著森林的情況。牠的身長大概有兩百公尺吧，全身散發出來的魔力不是其他龍能相提並論的。

「……潔西雅……過去……」

「還不行喔。空中戰對我們不利，先把其他龍打下來吧。」

「……我……知道了……繼續忍耐……」

艾蓮歐諾露將「聖域熾光砲」對準天空，朝著盤旋的龍群發出砲擊。

艾米莉亞發出指示：

「雷多利亞諾同學，先暫時退下！『根源支援魔法球』的效果要結束了。」

「了解！」

「艾米莉亞……正面被突破了……！有幾頭衝過來了啦！」

萊歐斯叫道。龍群穿過聲音結界的缺口，突出龍角猛烈衝來。樹木一棵棵地連根倒下，將學生們撞飛。

「……『龍縛結界封』又出現缺口了……究竟是怎麼做的……？耶魯多梅朵沒說過會有這種情況啊……」

艾米莉亞儘管感到疑問，還是為了設法讓闖進森林裡的龍喪失戰力，施展著「龍縛結界封」。然而，只要施展出來，樹木就會倒下、破壞掉魔法陣，讓「龍縛結界封」出現缺口。

應該是有一群人潛伏在暗處協助龍群。

「又來了……！」

正當艾米莉亞要立刻補強結界時，地面轟隆一聲炸開，從地洞裡冒出一頭巨龍。

那是鱗片與皮膚為深綠色、體長超過一百公尺的古龍。

「……糟了——」

「守護吧、治癒吧，聖海護劍貝因拉梅提——！」

以「根源支援魔法球」強化根源的雷多利亞諾，勉強擋下了古龍的衝鋒。

「艾米莉亞，快退後！要是失去妳，這場戰鬥就結束了——！」

艾米莉亞施展「飛行」跳開。

「已經不要緊了！雷多利亞諾也趕快退——！」

在這瞬間，古龍張大嘴巴，連同魔法結界一起咬向雷多利亞諾。儘管結界支撐了一下，卻還是在下一瞬間脆弱崩潰，讓龍牙貫穿雷多利亞諾的身體。

「根源支援魔法球」失去效果。龍牙滴落鮮血，將地面染成一片血紅，他在龍口裡無力癱倒。

「雷多利亞諾同學！」

龍「咕嘟」一聲將雷多利亞諾一口吞下。即使是艾蓮歐諾露的「聖域復活」，也無法復活被龍吃掉的人。

艾米莉亞憤怒地瞪大魔眼（眼睛）。她一把抓住從眼前飄過的紅色「根源支援魔法球」吸收掉，毫不遲疑地朝古龍衝去。

「嘎啊啊啊啊啊啊啊啊啊啊啊啊啊！」

古龍張大嘴巴，噴出灼熱龍息。艾米莉亞在身上纏繞起「龍縛結界封」，靠著聲音結界承受著這道龍息，就這樣施展「飛行」跳進火焰之中。

「你這傢伙————！不過是頭低賤的害獸，竟敢對我的學生動手……！」

艾米莉亞一面咆哮一面將噴出的灼熱龍息推回去，自行衝進龍口之中——

§ 35 【在地底蠢動的陰謀】

地上的激烈震動傳到地底，嘩啦啦地降下沙塵之雨。艾米莉亞他們此時正在地上與龍展開死鬥。

我與米夏、莎夏就在他們的正下方，一個構築在地底的不自然巨大空洞裡。

我朝著其中一處投以魔眼，稍微拋出一句話。

「然後呢？差不多該現身了吧？儘管利用龍域與地底的昏暗來提高隱蔽魔法的效果做得還挺不錯的——」

我施展「成長」魔法長大到十六歲左右後，緩緩踏出一步，把手伸向眼前的空間。在用力握緊手掌後，有碰到某種東西的感覺。

「——魔眼（眼睛）也差不多適應了。」

我將抓住的東西舉起，就這樣用力砸在地盤上。轟隆一聲巨響，那傢伙用來隱藏身影的魔法效果解除。出現在眼前的是一名穿著法衣、上頭套著純白鎧甲的男人。

跟聖者卡傑魯的穿著幾乎一樣啊？是龍人吧。

「唔嗯，一面鬼鬼祟祟地躲在地底，一面干擾艾米莉亞的『龍縛結界封』。龍也是你們放出來的嗎？」

「『附身召喚』──『力龍（deiro）』！」

龍人以倒下的姿勢這樣大喊。他的身體發出光芒，魔力大幅提升。

「謹遵『全能煌輝』艾庫艾斯的意思。」

「嘰」的一聲，那名龍人口中響起龍鳴。我放開手，狠狠踩在那傢伙的臉上。

「嘎咳……！」

「原來如此，是附身召喚啊？這麼說來，龍也有擅長融入周圍環境隱藏身影的種族呢。你讓龍之力附在自己身上吧？」

龍人迅速拔劍，以龍之力砍向我的身體。我更大力地踩下去，讓他的頭陷入地盤之中。

「呃……」

「回答我。你是奉誰的命令，打算做些什麼？」

「……我們可是崇高的神的戰士！就算奪走我的命，我也不會回答你任何問題！」

在龍人這麼說的瞬間，我畫好的魔法陣中就出現一條黑線纏上他的脖子，為他綁上了不祥的項圈。

「那就祈禱吧。你儘管試看看你的那份信仰能撐到什麼時候。」

「羈束項圈夢現」——這場夢所展現的，是他在沒有神的世界裡被我殺害無數次的光景。不論再怎麼祈禱、懇求，神都不會出現，就只是一味地遭到殺害、不斷地滅亡。各式各樣的痛苦將折磨著他，在一秒內經歷數千數萬次的死亡。

然後，他總算從夢中醒來。龍人以憔悴不已的表情看著我。

「祈禱得還夠嗎？」

「……啊……嗚……………」

「只要說出來，我就讓你解脫。」

龍人以呆滯的眼神，顫抖著嘴唇說道：

「……我們是……吉歐路達盧的聖騎士團……受亞希鐵樞機主教告知神諭……要對蓋拉帝提的民眾進行聖別……」

果然是那個男人在搞鬼啊？

「亞希鐵人在哪裡？」

「……在艾貝拉斯特安傑塔……」

「聖別是指什麼？」

「從作為神使的龍胎內前往神的跟前，以神聖的姿態復活。跟我們一樣成為龍人，作為侍奉神的神聖子民。」

也就是要拿人類餵龍啊？

「該死的侵略者。」

我用力踩下腳，把龍人的頭蓋骨踩爛，然後緩緩地朝依然躲藏起來、觀望著這邊情況的那群人看去。

「我不允許有人為地上帶來糾紛。我給你們三秒，現在立刻退兵。否則，我就連同你們的神一起毀滅掉吉歐路達盧。」

寂靜片刻。下一瞬間，就像保護色一樣與地盤同化躲藏起來的龍人們，倏地浮現身影。所有人都穿著法衣，上頭套著純白的鎧甲。

「「『附身召喚』──『力龍』。」」

伴隨著吶喊，他們的魔力膨脹開來。這次將附身召喚的對象切換成戰鬥用的龍。

「讓蓋拉帝提成為神的國度吧。此乃神諭！」

當一個人這樣喊道後，全員就一起跟著吶喊。

「「謹遵『全能煌輝』的意思。」」

「讓蓋拉帝提的所有子民，獲得神的救濟！」

「「使他們信神，接受救贖！」」

龍人的士兵們大大張口，噴吐出跟龍一樣的高溫龍息。就在視野被火焰充斥的瞬間，這些火焰突然消失了。

這是由於身旁的莎夏用「破滅魔眼」瞪了過去。

「在信神之前，先睜開眼睛正視現實吧。」

我向前走出一步。米夏用「創造魔眼」瞪向龍人們，將他們的身體一一變成雪晶。

「……別、別害怕！要相信神！衝鋒……！」

「你們難道都沒看到嗎？如今在這上頭，那些終於找到容身之處、正在拚命戰鬥人們的意念。他們既沒有尋求救贖，也沒有請求救援；而是睜著眼睛正視著現實，靠著雙手抵抗著蠻橫。」

漆黑雷電在我周圍聚集起來，我施展起源魔法「魔黑雷帝」。

「呃啊……呀啊啊啊啊啊啊啊啊啊啊啊啊啊啊啊啊啊……！」

「……怎麼會……！居然是足以貫穿龍之守護的魔法……！」

「也沒召喚神……這種力量怎、怎、怎麼可能——呃啊啊啊啊啊啊啊啊啊啊啊！」

漆黑閃電發出低鳴膨脹開來，貫穿周遭的龍人們，將他們化為焦炭。

「挫敗現在正要得救之人的意志，算什麼神，算什麼救濟啊，愚蠢的傢伙。不論是誰都絕對無法拯救他們——因為他們已經知道，救贖是必須靠自己贏得的東西。」

「神將會教導他們這是錯誤的！」

倖存的龍人們發出吶喊，拔劍朝我衝來。

「神會教導？這是錯誤的？咯咯咯，咯哈哈哈。」

從四面八方襲來的龍人之劍刺在我身上，然後盡數折斷。

「呃……這傢伙是怎樣！難道是怪物嗎！」

「這種事怎麼可能……！就連靠著龍之力，也無法讓劍刺穿……！」

「不懂人心的神，是能教導什麼啊？在他們身陷絕望深淵時袖手旁觀的神，事到如今才大搖大擺地要出來救贖？別笑死人了，你們這群詐欺師。」

我朝周圍的龍人們畫起魔法陣，一人一發「獄炎殲滅砲」將他們吞沒。

「「「呀啊啊啊啊啊啊啊啊啊啊啊啊啊啊……！」」」

在漆黑太陽的焚燒之下，龍人們漸漸燃燒殆盡。

「怎樣？就連獻上信仰的你們，神都不肯救了。」

「……可、可惡的異端者……我們會前往神的跟前……死不是絕望，是救濟啊……！」

「哦？與魔王為敵，你們以為還能去那種地方嗎？」

我畫起魔法陣，將黑線連接起來，為他們綁上不祥的項圈。

「『羈束項圈夢現』。」

看著詛咒的夢境，龍人們茫然佇立。

「你們將會永遠重複這一瞬間，不斷品嘗絕望的滋味。不過只要捨棄對神的信仰，請求我原諒的話，身體就會燒燬，獲得死去的許可。」

他們流下冷汗，以呆滯的眼神看著虛空。

「不允許一切的救贖，就只是無意義地死去。」

經過數秒，一名龍人突然燃燒起來。

「怎麼了？已經有一個人拋棄信仰嘍。還真是虔誠啊。」

兩個人、三個人，龍人們陸陸續續拋棄對神的信仰，在惡夢中請求我的原諒，然後燃燒殆盡。

「可、惡、啊——你這該死的惡魔……！」

沒有施加「羈束項圈夢現」的另一名龍人，高高舉起形似龍爪的劍，一臉憤怒地朝我衝來。我用手刀貫穿他的喉嚨。

「……呃、喔……………」

「我不否認。」

我對他的脖子施展「羈束項圈夢現」。

「不過你們做的事，比惡魔還不如。」

眼前的龍人癱軟跪下、燃燒起來。接著他捨棄對神的信仰，化為了灰燼。

當我將魔眼（視線）望向周圍後，能看到還有許多龍人士兵。不愧是要攻陷蓋拉帝提，兵力相當龐大。

「米夏、莎夏。」

兩人一面用魔眼（眼睛）瞪著龍人們，一面聽我說話。

「再來就交給妳們了。別讓他們對地上出手。」

米夏點了點頭。兩人背對著背，一面繼續注視著敵人一面在背後握起彼此的手。她們分別在自己身上畫出半圓的魔法陣，與對方的魔法陣連接成一個完整的魔法陣。

然後在那道魔法陣上，再疊上一道相同的魔法陣。

這是過去必須借助七魔皇老艾維斯的力量才能施展的涅庫羅祕術。但如果是如今獲得成長的兩人，應該能抵達那個深淵吧。

「「『分離融合轉生』。」」

輝煌閃耀的魔力粒子升起。兩人的身體彷彿融化般地倏地交錯，從耀眼的光芒中浮現一道魔族的身影。一名銀髮少女就站在那裡。

「你們這群怪物……！化為灰燼吧——！」

伴隨著號令，龍人們噴吐出灼熱龍息，其威力比剛才還要高出許多，輕易地就將地盤融化。這次大概附身召喚了特別強化龍息的龍吧。

「『破滅——』」「『創造——』」

融合後的米夏與莎夏平靜地齊聲說道。

「「『——魔眼』。」」

這個魔眼不僅擁有廣範圍的視野、具備能消除一切攻擊魔法與防禦魔法的力量，還能將身體重新創造。龍人們噴吐出的龍息消滅，身體在瞬間束手無策地變成冰晶。

勉強待在視野之外的一名聖騎士，茫然地注視著銀髮少女。

「……這、這個……該、該不會是『背理魔眼』……………」

龍人們顫抖不已。

「……銀髮與……那雙不祥的眼瞳……就跟邪惡傳承描述得一樣…………」

米夏與莎夏融合後的模樣，讓龍人們感到超乎力量差距的恐懼。

「……可惡……可惡啊啊啊，不適任者！看你都做了什麼好事！難道你讓不順從之神復

活了嗎……！」

「居然讓背理神蓋奴杜奴布復活了，是打算讓我們的國家、讓地底毀滅嗎！地上也不會平安無事啊……！」

唔嗯，他們在說什麼莫名其妙的事情？難道說有跟融合之後的兩人擁有相同魔眼的神存在嗎？

「認錯人了。」「真是抱歉，我們可不是什麼神呢。」

用他們口中的「背理魔眼」瞪去，莎夏與莎夏在轉眼間就將龍人們變成冰晶。

「唔呃……！」

「……嘎啊啊……！」

「神、神啊……！『全能煌輝』艾庫艾斯啊……！請救救我們——」

銀髮少女一面用魔眼找尋著殘黨一面向我說：

「小心。」「慢走喔。」

我點了點頭，把手伸向地面。

「可能的話，也探聽一下有關那個不順從之神的事。」

我留下這句話後，就施展「魔震」的魔法分開地盤，造出通往地底的道路。接著我施展「飛行」飛進開出的洞穴，前往地底世界。

眨眼間我就穿過天蓋，抵達神都蓋艾拉黑斯塔的上空。

§ 36 【地上響起的意念旋律】

古龍發出慘叫，龐大身軀在搖晃了一下後傾斜。伴隨著一陣巨響，龍趴倒在地面上，口中漏出微微光亮——「聖域」。當光芒膨脹開來後，突然從古龍口中伸出纖細的指尖。

「這傢伙——給我打開！快開啊——……！」

靠著「聖域」撬開倒下的古龍嘴巴後，艾米莉亞從龍的體內爬出。另一隻手抓著雷多利亞諾，使盡全力地把人拖了出來。

她活用對付異龍的經驗，特意衝進龍口中施展「龍縛結界封」綁住臟器。

雷多利亞諾儘管喪失意識，但勉強還有一口氣在。勇者學院的學生們立刻趕來，對他施展恢復魔法。

「艾米莉亞……再這樣下去就糟了！雖然靠著艾蓮歐諾露的『聖域復活』不會死，但我們的魔力會耗盡啊。」

即使將聖水引到了這裡，只要原本的魔力耗盡，就沒辦法充分運用聖水。

「海涅同學！『龍縛結界封』的狀況如何！」

艾米莉亞發出「意念通訊」。

「……已經完成九成了！問題是臨時上陣，我究竟能不能施展『龍縛結界封』……」

勇者學院中能確實施展「龍縛結界封」的人只有艾米莉亞，然而她是個魔族，聖水對她來說會是一種毒，因此應該很難妥善運用聖水施展魔法。即使真的能施展，身體也不會平安無事。

「既然你老是誇這麼大的口，這種程度的事就給我一次解決！」

「是是是，我知道了啦。拜託不要在這種時候給我壓力啦——」

海涅就像注意到什麼似的停下話語。

「海涅同學？」

「……糟糕。上頭的藍色異龍在看著我。牠該不會是注意到魔法陣了吧？」

就在艾米莉亞看向上空的瞬間，異龍張開嘴巴，往地上噴出藍色龍息。

這道龍息就一直線地噴向海涅在地面上畫出的「龍縛結界封」魔法陣。

「快阻止牠！」

在艾米莉亞的指示下，守護魔法陣的兩名學生靠著「飛行」飛上天空，施展結界魔法。

「別想得逞——！」

魔力與魔力衝撞的聲音劈啪作響，學生們的結界被凍住了一部分。

「我來支援了喔！」

艾蓮歐諾露從遠方在魔法結界上重疊「四屬結界封」。只不過，凶猛的藍色龍息輕易凍結這兩道魔法結界，而且還不減威力，就像打破薄冰似的粉碎結界，同時吞沒掉兩名學生，將他們冰凍了起來。

冰冷龍息也將海涅在大地上畫出的「龍縛結界封」魔法陣冰凍了三成左右。

「……該死！艾米莉亞，不行啊，我們被擺了一道！要是不想辦法融掉那個，聖水就流不過來……！」

艾米莉亞凶狠地瞪向上空。只要那頭異龍還在天上，他們的作戰就無法實行。

「艾米莉亞老師，那頭異龍我們會想辦法處理喔。會在三分鐘內打倒。在這段期間沒辦法復活，所以別讓任何人死掉喔。」

艾米莉亞就像要保護艾蓮歐諾露與潔西雅一樣，在兩人的手臂上纏繞起「龍縛結界封」的魔法線。

「拜託了！只要打下那頭龍，就是我們的勝利了！」

「我知道了喔。」

「……交給……我們……吧……！」

艾蓮歐諾露與潔西雅蹬地躍起，施展「飛行」飛上天空。

飛在上空的龍，已經有半數以上被艾蓮歐諾露的「聖域熾光砲」給擊墜。

其餘的龍群就像要保護藍色異龍一樣地組成陣形，朝著飛向空中的兩人噴吐高熱龍息。

艾蓮歐諾露與潔西雅一面施展「四屬結界封」擋掉龍息，一面逼近異龍。

隨後，周遭的龍群開始飛離這片空域。藍色異龍大大地拍打起翅膀，振翅時伴隨著龐大的魔力，使得這片空域充滿了冷空氣。

每次拍打翅膀，空中就猛烈地颳起暴風雪。就連「四屬結界封」也遭到凍結，擾亂著「飛行」魔法。

「潔西雅，沒辦法支撐太久喔。就一口氣打倒吧。」

艾蓮歐諾露將綠色的「根源支援魔法球」丟向潔西雅。她在碰觸後，將魔法球吸收掉。

緊接著，魔力就猛烈地膨脹開來。

雖然她的根源還很稚嫩，但由於潛在能力有差，所以魔力上升的幅度比萊歐斯他們大上非常多。

「練習了……很多次……」

潔西雅在異龍背後像是在畫弧線一樣地畫出十道魔法陣。在這些魔法陣的中心處，分別出現一個正方形物體，上頭映照著潔西雅的身影。那是一面鏡子。

「這是……『複製魔法鏡（regaroimitein）』……」

潔西雅手上聚集起光芒，隨後光之聖劍焉哈雷出現在手中。潔西雅一舉起聖劍，「複製魔法鏡」就跟著一起映照出焉哈雷。

就在魔法鏡帶有魔力的瞬間，照映在鏡中的潔西雅身影消失，周圍的景色也消失，只留下焉哈雷在鏡面上。

「……複製……」

光之聖劍焉哈雷不斷地增加數量，在潔西雅周圍飄浮著一百把聖劍。隨後，照映著這個景象的「複製魔法鏡」之中，也同樣出現了一百把焉哈雷。

「上吧，潔西雅！」

「……我上了……！猜猜本體……是哪一把……？」

潔西雅將焉哈雷用力刺出。照映在十面鏡子裡的一百把聖劍，總計一千一百把的焉哈雷襲向藍色異龍，將牠的腳、翅膀、尾巴、脖子與頭部砍得血肉模糊。

「……吼喔喔喔喔喔喔喔！」

「正確……答案……是全部……」

就算異龍的鱗片與皮膚再怎麼強韌，只要以潔西雅的魔力驅使著超過一千把的焉哈雷一口氣打下去，就不可能毫髮無傷。異龍的龐大身軀淌下鮮血，鱗片眼看著不斷剝落。

藍色異龍瞪向潔西雅，大大地張開嘴巴，魔力與冷空氣聚集在龍的口中。

「吼喔喔喔喔喔喔喔喔喔喔喔喔喔喔喔喔喔喔喔喔喔！」

有如暴風雪的藍色龍息襲向潔西雅。

「『複製魔法鏡』。」

潔西雅在眼前創造出兩面魔法鏡，其中映照著異龍的藍色龍息。

「……複製……」

從兩面「複製魔法鏡」中發射出跟鏡中映照的藍色龍息完全相同的龍息。其中一道與異龍的龍息互相抵消，不過另一道龍息則吞沒了異龍的身軀。儘管到底還是對自己的龍息具有抗力，但鱗片剝落的部分還是遭到冷空氣凍結。

「嘎啊啊啊啊啊啊啊啊啊啊！」

異龍就像氣得暴跳如雷一般，朝著「複製魔法鏡」滑翔衝去。就在龍的身體撞上去的瞬間，魔法鏡「啪」的一聲裂開。大概是因為沒辦法複製生物吧。

「潔西雅，要一口氣解決了喔。」

飄浮在艾蓮歐諾露周圍的魔法文字溢出聖水，將她包覆起來化為球體。她就像瞄準似的把手伸向異龍。

「『複製魔法鏡』。」

兩面魔法鏡出現在艾蓮歐諾露稍前一點的左右兩側。

「『聖域熾光砲』！」

「……這是……無限鏡……」

光之砲彈「聖域熾光砲」從兩面對照的「複製魔法鏡」中間通過。形成無限鏡的「複製魔法鏡」裡同樣照映著「複製魔法鏡」；而鏡中的「複製魔法鏡」裡也依舊同樣照映著「複製魔法鏡」。

這些鏡中的魔法鏡，全都一一複製起「聖域熾光砲」。無限增加的光之砲彈從魔法鏡中一口氣放出，在全部化為一體後朝著藍色異龍發射。

那是龐大的光。「聖域熾光砲」如彗星般撞去，不過異龍卻以驚人的速度飛避。

「這是……『反射魔法鏡』……」

在射偏的「聖域熾光砲」前方出現一面「反射魔法鏡」。這面魔法鏡反射著光之砲彈，彈向異龍所在的方向。

「嘎啊啊啊啊啊！」

儘管發出龍鳴，異龍還是再度迴避。然而，在光之砲彈飛往的方向上，又放著一面「反射魔法鏡」。

「……這是……無限鏡……」

兩面「反射魔法鏡」始終隔著異龍形成無限鏡，在光之砲彈擊中異龍之前不斷反射著。

「要再來一發了喔，『聖域熾光砲』！」

艾蓮歐諾露發出光之砲彈後，光砲就經由「複製魔法鏡」的無限鏡無限增幅，化為彗星射出。異龍避開「聖域熾光砲」後，潔西雅就再度施展「反射魔法鏡」的無限鏡進行反射。

兩發彗星就像受到了引導一樣，不斷地襲向異龍。

「最後一擊了喔，『聖域熾光砲』！」

正當異龍在千鈞一髮之際避開「聖域熾光砲」時，第三發「聖域熾光砲」就從正前方發射過來。由於體型過於龐大，使得藍色異龍無法緊急轉彎也無法緊急停止，終於遭到光之砲彈所吞沒。

「吼喔喔喔喔喔喔喔喔喔喔喔喔喔喔喔喔喔喔喔喔！」

在發出哀號般的吼聲後，被反射的其餘兩發「聖域熾光砲」夾擊異龍，讓那個龐大身軀消失在耀眼的光芒之中。

「……這是……我們的勝利……」

「要繼續把剩下的龍解決掉喔。」

艾蓮歐諾露迅速將「聖域熾光砲」朝向飛在空中的龍群。

另一方面，在地上──

艾米莉亞一面看著空中的閃光，一面穿越森林拚命跑到草原。龍的腳步聲比剛才還要大，傳來了地鳴聲。說不定是增援來了。牠們大概打算靠數量突破結界。

艾米莉亞盡可能從「聖域」之中收集魔力，施展「灼熱炎黑」魔法融化凍結的大地。

「……還差一點……………！」

儘管只有一點一滴，但冰層確實地融化，修復了用來讓聖水通過的魔法陣水道。

「要流過去了！」

艾米莉亞大喊，並解除堵住河川的魔法。隨後，聖水就洶湧地流入畫在大地上的水道魔法陣之中。

「海涅同學！」

「啊啊，這樣就結束了！根本小事一樁呢！」

海涅高舉雙手，準備將兩把聖劍刺在地面上。就在這時，森林對面傳來一道藍色龍息，襲向了海涅。

「什麼…………！」

儘管威力受到「龍縛結界封」的影響衰減，但還是瞬間凍住了海涅全身。

「嘎啊啊啊啊啊啊啊啊啊啊啊啊啊啊啊啊啊！」

一面發出咆哮一面撞倒樹木，巨大的藍色異龍出現在這裡。那頭跟上空的異龍是不同的個體。

「……混帳！別瞧不起人了！海涅！這會有點粗魯喔！」

萊歐斯從森林飛來，將聖炎熾劍卡流馮多用力地高高舉起，然後使勁地敲在海涅臉上。

「喂──！別再睡啦！趕快給我醒來……！」

火焰纏繞著海涅全身。在萊歐斯同時用聖水施展恢復魔法後，冰層就在不久後「啪」的一聲龜裂，讓海涅的臉解凍。

海涅瞬間喊道：

「快點，只要一隻手就行了！」

「我知道啦！」

萊歐斯將魔力注入卡流馮多，融解海涅右手上的冰層。

「就快──」

萊歐斯的身體被當場撞飛。有一頭龍穿過森林衝來，把他撞飛了出去。

而那頭龍的魔眼，就這樣凶狠地瞪著海涅。龍群陸陸續續地從森林裡冒出。

「海涅同學……就是現在……！」

正當艾米莉亞要趕過去時，又有一頭──第三頭藍色異龍在她面前降落。

「嘎啊啊啊啊啊啊啊啊啊啊啊啊啊啊啊！」

凶暴鉤爪毫不留情地揮下，連同身上的「龍縛結界封」將她打飛。

「……我就覺得會這樣…………」

海涅懊悔不已地說道：

「才剛覺得事情很順利，就被瞬間幹掉了呢……這樣也難怪會被聖劍嫌棄，被真正的勇者搶走……」

海涅咬緊牙關看著從森林冒出的無數龍群。那之中有兩頭藍色異龍，這對他來說除了絕望還是絕望。

「……但是啊…………」

儘管如此，他的眼瞳依舊未失去光芒。

「只要一次就好……！」

海涅注入魔力，強行移動著凍結的手。

「該死……動啊……！快動啊……！你這個廢物……！你是要廢到什麼時候啊……！快給我動啊啊啊啊……！」

隨著喀吱喀吱的沉重聲響，他的手臂微微動起，並將魔力傳送到手中的聖劍上。

「……拜託了，我的聖劍……！雖然我不是本尊，跟真正的勇者一點也不像……！」

海涅盡全力將力量注入手腕並大聲喊道：

「就算是這樣，我也想幫助他們！拜託，把力量借給我吧……！算我拜託你了！」

啪嚓地響起讓人不寒而慄的聲音。海涅的手肘前端斷裂，掉落在地面上。聖劍在空中旋轉，隨即插在地面上。

「吼喔喔喔喔喔喔喔喔喔喔喔喔喔喔喔喔喔喔喔喔喔喔喔！」

眼前的龍發出吼聲，張嘴咬住海涅。然而他無畏地笑了，同時將視線望著地面。

因為在他的斷手上、那把聖劍上，都已注入了些許的魔力。

「上啊啊啊啊啊啊啊啊啊啊啊啊啊啊啊啊啊啊啊！」

轟轟轟轟轟轟轟轟轟轟轟轟轟轟——地鳴聲響起，魔法陣的最後一塊拼圖補上了。聖水洶湧流入大聖地劍傑雷在地面上挖出的水道。

「……然後是——呃……」

就在海涅要施展「龍縛結界封」的瞬間，龍牙刺進了他的體內。

「……哈哈……我果然……不行啊……該死……」

在龍口中，海涅就像喪失力氣似的癱軟地垂下頭。

「…………該死啊…………」

然而他耳邊卻響起了一道聲音。

「…………你不會白費功夫的…………」

海涅微微睜開眼睛。

「……艾米莉亞……」

被異龍打飛、倒在地面上的艾米莉亞，把手浸在畫出魔法陣的水道裡。水道中流著聖水，施展魔法的條件已全部備妥。

「雖然你老是翹課，但是今天你很努力喔……」

艾米莉亞的魔力傳到聖水上，啟動這個魔法具的力量。

「『龍縛結界封』——！」

聖水的力量進入她體內，化為毒素侵蝕著身體。每當獲得魔力，艾米莉亞就會感覺到一陣劇痛。

儘管如此，她還是咬緊牙關，一面冒著冷汗，一面激起意念與這股疼痛奮戰著。

不論身體被侵蝕得多嚴重，還是全身浮現出無數聖痕，甚至要被侵蝕到根源了，她也不曾有過一瞬的恐懼。

這些傷痛、這些痛苦，跟過去的日子相比根本不算什麼。就像在這樣述說一樣，「龍縛結界封」比之前還要完美地發動，當場產生無數魔法線。

平原閃閃發光。這些光之線條在產生振動後，就彷彿在演奏樂器一般發出漂亮音色，響徹到遙遠的天際。

「砰」的一聲，咬住海涅的龍倒在地面上。

穿過森林而來的龍群在聽到演奏起的旋律，一個接著一個地停止活動趴下。最後飛在空中的龍墜落，一頭撞向大地，揚起高高的沙塵。

經由巨大的「龍縛結界封」產生的聲音結界，甚至傳到了艾諾拉草原上。聽到旋律的龍不是被封住力量，就是返回地底。

疲勞困頓、傷患多數，幾乎所有人都半死不活。

要是有哪一個環節出錯，就不知道勝利會傾向那一邊。

儘管如此，他們全員的意念還是凝聚起來，贏得了千鈞一髮的勝利。

§37 【被揭穿的神諭】

我降落到神都蓋艾拉黑斯塔，站在艾貝拉斯特安傑塔的正門前。

當我慢步走去後，正門就獨自開啟。走進城內、穿過漫長通道後，來到一個純白的圓形房間——設置著八張坐墊的聖座之間。

中央站著一名男人，那個人是神託者亞希鐵．亞羅波．亞達齊。

「我就想你差不多要來了，不適任者阿諾斯．波魯迪戈烏多。」

就像在說一切都在他的掌握之中一樣，亞希鐵以平穩的表情迎接我。

「給我小心一點回答。」

我直視著他發出詢問：

「侵略亞傑希翁是你獨斷獨行嗎？還是你的國家吉歐路達盧的決定？」

他面不改色地聽著問題。

「視情況我會毀滅你的國家。」

「不，兩者都不是。」

亞希鐵一副自己很清正廉潔的模樣左右搖頭。

「將龍派往地上，是要回應蓋拉帝提李西烏斯王的請願。李西烏斯王希望能讓自己的子民前往神的跟前，經由聖別轉生成作為神民的龍人。」

亞希鐵以清澈的眼神露出淡淡的微笑。

「虔誠的李西烏斯王將他的慈愛賜予民眾，向神懇求著亞傑希翁的救濟。」

「以王權和永恆的生命這種方便說法誆騙他，還真虧你能說出這種話來。」

亞希鐵以憐憫般的眼神蔑視著我。

「身為異端者的你是不會理解的吧。」

「愚蠢的王想要相信什麼隨他高興。但你覺得他有權利把自己的想法強加在人民身上嗎？強行給予無信仰者的救濟，就只會是一種惡意。」

亞希鐵以彷彿開悟似的表情回答：

「雖然我曾經對你說明過一次教義，但不論多少次我都會說明。亞傑希翁的民眾信仰著吾神。他們信仰著、崇拜著眾神所祝福的聖劍以及受到聖劍選上的勇者加隆。既然伊凡斯瑪那受到『全能煌輝』艾庫艾斯之手所祝福，那麼亞傑希翁的民眾便是經由勇者信仰著『全能煌輝』。」

「傻眼到不知該說什麼。事到如今說出口的，竟是連小孩子都不會上當的詭辯。」

亞希鐵就像在訓示我一樣，以溫柔的語調說：

「看來身為異端者的你，仍無法到達這份信仰的樣子。他們不是信仰勇者，而是信仰著『全能煌輝』艾庫艾斯。他們信仰著神啊——只不過沒察覺到這件事而已。」

他一臉若無其事的表情，彷彿理所當然似的宣告：

「成為吉歐路達盧信徒的李西烏斯王領悟到這件事，並且注意到人類的子民具有轉生成神民的資格。不論願不願意，神都會給予救濟。亞傑希翁的人類會在對此無知的情況下獲得救贖——而這絕對不是一件不幸的事。」

「唔嗯，所以你想這麼說吧？不論是不是強迫的，都要讓龍吃掉民眾，毀滅人類。」

亞希鐵平靜地闔上眼。

「這不是毀滅，是救濟。」

「就跟亞露卡娜說得一樣，你真的是個無藥可救的男人。難怪就連自身的選定神都要嫌棄你。」

亞希鐵回以微笑，但只要窺看他的深淵，就能在他眼中看出一絲銳利。假如是米夏，說不定能明確斷定他是感到煩躁了。

「即使是你那雙混濁的魔眼（眼睛），也能掌握地上發生的戰鬥始末吧。你放出的龍被結界封印，動彈不得。亞傑希翁的人類們賭命拒絕了你的救濟，說他們並不需要呢。」

「不，龍之所以遭到封印，並非他們的意志與力量所致；而是神的引導。一切都是為了迎向救濟。」

亞希鐵再度闔上眼，擺出就像在傾聽什麼的動作。當然，沒有任何聲音發出聲音。

「神諭下達了。你在蓋拉帝提王宮的同伴，米莎的心已經出意念守護神之手前往神的跟前。當勇者加隆拔出靈神人劍時，那把劍將會歸還於神。神會對自認為神力屬於自己的加隆下達審判，讓他啟程歸還於天。」

亞希鐵用左手覆蓋選定盟珠，然後獻上祈禱。

「爾後出現的一頭龍，將會引導亞傑希翁的民眾前往神的跟前。」

「你說了蠢話。」

亞希鐵停止祈禱並朝我看來。

「我是說了什麼蠢話呢？」

「你不認識兩千年前的勇者加隆。」

「我獲得了神諭。」

我對這句話一笑置之。

「也就是說，只是聽別人講的啊？」

「百聞不如一見，但神的話語總是真實的。」

「真實的話，只要我親眼所見就夠了。」

我就像是要揭破亞希鐵的謊言般說道：

「人類們會信仰勇者加隆，是因為那個男人是為了他們而戰。不顧己身、哪怕身體徹底化為灰燼，也會再度站起守護眼前的一切事物。」

遙想當年，他那宛如阿修羅化身的氣魄，至今仍歷歷在目。

「要說這是神的偉業？人類經由加隆信仰著神？你別逗我笑了。當時的人類可不相信什麼神——因為被我虐殺到沒辦法再相信這種東西了。唯一能成為他們的壁壘、他們的希望，就只有那個男人——勇者加隆。」

亞希鐵平靜地闔上眼，果斷地說道：

「所以我說，這是神的偉業。」

「哦？那個男人所守護的蓋拉帝提、貝羅尼艾伊茲與納鐵羅伊尼卡，也全都是神的偉業？勇者加隆可從未這麼說過喔。」

「是的，就是這樣。神向勇者下達了守護這些地方的神諭。即使他沒有自覺、即使他不知情，也依舊如此。不信神的你，是怎樣也不會明白的吧。」

我「咯咯」地漏出笑聲，打從心底湧起一陣無法抑止的笑意。

「……咯咯咯、咯咯咯咯咯、咯哈哈哈哈哈哈哈哈哈……！」

「還真是可憐呢。這明明就沒有任何可笑之處。」

「不，亞希鐵，你也笑啊。很難得會有這麼好笑的事喔。畢竟，不論是貝羅尼艾伊茲還是納鐵羅伊尼卡，全都被我優先毀滅了啊。連一個人也沒有留下，甚至從地圖上消失了。」

亞希鐵閉口無言，神情認真地注視著我。

「儘管神下達了守護的神諭，卻還是毀滅了啊。你就這麼想說『全能煌輝』的手遠不如我嗎？還是說——」

我朝著沉默不語的亞希鐵說：

「配合自己不知道的話題胡扯，露出破綻了嗎？」

「……神崇高的意思，不是你能夠揣測的。」

我嚴厲地瞪向繼續說著蹩腳藉口的亞希鐵。

「那麼，為什麼神沒有救贖他們所有人？」

亞希鐵沒有回答。這模樣就像在說方才的失言，讓他變得慎重起來了一樣。

「那是個地獄的時代。就算不想殺，也不得不殺。必須在毀滅之前，優先毀滅掉對方。要是真的有神，真的有什麼『全能煌輝』艾庫艾斯的話，為什麼祂不來救贖他們？」

「神會毀滅該毀滅之物，會救贖該救贖之人。一切謹遵神的意思。」

「傲慢的神。要是有無法救贖一切的全能者在，他的心肯定腐敗了。」

即使想壓抑，話語也自然地充滿怒氣。

「樞機主教，我會無法原諒你的理由，是因為你口中的救贖，是在嘲笑那些拚命求生之人，嘲笑即使想活下去也無法如願之人啊。將我部下的死，將勇敢向我發起挑戰之人的死，全用神的意思一句話打發掉了。」

這個男人所說的一切皆是神的意思，是對所有拚命活過那個時代之人的冒瀆。

「不論是艾米莉亞還是勇者學院的學生們，他們全都賭上了自己的性命與榮耀，對抗襲擊祖國的龍群。如果要說這不是他們的意志與力量，而是受到神的操弄的話，這場戰鬥究竟算什麼？」

為了揭破這個男人的欺瞞，我強硬地質問著他。

「不論是現在的生，還是過去的死；抓取到的救贖，還是曾犯下的過錯——都絕不是受到神所支配。這一切，全是經由我們的手所創造的。」

正因為無法歸咎於神，所以他們才會拚命戰鬥。

然後，確實贏得了勝利。這場勝利，完全是屬於他們的。

不是什麼神所給予的。

「雷伊、米莎，有在聽吧？」

我沿著連上的「意念通訊」說道：

「聽說下達了什麼神諭的樣子。說米莎的心將經由意念守護神之手前往神的跟前；以及勇者加隆拔出靈神人劍時，那把劍將會歸還於神，神會對自認為神力屬於自己的加隆下達審判，讓他啟程歸還於天。」

我重複著方才亞希鐵所說的話。

「讓他看清現實吧。」

向雷伊與米莎這樣宣告後，我緩緩指著亞希鐵。

「愚蠢的詐欺師，亞希鐵・亞羅波・亞達齊。雖然要殺掉你根本易如反掌，在那之前，就讓我來剝掉你那張神託者的假面具吧。」

我朝著不以為意地站在那裡的亞希鐵明確宣告：

「這世上不存在著什麼『全能煌輝』艾庫艾斯的救贖，你所聽到的神之聲是徹頭徹尾的謊言。」

§ 38 【王龍】

「意念通訊」在王宮的地下鐘乳石洞響起。

『虔誠的信徒李西烏斯。』

「哦哦……」

就彷彿這道聲音是神諭一般，李西烏斯王恭敬地跪下，並且獻上祈禱。

『現在正是出示神諭之時。從沉溺於力量的勇者手中取回靈神人劍——取回神吧。』

亞希鐵這麼說道。

「謹遵『全能煌輝』艾庫艾斯的意思。余絕對會取回靈神人劍，並將其奉獻給吾神亞露卡娜。」

說完，李西烏斯便起身瞪向被龍的黏液束縛的雷伊以及被霧纏身的米莎。

「勇者加隆，你下定決心了嗎？」

他高高舉起盟珠戒指，纏繞在米莎身上的霧發出淡淡微光。意念守護神愛奴斯・涅・梅斯的神體已幾乎侵入到米莎的頭中，僅剩下一成左右還留在外面。

「這個小姑娘也抵抗了相當久的樣子，但她無法匹敵神的秩序。只要愛奴斯・涅・梅斯完全侵入體內，她的心就會澈底消失。你最好在這之前拔出靈神人劍。」

雷伊朝米莎看了一眼。她正在拚命抵抗意念守護神的支配。

「勇者啊，你的職責已經結束了。靈神人劍追求著新的主人，服從神的意思吧。不然會有怎樣的下場，你應該也很清楚吧？」

朝著語帶威脅的李西烏斯，雷伊回以爽朗微笑。

「不論要我說幾次都行。即使是掌管意念的神，也不可能奪走我們的愛喔。」

「加隆。」

李西烏斯以冰冷的語氣說道，表情明顯對神遭到侮辱感到憤怒。

「我們的愛？你也太自以為是了！那顆心全是屬於神的。授予她那份愛的，是意念守護神愛奴斯．涅．梅斯啊！」

李西烏斯讓盟珠戒指充滿魔力，對守護神下達命令。

「……嗚、啊啊……！」

「神啊，從這對傲慢的戀人身上，取回您所授予的愛吧。」

那道霧一發出激烈光芒，就倏地消失在米莎的頭部之中。隨後，她的右手就出現由霧構成的護手甲。接著是左手出現護手甲、頭部出現頭盔，然後出現護胸甲以及護脛甲。就彷彿被意念守護神愛奴斯．涅．梅斯支配著那具身體一樣，那個神由霧構成的鎧甲，就穿戴在米莎身上。

「來吧，吾神愛奴斯．涅．梅斯啊。就用您那尊貴的力量，對背叛神的勇者加隆下達審判吧。」

米莎穿上由霧構成的全身鎧甲，把臉朝向被龍的黏液束縛住的雷伊。

「愚蠢的男人，就因為你固執地不肯歸還靈神人劍，才害得戀人失去了心。是你種下的因，讓她遭受到了報應。你就好好償還這份罪吧。」

米莎就彷彿被操控似的慢步走去，沿著雷伊的臉頰用手輕輕撫摸。

她說道：

「喂，雷伊。你能愛著澈底改變後的我嗎？」

「……米、莎…………？」

雷伊的表情滿是驚訝。

「咯咯咯，你總算理解了啊，加隆。看樣子就算是兩千年前的英雄，只要沒有靈神人劍的引導，也就只是個無能的廢物啊。」

米莎把臉靠過去，抬起頭盔的面罩部分。

「好啦，快點回答我。我已經不再是米莎了喔。像這樣的我，你無法再愛下去了吧？」

就像很滿意米莎的話語，李西烏斯點點頭。

「勇者加隆啊，這就是現實。想憑愛的力量違背神的意思，無疑是螳臂擋車。你就接受這一切，將靈神人劍歸還於神吧。」

「不。」

雷伊說道。

「妳就是米莎喔。我應該說過，我對妳的情意，不會因為外表與說話方式改變。只要妳還是妳，我就會永遠深愛著妳。」

注視著頭盔隙縫後的米莎眼瞳，雷伊向她說道：

「這還是第一次展現給我看呢。真體的妳也非常可愛喔。」

李西烏斯王不解地蹙起眉頭。

「…………你在說什麼莫名其妙的話。看來你終於瘋了啊……」

「合格了喔。」

「沒錯，他是合……格……？什麼……？」

漆黑雷電從米莎的手掌溢出，束縛住雷伊的龍的黏液被切成了碎塊。起源魔法「魔黑雷帝」將他完全解放。

「……神、神啊，意念守護神愛奴斯・涅・梅斯啊！您這是在做什麼！」

米莎緩緩轉身，雙眼瞪向李西烏斯。她伸出自己的指尖，優雅地輕觸胸口。

「那個守護神已在我的掌握之下嘍。雖說是掌管意念的守護神，但在我體內是不可能敵得過我的。」

李西烏斯用一臉難以置信的表情注視著米莎。

「……妳在說什麼妄言……愛奴斯・涅・梅斯可是……掌管意念秩序的神啊……」

「真是不可思議呢。憤怒、悲傷、喜悅與快樂，確實都是這個神所掌管的。但是祂唯獨對於溫柔與愛非常脆弱的樣子呢。」

「妳、妳這是在愚弄神嗎？……愛奴斯・涅・梅斯可是掌管一切意念的神啊……怎麼可能會脆弱……」

「就算是這樣，那又怎麼了嗎？」

輕柔微笑的她，讓李西烏斯不知為何地渾身顫抖起來。

「李西烏斯王，你難道沒有觀看魔王再臨典禮嗎？還是說，你認為我的存在，就只是為了讓迪魯海德變好所捏造的便利角色？」

米莎用手摘掉頭盔。如同深海一般的長髮流洩下來，在身後輕盈地飄蕩。

「我是阿伯斯・迪魯黑比亞，毀滅神的虛假魔王喔。」

她將頭盔丟在地上，用力地踩了下去。頭盔被輕易踩爛，在附近有如煙霧一般地消失。

「不過在轉生後，我現在就只是個戀愛中的少女呢。」

李西烏斯就像恐懼似的跳開。

「唔，回、回來吧，愛奴斯・涅・梅斯！從那個怪物身上離開！」

米莎身上的鎧甲化為霧氣遠離，露出一套檳榔子黑的禮服。就像解開束縛似的，她的背後出現六片精靈翅膀。

遠去的霧在李西烏斯的前方聚集，再度構築成全身鎧甲的模樣；而被破壞掉的頭盔也已恢復了原狀。

「……看來必須給你們更加強烈的懲罰呢……」

李西烏斯舉起盟珠喊道：

「吾神愛奴斯・涅・梅斯，現在就賜予余王龍之力吧。」

意念守護神化為光霧纏繞著李西烏斯。那套全身鎧甲這次穿戴在他身上。

「謹遵『全能煌輝』的意思！」

就在他獻上祈禱的瞬間——

「嘎啊啊啊啊啊啊啊啊啊啊啊啊啊啊啊啊啊啊啊啊啊啊啊！」

異龍伴隨著吶喊，張嘴咬在李西烏斯身上。

「……啊、哈…………！」

他滴著鮮血投來充滿瘋狂的眼瞳，同時咧開嘴角。

「……神啊……余這就……前往您的跟前……」

在他發出低喃的同時，異龍吃掉穿上愛奴斯・涅・梅斯的李西烏斯，將他「咕嘟」一聲吞進了體內。

「吼、喔、喔、喔、喔喔喔喔喔喔喔喔喔喔喔喔喔喔喔喔喔喔喔喔喔喔！」

咆哮震撼著兩人的耳朵，從白色異龍身上溢出神的魔力。那個龐大身軀上出現淡淡的霧，化作覆蓋住異龍的鎧甲。

「哦？」

「原來是這樣呀。」

白色異龍的魔眼（眼睛）發出充滿瘋狂的閃耀光芒。那頭龍張開嘴巴說道：

「……咯咯咯，就跪拜在這神聖之姿面前吧，加隆。這是神的引導。余的根源被異龍吞噬，但余藉由愛奴斯・涅・梅斯之力成為了龍。被稱為王龍的姿態，正是神的奇蹟。此身將會捕食亞傑希翁的子民，邀請他們前往神的跟前。最後，凝縮而成的根源會成為新的生命，生下一名子龍。」

王龍張開巨大翅膀，將充滿鐘乳石洞的聖水聚集在龐大身軀上加以吸收。轉眼間，鐘乳石洞的地底湖就乾枯了。

「這個子龍正是神授王權的偉大之王，也就是余——李西烏斯・恩杰羅・蓋拉帝提。」

穿上霧鎧甲的王龍李西烏斯，凶狠地盯著雷伊與米莎。不過，兩人甚至沒有一絲懼色。

就在這時——

『……救救我…………』

耳邊傳來一道聲音。

『請救救我……勇者大人……父親他瘋了……』

異龍內側傳來了「意念通訊」。

「你明白嗎？加隆，這個聲音是余的女兒，獻身給異龍的王族之一。」

雷伊眼神嚴厲地看向王龍。

「只要被龍吃掉根源，就不會留下意識。不過余藉由愛奴斯．涅．梅斯的力量，特地留下一個人的意識，你覺得這是為什麼？」

「……想要救她的話，就只能用靈神人劍斬斷這個宿命。」

被龍吃掉的人無法歸來。但要是還留有意識，靈神人劍說不定就能斬斷這個宿命。

「沒錯。好啦，你要怎麼做，勇者加隆？要跟剛才一樣不拔出靈神人劍，對這個可憐的女孩見死不救嗎？跟那邊的怪物女人不同，這個女孩可沒這麼厲害喔？」

雷伊嘆了口氣。

於是，他露出做好覺悟的表情，將魔力凝聚在右手上，伴隨著光召喚出靈神人劍伊凡斯瑪那。

「咯咯咯……沒錯，這樣就好。你終於下定決心要歸還於神了啊。來吧，加隆。」

王龍發出毛骨悚然的笑聲，在整個鐘乳石洞裡響徹開來。

「我覺得是陷阱喔。」

米莎說道。

「或許吧。」

「即使拯救了她，你也說不定會後悔喔。」

「這我也知道。」

米莎輕柔地露出微笑。

「既然如此，就儘管做吧。善後就交給我了。」

「嘰——」的一聲響起龍鳴。

「怎麼了，加隆？你要是不來的話，就由我上了！」

為了吃掉靈神人劍，王龍的頭衝了過來。雷伊在跳開躲過攻擊後，「砰」的一聲，地面被撞出了一個巨大洞穴。他們兩人就這樣施展「飛行」升空。

「吼喔喔喔喔喔喔喔喔喔喔喔喔喔喔喔喔喔喔喔喔喔喔喔喔喔！」

伴隨著震耳咆哮，王龍噴吐出純白的光之龍息。牠施展「聖域」將愛奴斯・涅・梅斯持有的意念秩序轉換成魔力，發射出「聖域熾光砲」。

「還算可以呢。」

米莎在毫不在意龍息衝過去的雷伊身上纏繞「四界牆壁」。轟隆隆隆隆隆隆隆隆隆隆隆隆隆隆隆隆，即使響起魔力與魔力碰撞的激烈旋律，雷伊也依舊衝到了龍的頭部。

「靈神人劍，祕奧之一——」

雷伊高舉著劍，七個根源溢出的魔力逐漸化為虛無。

「——『天牙刃斷』——！」

無數劍光撕裂著巨大的王龍。斬斷宿命的聖劍，以神聖的光芒包覆著龍。

從光中出現的，是一名女性的身影。她仍然與王龍共有著身體。

「抓住我。」

雷伊朝她伸出手。那名女性拚命地伸手，並且抓住了他的手。

「我會斬斷妳悲劇的宿命。不要緊的，希望妳能相信我。」

她點了點頭。靈神人劍化為光芒，雷伊將聖劍刺進她的胸口。

「……謝謝你……」

那名女性嫣然一笑，就像真的很高興似的。

「這樣，我也終於能前往神的跟前了。」

靈神人劍被那名女性的身體吞噬下去。

「唔……！」

「永別了，勇者加隆。不對，失去聖劍的你，現在什麼人也不是，就只是個魔族呢。」

女性的指甲尖銳地伸長，就彷彿是龍的鉤爪一樣。

「我也送你到神的跟前吧。」

鉤爪快如閃光地揮下。不過就在刺中雷伊頭部之前，纖纖玉指抓住了那個女孩的手。

「你們人類究竟要背叛他幾次才肯罷休啊？」

漆黑指尖貫穿了女性胸口。

「咳……！」

米莎猛烈使勁，將女性的身體從王龍身上強行扯下。

「住……住手！放開我！我要跟王龍成為一體……前往神的跟前……！」

「妳要去的地方不是神的跟前，而是地獄喔。」

米莎用施展「根源死殺」的手，消滅掉了她的根源。王族女孩化為光芒，有如煙霧般地消失無蹤。

「嘎啊啊啊啊啊啊啊啊啊啊啊啊！」

王龍猛烈地揮下爪子，雷伊與米莎往空中跳開。

「咯咯咯……歸還了啊。靈神人劍，亞傑希翁的神……」

王龍將刺在身上的靈神人劍完全吸收到體內。那個白色身軀開始發出朦朧的閃光。

「嘎、嘎、嘎、嘎啊啊啊啊啊啊啊啊啊啊啊！」

王龍的頭部分裂成兩半，從中緩緩長出一根巨大的角。那道散發著金屬光澤的劍角，正是帶有聖光的巨大靈神人劍伊凡斯瑪那。

「……不論經過多久，我都是個笨蛋吧……」

「哎呀？才沒有這回事喔。」

米莎向露出悲傷表情的雷伊微笑起來。

「你只用了一根棍子作為交換，就得知這裡沒有需要拯救的人類喔。這樣就能盡情戰鬥了吧？」

雷伊瞬間瞠大眼睛，然後點了點頭。

「說得也是呢……」

他展露笑容，朝著王龍說道：

「反正本來就是別人給的東西。既然說要歸還，就還給你吧。不過，李西烏斯，就算你借用龍的力量、借用愛奴斯·涅·梅斯的力量、借用了伊凡斯瑪那的力量，我都不會承認你是亞傑希翁的王。」

李西烏斯不禁「咯咯咯」地發笑。

「愚蠢的傢伙。沒有靈神人劍的區區魔族，事到如今不論說什麼，余都不可能會聽。加隆，正因為被聖劍選上，你才會是勇者。既然你已沒有神的加護，即使不被你所承認也無所謂。余受到偉大的神授予王權！將會伴隨著永恆的生命，手持著靈神人劍，成為統治這個地上、統治亞傑希翁的真勇者！」

王龍衝了過來，用劍角伊凡斯瑪那襲向雷伊與米莎。雷伊從魔法陣中拔出一意劍斬去，不過魔劍在劍刃交鋒的瞬間被輕易斬斷。

在雷伊立刻跳開迴避後，劍角就刺在鐘乳石洞的牆壁上。王龍一個轉身，鐘乳石洞的牆壁就像被切開的奶油一樣開始崩塌，轟隆隆地響起一陣巨響。

「愛奴斯·涅·梅斯、『聖域』、聖水、異龍，還有吸收到的根源。加隆，這把伊凡斯瑪那比在你手中時，擁有著更加偉大的權能。這才是真正的聖劍啊！」

王龍拍打著翅膀，在鐘乳石洞內飛起，就這樣朝著雷伊滑翔衝去。

「領教真正的聖劍之力，跪拜在神的面前吧！」

巨大劍角伊凡斯瑪那纏繞著光芒逼近雷伊。他在用魔眼（眼睛）望去後，用折斷的一意劍席格謝斯塔迎擊。

「咯咯咯，笨蛋！你難道忘記那把劍方才就被斬斷了嗎！」

「呼……！」

「鏗」的一聲，光粒子激烈飛散。王龍猛烈飛來的撞擊，就像被雷伊擋下似的停住。

「……怎…………怎麼……會…………！」

一意劍席格謝斯塔雖然斷了，卻覆蓋上「聖愛域」的光芒形成劍身，並以劍尖不偏不倚地刺在王龍的劍角前端擋下了攻擊。

「什麼真正的聖劍，你還真是會說呢。」

出聲的同時，以「幻影擬態」與「隱匿魔力」隱藏身影的米莎在王龍眼前現身。

她的手輕輕疊在雷伊的右手上，與他一起握著「聖愛域」的劍。

「明明就敵不過我們的愛。」

在說出這句話的瞬間，漆黑閃電在她周圍膨脹開來，起源魔法「魔黑雷帝」朝著王龍全身降下落雷。

「呃啊啊啊啊啊啊啊啊啊啊啊啊啊啊！」

遭到激烈黑雷擊中，使得王龍畏怯了起來。在這一瞬間，「獄炎鎖縛魔法陣(zora e deifuto)」綁住了那個龐大身軀。

「米莎，配合我的動作。」

「早就習慣了喔。」

兩人配合著呼吸，緊握著同一把「聖愛域」的劍，同時高舉起來。那把光之劍逐漸變長，構築成一把巨大劍刃。以魔法與他連接的米莎，瞬間理解了雷伊想做的事。

「聖愛劍爆裂(teo torearosu)」是讓兩人的愛合而為一的劍。不過在漫長的勇者歷史之中，這個魔法還有下一個階段。

讓身心合而為一，使得消滅敵人的愛魔法發揮到極致。如果不能讓雙方的動作分毫不差地同步，就無法完成此劍。在僅有意念無法觸及的那個深奧之中，他認為如果是擁有暴虐魔王傳承的米莎，就能跟他一起抵達。

現在，兩人的愛正熊熊燃燒著——

「「『雙掌聖愛劍爆裂(rigaro teiru torearosu)』。」」

兩人手中的光劍朝著王龍的龐大身軀傾注而下。就彷彿沿著這道劍光一般，無數爆炸掀飛開來。從王龍身上的霧鎧內側，不對，是從那個龐大身軀的內部，光劍使得牠吸收到體內的所有根源一一爆炸——

「……怎……怎麼可能……這怎麼可能……成為真正勇者的余……這個王龍之軀啊啊……為什麼會被沒持有聖劍的區區魔族給……！」

「理由很簡單。」

米莎與雷伊看向被大量爆炸吞沒的王龍。

「勇者真正的聖劍才不是那種棍子，而是在他心中的愛喲。」

就像要給予最後一擊般，兩人將「雙掌聖愛劍爆裂」刺向王龍。

「嘎啊啊啊啊啊啊啊啊啊啊啊啊啊啊啊啊啊啊啊啊啊啊啊啊！」

龐大的光劍刺進李西烏斯王的根源。

「不知戀之力為何物的神。」

「就在愛的斬擊之下爆炸吧。」

轟隆隆隆隆隆隆隆，在引發一陣格外耀眼的愛之大爆炸後，崩塌的鐘乳石洞瓦礫在轉眼間將王龍掩埋了起來——

§ 39 【審判翩翩飄落】

艾貝拉斯特安傑塔，聖座之間——

我朝著恐怕是在看王宮那場戰鬥的亞希鐵笑了笑。

「你難道以為只要奪走靈神人劍，就能打倒真正的勇者嗎？」

亞希鐵深深嘆了口氣。

「不適任者阿諾斯．波魯迪戈烏多，你是不會明白的。神諭並不是預言或預知，而是神賜予我們的正確指標。人們必須遵從神諭，努力達成目標。」

「咯哈哈，原來如此。看來你有在努力想一個好藉口出來啊，但不覺得有點滑稽嗎？你回顧一下自己的所作所為，好好想想吧。」

「哪怕是要在地上爬行，也要相信神所賜予的話語，去做該做的事，這是我身為神託者的義務。眼前要是有平坦大道與荊棘之道，我很樂意走上荊棘之道。」

亞希鐵就像祈禱似的握起雙手，平靜地說：

「或許有時也會輸給困難，屈下膝蓋吧。但是，神會藉由話語指示新的道路。就算接連輸給試煉，神也依然會關注著我。只要我沒有失去這份信仰、這條困難的道路，就會引導我前往應當抵達的場所。」

「抱歉，詐欺師該去的地方，不論古今中外都早有定論。」

我就像在妨礙祈禱似的說：

「你就下地獄去吧。」

亞希鐵不為所動，一臉若無其事的表情立刻回道：

「王龍遭到勇者加隆擊敗，好像讓你誤認為自己勝過了神；然而神諭並沒有這麼膚淺。我方才說過了吧？神會指示新的道路。」

他以彷彿在憐憫我的眼神看來。

「亞傑希翁有龍出沒，你率領著部下前往蓋拉帝提。勇者學院與放出的龍群戰鬥，你的部下在地下與我們的信徒交戰。」

就像在說這一切都在預料中似的，亞希鐵平穩地微笑著。

「然後，你來到了地底，迪魯海德的魔王阿諾斯．波魯迪戈烏多。你應該要守護自己的國家；儘管如此，你還是來到了這裡——渾然不知這是神的指引。」

亞希鐵高舉著盟珠戒指莊嚴地說：

「你的國家、你的王都，都將在今日毀滅。魔王不在的密德海斯，將會受到違背神諭的天罰。」

灑落在聖座上的一道光幕上顯示出影像，那裡是密德海斯。

「你就好好看著吧。違背神的你，麾下國民痛苦掙扎的模樣。這是對你的懲罰，而你將會領悟到自身的罪過，進而悔改。」

密德海斯外揚起無數沙塵，「嘰——嘰——」地響著令人不舒服的龍鳴。大批龍群從土中一一現身，朝著城市衝去。其數量跟前往勇者學院的龍群無法相比，是超過一千頭以上的龍群。

就剩下十幾公尺，大批龍群朝著密德海斯的城牆猛烈衝去。

「永別了，愚蠢的異端者國度。」

砰——響起一道巨響，光幕上顯示著慘不忍睹的光景。朝著城牆衝去的龍群，全都像是被五馬分屍般地轟走了。

「……怎………！」

差點喊出怎麼可能的他，就像是要掩飾失言地閉上嘴巴。不過，他的表情就像在說這難以置信一樣。

站在城牆前的，是全副武裝的我國魔王軍。

「全隊衝鋒。這是久違的獵龍活動，就讓那些缺乏智能的害獸們知道，誰才是地上的支配者。」

尼基特的部隊在空中飛舞並揮動魔劍，接二連三地砍下龍頭。

「一齊掃射『獄炎殲滅砲』。」

迪比多拉的部隊構築魔法砲擊用的術式鎖定目標。

「發射！」

衝來地上的龍群陸陸續續遭到漆黑太陽擊中，輕而易舉就被烤成焦炭。龍群立刻往空中退避；然而蘆雪的部隊早已在上空待命。

「準備『風滅斬烈盡』將牠們一掃而空。」

狂暴的疾風之刃將翅膀盡數斬斷，使得飛上空的龍群悽慘地墜落地面。

數以千計的大批龍群，就在可謂是一網打盡的風刃之下，轉眼間就減少到半數以下。

「據說有個蠢蛋跑去向皇族派提議，問他們要不要用龍來攻陷密德海斯呢。」

我幫半傻眼地看著魔王軍戰鬥的亞希鐵做解說。

「好像是說什麼，只要能瞞過魔王軍在城牆附近的地底下挖出一條通道的話，就會在那裡放出龍的樣子。」

亞希鐵驚訝地睜大眼睛。

「這有什麼好驚訝的？難不成你以為我的部下，會因為一群只有體型龐大的蜥蜴而陷入苦戰嗎？」

「…………皇族派應該憎恨著魔王才對……」

亞希鐵口中忍不住流洩出這句疑問。

「如果這也是神諭的話，那還真是錯得離譜呢。皇族派現在可是讓憎恨魔王之人悔改的更生設施。」

我讓賽魯瑟阿斯假裝答應計畫，將情報洩露給魔王軍。這是個能消滅大量龍群的機會，所以才沒有防範未然，而選擇靜觀其變。

「只不過，你說會特意選擇荊棘之道，看來的確是事實的樣子。所謂的神還真是會強人所難呢。」

「……是啊，還真的是。」

亞希鐵就像要冷靜下來似的闔上眼，接著左右搖頭。

他就像悲嘆似的說道：

「啊啊，還真是愚蠢啊。居然親手消滅神使，增加自己的痛苦。」

「就輸不起來說，這句臺詞有點無趣啊。」

「我說過了吧，神諭並沒有你所想得那麼膚淺。你會在這裡與我對峙，是認為我的選定神亞露卡娜的力量，沒有其他人可以匹敵。這就是你最根本的錯誤。」

亞希鐵將手緩緩舉起，同時指向光幕。

「請看向那座山丘吧。」

密德海斯的西南方，有座能一覽城市景觀的小山丘。光幕所顯示的小山丘上，有著一道人影。

縹緲地站在那裡、以魔眼(眼睛)悲傷望向城市的，是一名有著白銀秀髮的少女。選定神亞露卡娜露出想不透的表情，眺望著密德海斯。

「這一切全是神的引導，眼前再度開拓了一條新的道路。龍群已在密德海斯周圍構築了龍域，就算施展『轉移』趕去也無法趕上。」

亞希鐵讓選定盟珠亮起，向自身的神宣告：

「吾神亞露卡娜啊，懇請您向罪孽深重的密德海斯之民下達審判，展現『創造之月』亞蒂艾路托諾亞的奇蹟吧。」

亞露卡娜靜靜地舉起雙手，將手掌轉向天空。依循著驚人的神之魔力，光芒被黑暗覆蓋，白晝化為黑夜。

然後，被黑暗封閉的地上照著溫煦光芒。夢幻的淡淡光輝——新月模樣的亞蒂艾路托諾亞高掛天際。

亞露卡娜開口說道：

「…………」

聽不見聲音。但是，能看得出祂在低語著什麼。

「毀滅與創造是一體兩面。當密德海斯的民眾毀滅時，創造之力就能更加地照亮夜晚，亞蒂艾路托諾亞會更加光亮，而你也會被這道光給淨化，阿諾斯·波魯迪戈烏多。」

唔嗯，原來放出龍的目的是這個啊？藉由消滅大量根源，提高讓生命循環的「創造之月」的力量。他打算靠這種做法，在選定審判中獲勝。

看來這個男人，就連自己的神露出怎樣的表情，都不曾去看過一眼。

「我問祢，選定神亞露卡娜。」

我隔著光幕，對山丘上的嬌小女神問道：

「祢想毀滅密德海斯嗎？」

祂沒有回答。不過，祂的指尖動了一下。

「還是想要拯救？」

儘管傾聽著我的詢問，祂依然默默無言地將魔力送往「創造之月」。

「祢看起來不像是想追求毀滅的神，有必要對這個男人盡到這麼大的義務嗎？」

亞希鐵彷彿帶著嘲笑地發出「呵呵呵」的笑聲。

「你終於開始乞求神了啊，不適任者？只不過，我的選定神亞露卡娜會依照盟約給予我救贖，應允我的願望、我的祈禱、我的懺悔。」

亞希鐵洋洋得意地說：

「你的祈禱不會實現。密德海斯將會毀滅，經由神的奇蹟——咳呃——……！」

亞希鐵的腹部上插著我用「創造建築(airisu)」做出來的魔劍。

「明明就沒有帶上神，在我面前囂張什麼？」

「……嗚……呃…………啊…………」

「我這是在跟亞露卡娜說話。多餘的小角色就要有多餘的樣子，給我安分等著。」

我就這樣連同魔劍把他整個人扔出去。魔劍刺在牆壁上，把亞希鐵釘在上面。

「唔嗯，這樣看起來，倒是有幾分聖人的樣子啊。」

我沒看向他地這樣說道，再度朝光幕的另一頭詢問：

「回答我，亞露卡娜。」

我再度問著祂的心。

「假如祢不想追求毀滅，我就救贖祢吧。」

「……你在說什麼傲慢的話啊……區區魔族也想救贖神，這種話光是說出口就相當於冒瀆——呀啊啊啊啊啊啊啊啊啊啊啊啊啊啊！」

我看也沒看他一眼，丟出「魔黑雷帝」魔法貫穿亞希鐵的身體。

「我應該叫你要安靜了。既然亞露卡娜不在這裡，你就只是隻矮小的蜥蜴。」

在這樣警告後，我再度問向亞露卡娜。

「就算是神，也會有力有未逮的事。說出祢的一個願望，並不會違背盟約。」

雪月花從「創造之月」亞蒂艾路托諾亞上翩翩飄落。

那是美麗也殘酷的創造之花。要是在密德海斯形成積雪，就會凍結一切生命、奪走他們的性命。一片雪晶翩翩飄蕩，降落在密德海斯的一名女性頭上。

「…………不……想…………」

亞露卡娜顫抖著嘴唇低語。

「……這雙手是為了拯救人們……」

在逐漸消逝的生命之前，祂開口說道：

「……這雙腳是為了前往災地……」

淌落的淚水溼濡地面。

「……這顆心是為了接受祈禱……」

祂就像在吐露心聲似的吶喊：

「……我不是為了毀滅的奇蹟……！」

聽到這句話，我忍不住發出微笑。

「阻止祂。」

我發出這道命令。

雪月花在發出一陣光芒後融化消失；然而，仰望降雪的女性還活著。

「……………………怎麼……了…………？」

亞希鐵茫然看著這一幕，同時喃喃低語。

夜晚消失，太陽高掛天際。「創造之月」消滅了。

「掠奪劍，祕奧之七──『夜奪絕佳』。」

山丘上出現一名男子的身影。就連夜晚也能斬斷奪取，魔族最強的劍士──魔王的右臂辛・雷谷利亞。

「選定神亞露卡娜。」

那名男子悠然走去，阻擋在神的面前。

「不論什麼理由，此身絕不原諒膽敢反抗暴虐魔王之人。」

辛以充滿殺氣的眼神注視著亞露卡娜。

「只不過，就對吾君只要我阻止祢的寬宏大量表達敬意，我不會毀滅祢。」

辛畫起魔法陣，把左手伸進中央。伴隨著不祥的龐大魔力，他緩緩拔出一把鏽劍。

那是滅神之劍——斬神劍古涅歐多羅斯。

「我就溫柔地殺了祢吧。」

§ 40　【在地底降下的雪】

亞露卡娜悲傷地用魔眼望向手持兩把魔劍的辛。

「你是敵人，我不得不排除你。」

祂的手掌溢出冷氣，形成一把雪劍。

「別在意。」

辛側過身，擺出掠奪劍在前，斬神劍在上方的姿勢。

「這是不可能的。」

亞露卡娜往前踏出一步，身體化為閃光直衝而去。這是被祂吃掉的輝光神吉翁賽利亞的秩序。亞露卡娜在眨眼間繞到辛的背後，一面揮灑著閃閃發光的雪月花，一面劈下雪劍。

辛甚至不用看到那把劍，就彷彿是讓劍穿透自己似的避開了攻擊。

「諸如靠著速度繞到背後等，祢無謂的動作實在太多了。」

在辛轉身之後，亞露卡娜的左手早已濺出鮮血。這是他在祂以光速繞到背後之際，以超越光速的速度斬傷的。

「你也很強。」

亞露卡娜高舉左手，白晝再度化為黑夜。被辛奪走的夜晚，祂以神的魔力再度創造出來。浮現在暗夜之中的「創造之月」亞蒂艾路托諾亞，朝著這座山丘灑下月光，無數的雪月花翩翩飄落。

「覆蓋上冰冷的冰柱沉睡吧。」

圍住辛的無數雪月花化為尖銳冰柱。這些冰柱儘管散發著絢麗的冷氣，卻不留一絲退路地射擊過來。

辛的雙手有如閃光般地亮了起來。斬神劍古涅歐多羅斯與掠奪劍基里翁諾傑司將發射過來的無數冰柱悉數斬斷，有如煙霧般地消散。

「白雪積起，充滿光明。」

雪月花眼看紛紛落在山丘上，將附近一帶化為閃閃發光的夢幻雪景。這股神聖的冷氣一分一秒地奪走辛的魔力與體力。

下一瞬間，辛的魔力化為虛無，讓根源與掠奪劍合為一體。

辛將基里翁諾傑司的劍尖指向上方。這把魔劍，在天空刺出一個漆黑洞穴。

劍光一閃。辛一揮下基里翁諾傑司，天空就彷彿被劈成兩半一樣，劃出一道漆黑劍痕。

夜晚被斬斷，就彷彿玻璃碎裂一般從後方露出白晝的模樣。

掠奪劍，祕奧之七——夜奪絕佳。一如其名，就連夜晚都能奪走的這道斬擊，能斬斷利用晝夜與天候形成的自然魔法陣。

「一如吾君推測，看來那個『創造之月』並不完全。」

新月模樣的亞蒂艾路托諾亞不只是形狀，就連權能也並不完整，所以才會被夜奪絕佳斬斷。要是能發揮真正的力量，就無法這麼輕易對付了。

不因辛的魔劍動搖，亞露卡娜喃喃說道：

「冰牙穿空，在胸口開出孤獨空洞。」

從祂手中撒落的雪月花，將附近一帶全部化為雪景。亞露卡娜背後飄浮著無數彷彿龍牙的冰槍。

那是穿神貝黑烏斯的秩序。冰槍朝辛飛去。他即使打掉攻擊，槍也沒有粉碎，在空中轉了一圈後繼續朝辛飛去。同時，亞露卡娜化身為光，用雪劍朝辛砍去。在用斬神劍擋下這一劍後，他就被攻擊力道壓制，雙腳陷入地面。大概是因為吸收了複數的神吧，亞露卡娜的臂力在辛之上。

「背負罪過，劍乃審判。」

出現在遠方的另一把雪劍飛來，逼近亞露卡娜的背後。這把雪劍貫穿祂的身體，就這樣刺向短兵相接的辛的胸口。

紅血飛濺，玷汙雪景。亞露卡娜微微瞠目。

儘管處於不自由的姿勢、亞露卡娜的身體形成死角，辛還是在被刺中之前，扭身避開飛來的雪劍。劍刃只淺淺劃過了他的胸口。

「祢還挺厲害的。」

亞露卡娜立刻以光速退開，但斬神劍正滴下血珠。祂的右手掉落，化為白雪消失。

「能和我對打這麼久的人可不多。」

雪月花翩翩飄落在失去手臂的手肘上，創造出消失的右臂。

「只不過——」

辛筆直踏步走向亞露卡娜。儘管速度比光速還要慢，卻經由步法讓祂誤判了距離。就在亞露卡娜要跳開的瞬間，雙腳被掠奪劍斬斷，使祂失去移動的力量。

緊接著，亞露卡娜的雙腳就凍結起來。祂大概是打算用創造的秩序重新創造雙腳，逃離掠奪劍的詛咒吧。

不過在這之前，斬神劍染成了暗紅色。

「斬神劍，祕奧之三——」

劍身上猛烈冒出畫有螺旋一般的不祥魔力粒子。亞露卡娜創造出雙腳，取回被奪走的移動之力。

「——『無間』。」

古涅歐多羅斯貫穿右胸，將亞露卡娜的根源斬成兩半。辛一放開斬神劍，祂就面無表情地癱軟跪下。

「……啊…………」

亞露卡娜被斬成兩半的根源，接著被分割成四塊。即使祂將自己的創造之力與再生守護神奴帖菈．都．希安娜的秩序發揮到極限讓根源恢復，也會再度被「無間」斬斷。

就彷彿在忍受著激烈劇痛，亞露卡娜握住斬神劍想要拔出。然而，那個竭盡全力在再生上的衰弱身體，已無力拔出劍。

「話說回來……」

辛的凶狠魔眼（眼神）看向山丘上的森林。

「你們打算躲到什麼時候？」

掠奪劍一揮，遠處的樹林就被盡數斬斷，一棵接著一棵地倒下。躲藏在樹林裡的，是一群穿著純白鎧甲的龍人士兵們。他們全都一臉驚愕的表情，注視著屈膝跪下的亞露卡娜。信仰的神被擊敗，讓他們早已喪失戰意的樣子，不過辛就像要追打落水狗似的說：

「要是想救祂的話，就一起上吧。不過，我要給你們一句忠告。」

辛亮出掠奪劍，朝士兵們一瞪。

「我沒有奉命要對你們手下留情。」

龍人們就像被他的氣勢壓倒一樣，渾身顫抖不已。他們咕嘟一聲地嚥了口口水。

「……不會吧……這個男人……這個男人說他對選定神亞露卡娜手下留情了……以神為對手耶……！」

「……這是怎麼回事……？為什麼不是選定者的尋常魔族，擁有足以與神交戰的力量……神諭什麼都沒說嗎……！」

「……能想到的理由只有一個。就是他們擁有連神都看不透的力量……」

「怎麼可能！你說他們凌駕在神之上！這不可能啊！」

「可是，現在選定神就跪在那裡不是嗎……！」

「……他們……究竟……是什麼人……？魔王到底是……！而且，這傢伙不就只是個部下嗎！」

「要是這樣的話，暴虐魔王究竟有多麼……？」

「……我們該不會是與非常不得了的人物為敵了吧……」

看來他們完全誤判魔王軍的實力了啊。在擊敗亞露卡娜的辛面前，龍人士兵們就像嚇得魂飛魄散一樣，各個都動彈不得。

『虔誠的神的信徒，你們無須畏懼。』

被劍釘在牆壁上的亞希鐵一面看著士兵們動搖的模樣，一面向他們說道：

『神諭下達了。不適任者阿諾斯．波魯迪戈烏多讓不順從之神復活了。這一切全是背理神耿奴杜奴布在背後作祟，我等神僕不得不戰勝這場試煉。』

龍人士兵們紛紛獻上祈禱，彷彿想藉此擺脫恐懼一樣。

『根據神諭，這場戰鬥將會滅亡千條性命。如此一來，「創造之月」亞蒂艾路托諾亞就會增強光輝，我的選定神亞露卡娜就能從魔劍的束縛中獲得解放。』

龍人們就像做好覺悟似的點頭。隨後，隱蔽魔法遭到解除，現場出現遠比方才還多的士兵身影，人數足以將山丘一帶填滿。

『虔誠的信徒啊，神諭是不會有錯的。毀滅千條性命，奉獻給選定神亞露卡娜。這樣一來，你們就能前往神的跟前，獲得神的救濟。』

龍人們一齊拔劍。

「謹遵『全能煌輝』的意思。」

他們自行將劍刺進心臟。

「「「謹遵『全能煌輝』的意思。」」」

鮮血猛烈噴出。龍人們從口中吐出火焰，為自己進行火葬。

他們依照神諭，一個人也不留地毀滅了千條性命。

創造的秩序大概就真的因此增強了吧，亞露卡娜施展「轉移」魔法從現場消失了。

辛即使警戒，祂卻從山丘上澈底逃離的樣子。

「真是非常抱歉，屬下讓祂逃走了。」

辛向我傳來「意念通訊」。

「無妨。」

我將視線從影像上移開，看向被釘在牆上的亞希鐵。

「寧可讓同胞自殺也要遵守神諭，只能說讓我傻眼了。」

「我不許你侮辱他們。虔誠的吉歐路達盧信徒是為了守護神的話語，自行獻上性命的。他們崇高的意念、對神的絕對信仰，正是救濟、是人最為高貴的模樣。」

太過荒唐的主張，讓我嘆了口氣。

「不論跟你說得再多，都沒有能互相理解的感覺。」

我畫起一門魔法陣瞄準亞希鐵。

「亞露卡娜去哪裡了？」

「你覺得有信徒會告訴異端者神的所在嗎？」

「那麼，我也給你一道神諭吧。三秒後，祂就會出現在這裡。」

漆黑太陽從魔法陣中緩緩出現，朝著亞希鐵發射過去。以被釘在牆上的狀態他無從閃避，要是直擊的話，就會連骨頭都不剩地化為灰燼吧。

「依照盟約降臨此地吧。選定神，請下達我與他的審判。」

轟隆隆隆隆隆隆隆，伴隨著震耳聲響，「獄炎殲滅砲」逼近到亞希鐵眼前，然後在下一瞬間忽然消滅。

一片雪月花當場飄落。

「『神座天門選定召喚』。」

伴隨著召喚之光，白銀秀髮的少女選定神亞露卡娜阻擋在我面前。

祂瞥了一眼，刺在亞希鐵身上的魔劍就化為冰粒，有如煙霧般地消散。再生之光包覆著他，眨眼間便治好了他的傷勢。

「唔嗯，還想說祢去哪裡了，目標是靈神人劍啊？」

亞露卡娜的右手上拿著恐怕是從王龍身上回收的靈神人劍，而左手則是拿著方才刺穿自己胸口的斬神劍。

「不適任者阿諾斯·波魯迪戈烏多，你深信自己顛覆了我所獲得的所有神諭。不過，這一切都在神的掌握之中。不論怎麼走、不論怎麼做，你都無法逃離神的掌心。」

亞希鐵敞開雙手說道：

「現在，神終於賜予要審判你的神諭了。明白了嗎？這樣我也沒必要毫無抵抗地被你刺穿了。」

「哦？」

他這樣彷彿在說方才是故意被我刺穿一樣。

「也就是你已經做好打倒我的準備了啊？」

「盟約禁止於聖座之間發生糾紛。我們就換個地方吧。」

「在哪裡我都無所謂。」

亞露卡娜對自己與亞希鐵施展「轉移」。我看穿那個術式，同樣施展「轉移」移動。在純白一片的視野恢復色彩後，我們來到艾貝拉斯特安傑塔的中層。這裡是一座巨大的圓形露臺，能從這裡眺望到地底世界的天蓋。

「請看吧，普照地底的創造之光。這正是亞蒂艾路托諾亞的真正姿態。」

亞露卡娜緩緩舉起雙手，將手掌朝天翻去。

「創造之月」高掛在天蓋附近，亞蒂艾路托諾亞從新月變成了半月模樣。

「即使是龍人，倘若讓神降臨在身上，身體也會無法承受。因此，神說要將這副身體改造成神體。而這個奇蹟，正是在空中閃耀的亞蒂艾路托諾亞。」

「創造之月」灑落耀眼光芒，將亞希鐵溫柔地包覆起來。他的身體眼看著受到創造之力的改造，強韌得足以承受神力，堅固得足以帶有神的魔力；他的頭髮染成金黃色，露出被遮住的一隻眼睛。

「『附身召喚』——『選定神(亞露卡娜)』。」

亞露卡娜將兩把劍刺在地上。祂化為閃閃發光的無數雪月花，被吸入亞希鐵的體內。

亞希鐵讓身為選定神的祂，降臨在他受到「創造之月」強化的身體上。

驚人的魔力奔流，以亞希鐵為中心旋轉著。他擺出若無其事的表情看向我。

「明白了嗎？這正是我應有的未來。獲選定神選上的神託者亞希鐵．亞羅波．亞達齊總有一天成為神時所得到的奇蹟——作為代行者的姿態。」

亞希鐵靜靜地指向我。「創造之月」飄落無數的雪月花，將這裡化為一片雪景。

「地底沒有白晝。你是不可能奪走夜晚，讓亞蒂艾路托諾亞消失的。白雪堆積，充滿光明。你將會籠罩著閃耀冷氣，最終停止呼吸。」

在城內積起的雪月花發出神聖冷氣，不斷奪走我的魔力與體力。

「在紛紛灑落的雪月花下，不具神體之人，就連一根手指也無法動彈。你就這樣凍結永眠吧。」

「唔嗯。不巧我並不討厭雪。」

我用染成滅紫色的魔眼瞪向眼前的景色踏出一步，隨後身上積起的雪月花就融化消失。踏出第二步後，足跡周圍的雪就融化不見。

「……凍結永眠吧……」

即使亞希鐵高呼著，我也絲毫不在意地往前走。他的表情失去平穩，相對地變得愈來愈焦躁。

「……凍結永眠吧，違背神意的愚蠢異端者……」

雪月花的雪勢增強，在彷彿一切生命靜止的世界裡，我慢慢往前邁步。然後，沒受到任何阻礙地抵達了他的面前。

「……在神力之前，一切皆無力……！凍結永眠吧……！」

「你應有的未來就這點程度啊？」

我抓住他的頭。

「為什麼……！神啊！為什麼您的雪會被異端者融化！請賜我神諭……！」

「你在向誰祈禱？現在你就是神吧？」

我畫起魔法陣，用「獄炎殲滅砲」把他整個人吞沒掉。

「呃啊啊啊啊啊啊啊啊啊啊啊啊啊啊啊啊啊啊啊啊啊！」

就這樣朝著牆壁發射出漆黑太陽後，漆黑燃燒起來的亞希鐵就被轟飛了。

「得到神體後，就連誤解程度也強化了嗎，詐欺師？」

我朝著撞破牆壁、滾進屋內的亞希鐵說道：

「『創造之月』的真正力量才不只這種程度。」

§ 41 【全能者之劍】

透明的聲音響起。

『站起來，亞希鐵。』

伴隨著月光，那裡浮現出亞露卡娜的魔法體。由於神力已降臨到亞希鐵身上，所以感受不到一絲威脅，只有意志存在。

『你的神體毫髮無傷。』

亞露卡娜閃耀光芒的魔法體伸出雙手，手上分別放著靈神人劍與斬神劍。亞蒂艾路托諾亞的月光灑落在劍上，帶著閃亮的白銀光輝，架起連結月亮與地面的光橋。

沿著這座光橋，「創造之月」緩緩降落。半月形的光芒眼看著逐漸逼近，覆蓋住聖劍與魔劍。就像白雪融化一般，伊凡斯瑪那與古涅歐多羅斯的輪廓扭曲變形，兩把劍化為液體，在光芒中混合起來。

半月形的光芒就這樣化為棒狀，形成了一把劍。聖劍與魔劍，連同「創造之月」一起被重造為一體。

亞露卡娜手上出現一把收在金色劍鞘裡的靜謐之劍。

『全能者之劍里拜因基魯瑪。』

「哦？」

我用魔眼看向前方。只見亞希鐵就像沒事一樣地站起身，從屋內再度走回到露臺上。

由於是神體，所以不會當場死亡，但應該能讓他受到一點傷才對。然而亞希鐵卻毫髮無傷，就像打從一開始就沒有受傷一樣；也沒有施展恢復魔法的跡象。

是那個叫什麼全能者之劍的力量嗎？

『不適任者阿諾斯．波魯迪戈烏多。』

亞露卡娜微微屈膝高舉起雙手，浮空的全能者之劍就飛到我面前。

『你接下來，將要接受里拜因基魯瑪的審判。只要那把神劍存在，我的信徒亞希鐵．亞羅波．亞達齊就亙永不變，不會受到任何毀滅。』

也就是「獄炎殲滅砲」造成的傷害被當成沒發生過了啊？居然能回溯過去、消除傷勢，這可是相當驚人的神祕。

『要毀滅神託者的方法只有一個。就是拔出全能者之劍里拜因基魯瑪，用那把劍砍中他三次。』

只要用里拜因基魯瑪砍三劍，亞希鐵就會毀滅。是以這種脆弱性作為交換，實現能對此之外的攻擊達到不滅的耐性嗎？

『只不過，只要全能者之劍出鞘，拔劍者的根源就會因為這把神劍的力量，從過去、現在與未來之中消滅。』

唔嗯，也就是連「根源再生（aguronemuto）」也不管用啊？假如跟祂說明得一樣，這確實堪稱異常的力量，不過也能從那把神劍看出超越了如今的亞希鐵的力量。

只要集結靈神人劍、斬神劍，還有亞蒂艾路托諾亞的魔力，應該就能帶來如此程度的奇蹟。當中最大的關鍵，恐怕就是靈神人劍，所以亞希鐵才會策劃要從雷伊身上奪劍。

雖是為了消滅魔王而生的靈神人劍，但看來也具備著十分相稱的根源。

『選定神亞露卡娜進行審判，請不適任者阿諾斯·波魯迪戈烏多回答審問。這世上存在著全能者嗎？』

要是不拔出全能者之劍里拜因基魯瑪，就無法傷害亞希鐵；要是拔出全能者之劍里拜因基魯瑪，在消滅亞希鐵之前我就會死。這就是亞露卡娜的審判。

「呵呵、呵呵呵呵。」

亞希鐵發出令人不快的笑聲。

「神諭下達了。全能者創造的這把里拜因基魯瑪，是誰也不可能拔出的劍。要是拔劍，持劍者的根源就會從過去、現在與未來之中消失。也就是說，劍會變成從未拔出來過。」

他一面說道，一面從容不迫地走來。

「你明白了嗎？並非全能的你，是不可能戰勝我這個全能者的。」

「唔嗯，就假設你真的全能吧。不過啊，亞希鐵。倘若如此，你不應該要求全能，而是應該要求全知才對啊。因為無法傷你分毫的『獄炎殲滅砲』而慘叫連連，就只能說是在丟人現眼啊。」

亞希鐵平穩地露出微笑。

「不知恐懼為何物，真的是一種罪嗎？」

亞希鐵就像自問自答似的搖了搖頭。

「不，我並不這麼認為。」

他停下腳步，筆直注視著我。

「並非是神的人心，當然會感到恐懼。會感到恐懼、會感到疼痛，正是拯救這個世界所必要的感情。縱然我丟人現眼地遭人責難，我也會伴隨著疼痛，挑戰這場聖戰。」

亞希鐵的手掌上飛揚起雪月花，一把雪劍出現在他的右手中。

「我雖然無知，但不像你誤以為自己知道一切這般傲慢。神託者應該具備的是無知之知。不足的智慧，會由神的話語補足！」

亞希鐵蹬地衝出，朝我使勁劈下雪劍。我用纏繞「四界牆壁」的右手抓住這一劍。

「看來你也很無知呢。這把劍是由神之雪雪月花而誕生的神雪劍洛可洛諾特。其碰觸到的事物，就連魔法也會凍結。」

亞希鐵就像祈禱般地說道：

「永別了，不適任——」

啪嚓一聲，我用「根源死殺」的指尖折斷雪劍。

「……什麼…………！」

「給我記好了。無知之知不是愚者打腫臉充胖子時用的話語。」

我將左手的「根源死殺」用力刺向亞希鐵的心臟。

不過，我的指尖沒有穿透皮膚。

「『魔黑雷帝』。」

黑雷纏繞著亞希鐵，一面劈啪地響起巨響，一面有如爆炸般地膨脹開來。嘎嘎嘎嘎嘎嘎嘎嘎，足以讓艾貝拉斯特安傑塔晃動起來的閃電之力集中在他身上。

只不過，儘管衣服有點燒焦，亞希鐵仍然毫髮無傷。雖然被「魔黑雷帝」的威力給推開了，但他的神體就連一道擦傷都沒有。

「唔嗯，看來全能者之劍那邊是真的啊。」

亞希鐵拿著斷掉的雪劍，嚴厲地朝我看來。

『神雪劍會無效，是因為他的魔眼之力。』

亞露卡娜注視著我染成滅紫色的魔眼。

『不會滅亡的神會歸於虛無，是那個與「破滅魔眼」似是而非的毀滅魔眼所導致的。』

「你把我的深淵看得很清楚。既然如此，別再下達什麼神諭了，換祢來跟我打如何？就算力量再怎麼強大，要是不懂得如何運用的話，就不會是我的對手。」

我在地底世界的天蓋畫起巨大魔法陣，巨大魔石閃耀著漆黑光芒從中接二連三地出現。

那是「魔岩墜星彈（gia gureasu）」的魔法。就彷彿無數流星殞落一般，魔石紛紛朝著亞希鐵落下。

『用雪月花迎擊。』

「謹遵吾神之意。」

在亞希鐵伸出手後，雪月花就從他的掌中飛揚起來，將「魔岩墜星彈」凍住。就像是縫在天蓋上一樣，他用冰防止魔石墜落。

「光是注意頭上，把目光從我身上移開想怎樣？」

注意到我的聲音，亞希鐵就像驚覺似的把目光移回來。不過這個時候，我已在亞希鐵的脖子上綁上項圈了。

「要是身體不滅的話，這樣如何？」

「羈束項圈夢現」發出魔力。只不過，亞希鐵並沒有被困在不祥項圈的夢境裡，而是蹬地衝出。

以輝光神吉翁賽利亞的秩序在我周圍奔跑著，他用雪月花修復好斷掉的神雪劍。

「不論受到任何攻擊都不會受傷的我，與能擋下任何攻擊的你，乍看之下覺得彼此勢均力敵，但究竟誰人占有優勢，這點不用請教神諭也一目了然吧。」

「的確，就算神體再怎麼不滅，居然就這樣讓弱點完全暴露出來。要對你造成傷害，甚至不需要攻擊。」

「愚蠢的異端者。我身為神的虔誠使徒雖不會這樣說，但人們會把這叫做輸不起吧。」

雪月花從亞希鐵身上溢出，閃閃發亮地朝天空翩翩飛揚。這些雪花乘著風翩翩飛去，不僅是艾貝拉斯特安傑塔這裡，還飄落在神都蓋艾拉黑斯塔全區。

「你方才說我沒能發揮出亞蒂艾路托諾亞的力量。既然如此，我就在這裡發揮它的真正價值，結束這場戰鬥吧。」

眼角餘光上的亞露卡娜嚇了一跳。

「人們會被積起的雪月花掩埋，將他們的性命歸還於神。隨著毀滅增加，『創造之月』會更加耀眼，這把全能者之劍里拜因基魯瑪將會散發出真正的月光照亮異端者。」

『亞希鐵，蓋艾拉黑斯塔乃締結了不戰盟約之地。不能為了選定審判，而將龍人們作為供品。』

「我的選定神亞露卡娜，我要向您懺悔。還請您原諒我這基於無知的行動。我作為一介信徒，怎麼樣也無法原諒與神為敵的這名異端者——即使要違背神諭也在所不惜。」

亞露卡娜對他投以難以言喻的悲傷眼神。即使如此，祂也還是想拯救這個無可救藥的傢伙吧。

「我的神啊，我已向您懺悔。身為神的您，還不願原諒我嗎？」

亞露卡娜垂下眼簾，露出無奈的表情靜靜說道：

『神託者亞希鐵，我賜予你救——』

「祢說過，祢在尋找答案吧？」

對於我的話語，亞露卡娜轉過頭來。

「全能者能造出一把誰也拔不出來的劍嗎？——這個問題的答案。」

我握住飄浮在眼前的全能者之劍里拜因基魯瑪。

「這個問題換言之，就是在問全能者是否能拯救所有人。」

我一手拿著里拜因基魯瑪，瞪向以光速移動的亞希鐵。

「當對於某人的救贖，意味著對於某人的破滅時，不論是否要拯救前者，全能者都不能算是全能。」

亞希鐵在朝我伸出手後，無數的冰柱就猛烈射出。從上下左右密不透風襲來的冰刃，我用纏成球狀的「四界牆壁」悉數彈開。

剎那間，白色劍光閃過，切開了「四界牆壁」。

「只要以這個速度揮劍，就能切開的樣子呢。」

「那又怎麼了？」

我用「根源死殺」的指尖從劍身底部斬斷雪劍。亞希鐵捨棄劍，就這樣朝我伸出右手。然而我身上纏繞的「四界牆壁」，無法對亞希鐵受到里拜因基魯瑪加護的神體造成傷害。

他的指尖貫穿了我的心臟，頓時鮮血四濺。

「既然這個神體不會受到傷害，也就是說，這副身軀就是最大的武器。你的敗因，就是過度相信自己知道一切的『無知的無知』。」

亞希鐵在用力握住心臟、連同根源一起捏爛後抽回右手。

「看來你敵不過傾聽神諭的我呢。」

亞希鐵回過身後，亞露卡娜就以嚴厲的眼神看著他。

「我的選定神亞露卡娜，還請原諒我。我之所以打算毀滅蓋艾拉黑斯塔的民眾，是要讓那個不適任者以為，我要是不這麼做，就沒有打倒他的手段；而非我的本意。」

他就像在懺悔似的跪下。

「——那就快停止散布雪月花吧。」

他轉向聲音的方向。在他的視線前方，我毫髮無傷地站在那裡。

「你儘管擁有神的魔眼（眼睛），但是跟亞露卡娜不同，什麼也沒看見。你仔細看清楚自己手中握著的、拔出來的東西是什麼。」

我解除「幻影擬態」的魔法，讓他手中握著的東西浮現出來。那是劍身透著白銀光澤的全能者之劍——里拜因基魯瑪。

以為捏爛我心臟的動作是幻覺。他其實握住里拜因基魯瑪的劍柄，從劍鞘拔出了劍。

自認為毀掉的根源，也是我施展「根源母胎」所做出來的假根源。亞露卡娜應該注意到了，但是神諭沒能在那一瞬間傳達。

「只要全能者之劍出鞘，拔劍者的根源就會因這把神劍的力量，從過去、現在與未來之中消滅。」

「……怎麼、可能…………」

亞希鐵一臉驚愕的表情，茫然地喃喃自語。

「……這種事……這是……怎麼會……」

他連話也說不好地顫抖著嘴唇。

「全能者能造出一把誰也拔不出來的劍嗎？就假設製造出里拜因基魯瑪的你是全能者吧。當全能者拔出全能者之劍時，全能者的存在就會回溯到過去消失不見。」

亞希鐵一臉心不在焉的表情，茫然地聽著我的話語。他的臉上澈底地充滿著恐怖。

「誰也拔不出全能者之劍。也就是說，這世上不存在全能者。沒有人能拯救一切。讓人領悟這件事，正是選定神亞露卡娜的審判。」

我轉向亞露卡娜問道：

「沒錯吧？」

祂點了點頭。

『神不可能全能。唯有知道這點的人，才適合擔任代行者。』

亞希鐵臉色蒼白，或許是再也承受不住死亡逼近的腳步聲吧。

「嗚、啊、啊、啊啊啊、啊啊……………！」

神體搖搖晃晃地倒下，雙手支撐在地上。

「……嗚、嗚噁噁噁…………！」

然後吐了。

「嘎啊啊啊啊啊啊啊啊啊啊啊啊啊啊啊啊啊啊啊啊啊啊啊啊……！嗚、啊啊啊啊，啊嘎啊啊啊啊啊啊啊啊啊啊啊啊啊啊啊啊啊啊啊啊啊啊啊啊啊啊啊啊！」

拔出全能者之劍的人會消滅。亞希鐵就像發瘋似的甩著一頭亂髮，持續地吐出胃液。

「你不是無知之知，就只是個傻子。」

我向悲傷注視著亞希鐵的亞露卡娜說道：

「祢就告訴他吧。可憐到讓人看不下去了。」

『神託者亞希鐵，你無須恐懼。你不會死。你手中的並不是里拜因基魯瑪。』

渾身嘔吐物的亞希鐵，以驚愕的眼神看著自己手上的神劍。

「那是我用魔法創造的假劍。真劍在這裡。」

我施展「幻影擬態」與「隱匿魔力」，讓隱藏起來的全能者之劍里拜因基魯瑪顯現。

「如果你拔出來的不是假劍，而是這邊的真劍，你早就毀滅了吧。」

亞希鐵一臉茫然地站起來。

「怎麼了？舒服多了嗎？」

我從喉嚨發出咯咯笑聲。

「雖然擁有著不滅的神體，但內心看來相當纖細啊。」

亞希鐵儘管一臉怒容，還是無法理解地看著我。

「……我不知道你有何企圖，但我能活下來全是因為神的引導。這份幸運、這份僥倖，正是因為我作為神託者……」

「咯咯咯，咯哈哈哈哈哈，你從方才就在誤會什麼啊？要是你覺得這就得救的話，未免也太天真了。」

聽到這句話，他不滅的身軀抖了一下。

「你的地獄，甚至還沒有開始。」

我拿起里拜因基魯瑪的劍鞘，用左手輕輕握住劍柄。

「全能者能造出一把誰也拔不出來的劍嗎？全能者並不存在嗎？」

我舉起神劍向祂說道：

「方才我已展示了一個答案，不過亞露卡娜，那就只是猜中了祢的想法。」

亞露卡娜微微看來，認真傾聽著我的話語。

全能者並不存在。儘管有著這種明確的認知，祂也還是渴望著——

這個問題的不同答案。

「現在就給祢我的回答吧。就看祢要不要相信了。」

§ 42　【全能的魔王】

亞希鐵火冒三丈地瞪著我。

「傲慢的異端者，就憑你想教導我的選定神什麼啊？」

他一面裝模作樣地左右搖頭一面說道：

「你方才說我被自己的選定神厭棄了，但你就只是基於無知才會這麼覺得。正因為無可救藥的我獲得救贖，才能展示出所有人都能得救的規範。」

亞希鐵就像祈禱似的用左手包覆住選定盟珠。

「真正遭到厭棄的人，是在說明明被選為八神選定者，卻甚至沒有跟選擇的神締結盟約的你。」

「明明都暴露出那種醜態了，真虧你能說出這種話來。你的厚顏無恥，到底連我都甘拜下風。」

「那就只是在測試你。為了毀滅我，你必須讓我拔出里拜因基魯瑪。但是你卻只顧著要折磨我，忘記這是在尊貴的選定審判場上。」

那個男人恬不知恥地說道：

「我就只是照出你的一面鏡子。要是我看起來很軟弱、醜陋，那是因為你的心很軟弱、醜陋啊。方才在這嘔吐的我，即是你真正的姿態。我是為了讓你看見真正的自己，才會甘願接受這份痛苦與罪過。因為我背負著人們的一切罪過。」

亞希鐵平靜地闔上眼。

「啊啊，『全能煌輝』艾庫艾斯啊，我會替他承擔罪過，還請原諒這個愚昧之徒……」

他就像祈禱般地說道，然後再度張開眼睛。亞希鐵擺出一張彷彿心如明鏡的表情，嚴厲地朝我投來視線。

「這些話全都歸還到你身上了，阿諾斯．波魯迪戈烏多。」

「咯咯、咯哈哈，別再逗我笑了，你何時從詐欺師轉行當小丑了？這比三流的喜劇還要讓人捧腹大笑啊。」

亞希鐵緊抿著嘴注視著大笑的我。他肯定很不服氣吧。

「不過，還真是個無可救藥的男人啊。算了，就在教亞露卡娜的同時，也順便教你一件事吧。」

亞希鐵煩躁地扭曲表情。

「選定神亞露卡娜選擇你，是一件錯誤的決定。」

「你果然太過傲慢了，不適任者。」

亞希鐵往前踏出一步，同時從雙手散布著雪月花。這些雪月花產生創造之光，將他的雙手重造，化為尖銳的樁子。

「倘若將這副不滅的身軀化為武器，即使是無知的你也該明白會怎樣吧？」

「天知道。我所知道的，頂多就是你難以忍受再度拔出里拜因基魯瑪，所以把手改造成絕對無法握劍的形狀。」

亞希鐵哼了一聲，對我的話嗤之以鼻。

「嘲笑他人是件可恥的事。即使你再怎麼口出穢言辱罵，你也已經毫無勝算。就請來錯地方的異端者，從這個選定審判中退場吧。」

他在腳上猛然使勁。

「永別了，不適任者。」

我持起全能者之劍，對自己的身體畫起好幾層魔法陣重疊起來。

「『波身蓋然顯現（buenejiara）』。」

我的身體與魔力就宛如波浪一般，徐徐搖晃起來。我一步也沒有離開，儘管如此，卻彷佛踏出一步似的、發出魔力似的，能看到移動後的殘渣。

「不論施展怎樣的魔法，都無法擋下不滅的神體。」

亞希鐵蹬地化為閃光衝出。他從正面衝來，以光速刺出變成樁子的右手。我就像迎擊似的握住里拜因基魯瑪，蹬地迎上。

剎那間，我與亞希鐵錯身而過，交換了位置。

他背對著我說道：

「——看來你巧妙地避開了，不過下次可就不會讓你得逞了。被這雙神手毀滅，就是你的命運。」

「哦？就靠那雙手嗎？」

「你在說什、麼——？」

亞希鐵在抬起雙手後，才總算注意到手肘以下被砍掉了。

「……什、麼…………？」

慢了一拍，斷臂噴出大量鮮血。

「嗚、啊、啊啊、啊、啊啊啊啊啊啊啊啊啊啊啊啊啊啊啊啊啊啊啊啊！」

「別在那裡鬼叫，賤人。吵死人了。」

他臉色蒼白，應該是不滅的神體微微顫抖。

「……無法原諒，這是無法原諒的事……」

亞希鐵就像夢囈似的重複著這句話，然後看向亞露卡娜。

「神啊！吾神亞露卡娜啊！這到底是怎麼回事？這副身軀不是不滅的嗎……！還請您賜予神諭！」

「你在說什麼傻話啊？就跟亞露卡娜說得一樣，能毀滅你的方法只有一個。只要拔出全能者之劍里拜因基魯瑪，用這把劍砍你三次就好。」

亞希鐵注視著我手上的里拜因基魯瑪。這把劍仍然收在劍鞘裡。

「……不可能……里拜因基魯瑪是全能者所創造、絕對無法拔出的神劍！只要那把劍出鞘，你就不可能活著！既然你還活著，那把劍就沒有被拔出！」

我持起里拜因基魯瑪，溫柔地對他說道：

「那就試看看吧。這次就把降臨在你身上的神力切離。」

「這種事……你敢！啊啊，這是何等傲慢啊……！要切離我的神力？你以為這是能被允許的嗎！揭露你的機關吧，不適任者……！」

就在亞希鐵散布著雪月花，將雙腳變成樁子的瞬間，他的膝蓋以下就被輕易斬斷了。

「……什麼……嗚、啊啊啊啊啊啊啊啊啊啊啊啊啊啊啊啊啊……！」

降臨在身上的神力被切離，亞希鐵的金髮恢復成深藍色。就彷彿脫離的力量歸來，光芒聚集在亞露卡娜身上，讓祂從魔法體恢復成原本的神體。

「……神力……脫離了……？我的、我的神力啊啊啊啊……這副不滅的神體為什麼會受傷！為什麼啊……！還請、還請賜予我神諭……！」

雙手雙腳被砍斷，亞希鐵束手無策地仰倒在地上。

我慢步走到他身旁。

「『波身蓋然顯現』是讓可能性實現的魔法。」

「……讓可能性……實現……？你在說什麼……？」

「不懂嗎？里拜因基魯瑪處於收在劍鞘裡的狀態時，存在著我拔劍的可能性與我不拔劍的可能性。經由『波身蓋然顯現』，我讓這兩種可能性都成為了現實。」

我將全能者之劍里拜因基魯瑪展現在亞希鐵眼前。

這把劍仍然收在劍鞘裡。

「既然里拜因基魯瑪沒有出鞘，我就沒有拔出這把劍。如果劍收在劍鞘裡，我就不會毀滅。反過來說，既然我沒有毀滅，就能證明我沒有拔出這把劍。」

「……如果沒有拔劍，應該傷害不了這副不滅的神體……」

亞希鐵茫然說道。

「既然如此，事情就簡單了吧？既然這副不滅的神體受傷了，就表示我拔出了里拜因基魯瑪。當然，劍仍然收在劍鞘裡。」

亞希鐵就像完全無法理解似的蹙起眉頭。

「全能者造出了一把誰也拔不出來的劍。要是全能者拔出了這把劍，就表示他無法造出誰也拔不出來的劍吧？不過，要是全能者無法拔出這把劍，他就無法稱為全能。既然如此，全能者會怎麼做？」

我向表情愈來愈扭曲的亞希鐵說出答案。

「這就是答案。全能者無法拔出這把劍，但同時也能拔出這把劍。也就是將誰也拔不出來的劍，在沒有拔出來的狀態下拔出。道理很簡單吧？既然稱為全能，就必須得同時做到拔劍與不拔劍這兩件事。」

「……你、你在說什麼莫名其妙的話。這種事怎麼可能做到……這自相矛盾了啊……」

我對困惑的亞希鐵擺出笑容。

「這就是『波身蓋然顯現』。儘管拔劍與不拔劍自相矛盾，但只論可能性的話，雙方就能同時存在。」

我說不定會拔劍，也說不定不會拔劍。

雙方同時存在是理所當然的事。

「然後，將這兩種可能性同時實現，『波身蓋然顯現』能讓自相矛盾的事情同時存在。這是因為即使實現，這也只不過是可能性罷了。」

亞希鐵露出就像是腦袋一片空白的表情。

「……在實現的瞬間應該會自相矛盾……如果沒拔劍，就無法傷害我的身體……如果拔劍了，你要是沒有消滅的話，就不合邏輯……」

「沒錯，這不合邏輯。因為這場全能者之劍的審判，並非全能者想出來的。並非全能者的邏輯，無法套用在全能者身上。因為他是全能的，認為他會受到邏輯支配的想法本身就是個錯誤。」

亞希鐵無言以對，就只是一副無法理解的樣子扭曲著臉。

「……你錯了……」

「咯哈哈，你無法理解啊，亞希鐵？這樣就好。如果要用你能輕易明白的方式說明──全能者提出的答案，並非全能者是無法理解的。」

瞬間，他愕然地朝我看來。

「就像對你來說的我，你方才就自己承認了這一點。」

我指著他脖子上的不祥項圈。

「你已不是不滅的神體。差不多是惡夢開始的時間了。」

「……啊……………嗚……呃…………！」

「羈束項圈夢現」項圈的魔法發動，使他墮入惡夢之中。

「你接下來所作的夢，是一個持續被神背叛的世界。就在你的國家裡到處宣揚『全能煌輝』艾庫艾斯並不存在吧。但是，絕不能殺害任何人，也不准自殺。要是違背的話，你將再也無法從夢中醒來。如果宣揚順利，時間就會倒回，你會再度被神背叛。你只要重複這個過程千遍、捨棄信仰的話，就可以回來了。」

我殘虐地笑著對他說出詛咒的話語。

「到最後，我就讓你見識一場絕對無法醒來的惡夢吧。」

亞希鐵的眼睛失去光澤，大概是前往「羈束項圈夢現」的世界了吧。

「好啦。」

「喀、喀」的腳步聲響起。

我朝著慢慢走來的嬌小女神問道：

「還滿意我的回答嗎，亞露卡娜？」

「全能者並不存在。」

祂以清靜的眼瞳直直望著我。

「沒辦法拯救所有人。」

接著，亞露卡娜說道：

「我曾是這樣認為的。」

在亞露卡娜伸出手後，亞希鐵戴著的盟珠戒指就飛到祂手上。

「你比我正確。這場聖戰是你勝利了。你就殺掉我，取得我的秩序吧。」

亞露卡娜看不出一絲遲疑地這樣說道——就像在說祂不害怕滅亡一樣。

「既然祢說是我贏了，那在分出勝負之前，我就問祢一件事吧。」

亞露卡娜點了點頭。

「勝利的你有權利這麼做。只要是我知道的，我都會回答。」

「在勇者學院的大講堂上，祢特地跑來詢問我——全能者能造出一把誰也拔不出來的劍嗎？這不是亞希鐵的指示吧？」

「沒錯。」

「祢為何要尋找答案？」

亞露卡娜在這場選定審判中，甚至創造出里拜因基魯瑪來進行我是否能回答這個問題的審判。

要是我答不出來，祂會繼續對其他人施加同樣的審判吧。

「這不是為了戰鬥的問題。」

祂考慮了一會兒後，微微垂下眼簾。

「我明明是神，卻犯下了罪。」

亞露卡娜就彷彿懺悔似的說：

「我遺忘了神名。」

§ 43 【盟約的話語】

亞露卡娜的清靜眼瞳注視著我。儘管是跟方才一樣毫無變化的透明表情，卻不知為何地讓我想起米夏說過的話。

乾枯的渴望。就像在沒有水的沙漠裡永遠地徘徊一樣——

「唔嗯，這是什麼意思？」

「神都是在選出選定者後，成為選定神的。我遺忘了在成為選定神之前的神名。」

亞露卡娜平靜地說：

「我唯一記得的，只有我想要溫柔這件事。」

彷彿能從祂一字一句說出的低喃中，感受到滿溢而出的悲傷。

「我只記得我並不溫柔這件事。」

充滿憂愁的眼瞳注視著遙遠的過去。

「……神是秩序。不帶有感情，也沒有活著。我想就是因為這樣，我才捨棄了名字。用神名與記憶作為交換，獲得了人心。但是人的心，特別是愛與溫柔會擾亂秩序。我所獲得的，是神不能獲得的混沌。」

就像認為這是祂的罪一樣，亞露卡娜說道：

「我沒能注意到這件事，就這樣作為無名之神為地底帶來光，帶來救贖的光。我認為自己必須這麼做。認為只要我有了溫柔、有了深愛著人的心，就能擺脫秩序的框架，拯救更多的人。」

神族是遵循著秩序而生，將守護秩序、維持秩序視為最高目的。也就是說為了逃離秩序的支配，祂捨棄了名字？

「我一直在這個地底行使著神的奇蹟，不為人知地拯救著一切我所能拯救的人。拯救了上千的性命、拯救了上萬的心靈，然後有一天，我遇到了他。女兒慘遭殺害，向神祈求報復的一名吉歐路達盧信徒。」

亞露卡娜就像在追憶過往似的，心不在焉地仰望上方。那裡沒有天空，天蓋覆蓋著整個地底。

「他的女兒是選定者，在聖戰的最後，將生命歸還於天。根據吉歐路達盧的教義，在聖戰中死去的根源，會在神的跟前受到救濟。這是無上的喜悅，是最該受到祝福的一件事；然而女兒卻在死前告訴他——」

亞露卡娜的眼瞳悲傷地黯淡下來。

「比起去神的跟前，她更想跟父親在一起。這讓他悲嘆不已，違背教義憎恨著殺害女兒的選定者。他向我祈求，就像把希望寄託在我身上似的述說，希望我對那名選定者下達審判，讓他迎來永劫的死亡，說只有這件事是他的救贖。」

為了救贖父親，就必須讓殺害女兒的選定者破滅嗎？

「結果祢怎麼做？」

「當時我還不是選定神，就只是個無名的神，無法對選定者下達審判。所以我決定說服他，說復仇不會產生任何事物，無法讓女兒回來，死去的她也希望父親能幸福地活下去。」

亞露卡娜停頓了一下，然後重新說道：

「我對他說，只要你願意，我能讓你死去的女兒復活。」

「她的根源沒有毀滅嗎？」

亞露卡娜垂下頭左右搖晃。

「這樣即使是神，也沒辦法讓人復活。」

「只要扭曲『創造之月』的秩序，就能創造出相同的人。心靈、肉體與記憶都一樣。於是他的女兒復活了；至少對他來說是這樣。」

「……唔嗯，祢說謊了啊。」

亞露卡娜點了點頭後接著說道：

「只要不知道真相，他就能獲得幸福──我是這樣想的，於是用亞蒂艾路托諾亞的力量，創造了他的女兒。」

亞露卡娜直視著我的眼睛。

「這讓他很高興，讓我覺得救贖了他。」

祂的表情就像在說這是個錯誤。

「幾個月後，他上吊自殺了。啜泣不止的女兒對我說，經由選定審判獲選為代行者的人告訴他，我創造出來的女兒是冒牌貨；而那個人，就是殺害他真正女兒的男人。」

亞露卡娜咬起下唇。沉默了一會兒，祂露出黯然的表情。

「是誰殺了他的？」

亞露卡娜就像在自問似的說：

「是嘲笑般告訴他真相的代行者嗎？還是他自己胸懷復仇心的罪？」

就像在否定似的，亞露卡娜慢慢說道：

「不，是我殺的。我創造了虛假的女兒想要救贖他；然而這不是救贖，就只是埋下絕望的種子罷了。」

祂勉強自己說出的話語，就像利刃在撕裂著祂的血肉。

「這是我的罪。我犯了身為神，絕對不能犯下的罪。我曾經思考過，該怎麼做才能救贖他的心？幫他實現復仇就好了嗎？然而就算救贖了他的心，之後那名代行者的死也會讓一個救贖消失。」

就算是在選定審判中殺害了他的女兒，但追根究柢，神才是這件事的主因。即使給予殺人者懲罰，也很難說是正確的事情。

「這時我才總算注意到，這一切全都環環相扣。不只是這次的事情。一個救贖，會在不知不覺中讓另一個救贖消失。只要救贖一個人，就會漏掉另一個人，就連我這個神的掌心，也無法放上所有的願望。」

亞露卡娜明確說道：

「全能者並不存在。哪怕是神也並非全能，沒辦法救贖所有人。」

這就是祂在那個時候得到的結論吧。

「正因為如此，我祈求著自己是錯誤的。我所得出的答案，希望有人能來推翻，於是在前往地上時，我知曉了你這個人。」

就彷彿在說這是祂的救贖一般，祂淡淡微笑起來。

「毀滅神的暴虐魔王——我認為，假如你真的能超越神之力的話，說不定就能回答我的問題。」

所以才特意變成魔法體來詢問我啊？

「不適任者阿諾斯・波魯迪戈烏多，你一定是脫離秩序的存在。我要下達審判，你正是適合擔任神的代行者，成為真正的全能者之人。」

亞露卡娜靜靜地伸手，碰觸我手上的全能者之劍里拜因基魯瑪。

「如不能救贖一切，我為什麼會是神？」

祂彷彿自言自語地脫口說：

「就連惡人、罪人、愚者與惡魔都無法救贖，我為什麼會是神？要是神就只是守護秩序的常理，這樣是無法救贖任何人的。」

我一放開手，祂就水平持起那把劍。

「我想成為能救贖一切的溫柔之神，想成為真正的神。」

祂的眼角滑落一道淚痕。

「我肯定是懷著這種想法，才捨棄了名字。」

亞露卡娜以左手握鞘，用右手握住劍柄。

「但我錯了。所以，你所給予我的這場敗北，是我犯下罪過的懲罰；而同時也是無上的救贖。」

祂的右手使勁出力。

「永別了。我祈求著你的勝利。」

亞露卡娜在手上使力，靜靜地拔出里拜因基魯瑪。就在那把全能者之劍要消去祂的根源之前，我握住祂的右手阻止祂。

亞露卡娜一臉疑惑地看著我。

「如果是我會怎麼處理那個連神也無法救贖的無可救藥的男人，祢就看到最後吧。」

儘管表現得不知所措，亞露卡娜還是點了點頭。

「差不多要回來了。在捨棄信仰後，不知這個男人會說些什麼。要是沒有辜負我的期待就好了。」

我對仰躺著入睡，作著惡夢的亞希鐵施展「總魔完全治癒」魔法。他被切斷的四肢再生，傷勢完全恢復。

就像猛然回神似的，亞希鐵睜開眼睛。

「如何，詐欺師？在不斷被神背叛之下，你也差不多該習慣否定神了吧？信仰是不是消失得一乾二淨啦？」

聽到我的詢問，亞希鐵就像在玩味似的思考，接著忽然嘆了口氣。

「……呵、呵哈哈哈哈哈……！」

亞希鐵一面大笑，一面突然站起身。

「嘻哈哈哈哈哈哈哈哈哈哈哈哈哈哈哈！我回來了！我回來了啊！」

或許是因為重複了一千遍被神背叛的惡夢吧，回到現實的解放感，好像讓亞希鐵興奮得不能自已。

「唔嗯，是瘋了嗎？」

「我很正常喔。也沒有捨棄信仰。」

「如果不是真心捨棄信仰，是無法從『羈束項圈夢現』中醒來的。」

我的這句話，讓亞希鐵咧嘴笑起。

「所以就是因為我相信神，因此才能真心捨棄信仰。無法理解嗎？就跟你方才說的道理一樣。如果你能掌握全能者之劍，那我就是擁有全能者之心的人。就只是一面捨棄信仰，一面也同時抱持著信仰。」

看到這個男人在經過千遍的惡夢後，也仍然爛得澈底的模樣，我的嘴角忍不住彎起。

「你還真是一個不會辜負期待的男人啊。既然如此，我就依照約定，讓你見識最後的惡夢吧。」

我朝在稍微遠離我們的位置上看著我們對話的亞露卡娜說：

「祢就行行好，告訴他吧。祢在這場選定審判之中選擇了誰。」

「很遺憾，現在不是理會你的時候。我已獲得了新的神諭。」

丟下這句話，亞希鐵轉向亞露卡娜。

「吾神亞露卡娜，先暫且退離吧。如今已明白他的力量，以及他是個無法理解在聖戰中受死是一種救贖的愚者。只要取得新的神力，就總有辦法打倒這個異端者。來吧。」

亞希鐵把手伸向亞露卡娜。只不過，祂在瞥了那隻手一眼後淡然說道：

「這點辦不到。」

「……什麼……………………！」

亞希鐵啞口無言。然而，他就像在掩飾一樣，露出僵硬的笑容。

「……辦、辦不到是什麼意思，吾神啊？當然，不論是什麼樣的試煉我都會去挑戰。我會洗心革面，這次絕對會為人們帶來救濟，還請您賜予神諭。」

亞露卡娜對跪下祈禱的亞希鐵說：

「我向我的信徒神託者亞希鐵・亞羅波・亞達齊宣告。我為了救贖你，而選擇了你作為選定者。認為你正因為無可救藥，所以才適合獲得救贖。」

「對於選定神的關懷，我獻上深深的感謝。」

「只不過我錯了。」

亞希鐵一臉就像在懷疑自己聽錯的表情停止祈禱，並且看著亞露卡娜。

「…………錯……了…………？」

就像無法理解這是什麼意思一樣，他重複著這兩個字。

「您在說什麼啊，神怎麼可能會錯……」

「神也會犯錯。神絕不是全知全能。是我錯了，我不應該選擇你。因此，選定神亞露卡娜要依照盟約向神託者宣告最後的話語。」

亞露卡娜對那個無可救藥的愚蠢男人投以憐憫的眼神。

「你絕不適合擔任神的代行者。我所選擇的人，是通過全能者審判的他，不適任者阿諾斯・波魯迪戈烏多。亞希鐵，我要對你下達審判。請恢復成一名信徒，竭盡全力地活著。」

紅色火焰從亞露卡娜手上的選定盟珠中熄滅，彷彿在說亞希鐵喪失了選定者資格一樣。以無力、失去焦點的眼神茫然注視著這一幕的亞希鐵微微嘆了口氣。

「……呵…………呵呵呵…………！」

睜著充滿瘋狂的雙眼，亞希鐵大笑起來。

「嘻哈哈哈哈哈哈哈哈哈哈哈哈哈哈哈！原來如此、原來如此。你說的千遍，是為了騙我上當的謊言啊。啊啊，使出的手段還真是經典。很像是異端者會打的主意呢。」

「亞希鐵，你錯了。」

亞希鐵對亞露卡娜的發言嗤之以鼻。

「你閉嘴，不過就是被秩序還是什麼支配的神，別這麼囂張地對我頤指氣使，聽到了嗎？我打從最初就一點也不信什麼神，就只是方便拿來利用罷了。」

「唔嗯，還真是驚人的變化呢。」

「就算會痛、就算跟現實沒有兩樣，只要知道是夢的話，就一點也沒有關係。倒不如說，不用再以無聊的演技假裝自己信仰神，所以沒有比這還要輕鬆的世界了啊。」

亞希鐵施展「附身召喚」魔法，然後畫起「轉移」魔法陣。他這是讓懂得施展「轉移」的神或是龍附在身上了吧。

「你說不定想在不得不捨棄信仰的世界裡折磨我、讓我絕望，但你想得太膚淺了。我根本就沒有信仰，這種夢甚至不算什麼惡夢。」

表情瘋狂扭曲，他笑了起來。

「好啦，是第一千零一次嗎？就去向深信著神的愚蠢信徒，還有平時老是一副高高在上的教皇，指出『全能煌輝』艾庫艾斯並不存在吧。要是能快點醒來就好了呢。」

「羈束項圈夢現」醒來的條件，是要在自己的國家吉歐路達盧裡到處宣揚神並不存在，並且持續一千遍。而且隨著次數增加，必須宣揚的人數也會一點一滴地增加，因此提高宣揚的難度。

不斷反覆嘗試的亞希鐵，大概已經掌握到要如何指出神並不存在的技術了吧。

他會如何將所培養的技術精髓展現給真正的教皇與吉歐路達盧的民眾見識，肯定很值得一看。

「真努力呢。這跟之前不同，我想沒辦法用普通的方法達成。」

我這麼說完後，亞希鐵就煩躁地朝我瞪來。

「就算跟夢中的你說得再多也無濟於事，但要是你聽得見的話，就給我記好了，不適任者阿諾斯．波魯迪戈烏多。我是絕對不會原諒你的。不論要用什麼手段，我都絕對會把你送到地獄最底層。你就好好期待我清醒過來的時候吧。呵呵呵、哈哈哈哈──」

他在魔法陣上注入魔力，接著消失無蹤。

「──哈──哈、哈、哈、哈、哈、哈、哈、哈！」

留下這種大笑。

「很遺憾，亞希鐵。這場惡夢是一輩子也不會醒來的。」

我從喉嚨發出咯咯笑聲。他會不斷摸索要怎樣才能從夢中醒來，在國內到處宣揚著神並不存在。雖然不難想像他的行為會變得愈來愈偏激，但不論怎麼做都無法醒來、漸漸地感到焦慮，完全就是惡夢的滋味。

然而真正的地獄，是他領悟到這不是惡夢，而是現實的時候。

他究竟會品嘗到怎樣的絕望呢？雖說這一切全是他自作自受。

「就如祢所見，亞露卡娜。」

對於就算是無可救藥的男人，也還是一臉擔心地看著他的下場的亞露卡娜，我明確地告訴祂：

「我不是神，也不打算成為神，不會一一去拯救無可救藥的男人。」

我慢慢踏步，站在了祂的面前。

「如果祢想要能拯救一切的溫柔之神、想要真正的神，就別把期待放在他人身上。並不是所有人都能原諒仇恨，並不是所有人都不希望爭執，也並不是所有人都像祢一樣會感到心痛、擁有一顆溫柔的心。特別是我，是最沒有溫柔之心的人。要是不把愚蠢的傢伙打落一次絕望的深淵，我是不會罷休的。」

我一面注視著亞露卡娜清淨的眼睛，一面說出肺腑之言。

「儘管如此，祢還是追求著能拯救一切的溫柔之神的話，那就由祢來當吧。」

「我犯下了不該犯的罪。」

亞露卡娜淡然地回答：

「是該受到懲罰的神。」

「究竟什麼人有權利，可以給予希望自己受到懲罰的人更多懲罰呢？」

「我做了比起奪人性命還要殘酷的事。用虛偽的生命將他的心推落絕望，無法給予他任何救贖，只帶來了毀滅。」

亞露卡娜以自我約束的眼神說：

「有誰會相信犯下過錯的神？有誰會原諒背負罪孽的神？」

要是有人能原諒祂，就只有那個自殺的男人了吧。然而，毀滅之物無法恢復原狀，這是不可能的。

「既然如此，就由我來原諒祢吧。」

對於我的這句話，亞露卡娜瞠圓了眼。

「祢的罪就由我來原諒吧，選定神亞露卡娜。如果在這個地底的某處，有人要譴責祢的話，就由我來替祢承擔吧。」

亞露卡娜茫然傾聽著我的話語。

「罪絕對無法消失。就算讓那個人復活，就算讓時間倒回、讓一切都沒有發生過，祢的罪也不會消失。即使祢在這裡消滅，也不會連祢的罪一起消滅。」

「……你覺得我該怎麼做？」

「既然祢承認過錯，就去贖罪吧——用上祢的一生。」

在沉默片刻後，祂再度詢問：

「贖罪？」

「祢應該有看那場戰鬥——看到艾米莉亞以及勇者學院的學生們。」

亞露卡娜點了點頭。

「你讓他們重新振作了。」

「不對，他們是承認了自己的罪，然後為了贖罪向前邁進。過去犯下的過錯，今後或許也會繼續苛責著艾米莉亞；但是她注意到，儘管如此也只能一步步地往前走。既然罪不會消失，就只能背負著繼續前行了。」

亞露卡娜直直地回望著我的眼睛。

「沒有人不會犯錯。不論人類還是魔族，大家都是這樣活著的。既然如此，祢這個神怎麼能逃避罪過呢？」

我把手伸向緊握著全能者之劍的亞露卡娜。

「我問祢，祢的贖罪是什麼？亞露卡娜，祢想怎樣贖祢自己的罪？」

「……我………」

充滿自我約束的眼瞳中，點燃微弱的堅強意志。那道意志就彷彿著火般地燃燒起來，強力地對我說：

「我想讓選定審判消失。這個秩序對人一點也不溫柔，是為了神的方便所建立的祭品儀式。他的女兒會死，吉歐路達盧會攻打亞傑希翁，全都是因為選定審判。只要這個儀式繼續下去，就會再度引發紛爭，會不斷地……不斷地讓人死去。」

又一道淚痕靜靜地滴落地面。

「不適任者阿諾斯．波魯迪戈烏多，你能做到這件事。如果是跟你一起，就能結束掉這個儀式。」

祂淚眼盈眶地說：

「請你務必讓我贖罪。」

我溫柔地拿走祂手中的劍，在手掌上畫起魔法陣。亞露卡娜給我的選定盟珠在魔法陣中顯現。

「我就相信祢吧。我絕對不會懷疑祢的溫柔。」

相信神，是盟約的手段。

「成為我的神，亞露卡娜。既然祢說要贖罪的話，我就原諒祢的罪。」

盟珠中心點燃起紅色火焰。

代表與神之間誓約的盟約之焰。

我們的誓約就只有一個。

「破壞選定審判。」

這是我與犯下罪過的神交換——屬於原諒與贖罪的誓言。

§ 44　【她的懺悔】

數日後，勇者學院亞魯特萊茵斯卡——

今天是學院交流的最後一天，我不是以阿諾蘇的模樣，而是以暴虐魔王的姿態走在走廊上。遭到異龍襲擊半毀的校舍，由耶魯多梅朵施展「創造建築」的魔法重建了。校舍變得比以前堅固，還到處設置了危險的魔法陣，大概是出自他的玩心吧。

我停下腳步，推開魔法圖書館的大門。聚集在那裡的學生們朝我看來。

「……你這傢伙…………」

萊歐斯一看到我的臉，就立刻站起身。想起過去的經歷，瞬間氣憤起來的他被雷多利亞諾伸手制止。

萊歐斯冷靜下來，靜靜地握起拳頭，然後放下。

「我知道啦。沒問題的。」

正在看書的海涅起身朝我看來。

「好久不見啦。魔王大人一個人跑到這種地方來，是有什麼事嗎？」

口氣還是一樣囂張。只是跟過去不同，他的眼中沒有敵意。

「沒什麼，只是來實現跟艾米莉亞的約定。雖然想去會客室，但好像走錯路的樣子。打擾你們了。」

當我轉身後，立刻就被人從後方叫住。

「喂，等等。」

我停下腳步，轉頭看向萊歐斯。

「……你說的那個約定，是什麼啊？」

「哦？你這麼在意魔族的班導啊？」

萊歐斯一臉很難為情地把頭別開。

「沒有啦，才不是這麼回事……」

「咯哈哈，居然能把粗暴的你們馴服得這麼乖巧，還真不愧是我們魔王學院的教師。」

聽到我說魔王學院的教師，雷多利亞諾微微倒抽了一口氣。

「要是在意的話，我就告訴你吧。艾米莉亞是我為了重振亞魯特萊茵斯卡派來赴任的。我跟她約定好，只要在這裡擔任一年教師，或是取得相當的成果，就答應讓她榮調。」

「……榮調……」

「艾米莉亞盡力，並且漂亮地讓你們取回勇者的榮耀。」

萊歐斯他們不發一語地傾聽著，於是我繼續說明下去。

「魔王學院來進行學院交流的目的，是為了討伐在亞傑希翁蔓延的龍。多虧了艾米莉亞與你們吸引住大批龍群，才讓我們得以找出幕後黑手，也澈底清除了蓋拉帝提的膿包。她的功績很大。按照約定，我會幫她準備好等同於七魔皇老的地位。」

我無視茫然若失的三人離開魔法圖書館。

然後在途中留下一句話。

「喔，對了。在慶祝會場上，你們還是稍微注意一下口氣。儘管會在意語氣的魔族很少，但她可不是這樣的人。既然是人類，這種事你們應該很拿手吧？可別讓她丟臉嘍。」

我離開圖書館後，接著前往接待來賓的會客室推開門、走進室內。寬敞的室內擺設著豪華的辦公桌、帶有華麗刺繡的地毯、高級沙發以及日常用品。

艾米莉亞就在裡頭等著。她直盯著走進室內的我。

「坐吧。」

「……不，我站著就好。」

「那就隨妳高興吧。」

我拉開後方辦公桌旁的椅子坐下，而艾米莉亞一臉尷尬地看著我。不知道我會說什麼，讓她看起來有點害怕的樣子。

「為了討伐大批龍群，據說妳使用了大量的聖水。」

「……是的。」

「妳太亂來了。就算適合施展勇者的魔法，身體也還是魔族。遭到聖痕侵入的身體，最終甚至會侵蝕根源。要是到了這種地步，就算靠我的詛咒轉生，說不定也無法得救。」

艾米莉亞點點頭。

「為何要不惜生命地戰鬥？」

「……我是教師。」

就像在思考要怎麼說一樣，她回答著。

「保護學生是我的責任。」

「妳做得很好。」

她就像是感覺不舒坦似的微微低下頭。

「……謝謝稱讚。」

「唔嗯，聖痕沒事了嗎？要是還有問題的話，我就幫妳治療吧。」

艾米莉亞靜靜地搖頭。

「阿諾蘇同學……那個，來學院交流的一名魔王學院學生幫我治好，現在傷勢已經完全康復了。」

看來在那之後也沒有留下後遺症的樣子。

「可以請教你一件事嗎？」

「什麼事？」

「他是什麼人？就以尋常魔族來說，他擁有異常的力量。你應該知道些什麼吧……」

到底不可能沒有疑問吧。會猜測起他與我之間的關係也是沒有辦法的事。

「阿諾蘇．波魯迪柯烏羅啊？那確實不是尋常的魔力呢，就彷彿是我年幼時的模樣。要是他在成長後舉旗造反，說不定會成為戰亂的種子。就跟妳想得一樣，我把他放在身邊是想監視他。」

艾米莉亞投來嚴厲的視線，就彷彿在瞪著我一樣。

「……該不會是打算在他超越自己的力量之前，把他解決掉吧？」

對於艾米莉亞的質疑，我從喉嚨發出咯咯笑聲。

「妳說了有趣的話呢。阿諾蘇．波魯迪柯烏羅會超越我的力量？艾米莉亞，這是不可能的事。哪怕是天地逆轉也一樣。」

她就像在摸索我的真正意圖一樣，盯得我愈來愈緊。不知道是不是說法有點不好，這樣說不定更讓她懷疑我打算解決掉阿諾蘇了。

「他肯定跟你小的時候一點也不像。」

「哦？為什麼會這麼想？」

「阿諾蘇同學跟你不同，是個溫柔的魔族，是絕對不可能對迪魯海德舉旗造反的。」

「咯哈哈哈哈哈哈！」

在我大笑起來後，艾米莉亞就露出疑惑的表情。

「……怎麼了，突然大笑起來。有什麼好笑的嗎？」

唔嗯，不小心笑出來了。哎，好吧。

「沒什麼。我就只是在想，還真虧妳能這麼信任才剛遇到不久的小孩子呢。」

「……我跟你不同，有直接與那個孩子相處過。阿諾蘇同學很聰明、單純，而且非常溫柔。只要周遭大人好好引導他，肯定會成為比誰都還要優秀的魔皇──甚至能超越你。」

儘管被稱讚成這樣讓人很難為情，但我也沒辦法揭露真實身分。

「艾米莉亞，妳成為一名教師了呢。」

「……這是打算賣我人情嗎？」

「是在說妳把學生看得很仔細。真希望妳也能用那雙清澈的魔眼（眼睛）看著我呢。」

在我這麼說完後，艾米莉亞就立刻把臉別開。不過，她接著像是改變主意似的，再度朝我看來。

她露出做好覺悟的表情。

「我有事想向暴虐魔王阿諾斯．波魯迪戈烏多稟報。」

她這麼開口說。語調也跟方才的閒聊不同，換成正式謁見魔王的語調。

「准。」

說完，她就當場下跪磕頭。

「我犯了過錯。」

開口第一句，她這樣說道。

「誤解皇族是至高的存在，深信自己流著尊貴的血。因此，我懷著惡意對待你、企圖殺害你的母親，甚至攻擊了自己的學生。」

她的一字一句之間，都流露著後悔與罪惡的意識。正因為她今後想向前邁進，過著認真踏實的人生，才會感到這份罪惡有多麼沉重吧。不是別人，而是她自己無法原諒自己輕視這件事。

「你對像我這樣的罪人伸出援手。沒有殺害我，而是給了我注意到這份罪惡的機會。」

會主動向過去那麼憎恨的我下跪磕頭，她毫無疑問是真心想要這麼做。

「……我深深地感謝吾君……但同時也想向你道歉……」

「說吧。」

「這份罪，要我怎樣贖都行。如果要我舔鞋子的話我就舔，不論是怎樣的折磨我都會忍受。只不過，事到如今這雖然是件很可恥的願望，但還請你饒過我一命。」

她懇求似的說道。

「說出妳的理由。」

「我還有必須去做的事。等到結束之後，再悉聽尊便。」

「要是我說不准，妳打算怎麼做？」

她抬起頭，做好覺悟地說：

「這是我犯下的罪。不過，想請你至少賜予我一點時間整理身後事。」

聽到這句話，我的嘴角自然地揚起。

「我已經懲罰過妳了。妳不需要再接受更多的懲罰。」

艾米莉亞露出莫名其妙的表情。

「當時我說過不會原諒妳，現在我就收回這句話吧。」

「……不是打算在我真心認罪之後，再充分折磨我嗎……？」

我從喉嚨發出咯咯笑聲。

「妳以為我是什麼魔鬼還是惡人嗎？」

「不………是暴虐魔王……」

我忍不住咯哈哈地笑了出來。看來我在讓她轉生成混血時的表現，讓她留下了很嚴重的心理創傷。難怪在認罪後，她對我的態度還是這麼僵硬。

「都是過去的事了，別放在心上。與其說這個，妳還記得我們的約定吧？」

「……這個……我是還記得………」

「妳充分盡到職責了。讓前傑魯凱加隆班的學生取回榮耀，靠著人類的力量討伐龍群。這說不定是他們的一小步，但是對從兩千年前起就一直受到『魔族斷罪（傑魯凱）』魔法支配的這個國家來說，這將會是復甦的契機吧。妳做得很好。」

在我這麼說後，艾米莉亞不是高興、不是安心，而是像在警戒似的繃緊表情。

「我沒興趣讓優秀的部下在外遊蕩。依照約定，我幫妳準備了等同七魔皇老的地位。」

「……阿諾斯……大人……那個……我——」

正當她說到一半時，會客室的門被用力推開。

「等等！」

以萊歐斯為首，雷多利亞諾、海涅，還有穿著深紅色制服的學生們一齊衝進室內。

艾米莉亞擔任班導的班上學生全都來了。

§45 【她的容身之處】

艾米莉亞一看到學生們出現，就起身朝他們跑去。

「……大家，怎麼了嗎？」

艾米莉亞看向帶頭的萊歐斯，只不過他沒有立刻回答。他用彷彿想說什麼的眼神，直直注視著艾米莉亞。

「總之，老師正在談重要的事情，你們先回教室等我。我馬上就會過去。」

說完，艾米莉亞就把手放在帶頭的萊歐斯肩膀上。

「好啦，回教室吧。」

正當艾米莉亞要把萊歐斯推出會客室時，他就一把抓住她的手腕。

「…………不要……走…………」

萊歐斯微低著頭喃喃低語。

「萊歐斯同學……？你還好嗎……？」

萊歐斯抬起頭大聲喊道：

「……求求妳不要走！拜託妳……！」

萊歐斯露出懇求的眼神注視著艾米莉亞。

「……沒錯，我們是人渣，全是些無可救藥的學生……要是離開這裡，就能在祖國當上大人物，過著不用辛苦的人生吧……！對於願意照顧我們這種傢伙的人，其實我們沒道理提出這種要求……可是！」

萊歐斯緊緊握起拳頭。

「……我希望妳別走……希望艾米莉亞老師能留在這裡……！」

艾米莉亞驚訝地回看著他。

「在知道我們不是勇者之後，還願意好好面對我們的人就只有老師，會不斷斥責我們的人也只有老師。在我們認為只能去死的時候，會叫我們快逃的人只有老師！」

就像要留住艾米莉亞似的，萊歐斯用力握著她的手。

「我們就只有老師了……！因為有老師在，因為妳說自己絕對不會逃，我們才能跟那群多到誇張的龍戰鬥下去……只有我們的話，是拿不出勇氣來的……要是老師不在的話，我們又會變回那個無可救藥的人渣……！我們已經不想再變回那個最差勁的自己了……！」

萊歐斯淚眼盈眶地向她述說：

「……我們不想再變回去了……」

「艾米莉亞老師。」

雷多利亞諾向前踏出一步，接著向艾米莉亞說道：

「我們還沒有向艾米莉亞老師充分學習。」

他也是第一次稱艾米莉亞為老師。

「我們應該要更加重視老師的話語、老師的榮耀。我們好不容易才終於注意到這點，並想說要從現在開始實踐。儘管因為害羞，沒能親口跟妳說，但其實大家一起討論過，說要讓老師大吃一驚、說為了不讓老師丟臉，我們今後要更加努力。」

隔著眼鏡，雷多利亞諾以真摯的眼神看著她。

「不是其他老師，我們今後也想繼續接受艾米莉亞老師的指導。為了老師，我們這次想要成為真正的勇者。」

雷多利亞諾以冷靜但藏著熱情的語調向她述說心聲。

「……艾米莉亞……老師……」

海涅就快哭出來了。

「是我不好……我不該老是躲在廁所裡翹課，瞧不起老師地欺負妳……我今後會好好學習……會好好上課，不會提早吃便當，也會認真接受考試……！」

跟魔王學院的學生不同，他們全都是真正年幼的孩子。十幾歲就被慫恿當上勇者，一直受到「魔族斷罪」的意志操弄。

在不知道誰可以信任的時候，終於遇見了可以敬為老師的人物，遇見了可以由衷信賴的人物。

這在他們遭到大人們的理由恣意擺布的人生當中，是多麼僥倖的一件事啊。絕對不能放手，必須不顧一切地追上去——他們大概是親身感受到了這一點吧。

「我們會好好成為能夠獨當一面的勇者……！所以拜託妳了，在那之前請看著我們吧，老師……！」

學生們以迫切的眼神述說。然而，艾米莉亞陷入了沉默。因為她在來這裡之前，已經先跟我約定好了。

「……可以的話，我也想這麼做…………」

正當艾米莉亞在意起我的反應轉頭過來時，雷多利亞諾就從她的身旁通過。

「雷多利亞諾同學……！」

雷多利亞諾走到我面前跪下，垂首說道：

「恕我冒犯，偉大的暴虐魔王阿諾斯・波魯迪戈烏多，我想請求你一件事。」

「說吧。」

「懇求你，請暫且給吾師艾米莉亞・路德威爾一段時間。」

語罷，勇者學院的學生們就當場列隊站好，在我面前跪下。

「在老師的指導下，我們絕對會增強實力，為迪魯海德的國家利益做出貢獻。」

萊歐斯這樣說道：

「這條命、這顆心，全都奉獻給您，向您誓忠。」

海涅凜然地說道：

「我們會服從任何命令。所以，只要在我們從這所學院畢業之前就好，還請您寬宏大量，答應我們的請求吧。」

全體學生當場跪拜。被教育魔族是敵人的他們，竟為了魔族的教師做到這種地步。「魔族斷罪」的影響已絲毫不剩。

他們變得能用自己的眼睛看待事物，用自己的腦袋思考問題了。

「阿諾斯大人。」

艾米莉亞走上前來，在我面前屈膝跪下。然後，她把頭磕在地面上向我跪拜。

「優秀部下的讚賞，是我受之有愧的光榮。可是，我在這個亞傑希翁學習到了一件事。等同七魔皇老的地位，與我並不相稱。」

她感受不到一絲不捨地說：

「違反約定我願意接受任何懲罰，就算無法再度踏上祖國的土地也無所謂。現在，我只有一個願望。」

為了守護重要的事物，艾米莉亞深深地低下頭。這是她的戰鬥。

「請賜予我教育他們的機會。我絕對會將他們培育成優秀的勇者，成為迪魯海德與亞傑希翁兩國之間的友好基石。這也是為了不讓兩千年前那場悲劇的大戰再度發生。」

「把頭抬起來。」

我這麼說完，艾米莉亞就緩緩抬起頭，臉上帶著勇敢的表情。她在我面前就像完全不怕要接受懲罰一樣，為了信念與自己的學生們，她有著殉身的覺悟。

「你們這群笨蛋。」

會客室入口傳來與這個場合一點也不相襯的不協調音調。

「居然一齊向敵國的王低頭，這是怎麼回事啊！」

扎米拉學院長一臉傲慢地走了過來。

「而且還說要在畢業後向魔王誓忠？你們有搞清楚狀況嗎？這完全是對亞傑希翁的反叛行為！你們全都想以國家反叛罪被判處死刑嗎！嗯？」

太過荒謬的言論，讓艾米莉亞看不下去地起身說道：

「……扎米拉學院長，請別這麼不講道理。這種程度才不算國家反叛罪，也不會被判處死刑……依照亞傑希翁的法律，人民具有在任何國家生活、工作的自由，不會受到侵害。」

艾米莉亞冷靜地反駁。然而，扎米拉的表情卻不愉快地扭曲起來。

「學院長？不過就是個教師，也太無禮了。」

他就像炫耀似的，用那個肥胖身軀挺起胸口。

「我可是第一百零七代蓋拉帝提王扎米拉・恩杰羅・蓋拉帝提。現在亞傑希翁是我的國家，我就是法律。」

艾米莉亞啞口無言，勇者學院的學生們也蹙起眉頭。

「……這是什麼意思……？」

「沒有什麼意思。以李西烏斯王為首，王族已全都死光了。我是唯一擁有王位繼承權的人，理所當然會成為王。還不跪下，魔族的女人。」

艾米莉亞咬緊牙關。

「嗯？妳那是什麼反抗的表情？就算要我憑一己之見關閉勇者學院也行喔？畢竟我國才不需要這種叛國賊學院呢……嗯嗯？妳打算怎麼做啊？」

艾米莉亞儘管露出屈辱的表情，也還是準備跪下。而我輕輕抓住她氣得顫抖的肩膀制止了她。

「哎呀哎呀，暴虐魔王。就算是你的部下，不向一國之王下跪也太無禮了吧？」

「你還以為自己是王嗎，愚蠢的男人？」

「……什麼？」

當扎米拉就像無法理解似的扭曲起表情時，會客室的辦公桌傳來聲響。

「扎米拉‧恩杰羅，你知道一切內情。」

這是道透明的聲音。是少女模樣的神的聲音。

「亞希鐵最初接觸的人是你。明知危險，你還是將亞希鐵介紹給李西烏斯王。遭到李西烏斯王厭惡的你，企圖弒害王。」

不知不覺中，亞露卡娜坐在辦公桌上。

「就算裝傻也沒意義。我知道一切的內情。」

「……原來如此。」

看到亞露卡娜，大概是領悟到就算辯解也沒用吧，他並沒有辯解。

「原來如此、原來如此、原來如此。這樣確實是裝傻也沒意義的樣子。」

扎米拉「嗯嗯嗯」地點頭，就像不再演了一樣地說：

「沒錯，那個王和王族們之所以會死，全是我一手促成的。」

「你們王族把龍放到亞傑希翁，任憑龍襲擊民眾；與神龍國吉歐路達盧共謀，意圖殺害勇者加隆；強奪了靈神人劍，就為了讓自己成為勇者。」

「這雖是李西烏斯王的企圖，但我也確實對這件事袖手旁觀。因為他們要是同歸於盡，我離王位就近了呢。」

扎米拉滔滔不絕地嘮叨說道，就像在炫耀自己策劃的計謀完美達成一樣。

「順道一提，與前學院長迪耶哥共謀的人也是我。還放任他施展『魔族斷罪』魔法，洗腦這群笨蛋學生。原想說只要與迪魯海德開戰，就能趁亂減少王族的人數呢。當時雖然事與願違，但運氣終於轉向我這邊了。」

「唔嗯，都坦承這麼多罪行了，還真虧你敢說運氣轉向自己了。」

扎米拉咧起嘴角，露出下流的笑容。

「笨蛋，我才沒有留下證據。誰會相信魔族與不成材勇者的話啊？就連勇者加隆也只要宣稱他是冒牌貨的就好。」

或許是因為掌握權力的全能感吧，扎米拉大膽地這樣說道。

「還是說，魔王啊。你要殺害我嗎？現在兩國之間好歹算是友好關係。你要殺我是很容易，但這樣會讓戰爭再度爆發喔？這並非你的本意吧？嗯？」

「是啊，我不會對你出手。就算這個國家再怎麼腐敗，對迪魯海德也沒有任何害處，是這個國家的問題。」

「哈、哈、哈，就是說啊、就是說啊。什麼暴虐魔王啊，現在已經不是暴力的時代。炫耀力量的笨蛋，就只是無能啊。」

就在這時，耳邊傳來了聲音。

『沒錯，那個王和王族們之所以會死，全是我一手促成的。』

不論怎麼聽，都是扎米拉的聲音。

「怎、怎麼了？」

扎米拉環顧起室內。

『這雖是李西烏斯王的企圖，但我也確實對這件事袖手旁觀。因為他們要是同歸於盡，我離王位就近了呢。』

耳邊再度響起扎米拉的聲音。亞露卡娜施展「遠隔透視(rimuneto)」魔法，將這裡方才的影像鮮明地顯示出來。

「……什麼，這、這是…………！」

「這是對亞傑希翁全境播放的魔法轉播。」

扎米拉當下面無血色。不過，他很快就像是改變想法似的大喊：

「……這、這只不過是捏造影像！這個房間施加了利用聖水的強力反魔法，應該無法施展『遠隔透視』或影像紀錄的魔法……」

「這種脆弱的反魔法一點也不管用，直到方才為止都在播放你與亞希鐵交涉的影像。那個男人好像打算用這段影像威脅你的樣子。」

扎米拉露出驚愕的表情。

『順道一提，與前學院長迪耶哥共謀的人也是我。還放任他施展「魔族斷罪」魔法，洗腦這群笨蛋學生。原想說只要與迪魯海德開戰，就能趁亂減少王族的人數呢。當時雖然事與願違，但運氣終於轉向我這邊了。』

他的聲音再度經由魔法轉播播放出去。

「好啦，這個國家的腐敗是這個國家的問題，我不會出手。只不過，蓋拉帝提的民眾會怎麼想呢？」

「遠隔透視」接著顯示王宮前的影像，那裡群聚著數百名的蓋拉帝提民眾。

「這是怎麼回事！快把扎米拉交出來！」

「我故鄉的城市可是被龍襲擊了，這也是你們王宮做的嗎！」

「想瞧不起我們到什麼地步啊！要是這麼想戰爭的話，就給我滾出來打啊！」

「沒錯！就讓我們來跟你們打！把扎米拉交出來！」

「扎米拉在哪裡！我們已經不想再遵循你們王族的做法了！」

「說得好！這次絕對不會原諒你們！聽到了沒！趕快給我們滾出來！」

「看我宰了你們！快把人交出來！」

怒吼聲此起彼落。壓制民眾的士兵們眼看就要達到極限，讓正門遭到突破。

「……可、可惡……你這個魔王，竟用這種卑鄙的手段……給我記住。」

丟下這種臺詞，扎米拉正要逃出會客室，就剛好撞上一批身穿鎧甲的士兵集團。

「哦哦，你們來迎接我了啊？還真是天大的災難。這下必須暫時躲一陣子了。算了，就當作休假。你們給我聽好，快去準備一個適合我的場所！」

扎米拉話一說完，士兵們就用長槍指著他。

「什麼……！」

他立刻被綁起雙手。

「這、這是在做什麼……？你們這是在做什麼！竟敢對我這個王無禮！」

「很遺憾，你已經不是王了。」

此時出現的，是王宮的大臣們以及亞傑希翁的貴族。

「出賣國家、殺害王族以及意圖奪取民眾性命的男人，扎米拉．恩杰羅。你被國家以反叛罪逮捕了！」

「等……等等！別被騙了。這是魔王的陰謀啊！做這種事，只會稱了迪魯海德的意——呃啊！」

一名大臣用力揍了扎米拉一拳。

「我們也早就受不了腐敗的王族了。就如你所願，準備一個適合你的場所吧。」

大臣瞪著扎米拉。

「那就是監獄。」

「……什麼，太、太無禮了。你以為至今是誰在守護這個國家……要是沒有王族，這個國家會完蛋啊。」

「你只需要擔心自己何時會上死刑臺就夠了。把他帶走！」

士兵們把扎米拉帶離現場。

「住、住手！放開我！我可是王啊！放開我──……！」

大臣與貴族們折返回去，其中一人轉過身來向我低頭致意。

他是伊卡雷斯。轉生前是人類的他，在王宮與貴族之中尋找有著正當志向的人物，幫我在事前打點好逮捕扎米拉的準備。

「做得好。」

「稍後再向您回報。」

說完，伊卡雷斯就逕自離去。

「好啦。」

我一轉身，就看到艾米莉亞他們露出半傻眼的表情。大概是因為腦袋追不上瞬息萬變的事態吧。

「我們繼續方才的話題。艾米莉亞，我依照約定，幫妳準備了等同七魔皇老的地位。」

「……可是，這個…………」

她就像很為難似的欲言又止。雖然請求我讓她留在勇者學院，但我要是心意已決，她也沒辦法頑強拒絕。

追根究柢，這本來是艾米莉亞自己提出來的要求。不能因為她不滿意結果，就說她果然還是要拒絕這種話。既然她是教師，就必須在學生們面前以身作則。

「如妳所見，亞魯特萊茵斯卡的學院長位置空下來了。很不巧地，目前尚未決定繼任人選，王族滅絕的王宮也沒有餘力處理這件事。在這個龍說不定還會再度襲來的時期，要是唯一有可能討伐龍的勇者學院沒有負責人領導，對大臣們來說也很為難，所以我事前向他們推舉了一個深受學生愛戴、剛好適合這個位置的人才。」

聽到我這麼說，艾米莉亞當場嚇了一跳。

然後端正姿勢，繃緊表情。

「妳在犯下過錯後意圖贖罪的姿態，我也收到了報告。妳就將在那段殘酷日子裡培養出來的經驗，回報給亞傑希翁的土地吧。」

她朝我跪下。

勇者學院的學生們也仿效著她，向我跪下低頭。

「艾米莉亞·路德威爾，我任命妳為勇者學院亞魯特萊茵斯卡的學院長。失去王族的亞傑希翁，應該會迎來漫長的試煉。妳就在此培育能度過這場試煉的國家人才吧。」

她深深低頭，有如宣誓般地說道：

「謹遵諭命。」

§ 終章 【～再會的約定～】

亞魯特萊茵斯卡的大講堂上，勇者學院與魔王學院兩校的學生齊聚一堂。

講臺上站著耶魯多梅朵、辛以及艾米莉亞。就在方才，學院交流的最後一堂課結束了。

「——那麼，學院交流就到此結束。哎呀哎呀，這真是非常，沒錯，是非常有意義的一次授課。特別是勇者學院的成長讓人瞠目結舌。」

耶魯多梅朵用雙手撐著手杖，並用魔眼（視線）看向學生們。

「大家昂首挺胸吧。你們有著為了同胞不畏死亡的勇氣，是真正的勇者。這份意念，甚至不輸給兩千年前的人類們喔。」

聽著熾死王這番話，勇者學院的學生們看起來十分自豪的樣子。

「時間雖短，但對於拚命跟上我授課內容的你們，我就來送一個餞別禮吧。」

耶魯多梅朵把手杖撐在地上，在黑板上發動「遠隔透視」魔法，影像傳來聲響。

『各位同學，就這樣保持警戒，聽老師說一段話。』

艾米莉亞驚訝地凝視黑板。因為影片傳來了自己的聲音。

『……各位都學習過魔族的事，應該很清楚皇族的存在吧。』

她連忙衝向耶魯多梅朵。

「等、等等。耶魯多梅朵老師！你在做什麼啊？你在做什麼啊！」

「咯咯咯，相當精彩的大作吧？我昨天花了整個晚上，把錄下來的魔法影像編輯得方便觀看了，而且已經透過蓋拉帝提的魔法轉播播放出去了。」

「啥、啥──……！」

艾米莉亞發出怪叫。

「蓋拉帝提在失去王族後，據說要廢除王族統治，轉為所謂由議會統治的共和制。既然如此──」

耶魯多梅朵用手杖指著艾米莉亞笑了起來。

「是誰拚命守護這座城市的，就應該要讓民眾知道不是嗎？」

「……請等一下，我完全不懂你在說什麼。那個議會跟我有什麼關係啊？說到底，我可是魔族耶。」

織死王「咯、咯、咯」地把艾米莉亞的反駁一笑置之。

「要是魔族能當選亞傑希翁的議員，而且還是由民眾所選的話，就沒有比這還要更適合擔任和平象徵的人了吧！」

耶魯多梅朵用誇張的肢體動作這麼說完，再度把手杖撐在地上。

「──以上，是暴虐魔王的想法。」

「咦？等等，所以說，請稍等一下。我可是勇者學院的學院長喔？光是現在要記的東西就數不勝數了，這種事……」

「喂喂喂，別這麼慌張。國家要轉換制度，還得費上一點時間。這就只是要妳先做好到時候的準備不是嗎？」

耶魯多梅朵不容拒絕的說法，讓艾米莉亞退縮了。

「就算是這樣，這也太亂來了……」

「要身兼二職確實很辛苦。而且身為魔族，人類的輿論也會很難聽吧。一旦從政，就不得不在權謀術數的漩渦之中，與老奸巨猾的狐狸們競爭，會有各種足以讓人胃穿孔、吐鮮血的辛苦事蜂擁而來吧。」

耶魯多梅朵咧嘴笑了笑。

「暴虐魔王表示，他幫妳準備好一個適合贖罪的場所了。」

艾米莉亞一臉凶狠的表情，朝迪魯海德的方向瞪去。

「……不是要原諒我啊…………」

艾米莉亞語帶恨意地喃喃低語。

「妳要怎麼做？要是妳說辦不到的話，我會試著去幫妳跟魔王轉達，哎呀哎呀，也不知道那個男人會不會答應……要是跟他說這種事，我說不定會被殺掉呢。咯咯咯，但這不是妳的責任。因為沒辦法說服妳，是我的不對！就隨妳高興去做吧！要有自己的風格、要有妳的風格！」

耶魯多梅朵「咯、咯、咯」地愉快大笑起來。

「……我知道了啦。我去參選就行了吧，我去參選……！相對地，就算落選了，我也不會負任何責任喔？」

「居然毫不遲疑，真是太棒了。艾米莉亞老師就是要這樣才對。」

艾米莉亞「唉」地嘆了口氣。不過抬起臉來的她，有著說不出來的清爽表情。

她大概也想要一個贖罪的場所吧。儘管如此，由於她天生的個性，對於把麻煩事推給她的我，應該多少抱持著恨意吧。但這樣也好，要是她突然變得乖巧起來，感覺會很不舒服。

「能幫我向魔王轉達幾句話嗎？」

「什麼話？」

「我很感謝你，會作為部下對你盡忠。但唯獨你這種以力量逼人屈服的方法，我很不滿意。老是做這種事，遲早會被人扯後腿失敗的。我很期待到時能去幫你一把，讓你欠我一次人情。」

聽到她這麼說，我忍不住笑了出來。唔嗯，艾米莉亞果然還是要聽她挖苦人，這種程度就剛剛好。

「咯咯咯，咯、咯、咯！咯咯咯咯咯咯咯咯咯咯！」

突然間，看到耶魯多梅朵以至今未有的聲量大笑起來，使得艾米莉亞向後退開。

「耶、耶魯多梅朵老師……？那個……？」

「啊啊，太棒了。真是太棒了！那個他、那個魔王，不僅是忠實的部下，就連跟自己意見相左、肯提出忠告的人都能拉攏成同伴，真不愧是暴虐魔王阿諾斯·波魯迪戈烏多。你究竟要達到何種境界啊——！」

耶魯多梅朵以誇張的肢體動作朝天花板大叫起來。不過隨即就像恢復了正常一樣面向學生們。

「那麼我們出發吧。」

熾死王在另一塊黑板畫上「轉移」魔法陣。

「轉移地點是德魯佐蓋多的正門。今天的課程就到此結束，魔王學院的學生們就回家好好休息吧。」

他最後再度朝穿著深紅色制服的學生們看去。

「勇者學院的學生啊，今後也要勤加努力，你們的意念隱藏著無限的可能性。然後總有一天成為威脅暴虐魔王的存在吧，本熾死王會由衷期盼那一天到來，唔呃呃呃呃……！」

一面被「契約」勒緊胸口，熾死王一面轉移離去。

跟在他後面，魔王學院的學生們紛紛施展「轉移」離去。

「喂，我一直很在意一件事，可以問問嗎？」

身旁的莎夏向我搭話。

「什麼事？」

「你要把祂帶回迪魯海德嗎？」

莎夏朝站在我背後、有著少女模樣的神看去。

亞露卡娜開口說道：

「在選定審判期間，選定神無法返回神界。只要把我放在適當的地方就沒問題了。不論身在何處，只要聖戰開始，我隨時都會回應召喚。」

米夏就像在想什麼似的微歪著頭。

「適當的地方？」

「是打算丟在魔王城的地下嗎？」

莎夏問道。

「我等一下再說明，先去我家吧。」

「……我是沒意見啦。」

莎夏一臉不太情願地不再追問，米夏則點點頭。兩人畫起「轉移」魔法陣。

朝勇者學院的學生們看去，可以看到艾蓮歐諾露與潔西雅正在和他們告別。

「——那麼，下次別再亂來了喔。還有，最好找個人學會『復活』喔。照現在這樣子，要是死掉就沒辦法復活了。」

「……就算死也死不掉……是基本中的基本……」

兩人的臺詞，讓萊歐斯露出苦澀的表情。

「妳們才是別強人所難了……」

「我正想請你們那邊派遣一位能教導的教師過來呢。」

雷多利亞諾推了推眼鏡。

「嗯嗯，那我就去拜託看看喔。像辛老師這種不會手下留情的教師比較好吧？」

雷多利亞諾朝講臺上的辛看去後，立刻就被回了一道冰冷眼神。

「……可以的話，想請溫柔一點的教師……」

「啊～你不知道啊？別看辛老師長得這麼凶，他可是個愛老婆的男人，很溫柔喔。」

「……會溫柔地……殺掉……不會……感受到痛……」

艾蓮歐諾露與潔西雅的說明，讓雷多利亞諾發出哈哈的乾笑聲。

「總之，我會試著拜託喔。還有……」

艾蓮歐諾露環顧起魔王學院的方向，在視野裡發現了雷伊的身影。

「不去跟加隆打招呼行嗎？我可以幫你們和好喔。」

艾蓮歐諾露充滿精神地豎起食指。

「……不用了啦……」

海涅嘀咕地說道。

「真的嗎？海涅同學明明最喜歡加隆了。」

「笨、笨蛋。才沒有這種事呢。妳是在翻多久以前的舊事啊，快給我回去啦。」

海涅「呿呿呿」地趕著艾蓮歐諾露與潔西雅。

「潔西雅……不是……狗狗……」

「你不用害羞喔。」

「就說不用了……！」

海涅不高興地別過頭。

「唉，也不知道要拿什麼臉去見他。兩千年前賭命保護的子孫，竟然是這種丟人現眼的傢伙。」

萊歐斯說完，雷多利亞諾也點了點頭。

「必須先成為有資格去向他問好的勇者呢。」

「這樣啊。那我知道了喔。拜拜，要保重喔。」

「妳們也是啊。」

艾蓮歐諾露與潔西雅走了回來。

「他們好像很害羞的樣子喔。」

艾蓮歐諾露偷偷摸摸地跟雷伊說道。他就跟往常一樣，露出爽朗的微笑。

「我很能體會他們的心情呢。」

「是這樣嗎？」

「事到如今，我也不可能擺出英雄的嘴臉去見他們啊。」

艾蓮歐諾露「嗯嗯嗯」地點了點頭，但她恐怕並不是很清楚；身旁的潔西雅也「嗯嗯嗯」地點了點頭，但她更是什麼也沒搞懂吧。

「也好。那麼，我們回去了喔。」

艾蓮歐諾露與潔西雅施展「轉移」的魔法陣離開。

「我們走吧。」

雷伊把手伸向米莎。

「啊，等、等一下。其實我有東西忘了拿……」

「是什麼？」

「……那個，雷伊同學給我的……」

米莎的脖子上，沒有戴著單片貝殼的項鍊。

「對、對不起。我方才在中庭解下來看，好像就忘在那裡了。我立刻就去拿回來。」

「該不會是這個吧？」

米莎轉過頭，就發現海涅站在眼前。他的手掌上放著一串單片貝殼的項鍊。

「這個掉在中庭。想說要是有人踩到會很不吉利，就把它撿起來了。」

「啊，就是這個、就是這個。哇～謝謝你。」

米莎興高采烈地收下單片貝殼的項鍊。在海涅背後，萊歐斯與雷多利亞諾也跟了過來。

「謝謝你。」

雷伊這麼說完，海涅就很尷尬地別開視線。

「不會……這沒什麼……」

「這是一趟很愉快的學院交流呢。」

在這麼說後，雷伊向他伸出手。

「開什麼玩笑啊，我都不曉得死幾遍了。魔王學院的傢伙不論是誰都強過頭了啦，就連教師也是怪物，真是討厭死了。」

海涅一面不高興地發著牢騷，一面戰戰兢兢地和他握手。

雷伊苦笑著說道：

「不過現在的你，已經不會再讓我搶走聖劍了吧？」

海涅瞬間愣了一下。

「再見了。」

放開手，雷伊與米莎一起畫起「轉移」的魔法陣。

「那、那個……」

在兩人轉移之前，海涅不自覺喊道：

「……要怎麼做……才能變得像你一樣……？」

雷伊爽朗地露出笑容。

「我第一次和龍戰鬥的時候啊……」

他一面看著黑板上播放的勇者學院戰鬥影像一面說道：

「可沒有這麼勇敢，也沒有打贏喔。」

海涅驚訝地看向雷伊的臉。

「兩千年前，在那場大戰結束後，我被守護下來的人們背叛、殺害。儘管如此，我也還是相信人類並沒有這麼不堪。」

雷伊心平氣和地向海涅說道：

「這所勇者學院，是基於兩千年前人類的惡意所建立的——為了消滅魔族、為了在兩千年後再度引發戰爭呢。傑魯凱的意志至今也仍然延續著，在這兩千年間，這所學校所培育出來的惡意盤踞在亞傑希翁之中，腐敗到王宮甚至想要毀滅國家。這不禁讓我覺得，人類說不定總是會做出愚蠢的決定。」

作為過去的勇者加隆，雷伊說不定想傳達給他們知道。

「我也不是一直都是勇者喔。就只是其他人願意這樣稱呼我罷了。我啊，沒能阻止。沒有辦法阻止他們。然而——」

他看向海涅，還有身後的雷多利亞諾與萊歐斯。

「這個時代有著勇者。有著會為了守護他人、持劍戰鬥的人們。而且還有這麼多人沒有輸給『魔族斷罪』的惡意。」

雷伊的眼中泛起淡淡淚光。

「能守護如今的你們，真是太好了。謝謝你們。」

雷伊伸出手，與萊歐斯還有雷多利亞諾緊緊握手。

「想要改變的這個國家，變得和平的這個世界，不需要什麼過去的英雄。不過，希望你們能記住——假如亞傑希翁面臨到連你們也無法對抗的災厄時，勇者加隆就會再度執起聖劍討伐災厄。」

三人點了點頭。

「我絕對……」

雷多利亞諾說道：

「會盡力不讓那一天到來。」

「我相信你。」

雷伊自豪地看著自己守護下來的歲月所培育的年輕人們。即使現在還不成熟，但是他相信：他們有如花蕾般的意念，總有一天會開出盛大的花朵。

「啊，對了。如果要給一句建言的話。」

勇者們一臉認真地點頭。

「還是談一場戀愛會比較好喔。」

勇者們的臉上充滿疑問。

「不是有喜歡的人了嗎？」

一會兒後——

「你……你是指什麼啊……」

「是啊，一點也不懂你的意思……」

「真是的，勇者大人的笑話很難笑耶……」

就像感到動搖一樣，三個人的視線游移不定，然後有一瞬間，他們偷偷看向位在講臺上的艾米莉亞。

「阿諾蘇同學……！」

她正好和魔王學院的學生們打完招呼，跑到我身旁來。

「怎麼了嗎？」

「啊，沒什麼。就是那個，你有看到那群孩子嗎？那個，魔王聖歌隊的……我聽說你們很要好。」

「如果要找愛蓮她們，由於有公務在身，她們先一步回迪魯海德去了。」

艾米莉亞露出有點沮喪的表情。

「……這樣啊。那就沒辦法了……」

「怎麼了嗎？」

「我有件事必須向她們道歉……算了，等事情告一段落後，我會去迪魯海德一趟。畢竟還有其他得道歉的人……」

艾米莉亞直盯著我的臉。

「……那個……阿諾蘇同學……」

她看起來難以啟齒地開口說：

「到時候，我可以去見阿諾蘇同學嗎……？」

在我沉默下來後，她就像是要辯解似的接著說：

「啊，不是的，那個，我是想去看你有沒有好好用功。既然教過一次，那麼你就是我的學生……」

艾米莉亞垂頭說道：

「……我說不定是個很囉嗦的老師…………」

「我會期待的。」

聽我這麼一說，艾米莉亞就立刻綻開笑容。

「我也還沒聽妳講完所有罐頭的吃法。」

「既然如此，下次我會準備更加高級的罐頭喲。」

我點了點頭，指向艾米莉亞脖子上的「意念鐘」。

「要是發生了什麼事，就對脖子上的鐘說吧。假如有什麼緊急的事情，可以用『意念通訊』與我聯繫。」

「那個，我不會在很緊急的時候聯絡你的……」

「那就好。」

我畫起「轉移」的魔法陣。

「再見。」

「好的。阿諾蘇同學要是到亞傑希翁來，也要記得來玩喔。」

「我會的。」

眼前染成純白一片，我轉移離開。

在那之前——

「喂、喂喂……那個氣氛，或是說態度，是不是跟平時不同啊……？」

「……是錯覺吧……他才六歲……也就是說，那是對待小孩子的態度吧……？」

「哈哈，不會啦，不會的啦……」

三名勇者發出像是不知所措的聲音。

視野立刻恢復原本的色彩。

「呀啊啊啊啊啊啊啊啊啊啊啊啊啊啊啊啊啊啊啊啊啊啊啊啊啊啊啊啊啊啊啊啊啊啊啊啊

啊啊啊啊啊啊啊啊啊啊啊啊啊啊啊！」

響起一道巨大的興奮尖叫，我的身體被某人緊緊抱在懷中。還想說是誰，原來是媽媽。

「怎麼了嗎？小諾發生什麼事了嗎！為什麼身體變小了？該不會是魔王的工作太辛苦了？小諾，沒關係的，沒關係的喲。小諾才六個月大，就算不去工作，一直待在家裡休息也沒關係喲！」

媽媽的氣勢，把先轉移過來的米夏與莎夏嚇倒了。本來應該已經相當習慣了，沒想到只是變回六歲，就有更興奮的情緒在等著她們。

「奇怪？」

媽媽一面抱著我，一面就像注意到似的看向一名少女。

「……小諾，你交到新朋友啦？」

「我是選定神亞露卡娜，選擇了阿諾斯。」

亞露卡娜以靜謐的聲音自我介紹。為了證明自己的身分，她散發出非人的神之魔力；只不過媽媽沒有魔眼，所以什麼都看不到。

「在對面撿到的。」

「撿到的……？小諾，那個啊，女孩子是不能撿回家的喲？」

媽媽一面摸著我的頭，一面就像哄小孩似的說道。

「在選定審判期間，她似乎沒辦法回家的樣子。」

「就算你這麼說，媽媽也不懂什麼是選定審判……咦？剛剛妳說選擇了小諾……？」

亞露卡娜點了點頭。

「阿諾斯適合擔任代行者。」

「代行者……？」

媽媽恍然大悟，臉上面無血色。

「也就是要打官司嗎！」

「那是代理人。」

米夏喃喃說道，但媽媽並沒有停下來。

「小諾，你該不會是被捲入什麼糾紛之中了吧！」

「沒什麼，只是她原本的契約者是個非常過分的男人，所以就搶過來了。」

「……外遇……！」

媽媽露出戰戰兢兢的表情。

「詳情我之後再說明，就先暫時讓她住在這裡吧。」

「咦咦咦咦咦咦咦咦咦咦咦咦咦咦咦咦咦咦咦咦咦咦咦咦咦咦咦咦咦，也就是你們想要同居嗎——————！」

媽媽就像嚇到似的往後仰。

「該、該不會，該不會……小諾是為了要求這種事，才變回六歲的？以為只要長得可愛的話，媽媽就什麼都會聽你的嗎！就算是小諾的要求，這也——」

「不行嗎？」

媽媽的胸口一緊，就像是被什麼給打動了一樣。
「就交給媽媽吧！小亞露，妳放心吧。讓我們一起努力打官司吧！媽媽可是認識一堆優秀的代行者喔。」
「……代行者有一堆…………？」
亞露卡娜陷入了混亂。媽媽想講的大概是律師吧。
「……該不會是要爭奪……親權吧？」
媽媽小心翼翼地詢問。
「選定審判就是為了尋求神權（註：日文的「親權」與「神權」發音相同）。」
媽媽把我放到地上，就像在幫亞露卡娜打氣似的握緊拳頭。
「沒、沒問題的。就讓我們一起打贏選定審判吧。媽媽會站在小亞露這一邊的，絕對不能容許這種事。怎麼能把小孩子交給過分的男人照顧呢！」
媽媽整個人義憤起來。
「咯哈哈。」
「你在笑什麼啊？」
莎夏嚴厲地問道。
「沒什麼，就是覺得回來了。這樣才是我的家啊。」
「……別習慣被誤解了，趕快去解釋清楚啦……那個，是要怎麼辦啦……？」
莎夏傻眼地問道。話雖如此，這樣也確保了亞露卡娜的住所。雖然住在魔王城地下也沒問題，但還是盡可能讓她待在身邊比較好。因為她也可能會被其他選定者或選定神盯上。

「——我認為選定審判是錯的，所以想結束這種儀式。」

亞露卡娜向媽媽殷切地述說著。

「嗯嗯嗯，我懂、我懂。我也覺得現在媽媽在官司結束之前也不能去見小孩的制度是錯誤的。就趕快把官司結束掉，然後去迎接小孩吧。」

只不過媽媽果然很不好對付。即使是神，也很難解開誤會的樣子。

「阿諾斯！」

工作室的門被人推開，爸爸就站在那裡。

「剛剛說的事情我都聽到了。你這小子，就算當上了魔王，居然對有夫之婦出手，這不管怎麼說也……」

爸爸以流著血淚的氣勢，猛然地把臉靠向我。

「太讓人羨慕了。」

「咯咯、咯哈哈哈。」

哎呀哎呀，居然把選定審判誤會成離婚官司。還真是讓人深深覺得，這就是我家啊。

後記

我想在第一集的後記時有稍微提到，本作是基於讓最終頭目當主角的話會變得怎樣的概念在構築故事，所以在寫經典情節時，也會希望成品能用稍微不同的角度來觀看。

奇幻作品的王道發展之一，有所謂登場人物在遇到巨大障礙後受到挫折與成長的情節；不過本作要處理挫折時，我認為作為巨大障礙阻擋在前方的存在，身為魔王的阿諾斯應該是最適合的人物。

所以我就想：稍微改變觀點，由阿諾斯擔任讓敵人挫折的角色，然後再來描寫受到挫折的一方，不就能用魔王學院的風格寫出王道發展了嗎？然後開始擬定構想。

因此完成的故事，就是以艾米莉亞為中心的本章。

在第二章深信自己是尊貴皇族的她，受到作為始祖的魔王制裁，品嘗到巨大的挫折。然後在這篇第五章之中，艾米莉亞會如何面對這個挫折呢？要是我這顆笨腦袋努力想出來的嘗試能有不錯的表現，讓各位讀者看得高興的話，就是我無上的喜悅。

此外，擔任插畫的しずまよしのり老師，這次也幫忙畫了很棒的封面與插圖，真的非常感謝您。我曾引頸期盼著「至高泳裝（比基尼）」畫出來的那一天。

另外，這次也受到了吉岡責任編輯很大的照顧。真的非常感謝您總是給予我一針見血的意見。

下一集會是以地底為中心的故事。能看到地底的文化，還會有意外的人們大顯身手。此外也預定讓跟阿諾斯有著深刻緣分的人物登場。由於是曾收到大量驚訝意見的第六章，還敬請各位讀者期待。

在最後，我要向閱讀本集的讀者們致上深深的謝意，真的非常感謝你們。

為了讓各位看到更加有趣的故事，我會努力進行下一集的改稿，今後也請各位讀者多多指教。

二〇一九年九月二日　秋

©Satoshi Wagahara 2020 / KADOKAWA CORPORATION

打工吧！魔王大人 1~21（完）

Kadokawa Fantastic Novels

作者：和ヶ原聰司　插畫：029

日本2021年宣布製作第二季電視動畫！打工魔王的庶民派奇幻故事大結局!!

魔王與勇者一行人前往天界挑戰神明的滅神之戰最後將會如何!?勇敢追愛的千穗可否獲得幸福!?優柔寡斷的真奧到底情歸何處!?這群來自異世界的人能否繼續在日本安身立命過著安穩的生活!?平民風格的奇幻故事，將迎來感動的結局！

各 NT$200~300／HK$55~100

© Kei Sazane, Ao Nekonabe 2019 / KADOKAWA CORPORATION

這是妳與我的最後戰場，或是開創世界的聖戰 1~8 待續

Kadokawa Fantastic Novels

作者：細音 啓　插畫：猫鍋蒼

至高魔女與最強劍士的舞會，將迎來充斥著掌聲與歡呼聲的皇廳動盪篇最終幕！

魔女狩獵之夜的隔天，受到重創的皇廳被追究帝國軍襲擊事件的責任，並傳出女王聖別大典應當提前舉辦的呼聲。愛麗絲將營救希絲蓓爾的行動託付給伊思卡一行人；然而他們卻在爭奪戰舞臺星靈工學研究所「雪與太陽」遇上休朵拉家的女王候選人米潔曦比！

各 NT$200~240/HK$67~80